Editora Wish apresenta

MARJORIE BOWEN

MAGIA DAS TREVAS

Editora Wish apresenta

MARJORIE BOWEN

MAGIA DAS TREVAS

BLACK MAGIC
A Tale of the Rise and Fall of the Antichrist

Tradução de **REGIANE WINARSKI**

WISH

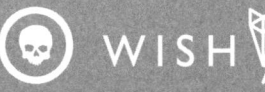

TRADUÇÃO	**DIAGRAMAÇÃO**
Regiane Winarski	Marina Avila
PREPARAÇÃO	**CAPA**
Cristina Lasaitis	Caroline Murta
REVISÃO	1ª edição
Lorena Camilo	2025
e Bárbara Parente	Ipsis

DADOS INTERNACIONAIS DE CATALOGAÇÃO NA PUBLICAÇÃO (CIP)
Catalogação na fonte: Bibliotecária responsável: Angélica Ilacqua CRB-8/7057

Bowen, Marjorie
    Magia das trevas / Marjorie Bowen ; tradução de Regiane Winarski. -- São Caetano do Sul, SP : Editora Wish, 2025.
    380 p.
    ISBN 978-65-5241-006-1
    Título original: Black Magic, A Tale of the Rise and Fall of the Antichrist
    1. 1. Ficção inglesa 2. Horror I. Título II. Winarski, Regiane

CDD 82324   5691

ÍNDICE PARA CATÁLOGO SISTEMÁTICO:
1. Ficção inglesa

  **EDITORA WISH**
www.editorawish.com.br
Redes Sociais: @editorawish
São Caetano do Sul - SP - Brasil

© Copyright 2025. Este livro possui direitos de tradução e projeto gráfico reservados e não pode ser distribuído ou reproduzido, ao todo ou parcialmente, sem prévia autorização por escrito da editora.

**ESTE
TESOURO GÓTICO
PERTENCE A**

_____

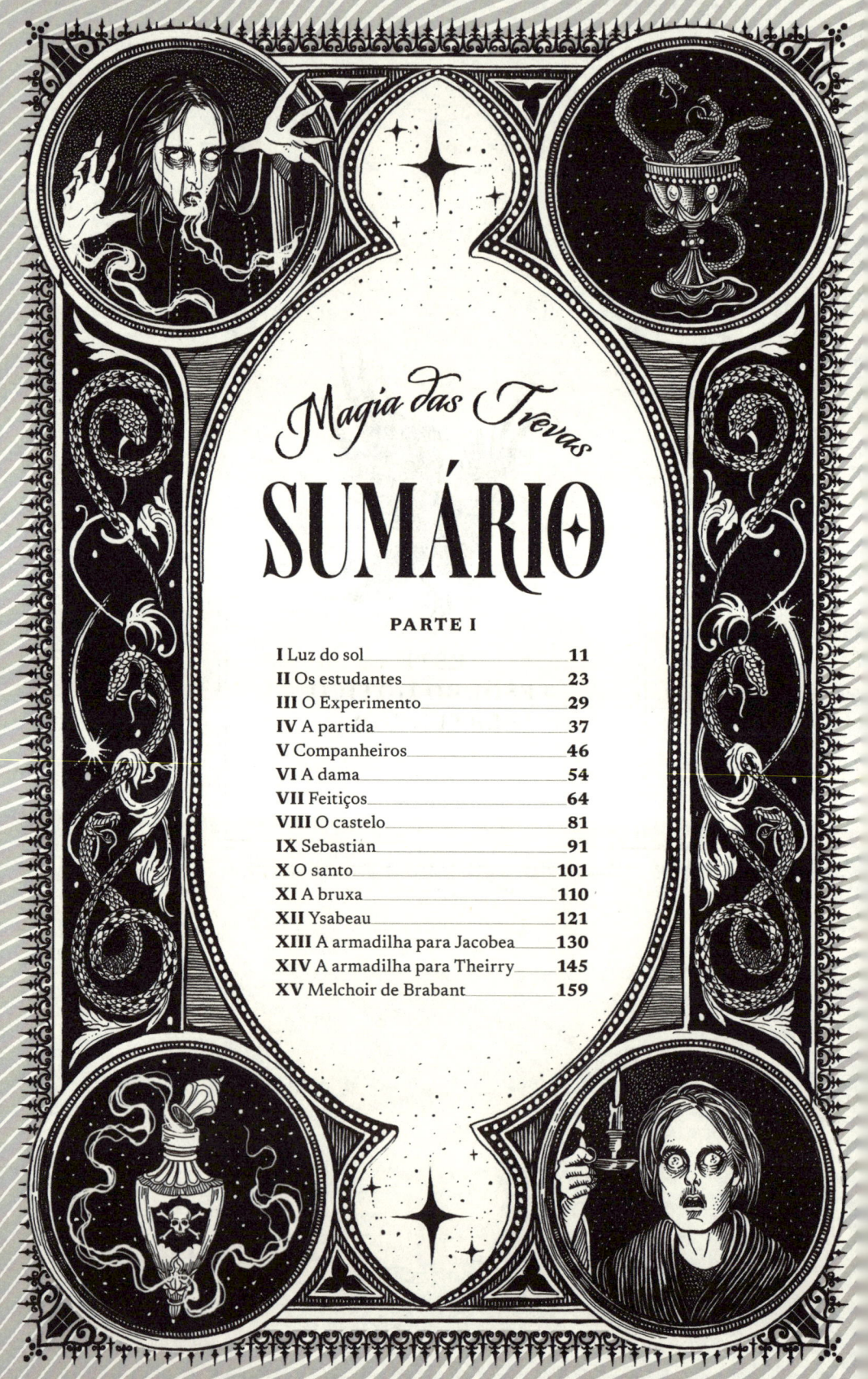

Magia das Trevas
SUMÁRIO

PARTE I

I Luz do sol	11
II Os estudantes	23
III O Experimento	29
IV A partida	37
V Companheiros	46
VI A dama	54
VII Feitiços	64
VIII O castelo	81
IX Sebastian	91
X O santo	101
XI A bruxa	110
XII Ysabeau	121
XIII A armadilha para Jacobea	130
XIV A armadilha para Theirry	145
XV Melchoir de Brabant	159

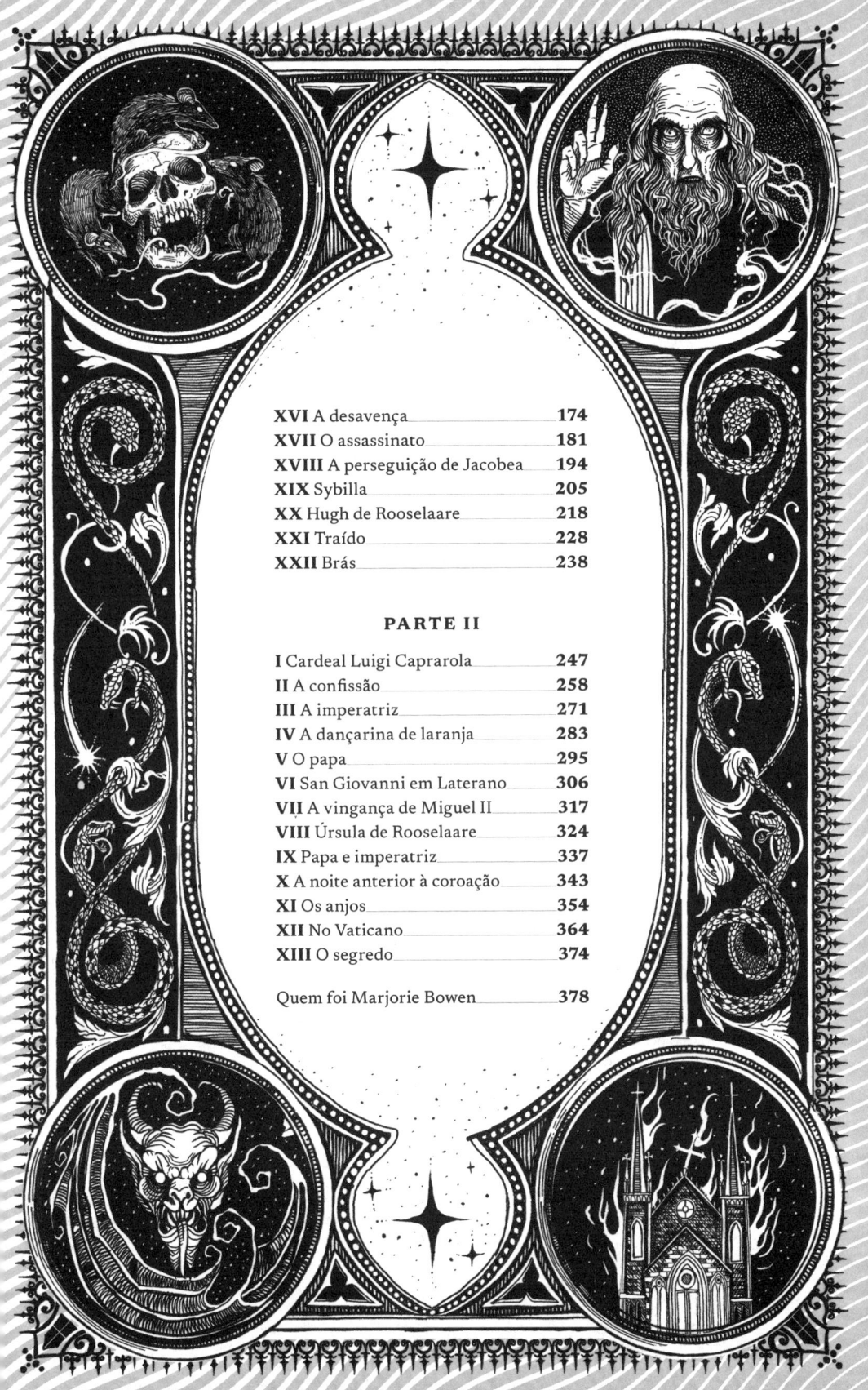

XVI A desavença		174
XVII O assassinato		181
XVIII A perseguição de Jacobea		194
XIX Sybilla		205
XX Hugh de Rooselaare		218
XXI Traído		228
XXII Brás		238

PARTE II

I Cardeal Luigi Caprarola		247
II A confissão		258
III A imperatriz		271
IV A dançarina de laranja		283
V O papa		295
VI San Giovanni em Laterano		306
VII A vingança de Miguel II		317
VIII Úrsula de Rooselaare		324
IX Papa e imperatriz		337
X A noite anterior à coroação		343
XI Os anjos		354
XII No Vaticano		364
XIII O segredo		374

Quem foi Marjorie Bowen 378

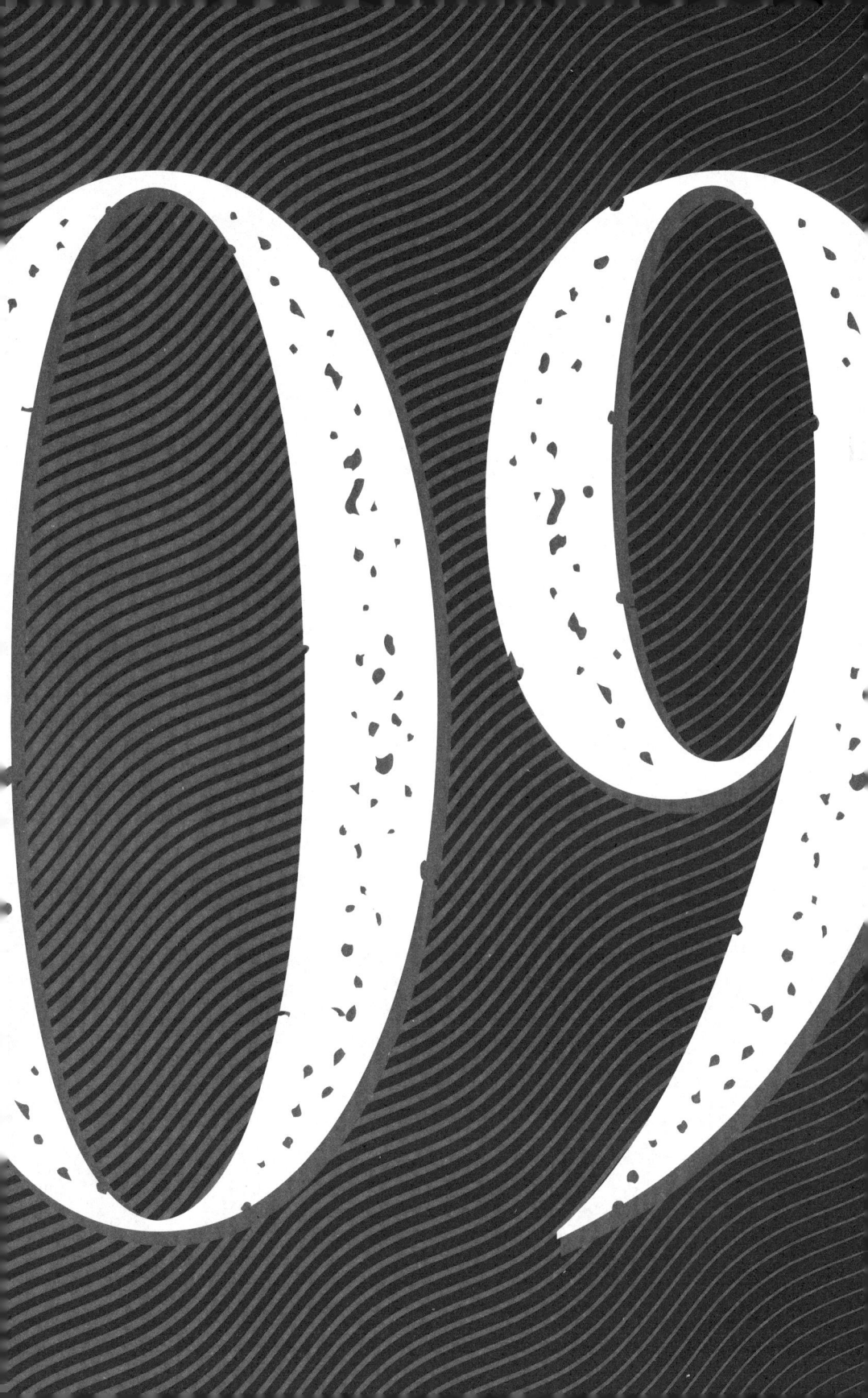

· ☾ CAPÍTULO I ☽ ·
LUZ DO SOL

NO SALÃO DE UMA CASA EM UMA CERTA CIDADE TRANquila de Flandres, um homem estava dourando um diabo. O aposento dava vista para o quadrilátero em torno do qual a casa fora construída; e o sol, que tinha acabado de subir, iluminava as folhas das trepadeiras grudadas nos tijolos e espalhava um reflexo de brilho nos espaços sombrios da sala.

O diabo, rudemente entalhado em madeira, estava apoiado na parede pelas três caudas e pelos chifres curvados para trás, e o homem estava sentado na frente dele em um banco baixo.

Na mesa em frente à janela aberta havia uma fileira de cavaleiros com armaduras fantásticas, modelados grosseiramente em argila; ao lado deles, uma pilha de folhas de velino cobertas de desenhos em marrom e verde. Ao lado da porta, havia uma figura de São Miguel apoiada em uma cadeira, e aos pés dele havia copos pintados de todas as cores e formas. Na parede branca havia uma figura alada representando um martírio; seus tons vívidos eram a coisa mais brilhante na sala. O homem estava vestido de marrom; tinha o rosto comprido e o cabelo liso e sem vida. A partir do rolo de folha de ouro no joelho, ele dourava de forma cuidadosa e lenta o diabo. O local estava em silêncio absoluto, uma imobilidade perfeita incrementada pelo brilho do sol intenso lá fora. No momento, o homem se levantou, andou até a janela e olhou para fora. Ele via umas poucas plantas em volta dos caminhos negligenciados e povoados pelo mato, a casa em frente com as fileiras duplas de janelas vazias e as folhas amareladas da hera subindo até as telhas que cortavam o azul polido do céu de agosto.

Entre essas janelas, que estavam todas fechadas e cintilando em seus quadrados dourados, havia bustos de filósofos velhos e cansados; eles espiavam cegamente o sol insondável, e as gavinhas secas da hera envolviam sua magreza. No quadrado central de grama havia um chafariz velho e quebrado. Algumas margaridas brancas altas cresciam ali, e o dourado puro do centro delas era tão brilhante quanto o dourado do diabo dentro da casa. O silêncio e o brilho do sol eram únicos e indescritíveis.

O homem na janela apoiou os cotovelos no parapeito. Estava tão quente que ele sentiu o calor ardendo pela manga. Ele tinha o ar de uma pessoa habituada a estar sozinha, a calma inquestionável que acompanha os longos silêncios. Era jovem, tinha jeito de ser calado, bem-apessoado, com sobrancelhas largas e mandíbula longa, pele pálida lisa e olhos enevoados, o cabelo bem liso, o pescoço longo e lindo. De expressão, era reservado e sóbrio; os lábios, bem definidos, porém pálidos, estavam apertados de forma resoluta, e havia uma curva suave de força no queixo proeminente.

Depois de passar um tempo observando, sem expressão, o jardim cheio de sol, ele se virou para a sala e ficou no centro, com os dentes apoiados no indicador olhando de forma ponderada para o diabo parcialmente dourado. Ele pegou um chaveiro de chaves lindamente forjadas no cinto e, balançando-as gentilmente na mão, saiu da sala. A casa tinha sido construída sem corredores ou passagens, cada sala levando à outra, e as superiores eram alcançadas por escadarias escuras e curtas junto a paredes; havia muitos aposentos, cada um de desenho nobre com as janelas voltadas para o quadrilátero.

Quando o homem andou com passos leves de um aposento para o seguinte, seus passos deslocaram poeira, seu olhar caiu em teias e nas novas redes de aranhas, que pendiam em algumas das muitas passagens. Muitos objetos curiosos e lindos ocupavam esses aposentos vazios: entalhes cheios de prata enegrecida, pinturas de temas sagrados, móveis cobertos de tapeçarias com tons ricos, outras peças de tapeçaria nas paredes e, em um quarto, enfeites de seda roxa bordados com cabelos de donzelas em tons de castanho e dourado. Um aposento era cheio de livros empilhados no chão, e no meio deles havia uma mesa com cálices estranhos de conchas posicionados sobre prata e electro[1]. Depois de passar por essas coisas sem nem olhar, o jovem subiu para o andar de cima e destrancou uma porta cujo trinco enferrujado precisou de toda a força dele para ser virado. Foi em um depósito e entrou – era iluminado por janelas longas e baixas com vista para a rua, que eram cuidadosamente protegidas por linho; a sala estava lotada de poeira e com um cheiro horrível de mofo. No chão havia fardos de coisas, escarlate, azul e verde, azulejos pintados, lampiões velhos, roupas, trajes de padre lindamente trabalhados, copos e pequenas arcas enferrujadas.

Na frente de uma dessas portas, o jovem ficou de joelhos e a destrancou. Continha uma quantidade de pedaços de vidro cortados representando pedras preciosas. Ele selecionou dois de tamanho igual e cor verde límpida, e, com a mesma gravidade e silêncio com que tinha chegado, voltou para a oficina. Quando viu o diabo, parcialmente reluzente em ouro e em madeira exposta, ele franziu a testa e colocou o vidro verde nas órbitas ocas da coisa. Com o efeito cintilante de luz e vida produzidos por isso, a testa relaxou; ele ficou por um tempo contemplando seu trabalho, lavou os pincéis e guardou as tintas e a folha de ouro. Agora, o sol tinha mudado e estava brilhando na sala, lançando sombras quentes

---

[1] O electro (ou eletro) é uma liga metálica natural composta principalmente de ouro e prata, com pequenas quantidades de cobre e outros metais. Encontrado em depósitos naturais, era amplamente utilizado em civilizações antigas, como a egípcia e a lídia, para cunhagem de moedas e confecção de objetos decorativos. De coloração variando entre dourado e prateado, sua composição química pode variar conforme a origem geológica. [N.E.]

das folhas de hera nos cavalheiros de argila e deixando a veste vermelha molhada de São Miguel deslumbrante. Pela segunda vez, o jovem saiu da sala, agora para ir até o saguão e abrir a porta que levava para a rua. Ele olhou para uma praça de feira vazia cercada de casinhas em decadência, atrás delas as torres duplas da catedral se projetando para cima em meio ao dourado e azul. Não muito tempo antes, a cidade tinha sido invadida e aquela parte destruída; agora, novas moradias tinham sido construídas e aquelas foram negligenciadas. Crescia grama entre as pedras e não havia uma alma viva à vista.

  O jovem protegeu os olhos e observou a desolação impressionante. A sombra do corpo calmo e magro aparecia no quadrado de sol criado no saguão pela porta aberta. Debaixo do sino de ferro que pendia do batente havia uma cesta de pão, uma garrafa de leite e um pedaço de carne embrulhado em um pano de linho; o jovem pegou os alimentos e fechou a porta. Ele atravessou uma sala de jantar grande, elegantemente mobiliada, uma pequena antecâmara, saiu na ponta coberta do pátio, entrou na casa por uma porta baixa ao lado da bomba de água e voltou para a oficina. Lá, preparou a comida; na lareira ampla ladrilhada, havia um tripé e uma panela de ferro. Ele acendeu um fogo embaixo, encheu a panela de água e botou a carne dentro. Em seguida, pegou um livro grande em uma prateleira e se curvou sobre ele, acomodado em um banco no canto em que ainda havia sombra. Era um livro cheio de desenhos de coisas estranhas e horríveis, com uma caligrafia apertada floreada com capitulares em vermelho-sangue. Enquanto o jovem lia, seu rosto foi ficando quente e corado no ponto em que estava apoiando sua mão, e o grande volume das páginas pendiam em ambos os lados de seus joelhos; nem sequer uma vez ele ergueu o olhar, nem mudou a posição torta, e com os lábios entreabertos e olhos absortos devorava as letras pretas.

  O sol desceu do outro lado da casa, de forma que o jardim e a sala estavam igualmente na sombra, e o ar ficou mais fresco; ainda assim, o jovem não se moveu. As chamas ardiam na lareira e a carne fervia na panela ignorada. Do lado de fora, a hera se curvava nos tijolos e os rostos de pedra olhavam o chafariz quebrado, a grama e as margaridas brancas e altas. E o jovem, ainda curvado, a bochecha quente apoiada na palma, o cabelo tocando na página, lia o grande tomo apoiado no joelho. Nem o diabo, com os olhos verdes olhando na frente dele, nem São Miguel, com a veste vermelha junto à porta, nem o mártir da imagem alada colorida estavam mais imóveis do que ele, sentado no banco de madeira. Subitamente, sem prelúdio nem aviso, o tilintar pesado de um sino rompeu o silêncio em ecos trêmulos. O jovem largou o livro e ficou de pé. Vermelho e branco coloriam seu rosto, e ele se levantou, ofegante, perplexo, com uma das mãos no coração e os olhos atordoados.

Novamente, o sino tocou. Só podia ser o que ficava pendurado junto à porta da frente; havia anos que ninguém o tocava. Ele pegou o livro, guardou-o na estante e se levantou, hesitante. Pela terceira vez, o som do ferro, insistente, impaciente, ecoou pelo silêncio. O jovem franziu o cenho, tirou o cabelo da testa quente e foi, com passo leve e cauteloso, caminhando pelo pátio, pela sala de jantar escura até o saguão. Ali, por um segundo ele hesitou, mas puxou o ferrolho e abriu a porta.

Havia dois homens do lado de fora. Um estava lindamente vestido, o outro usava um manto escuro e segurava o chapéu na mão.

— Não pode ser a mim que procuram — disse o jovem, observando os dois. — E não tem mais ninguém aqui. — Sua voz soou grave e baixa, com suavidade, mas o tom foi sombrio e frio.

O estranho esplendidamente trajado respondeu:

— Se você for o mestre Dirk Renswoude, nós desejamos muito falar com você.

O jovem abriu um pouco mais a porta.

— Eu sou Dirk Renswoude, mas não conheço nenhum dos dois!

— Eu achei que não — respondeu o outro. — Ainda assim, temos uma pergunta a fazer para você. Sou Balthasar de Courtrai e este é meu amigo, que você pode chamar de Theirry, nascido em Dendermonde.

— Balthasar de Courtrai! — repetiu o jovem baixinho; ele chegou para o lado e fez sinal para eles entrarem.

Quando eles entraram no saguão, ele fechou o ferrolho da porta; em seguida, se virou para eles com um jeito sério e absorto.

— Podem me acompanhar? — disse ele, e saiu andando na frente deles até sua sala de trabalho.

O sol tinha sumido do aposento e do jardim agora, mas o ar estava quente e dourado pelo brilho, e uma sensação de calor intenso ainda pairava sobre a grama e a hera vista pela janela aberta. Dirk Renswoude tirou São Miguel da cadeira e uma pilha de pergaminhos de um banco. Ofereceu os assentos para os visitantes, que os aceitaram em silêncio.

— Vai ser preciso esperar até que o jantar esteja pronto — disse ele, e, com isso, se colocou no banco junto à panela e, enquanto mexia com uma colher de ferro, observou abertamente os dois homens.

Balthasar de Courtrai era bonito; sua idade devia estar entre vinte e seis e vinte e sete anos. Ele era de estatura alta, de rosto corado nas maçãs proeminentes e com feições angulosas; suas sobrancelhas eram retas e claras, os olhos de um azul profundo e sem expressão; o cabelo louro pesado estava cortado baixo na testa e caía liso até o pescoço. Ele usava um chapéu laranja amplo, recortado e dobrado, preso por cordões roxos ao ombro de um gibão[2] dourado que se abria em uma camisa de algodão fino; as mangas eram enormes, fantásticas, bufantes e pregueadas; em torno da cintura havia um cinto de elos no qual estavam enfiadas inúmeras adagas e espadas curtas. A calça, de um azul vívido, era carregada de nós e borlas, as botas de montaria, que iam até os joelhos, manchadas com a poeira do verão, exibiam um pé pequeno decorado com esporas douradas. Ele estava sentado com uma das

---

2   Peça de vestuário masculina popular na Idade Média e no Renascimento, geralmente usada como uma jaqueta curta acolchoada, ajustada ao corpo, usada sob a armadura para proteger o corpo e absorver o impacto de golpes. Contudo, também era comum que o gibão fosse combinado com outras peças luxuosas, como capas e cintos ornamentais, refletindo o *status* social do portador. [N. R.]

mãos no quadril, e na outra segurava as luvas de couro. Foi essa a imagem que mestre Dirk Renswoude, considerando-o friamente, formou de Balthasar de Courtrai. Seu companheiro era mais jovem; estava vestido com sobriedade em preto e violeta, mas tinha uma aparência tão boa quanto um homem pode ter. Não tinha pele escura nem clara, mas de um tom marrom-claro, e os olhos cor de mel, eram ágeis e brilhantes; a boca se posicionava num sorriso, mas o rosto todo expressava reserva e algum desdém. Ele tinha colocado o chapéu no chão ao seu lado e, com um olhar interessado, observava a sala. Mas Balthasar de Courtrai retribuía o olhar firme de mestre Dirk Renswoude.

— Já ouviu falar de mim? — perguntou ele subitamente.

— Ouvi. — A resposta foi imediata.

— Então sabe por que estou aqui?

— Não — disse mestre Dirk, a testa franzida.

Balthasar olhou para o companheiro, que não deu atenção a nenhum dos dois e ficou olhando para o diabo meio dourado com interesse e algum assombro; ao ver isso, Balthasar respondeu de um jeito meio desafiador e totalmente arrogante.

— Meu pai é o margrave[3] de Flandres Oriental, e o imperador me tornou cavaleiro quando eu tinha quinze anos. Agora, estou cansado de Courtrai, do castelo, do meu pai. Eu peguei a estrada.

Mestre Dirk ergueu a panela de ferro do fogo e a apoiou na lareira.

— Estrada para... onde? — perguntou ele.

Balthasar fez um gesto amplo com a mão.

— Para Colônia, talvez para Roma, para Constantinopla... para a Turquia ou para a Hungria.

— Um cavaleiro errante — disse mestre Dirk.

Balthasar jogou a bela cabeça para trás.

---

3   Título nobiliárquico europeu, especialmente no Sacro Império Romano-Germânico, atribuído a nobres que governavam e defendiam regiões fronteiriças do império. Devido à sua posição estratégica, os margraves detinham grande poder e autonomia, muitas vezes comparável ao de duques. O título se tornou hereditário, consolidando o poder de suas famílias ao longo das gerações. [N. R.]

— Pelos céus, não. Eu tenho ambições.

Mestre Dirk riu.

— E seu amigo?

— Um intelectual andarilho — disse Balthasar, sorrindo. — E também muito cansado da cidade de Courtrai. Ele sonha com a fama.

Theirry olhou para a frente ao ouvir isso.

— Eu vou para as universidades — disse ele baixinho. — Para Paris, Basileia, Pádua... Já ouviu falar delas?

Os olhos enevoados do jovem cintilaram.

— Ah, eu ouvi falar delas — respondeu ele depois de inspirar rapidamente.

— Eu tenho um grande desejo de aprender — disse Theirry.

Balthasar fez um gesto impaciente que sacudiu as borlas e fitas das mangas.

— Que Deus nos ajude, sim! E eu de outras coisas.

Mestre Dirk estava servindo o jantar. Ele colocou os cavaleiros de argila no parapeito da janela e jogou, sem nenhum melindre, desenhos, tintas e pincéis no chão. O silêncio se fez entre eles; a postura do jovem anfitrião não encorajava comentário, e a atmosfera da sala estava lânguida e remota, sem conduzir conversa. Mestre Dirk, composto e distante, abriu um armário na parede e lá pegou uma toalha delicada que colocou sobre a mesa áspera. Em seguida, colocou nela pratos e travessas, copos pintados de cores fortes e garfos com cabo de ágata. Eles foram bem servidos de comida, apesar de provavelmente não ser a refeição principesca a que o filho do margrave estava acostumado: mel em um pote de prata, maçãs reluzentes em meio às próprias folhas, bolos de trigo em uma cesta trançada, uvas em uma travessa dourada, alfaces e rabanetes fragrantemente úmidos. Isso tudo mestre Dirk tirou do armário e colocou na mesa. Em seguida, serviu os convidados de carne, e Balthasar falou.

— Você vive de um jeito estranho aqui. Tão sozinho.

— Não tenho desejo de companhia. Eu trabalho e tenho prazer no que faço. As pessoas compram meu trabalho, meus desenhos, meus entalhes, minhas esculturas para igrejas. Prontamente.

— Você é um bom artesão – disse Theirry. – Quem lhe ensinou?

— O velho mestre Lukas, nascido em Gante, que dava aulas na Itália. Quando morreu, ele deixou para mim esta casa e tudo nela.

Novamente, a conversa mergulhou em silêncio. Balthasar comeu avidamente, mas com elegância. Dirk, sentado perto da janela, apoiou o queixo na palma da mão e olhou para o azul intenso, porém morrente do céu, para uma fileira de janelas fechadas em frente e para as margaridas balançando em volta do chafariz quebrado. Ele comeu muito pouco. Theirry, sentado em frente, estava como ele e, sem dar muita atenção a Balthasar, que pareceu não o interessar, manteve os olhos curiosos no rosto estranho e sério de Dirk. Depois de um tempo, o filho do margrave pediu vinho sem a menor vergonha, e o jovem se levantou languidamente e levou a bebida: garrafas altas, brancas e vermelhas e amarelas em estojos de vime, e uma cerveja de tom âmbar do tipo que os camponeses bebiam. Colocar isso tudo na frente de Balthasar pareceu despertá-lo da apatia.

— Por que você veio aqui? – perguntou ele.

Balthasar riu com gosto.

— Eu sou casado – disse ele como prelúdio, e ergueu a taça em uma mão grande e bem-feita. Ao ouvir isso, mestre Dirk franziu a testa.

— Muitos homens também são.

Balthasar observou a inclinação do vinho no copo com olhos entrefechados.

— É por causa da minha esposa, mestre, que estou aqui agora.

Dirk Renswoude se inclinou para a frente na cadeira.

— Eu sei sobre a sua esposa.

— Conte-me sobre ela – disse Balthasar de Courtrai. – Eu vim aqui para isso.

Dirk sorriu de leve.

— Eu saberia mais do que você?

O filho do margrave ruborizou.

— O que você sabe? Conte-me.

O sorriso de Dirk aumentou.

— Ela se chamava Úrsula, filha do lorde de Rooselaare, que foi enviada para o convento das Irmãs Brancas nesta cidade.

— Então você sabe tudo — disse Balthasar. — Bem, e o que mais?

— O que mais? Preciso contar uma história familiar.

— De fato; mais familiar para você do que para mim.

— Bem, se deseja, aqui está sua história, senhor. — Dirk falou com voz indiferente bem adequada à paz no aposento; não olhou para seus ouvintes, sempre pela janela. — Ela foi educada para ser freira e, acho, desejava se tornar uma da Ordem das Irmãs Brancas. Mas, quando tinha quinze anos, seu irmão morreu e ela se tornou herdeira do pai. Muitos entraram na lista pela mão dela... mas a prometeram a você.

Balthasar puxou as borlas laranja na manga.

— Sem meu desejo ou consentimento — disse ele.

O jovem não deu atenção.

— Enviaram um guarda para levá-la de volta a Rooselaare, mas como estavam temerosos com o perigo da viagem e de que ela pudesse ser capturada por um dos pretendentes à fortuna dela, eles a casaram rapidamente e com segurança, por procuração, com você. Com isso, a donzela, que desejava ardorosamente, pelo que entendi, tornar-se freira, caiu doente de sofrimento e, em seu desespero, confidenciou sua infelicidade à abadessa. — Os olhos de Balthasar oscilaram e endureceram por trás dos cílios claros. — Vou contar uma história — disse Dirk — que acredito que você conheça, mas como veio para me ouvir falar sobre essa questão, relato o que chegou a mim sobre isso. Essa Úrsula era herdeira de grande riqueza, e em seu amor pelas Irmãs e no desgosto por esse casamento, ela prometeu a elas todos os seus bens quando estivesse de posse deles se elas aceitassem salvá-la do pai e do marido. Assim, as freiras, tentadas pela ganância, espalharam a notícia de que ela tinha morrido de doença e, por serem mulheres inteligentes, enganaram a todos. Houve um funeral falso e Úrsula foi guardada em segredo no convento entre as noviças. Toda essa questão foi registrada por escrito e atestada pelas freiras, para que não houvesse dúvida da verdade quando chegasse a hora de a donzela receber a herança. E a notícia de que ela estava morta seguiu para a casa dela.

— E eu fiquei feliz por isso — disse Balthasar. — Pois eu amava outra mulher e não estava necessitando de dinheiro.

— Paz, sem vergonha nenhuma — disse Theirry, mas Dirk Renswoude riu baixinho.

— Ela fez os votos finais irrevogáveis e viveu por três anos entre as freiras. Só que a vida ficou amarga e insuportável para ela, mas não ousou se revelar ao pai por causa dos títulos que as freiras detinham, que lhes prometiam as terras. Assim, conforme a vida foi ficando mais e mais horrível para ela, escreveu, em um momento extremo, e encontrou um meio de enviar uma carta para o marido.

— Eu a tenho aqui. — Balthasar tocou no peito. — Ela disse que havia se jurado a mim antes de se jurar a Deus, me contou sobre a farsa — ele riu — e me pediu para vir salvá-la.

Dirk cruzou as mãos, que eram longas e bonitas, sobre a mesa.

— Você não veio e não respondeu.

O filho do margrave olhou para Theirry, como tinha o hábito de fazer, como se desejasse relutantemente a ajuda ou o encorajamento dele; mas novamente não obteve nada e respondeu por si mesmo, depois de uma breve pausa.

— Não, eu não vim. O pai dela tinha tomado outra esposa e teve um filho para ser herdeiro. E eu — ele abaixou o olhar com mau humor — estava pensando em outra mulher. Ela tinha mentido, a minha esposa, para Deus, eu acho. Bem, ela que tenha sua punição, eu disse.

— Ela não esperou mais do que alguns meses pela sua resposta — disse mestre Dirk. — Mestre Lukas, nascido em Gante, foi contratado para fazer a capela do convento, e ela, que tinha que cuidar dele, contou a história para ele. E quando ele terminou a capela, ela fugiu com ele para cá, para esta casa. E novamente escreveu para o marido, falando do homem idoso com quem tinha feito amizade e contando sobre seu paradeiro. E novamente ele não respondeu. Isso foi cinco anos atrás.

— E as freiras não a procuraram? — perguntou Theirry.

— Elas sabiam agora que a garota não era herdeira e ficaram com medo de que a história pudesse se espalhar no exterior. E houve a guerra.

— Sim, se não tivesse sido isso, eu talvez tivesse vindo — disse Balthasar. — Mas eu estava muito ocupado lutando.

— O convento pegou fogo e as irmãs fugiram — continuou Dirk. — E a donzela viveu aqui, aprendendo muitos ofícios com mestre Lukas. Ele não teve aprendizes além de nós.

Balthasar se encostou na cadeira.

— Disso eu soube. E que o homem idoso, ao morrer, deixou esta casa para você e... o que há mais dessa Úrsula?

O jovem olhou para ele intensa e lentamente.

— É estranhamente tarde para você perguntar por ela, Balthasar de Courtrai.

O cavaleiro afastou o rosto, meio taciturno.

— Um homem deve conhecer seu fardo. Ninguém além de mim está ciente da existência dela... Ainda assim, ela é minha esposa.

O crepúsculo, quente e dourado, tinha caído sobre o aposento. O diabo parcialmente dourado brilhou sem muita intensidade. Acima da vestimenta roxa, o belo rosto de Theirry mostrava um meio sorriso nos lábios curvos; o cavaleiro estava pouco à vontade, um tanto carrancudo, mas reluzindo intensamente, com cores lindas e delicadas.

O jovem escultor apoiou o rosto pálido e liso na palma da mão. Os olhos enevoados e o cabelo fino mal se discerniam na meia-luz, mas a linha do queixo resoluto estava claramente definida.

— Ela morreu quatro anos atrás — disse ele. — E o túmulo dela está no jardim... onde crescem aquelas margaridas brancas.

· ☽ CAPÍTULO II ☾ ·

OS ESTUDANTES

— MORREU – REPETIU BALTHASAR. ELE EMPURrou a cadeira para trás e riu. — Ora, então minha dificuldade está resolvida. Estou livre disso, Theirry.

Seu companheiro franziu a testa.

— Você acha? Eu acho uma pena, a tola era tão jovem. — Ele se virou para Dirk. — De que ela morreu?

O escultor suspirou, como se cansado do assunto.

— Não sei. Ela era feliz aqui, mas morreu.

Balthasar se levantou.

— Por que você a enterrou dentro da casa? — perguntou ele, um tanto inquieto.

— Era época da guerra — respondeu Dirk. — Nós fizemos o que pudemos... e ela, eu acho, desejava isso.

O jovem cavaleiro se inclinou de leve na direção da janela e olhou as margaridas; elas reluziam intensamente em branco pelo crepúsculo profundo, e ele podia imaginar que estavam crescendo do coração, dos olhos e lábios da esposa que ele nunca tinha visto. Desejou que o túmulo dela não fosse ali. Desejou que ela não tivesse apelado para ele. Ele estava com raiva dela por ter morrido e o envergonhado; mas essa mesma morte também era um grande alívio para ele. Dirk se levantou num movimento suave e pousou a mão na manga fantástica de Balthasar.

— Nós a enterramos bem fundo — disse ele. — Ela não vai se levantar.

O cavaleiro se virou com um leve sobressalto e se persignou.

— Que Deus permita que ela descanse em paz — declarou ele.

— Amém — disse Theirry em tom sério.

Dirk pegou um lampião na parede e o acendeu com os carvões ainda fumegando na lareira.

— Agora você sabe tudo que sei sobre essa história — comentou ele. — Eu achava que um dia você poderia vir. Eu guardei o anel dela... o seu anel...

Balthasar o interrompeu.

— Eu não quero nada — disse ele apressadamente.

Dirk ergueu o lampião. A chama tremeluzente mergulhou o crepúsculo em dourado.

— Vocês dormem aqui esta noite? — perguntou ele.

O cavaleiro, de costas para a janela, assentiu, desafiando uma repulsa secreta pelo lugar.

— Venha comigo — ordenou Dirk. E, para o outro: — Volto logo.

— Bom descanso — disse Balthasar, assentindo. — Amanhã conseguiremos cavalos na cidade e seguiremos para Colônia.

— Boa noite — disse Theirry.

O cavaleiro foi atrás do anfitrião pelos aposentos silenciosos e subiu uma escadaria curva para uma câmara baixa com vista para o quadrilátero. Continha uma cama de madeira coberta por uma colcha, uma mesa e algumas cadeiras ricamente entalhadas. Dirk acendeu as velas que estavam na mesa, deu boa-noite ao hóspede e voltou para a sala de trabalho.

Ele abriu a porta devagar e olhou para dentro antes de entrar. Perto da janela, Theirry lutava para aproveitar a última luz nas páginas de um livrinho que segurava. Seu corpo alto e gracioso ficava escondido pelos trajes sombrios, mas o belo oval do rosto estava discernível acima das páginas brancas do volume.

Dirk terminou de abrir a porta e entrou sem fazer barulho.

— Você ama ler? — perguntou ele, e seus olhos brilharam.

Theirry levou um susto e enfiou o livro no peito do gibão.

— Sim... e você? — perguntou ele com hesitação.

Dirk colocou o lampião entre a desordem das coisas do jantar.

— Mestre Lukas me deixou seus manuscritos, entre outros bens — respondeu ele. — Por ficar sempre sozinho... eu... os tenho lido.

À luz do lampião, que o ar que vinha do jardim fez tremeluzir, os dois jovens se olharam. Uma expressão extraordinária, como uma excitação culpada, surgiu nos olhos dos dois.

— Ah! — disse Dirk, e recuou um pouco.

— Por ficar sempre sozinho — sussurrou Theirry — com uma donzela morta na casa... como você passou seu tempo?

Dirk se agachou junto à parede; o cabelo caía sem vida sobre o rosto pálido.

— Você... você... tinha pena dela? — sussurrou ele.

Theirry estremeceu.

— Balthasar me enoja... apesar de ser meu amigo.

— Você teria vindo? — questionou Dirk. — Quando ela chamasse?

— Eu não teria visto o que mais fazer — respondeu Theirry. — Que tipo de donzela ela era?

— Eu a achava bonita — disse Dirk lentamente. — Ela tinha cabelo louro... Dá para ver como ela era naquele quadro na parede. Mas agora está muito escuro.

Theirry contornou a mesa.

— Você também segue em busca de conhecimento? — perguntou ele com avidez.

Mas Dirk respondeu quase que com grosseria.

— Por que eu deveria confiar em você? Eu não sei nada de você.

— Há um vínculo em atividades afins — respondeu o estudioso em tom mais baixo.

Dirk ergueu o lampião.

— Você não sabe a natureza dos meus estudos — declarou ele, e seu olhar faiscou com ira. — Vá para a cama. Estou cansado de falar.

Theirry curvou a cabeça.

— Este é um belo lugar para silêncios — disse ele.

Como se sombriamente irritado, mas desdenhando a manifestação disso, Dirk o conduziu para um aposento próximo daquele onde Balthasar estava, e o deixou, sem dizer nada, nem Theirry solicitou qualquer palavra dele. Dirk não voltou para a sala de trabalho, só foi para o jardim e andou de um lado para o outro sob estrelas que ardiam com intensidade e pareciam pairar baixo sobre a linha escura da casa. Seu caminhar estava rápido, os passos irregulares, e ele mordia, com um ar de distração absorta, o lábio, o dedo, as pontas do cabelo liso, e de vez em quando olhava com expressão perturbada para o céu, para o chão e ao redor, como louco.

A noite já tardava quando ele finalmente voltou para a casa e, pegando uma vela na mão, subiu sorrateiro até o quarto de Balthasar. Com um toque delicado, abriu a porta e entrou com leveza. Protegendo a chama da vela com a mão, foi até a cama. O jovem cavaleiro dormia pesadamente. O cabelo louro estava desgrenhado sobre o rosto corado e no travesseiro; os braços pendiam inertes para fora da coberta vermelha; no chão estavam as roupas brilhantes, a espada, o cinto, a bolsa. Onde a camisa se abria no pescoço, um cordão azul fino mostrava um pingente. Dirk ficou imóvel, um pouco inclinado, olhando para o homem adormecido, e expressões de desprezo, de raiva sobressaltada, de confusão, de reflexão passaram pelas feições abatidas.

Balthasar nem se mexia no sono profundo; nem a luz segurada acima dele nem o olhar intenso dos olhos escuros do jovem serviram para acordá-lo, e depois de um tempo Dirk o deixou e foi para o aposento em frente. Lá estava Theirry, totalmente vestido, no leito baixo. Dirk colocou a vela na mesa e foi nas pontas dos pés até ele. O rosto bonito do estudioso estava apoiado na mão, o queixo inclinado para cima, os lábios carnudos um tanto entreabertos; os cílios pousavam tão levemente sobre a bochecha que parecia que ele devia estar olhando por baixo; o cabelo, escuro e brilhante, se amontoava nas têmporas. Dirk, ao olhar para ele, respirou furiosamente, e a cor inundou seu rosto, sumiu, e surgiu de novo. Ele recuou até a mesa, afundou na cadeira de assento de palha e botou as mãos sobre os olhos; a chama da vela pulou em sintonia com sua respiração irregular.

Quando olhou ao redor, depois de um tempo, com um olhar selvagem, ele soltou um longo e perturbado suspiro, e Theirry se moveu no sono. Com isso, o observador ficou na expectativa. Theirry se mexeu de novo, se virou e se apoiou no cotovelo com um sobressalto.

Ao ver a luz e o jovem sentado ao lado dela, olhando para ele com olhos brilhantes, ele botou os pés no chão.

Antes que pudesse falar, Dirk levou o dedo aos lábios.

— Shh — sussurrou ele. — Balthasar está dormindo.

Theirry, assustado, franziu a testa.

— O que você quer comigo?

Como resposta, o jovem escultor gemeu e apoiou a cabeça na curva do braço.

— Você é estranho — disse Theirry.

Dirk olhou para a frente.

— Você me levaria junto para Pádua... para Basileia? — perguntou ele. — Eu tenho dinheiro e algum conhecimento.

— Você tem a mesma liberdade para ir quanto eu — respondeu Theirry, mas um interesse desperto brilhou nos olhos dele.

— Eu iria com você — insistiu Dirk intensamente. — Você me leva?

Theirry se ergueu da cama com inquietação.

— Eu nunca tive um companheiro na vida — disse ele. — O homem que eu levaria comigo precisaria ser de rara qualidade...

Ele foi até o outro lado da mesa e, pelo brilho fraco da vela, olhou para Dirk. Seus olhos se encontraram e se afastaram na mesma hora, como se ambos estivessem com medo do que o outro poderia revelar.

— Eu estudei um pouco — disse Dirk com voz rouca. — Você também... acho que a mesma ciência... — O assombro silencioso da compreensão caiu entre eles, e Theirry falou.

— Tão poucos entendem... Seria possível... que você...?

Dirk se levantou.

— Eu fiz uma coisa.

Theirry empalideceu, mas seus olhos cor de mel brilhavam como uma chama.

— O quanto? — Ele parou de falar. — Que Deus nos ajude...

— Ah! Você usa esse nome? — exclamou Dirk, e mostrou-lhe os dentes.

O outro, com dedos gelados, se segurou no encosto da cadeira de assento de palha.

— Então é verdade... Você lida com... você... ah, você...

— Que livro era aquele que você estava lendo? — perguntou Dirk com rispidez.

Theirry riu subitamente.

— Qual é o seu estudo, o que você deseja aperfeiçoar em Basileia, em Pádua? — questionou ele.

Houve uma pausa. Dirk apagou a vela com a palma da mão e respondeu em um soluço de animação:

— Magia das trevas... magia das trevas!

· ☽ CAPÍTULO III ☾ ·
O EXPERIMENTO

—EU SUPUS – DISSE THEIRRY EM UM SUSSURRO – quando entrei na casa.
— E você? – soou a voz de Dirk.
— Eu... eu também.
Houve silêncio; e Dirk tateou até a porta.
— Venha comigo – sussurrou ele. — Tem luz lá embaixo.

Theirry não teve palavras para responder. Sua garganta estava quente, seus lábios secos de empolgação. Ele sentiu as têmporas pulsarem e a testa umedecer.

Com cuidado, eles desceram a escada e foram até a sala de trabalho, onde o lampião lançava raios longos e pálidos de luz pela escuridão quente. Dirk abriu a janela o máximo possível e se sentou na cadeira embaixo; seu rosto estava corado, o cabelo desgrenhado, as roupas marrons bagunçadas.

— Me conte sobre você – disse ele.

Theirry se encostou na parede, pois sentiu os membros tremerem.

— O que você quer saber? – perguntou ele com um certo desespero. — Eu sei fazer muito pouco.

Dirk apoiou os cotovelos na mesa e o queixo na mão; seus olhos brilhantes meio velados sustentaram o olhar fascinado e relutante de Theirry.

— Eu não tive chance de aprender — sussurrou ele. — Mestre Lukas tinha alguns livros... não o suficiente. Mas o que se pode fazer?

— Encontrei escritos antigos — disse Theirry lentamente. — Achei que um talvez fosse grandioso... dessa forma, e então fugi de Courtrai.

Dirk se levantou e o chamou.

— Farei um feitiço hoje. Você verá.

Ele pegou o lampião e Theirry foi atrás dele. Eles atravessaram o aposento e entraram em outro. No centro desse, Dirk parou e deu a luz na mão fria do companheiro.

— Aqui, estaremos em segredo — murmurou ele, e ergueu com certa dificuldade um alçapão no chão. Theirry olhou a escuridão revelada abaixo.

— Você já fez isso antes? — perguntou ele, temeroso.

— Esse feitiço? Não.

Dirk estava descendo a escada no escuro.

— Deus nunca vai perdoar — murmurou Theirry, ficando para trás.

— Está com medo? — perguntou Dirk com intensidade.

Theirry firmou os lábios.

— Não. Não.

Ele pisou na escada e, segurando o lampião acima da cabeça, foi atrás. Eles se viram em uma câmara grande totalmente abaixo da superfície, de forma que o ar só entrava pelo alçapão que eles tinham deixado aberto ao descer.

O piso e as paredes eram feitos de pedras lisas, o ar estava carregado e intoleravelmente quente; o teto a poucos centímetros acima da cabeça de Theirry. Em um canto havia um espelho escuro alto, apoiado na parede; ao lado dele, uma pilha de livros e um braseiro de ferro cheio de cinzas.

Dirk pegou o lampião da mão de Theirry e o pendurou em um prego na parede.

— Eu tenho estudado — sussurrou ele — como conjurar espíritos e ver o futuro. Acho que estou começando a entender como. — Seus olhos grandes de repente se abriram e se viraram para o companheiro. — Você tem coragem?

— Tenho — disse Theirry com voz rouca. — Por que outro motivo eu sairia de casa, senão por isso?

— É estranho termos nos encontrado — observou Dirk, estremecendo.

Seus olhares se afastaram. Dirk pegou um pedaço de giz branco no bolso e começou a desenhar círculos, um dentro do outro no centro do piso. Ele os marcou com sinais estranhos e desenhos que fez com cuidado e precisão. Theirry ficou junto ao lampião, o rosto bonito contraído e pálido, os olhos atentos aos movimentos do outro.

A parte superior da câmara estava na escuridão. Sombras como as asas de um morcego saíam dos dois lados do lampião, que lançava uma luz amarela doentia no chão e na figura magra de Dirk, apoiado em um joelho em meio aos círculos de giz. Quando os tinha completado, ele se levantou, pegou um dos livros no canto e o abriu.

— Você conhece isso? — Com um dedo indicador delicado, ele chamou Theirry, que se aproximou e leu por cima do ombro dele.

— Eu já tentei. Nunca consegui.

— Hoje, talvez consiga — sussurrou Dirk.

Ele sacudiu as cinzas do braseiro e o encheu de carvão que tirou de uma pilha próxima. Acendeu-o e o colocou na frente do espelho.

— O futuro... nós saberemos o futuro — disse ele, como se fosse para si mesmo.

— Eles não virão — disse Theirry, secando a testa úmida. — Eu... os ouvi uma vez... mas eles nunca vieram.

— Você os provocou o suficiente? — sussurrou Dirk. — Se tiver mandrágora, eles farão qualquer coisa.

— Eu não tinha.

— Nem eu. Ainda assim, é possível forçá-los contra a vontade deles... embora seja... terrível.

A fumaça fina e azul do carvão estava preenchendo a câmara. Eles sentiram a cabeça latejar, as narinas secarem.

Dirk entrou nos círculos de giz segurando o livro. Com voz lenta e irregular, começou a ler. Quando Theirry ouviu as palavras da invocação blasfema e horrenda, ele estremeceu e mordeu a língua para segurar a oração instintiva que surgiu em seus lábios. Mas Dirk ganhou coragem enquanto lia. Ele se pôs ereto; seus olhos faiscaram, as bochechas arderam em carmesim. A fumaça tinha sumido do braseiro, o carvão brilhava em vermelho. O ar ficou mais quente; parecia que um manto de chumbo tinha sido jogado sobre a cabeça deles. Finalmente, Dirk parou.

— Apague o lampião — murmurou ele.

Theirry o abriu e apagou a chama. Agora só havia a luz do carvão aceso, que deixava um tom sinistro na superfície escura do espelho. Theirry inspirou longamente em um suspiro. Dirk, oscilando, começou a falar de novo em uma língua estranha e pesada. Em seguida, ficou em silêncio. Ruídos leves de murmúrio surgiram da escuridão, sons indistintos de uivo, de choro.

— Eles vêm — sussurrou Theirry.

Dirk repetiu a invocação.

O ar tremeu com gemidos.

— A... ah! — gritou Dirk.

No brilho fraco do braseiro, uma criatura estava rastejando, do tamanho de um cachorro, com a forma de um homem, de uma cor medonha de preto manchado; fazia um ruído hediondo de grito e se movia lentamente, como se com dor.

Theirry soltou um soluço alto e encostou o rosto na parede. Mas Dirk rosnou para a criatura no escuro.

— Então você veio. Nos mostre o futuro. Eu tenho poder sobre você. Você sabe disso.

As chamas fracas saltaram alto de repente, um som de choramingos entrecortados se espalhou pelo ar. Algo correu em volta do braseiro. A superfície do espelho ficou perturbada, como se água escura corresse por cima. E de repente brilhou nele uma imagem fraca e luminosa de uma mulher, coroada e com cabelo louro. Quando ela sumiu, algo parecido com uma pessoa de tiara apareceu, borrada e fraca.

— Mais — gritou Dirk apaixonadamente. — Mostre mais...

O espelho clareou e revelou profundezas de céu nublado. Na frente dele havia a linha escura de uma árvore da forca. Theirry deu um passo à frente.

— Ah, Deus! — berrou ele, e se persignou.

Com um som agudo, o espelho rachou e caiu em duas partes. Um uivo de terror surgiu e formas escuras pularam no ar para serem absorvidas por ele e desaparecerem.

Dirk cambaleou para fora do círculo e segurou Theirry.

— Você quebrou o feitiço! — balbuciou ele. — Você quebrou o feitiço!

Uma imobilidade gélida tinha se estabelecido de repente. O braseiro se apagou rapidamente e até os carvões logo ficaram pretos e apagados. Os dois ficaram na escuridão absoluta.

— Eles foram embora! — sussurrou Theirry. Ele se soltou da mão de Dirk e procurou o caminho da escada.

Encontrando-a só por causa da área levemente iluminada acima, ele subiu pelo alçapão, o corpo respirando pesadamente. Dirk, de passos leves e suaves, seguiu-o e fechou a porta.

— O feitiço não foi forte o suficiente — disse ele por entre dentes. — E você...

Theirry o interrompeu.

— Eu não consegui me controlar. Eu... eu... os vi.

Ele afundou na cadeira junto à janela aberta e apoiou a testa na mão. A sala estava tomada de uma luz suave das estrelas, distantes e infinitamente doces; as heras e a grama faziam um som trêmulo no vento da noite e batiam nas treliças.

Dirk entrou na oficina e voltou com a vela e uma taça verde grande de vinho. Ele ergueu a luz para poder ver o belo e agoniado rosto do estudioso, e com a outra mão entregou a ele o cálice. Theirry olhou para a frente e bebeu em silêncio. Quando terminou, a cor tinha voltado às bochechas. Dirk pegou a taça da mão dele e a colocou ao lado da vela no parapeito.

— O que você viu? No espelho? — perguntou ele.

— Não sei — respondeu Theirry com nervosismo. — Um rosto de mulher...

— Sim — interrompeu Dirk. — O que ela era para nós? E uma figura como... o papa?

Ele abriu um sorriso irônico.

— Eu vi isso — disse Theirry. — Mas o que eles fariam com coisas sagradas? E aí, eu vi...

Dirk se virou para ele; os dois estavam brancos, apesar da luz da vela.

— Não... não houve mais nada depois disso!

— Houve — insistiu Theirry. — Um céu tempestuoso e uma árvore da forca... — A voz dele soou oca.

Dirk andou pela sala nas sombras.

— Os diabinhos nojentos! — disse ele apaixonadamente. — Eles nos enganaram!

Theirry se levantou.

— Você vai continuar esses estudos? — questionou ele.

O outro o olhou por cima do ombro.

— Você pensa em deixar de lado?

— Não, não — respondeu Theirry. — Mas podem achar o conhecimento desse tipo de coisa blasfemo e profano.

Dirk deu uma risada rouca.

— Eu não tenho medo de Deus! — disse ele com voz carregada. — Mas você... você tem medo de Satanás. Bem, siga seu caminho. Cada homem com seu mestre. O meu vai me dar muitas coisas; cuide para que o seu faça o mesmo por você...

Ele abriu a porta e estava saindo quando Theirry foi atrás dele e o segurou pela veste.

— Escute. Eu não tenho medo, não. Por que eu fui embora de Courtrai?

Com olhar brilhante e determinado, Dirk olhou para Theirry – que era quase uma cabeça mais alto – e sua boca orgulhosa se curvou um pouco.

– Não posso ignorar o destino que me trouxe aqui – continuou Theirry. – Você vem comigo? Eu sou leal.

As palavras dele foram sinceras, o rosto ávido. Dirk continuou mudo.

– A vida toda eu mais odiei que amei a humanidade... e estou maravilhosamente atraído por você...

– Ah! – exclamou Dirk, e soltou uma risadinha trêmula.

– Juntos podemos fazer muito, e é ruim trabalhar estudando sozinho.

O homem mais jovem estendeu a mão.

– Se eu for, você jura um pacto de amizade comigo?

– Seremos como irmãos – disse Theirry seriamente. – Compartilhando o bom e o ruim.

– Guardando nosso segredo? – sussurrou Dirk. – Não permitindo que ninguém fique entre nós?

– Sim.

– Você está em sintonia comigo – disse Dirk. – Que seja. Vou com você para Basileia.

Ele ergueu o rosto estranho. Nos olhos fundos, nos lábios carnudos e sem cor, havia uma determinação e uma força que sustentavam e comandavam o outro.

– Nós podemos ser grandiosos – disse ele.

Theirry segurou a mão dele. A luz vermelha da vela estava diminuindo e foi apagada por um cinza cintilante que vinha das estrelas. O amanhecer espiava pela janela.

– Você consegue dormir? – perguntou Theirry.

Dirk puxou a mão de volta.

– Ao menos eu posso fingir. Balthasar não pode saber. Vá para sua cama, e nunca se esqueça desta noite e do que você jurou.

Com um passo suave e deslizante, ele chegou à porta, abriu-a sem ruído e partiu. Theirry ficou por um tempo ouvindo o som dos passos se afastando, depois apertou as mãos na testa e se virou para a janela. Um tom pálido de açafrão puro manchava o céu acima da linha dos telhados; não havia nuvens, e a brisa tinha parado de novo. Na imobilidade ampla e horrível, Theirry, sentindo-se marcado, identificado e manchado com blasfêmia, mas também exultante, de um jeito selvagem e maligno, foi nas pontas dos pés para o quarto.

Cada tábua rangente em que ele pisava, cada sombra que parecia mudar quando ele passava, fazia o sangue dele formigar com culpa. Quando chegou ao quarto, ele passou o ferrolho na porta e se lançou na cama bagunçada, levando os dedos aos lábios, e se esforçou para olhar pela janela. Ele ficou deitado por longas horas de sol em um sono meio tonto.

CAPÍTULO IV
A PARTIDA

Ele foi totalmente acordado pelo som de uma cantoria alta e alegre.

"Meu coração é uma freira dentro do peito
Tão fria ela é, tão fechada e fria..."

Theirry se sentou, consciente da cabeça doendo e queimando e de um quarto invadido pela luz do sol.

"Para ela, meus pecados são confessados...
Tão sábia é ela, tão sábia e velha...
Então eu espanto meus amores como a lanugem do cardo."

Uma gargalhada interrompeu a música; Theirry sabia agora que era a voz de Balthasar, e ele se levantou do sofá com uma sensação de pressa e desconforto. Que horas eram? O dia estava de um calor entorpecedor; o brilho do sol tinha tirado toda a cor das paredes em frente, da grama e da hera; tudo ardia junto em um tom de dourado.

"Então eu espanto meus amores como a lanugem do cardo
E cavalgo dos portões da cidade de Courtrai..."

Theirry desceu. Encontrou Balthasar na oficina; havia os restos de uma refeição na mesa, e o cavaleiro, vermelho e fresco como uma rosa, estava polindo o cabo da espada, cantando o tempo todo, como se expressando alegremente seus próprios pensamentos. No canto estava Dirk, ensimesmado e fazendo a douração do diabo.

Theirry estava consciente de uma grande aversão a Balthasar. Nem fantasmas, nem diabos, nem o pensamento sobre eles havia perturbado seu repouso; havia irritação no fato de que ele tinha dormido bem, comido bem e agora estava cantando na livre e pura alegria do coração. Mas que outro lado da vida um mero animal como Balthasar conheceria?

Dirk ergueu o olhar e logo olhou para baixo de novo. Theirry se sentou em um banco junto à mesa. Balthasar se virou para ele.

— Está doente? — perguntou ele com os olhos arregalados.

A aparência desgrenhada do estudioso, as olheiras, os cachos descabelados e o franzimento mal-humorado da testa justificaram esse comentário, mas Theirry olhou para ele com irritação.

— Meio doente — respondeu ele secamente.

Balthasar olhou dele para as costas de Dirk, curvado sobre o trabalho.

— Há muito companheirismo a se ter com homens estudados, de fato! — comentou ele.

Os olhos azuis e os dentes brancos cintilaram, achando um pouco de graça. Ele botou um pé em uma cadeira e equilibrou a espada reluzente no joelho. Theirry desviou um olhar amargo do jovem esplendor dele, mas Balthasar riu e voltou a cantar.

"Meu coração é uma freira dentro do peito,
Tão orgulhosa ela é, tão dura e orgulhosa,
Ao me absolver, me dá descanso..."

— Nós seguimos caminhos distintos aqui — disse Theirry.

— Tão rápido? — perguntou o cavaleiro, e cantou com indiferença:

"Então eu espanto meus amores como a lanugem do cardo
E cavalgo dos portões da cidade de Courtrai..."

Theirry olhou para o rosto brilhante, para o cabelo louro liso e para as vestimentas lindas.

– Sim – disse ele. – Eu vou para Basileia.

– E eu para Frankfurt; ainda assim, podemos seguir mais um pouco na companhia um do outro.

– Eu tenho outros planos – disse Theirry simplesmente.

Balthasar sorriu com bom humor.

– Você não costuma ser tão mal-humorado – comentou ele.

Ele olhou de um para o outro; silencioso e sem responder.

– Vou até me recolher, então. – Ele colocou a grande espada reluzente na mesa.

Dirk se virou no banco com o rolo de folha de ouro na mão. Com seu olhar frio, que parecia carregar algo de inimizade e de um conhecimento antipático, o rosto deslumbrante e fresco de Balthasar corou profundamente nas bochechas.

– Como estou sendo tão abertamente hostilizado – disse ele –, vou pagar pelo que tive de você.

Dirk se levantou.

– Você se engana – respondeu ele. – Eu fiquei feliz em vê-lo por muitos motivos, Balthasar de Courtrai.

O jovem cavaleiro enfiou as mãos no cinto de elos e olhou para o falante.

– Você me condena – disse ele em tom de desafio. – Bem, Theirry é mais seu estilo...

Ele abriu a bolsa de couro curiosamente cortado e colorido, tirou dela quatro moedas de ouro e as colocou no canto da mesa.

– Para você poder comprar missas pela alma de Úrsula de Rooselaare. – Ele indicou o dinheiro com um gesto arrogante.

– Você acha que a alma dela está perdida? – perguntou Dirk.

– Um santo do coro fica feliz com as orações – retorquiu Balthasar. – Mas você está de mau humor, mestre, então adeus para você e que Deus lhe envie melhores modos quando voltarmos a nos encontrar.

Ele foi até a porta, azul vívido e dourado e roxo; sem olhar para trás, colocou o chapéu laranja. Theirry se levantou e se virou com interesse relutante.

— Você vai para Frankfurt? — perguntou ele.

— Vou. — Balthasar assentiu agradavelmente. — Verei na cidade como contratar um cavalo e um homem... considerando que meu cavalo está manco, como você sabe, Theirry.

O estudioso se ergueu.

— Por que você vai para Frankfurt? — perguntou ele. Falou sem objetar, com uma inveja meio doentia da alegria e leveza do cavaleiro, mas Balthasar corou pela segunda vez.

— Todos os homens vão para Frankfurt — respondeu ele. — O imperador não está lá?

Theirry ergueu os ombros.

— Não é problema meu.

— Não — disse Balthasar, que pareceu perturbado e confuso com a pergunta —, tanto quanto não cabe a mim perguntar: por que você vai para Basileia?

Os olhos do estudioso faiscaram por trás dos cílios grossos.

— Está bem claro por que eu vou para Basileia. Para estudar medicina e filosofia.

Eles saíram da sala, deixando Dirk olhando disfarçadamente para eles, e prosseguiram pelos aposentos empoeirados e negligenciados.

— Eu não gosto deste lugar — disse Balthasar. — Nem do jovem. Mas ele serviu ao meu propósito.

E agora, eles estavam no saguão.

— Nós voltaremos a nos encontrar — disse Theirry, abrindo a porta.

O cavaleiro lhe voltou o rosto iluminado.

— Provavelmente — respondeu ele com tranquilidade. — Adeus.

Com isso e um sorriso, ele foi andando pelos paralelepípedos, apertando as tiras da espada. Na frente das casas ressecadas pelo sol e em decadência, pela praça com grama alta, seus trajes vívidos reluziam e sua voz se propagava por cima do ombro pela atmosfera azul e quente...

"Então espantei meus amores como a lanugem do cardo
E cavalguei dos portões da cidade de Courtrai..."

Theirry o viu desaparecer pelos cantos arredondados das casas, trancou a porta e voltou para a sala de trabalho.

Dirk estava na mesma posição de quando ele tinha saído, meio encostado na mesa com o rolo de folha de ouro nos dedos brancos.

— O que você sabe sobre aquele homem? — perguntou ele quando Theirry entrou. — Onde o conheceu?

— Balthasar?

— É.

Theirry franziu a testa.

— Na casa do pai dele. Eu dava aula de música para a irmã dele. Havia, de certa forma, alguma amizade entre nós... Nós dois nos cansamos de Courtrai... e acabamos nos aproximando. Eu nunca o adorei.

Dirk se voltou em silêncio para o diabo agora completamente dourado.

— Você sabe alguma coisa sobre a mulher de quem ele falou? — perguntou ele.

— Ele falou de alguma?

Dirk olhou para trás.

— Falou — disse ele. — "Além do mais, eu estava pensando em outra mulher." Essas foram as palavras dele.

Theirry se sentou; sentia-se tonto e fraco.

— Não sei. Houve tantas. Quando viajávamos juntos, ele fez orações para uma tal Ysabeau, mas fez segredo sobre ela... o que não é do feitio dele.

— Ysabeau — repetiu Dirk. — Um nome comum.

— É — disse Theirry com indiferença.

Dirk levantou a mão de repente e apontou pela janela para as margaridas e para o chafariz quebrado.

— O que ele teria feito se ela estivesse viva? — perguntou ele, e, sem esperar resposta, entrou rapidamente em outro assunto. — Eu terminei meu trabalho. Desejava deixá-lo completo; era para a igreja de São Bavão, mas não entregarei para eles. Agora, podemos partir quando você quiser.

Theirry ergueu o olhar.

— E a sua casa e suas coisas? — perguntou ele.

— Eu já pensei nisso. Há algumas coisas de valor, um pouco de dinheiro. Esses podemos levar. Vou trancar a casa.

— Vai começar a apodrecer.

— Não me importo. — Com uma chama clara de avidez acesa nos olhos, ele lançou um olhar intenso para Theirry e, ao ver o jovem estudioso pálido e com a postura caída, seu rosto foi tomado de decepção. — Por que tanta indolência? — perguntou ele. — Não está ansioso para viajar?

— Estou — respondeu Theirry. — Mas...

Dirk bateu o pé.

— Nós não começamos com "mas"! — exclamou ele apaixonadamente. — Se você não tem ânimo para a empreitada...

Theirry abriu um meio-sorriso.

— Me dê comida, eu lhe rogo — disse ele. — Pois comi muito pouco ontem.

Dirk olhou para ele.

— Eu esqueci — respondeu ele, e começou a rearrumar o restante da refeição que ele e Balthasar tinham feito em silêncio.

Theirry se sentou muito imóvel. A porta da sala ao lado estava aberta, como ele tinha deixado ao retornar, e ele via o contorno do alçapão. Sentiu um grande desejo de abri-lo, de descer para a câmara e olhar para o espelho rachado, para o braseiro de carvões apagados e para os círculos místicos no chão. Ao erguer o rosto, seus olhos se encontraram com os de Dirk, e sem palavras seu pensamento foi compreendido.

— Deixe para lá agora — disse o escultor suavemente. — Não vamos falar disso antes de chegarmos a Basileia.

Ao ouvir essas palavras, Theirry sentiu um grande alívio. A ideia de discutir, mesmo com o jovem que tanto o fascinava, a coisa horrível e sedutora que era íntima dos seus pensamentos, mas estranha aos lábios, o enchera de inquietação e medo. Enquanto ele comia o alimento colocado à sua frente, Dirk pegou as quatro moedas de ouro que Balthasar tinha deixado e olhou para elas com curiosidade.

— Missas para a alma dela! — exclamou ele. — Ele achou que eu entraria em uma igreja e negociaria isso com um padre!

Ele riu e jogou o dinheiro pela janela, nas margaridas oscilantes.

Theirry olhou para ele, sobressaltado.

— Ora, até agora eu achava que você sentia carinho pela donzela.

Dirk riu.

— Não. Eu nunca me importei com mulheres.

— Nem eu — disse Theirry com simplicidade; ele se encostou na cadeira e seus olhos sonhadores estavam sérios. — Quando jovens, elas são ornamento, é verdade, mas agradáveis só se você as elogia, e quando são deixadas de lado elas se tornam perigosas... E uma mulher que não é jovem fica tomada por pequenas preocupações que não importam para ninguém além de si mesma.

O sorriso, ainda no rosto de Dirk, aumentou com ironia, ao que pareceu.

— Ah, meu belo filósofo! — debochou ele. — Está bem alimentado agora e pregando de novo? — Ele se encostou na parede ao lado da janela, e a luz intensa do sol fez seu cabelo castanho sem vida cintilar aqui e ali. Ele cruzou os braços e olhou para Theirry com olhos apertados. — Garanto que sua mãe era uma bela mulher.

— Eu não me lembro dela. Dizem que tinha o rosto mais lindo de Flandres, apesar de ser apenas a esposa de um escriturário.

— Acredito — disse Dirk.

Theirry olhou para ele um pouco perplexo. O jovem tinha mudanças tão abruptas de comportamento, com voz e olhos inescrutáveis, uma aparência tão pálida e frágil, mas um grande espírito de coragem genial.

— Você me surpreende — disse ele. — Nem sempre é previsível.

— Não — respondeu Dirk. — Eu nunca pretendi ser esquecido rapidamente.

Ele foi para o lado de Theirry com uma tira de pergaminho na mão.

— Eu fiz uma lista do que temos de valor na casa, mas não quero vender nada aqui.

— Por quê? — questionou Theirry.

Dirk franziu a testa.

— Não quero ninguém na porta. Eu tenho uma reputação... que não é de virtuosidade. — Seu rosto estranho relaxou em um sorriso.

Theirry olhou para a lista.

— Certamente! Como é possível carregar isso mesmo que para a cidade vizinha? Sem cavalo, é impossível.

Prataria, vidros, quadros, vestimentas estavam anotados no pergaminho.

Dirk mordeu o dedo.

— Nós não vamos vender essas coisas que mestre Lukas deixou para mim — disse ele subitamente. — Só algumas. Como a prata e o cobre vermelho feito na Itália.

Theirry ergueu os olhos sérios.

— Eu levo para a cidade se você me der o nome de um mercador.

Dirk mencionou um na mesma hora e onde a casa dele poderia ser encontrada.

— É judeu, mas é um homem discreto e rico — acrescentou ele. — Eu entalhei uma escada na mansão dele.

Theirry se levantou. A dor de cabeça e o horror no coração tinham sumido; a sensação de animação crescente percorria suas veias.

— Tem tanta coisa sem valor aqui — disse Dirk —, e muitas coisas perigosas de se revelar, mas algumas que não são nem uma coisa nem outra podem render um bom dinheiro. Venha, vou mostrar.

Theirry o seguiu pelos aposentos ensolarados até os depósitos no andar superior. Ali, Dirk pegou tesouros de um nicho na parede: candelabros, cintos com aros esmaltados, taças entalhadas, cálices de cristal. Depois de selecionar as melhores peças, ele as colocou em uma arca, trancou-a e deu a chave a Theirry.

— Deve haver vários florins[4] aí – disse ele, com o rosto vermelho por se curvar, e tentou erguer a arca, mas não conseguiu.

Theirry, um tanto impressionado, a ergueu na mesma hora.

— Não está pesada – disse ele.

— Não – respondeu Dirk –, mas eu não sou forte. – E seu olhar transmitia raiva.

Theirry foi levado por isso a fazer um escrutínio melhor do que fizera antes.

— Quantos anos você tem? – perguntou ele.

— Vinte e cinco – respondeu Dirk secamente.

— De fato! – Os olhos de Theirry se arregalaram. – Eu tinha pensado dezoito.

Dirk deu meia-volta.

— Ah, ande logo – disse ele rudemente – e não demore, pois quero ir para longe deste lugar imediatamente. Está ouvindo? Imediatamente.

Eles saíram juntos do aposento.

— Você aguentou isto por anos – disse Theirry com curiosidade. – E de repente conta as horas para sua partida.

Dirk desceu correndo a escada e sua risada soou grave e agradável.

— Intocada, a madeira ficará no mesmo lugar para sempre – respondeu ele –, mas acenda-a e ela vai queimar até acabar.

---

[4] Nome de várias moedas que foram amplamente usadas na Europa. A versão mais conhecida é o florim de Florença, que foi introduzido no início do século XIII e se tornou uma moeda de ouro importante para o comércio. [N. R.]

CAPÍTULO V
COMPANHEIROS

Estavam na estrada havia uma semana e agora se aproximavam das fronteiras de Flandres. A companhia do outro tinha passado a ser preciosa para cada um deles; embora Theirry fosse sério e retraído, Dirk era mutável e temperamental. Entretanto, o silêncio de descontentamento mútuo os acompanhava. Um desacordo aberto tinha acontecido uma vez, no começo da empreitada, quando o jovem escultor se recusou, tolamente aos olhos de Theirry, a vender a casa e os móveis, ou mesmo a entregar à igreja de São Bavão as figuras de São Miguel e do Diabo, embora as peças estivessem concluídas. Ele girou a chave para trancar seus bens e os deixou à mercê da poeira, das aranhas e dos ratos, e muitas vezes Theirry pensava com inquietação sobre a casa trancada na praça deserta, e como o sol implacável devia estar batendo na sala vazia e nas margaridas crescendo sobre o túmulo da esposa de Balthasar. Mesmo assim, estava dominado pela atração por Dirk Renswoude; que nunca na vida tinha ficado tão à vontade com alguém, nunca tinha sentido seus objetivos e ambições compreendidos e compartilhados por outra pessoa.

Ele não sabia nada sobre a história do companheiro, nem quis perguntar. Imaginava que Dirk fosse de berço nobre; pois a nobreza parecia correr no sangue dele de forma gentil e suave. Nas estalagens onde eles descansavam, era ele que sempre insistia em ter a melhor acomodação, um quarto só para si, boa comida e serviço modesto. Essas exigências dele eram a causa da frieza entre eles agora.

Na cidadezinha de onde eles saíram, uma feira estava acontecendo, e as poucas estalagens estavam cheias. Foi oferecido alojamento em um celeiro com alguns ajudantes de mercador, e Theirry teria aceitado de bom grado, mas Dirk recusou peremptoriamente, com grande deboche dos que achavam tamanha delicadeza e graça em um pobre viajante a pé. Depois de uma altercação entre o senhorio e Theirry, de um silêncio arrogante de olhos faiscantes e bochechas vermelhas de Dirk, eles se afastaram da alegre feira, percorreram a cidade e pegaram a estrada. Isso os levou a um aclive íngreme de montanha; carregando seus bens em trouxas nas costas, e quando chegaram ao alto da colina, os dois saíram da estrada, foram para a campina que a bordejava e se deitaram na grama, exaustos. Theirry, embora friamente zangado com o capricho que o tinha levado até ali, para dormir debaixo das árvores, teve que admitir que era um lugar extraordinário.

O sol do fim de tarde cobria tudo com um véu de luz suave e cintilante. Os campos de grama alta que se espalhavam para a direita e esquerda eram mais dourados do que verdes. Ali perto havia um bosque de pinheiros, cujos troncos vermelhos altos brilhavam delicadamente. Acima deles, pedras empilhadas decoradas com flores brancas se erguiam perante o céu azul-pálido, embaixo delas a encosta se inclinava até o vale onde ficava a cidadezinha.

As ruas subiam e desciam a encosta, e Theirry via a linha branca delas, as formas e as cores irregulares dos telhados. A torre da igreja subia no meio como uma lança, forte e delicada, e aqui e ali flâmulas balançavam. Dava para ver a bandeira do imperador se mexendo lentamente acima das torretas do portão da cidade.

Theirry achou a perspectiva muito agradável. Sentiu prazer na grama alta e florida que, quando ele se deitou, com o rosto apoiado na mão, roçou sua bochecha; nas rochas cinzentas com flores brancas, firmes e de aparência frágil, crescendo na face delas; nas linhas altas de pinheiros e no verde profundo da folhagem densa, intensificado pelo contraste com o fundo azul pálido. Quando seu cansaço foi passando, ele olhou para Dirk por cima do ombro. Por ele não ser apaixonado por natureza e ser controlado pelo hábito, seu temperamento parecia meramente frio, e não aborrecido, como seria comum em alguém inquieto.

Dirk estava sentado longe, apoiando as costas no mais próximo dos pinheiros. Estava enrolado em um manto vermelho-escuro, o perfil pálido virado para a cidade que estava logo abaixo. O ar da noite agitava os cachos pesados e suaves na cabeça descoberta. Ele estava imóvel.

A causa da briga tinha deixado de ser importante para Theirry. De fato, ele tinha que admitir que era preferível estar ali a aguentar bebedores de cerveja barulhentos em um celeiro fechado, mas a lembrança do espírito arrogante que Dirk tinha revelado ainda o incomodava. Mas seu companheiro ocupava seus pensamentos; sua habilidade maravilhosa naqueles assuntos que ele próprio desejava compreender, a maneira estranha como eles se conheceram e o prazer de ter um companheiro, tão diferente de Balthasar, de mente semelhante, por mais excêntricos que fossem seus modos. Nesse ponto de suas reflexões, Dirk virou a cabeça.

— Você está zangado comigo — disse ele.

Theirry respondeu calmamente.

— Você foi tolo.

Dirk franziu a testa e corou.

— De fato, um belo companheiro! — A voz dele foi veemente. — Você não jurou companheirismo a mim? Como cumpre esse pacto sentindo raiva na primeira vez que nossas vontades conflitam?

Theirry se virou no cotovelo e olhou através da grama florida.

— Eu não estou com raiva. — Ele sorriu. — E você tem muitos caprichos... sendo que não me opus a nenhum deles.

Dirk respondeu com irritação.

– Você acha que sou um sujeito exótico. Não é verdade.

Theirry se sentou e olhou para o pôr do sol preguiçoso envolvendo a cidade distante e as colinas em uma luz carmesim.

– É verdade que você é delicado como uma garota – respondeu ele. – Muitas vezes, eu teria dormido na lareira da cozinha... sim, e já dormi, mas você sempre precisa se deitar em lugar macio, como um príncipe.

Dirk ficou escarlate da testa ao queixo.

– Bem, se eu quiser – disse ele em tom desafiador. – Se eu quiser, desde que haja dinheiro no meu bolso para viver com conforto...

– Eu interferi? – interrompeu Theirry. – Você deve ter vindo de berço nobre.

– Sim, eu sou de uma grande família – respondeu Dirk. – E me trataram mal. Não quero mais saber deles... Você ainda está zangado comigo?

Ele se levantou. O manto vermelho escorregou dos ombros até o chão. Ele parou com a mão no quadril, olhando para Theirry.

– Ora – disse ele com seriedade. – Nós não devemos brigar, meu companheiro, meu único amigo... Quando vamos encontrar outro com objetivos como os nossos? Estamos ligados um ao outro, não estamos? Decerto! Você jurou.

Theirry ergueu o belo rosto.

– Eu gosto muito de você – respondeu ele. – E não o culpo por ser fraco e estar acostumado ao luxo. Outros me acharam muito gentil.

Dirk olhou para ele com os cantos dos olhos.

– Estou perdoado, então?

Theirry sorriu.

– Eu me arrependo do meu mau humor. O sol estava forte e os fardos, pesados para subir a colina.

Dirk se sentou na grama ao lado dele.

– Estou morto de exaustão!

Theirry o avaliou. Ofegando um pouco, Dirk se deitou na grama oscilante. O jovem estudioso, acostumado e indiferente à própria grande beleza, não tinha sensibilidade para o efeito dela nos outros, e para qualquer olhar Dirk não podia ser mais do que bem-apessoado. Mas Theirry estava consciente do charme do corpo magro, dos pés e mãos de delicadeza feminina, do longo pescoço branco e da boca pálida e curva, até a mandíbula proeminente e o queixo quadrado que estragava a simetria do rosto eram potentes na atração com sua sugestão de força e poder de comando. Sua presença próxima era fragrante; ele exalava uma atmosfera suave de essências e ficava primoroso com aquelas roupas. Enquanto Theirry o observava, ele falou.

– Meu coração! Como é doce aqui... tão doce!

Ares leves emanavam dos pinheiros, e as flores silvestres escondidas no bosque abaixo deles se espalhavam pela grama. Uma neblina roxa cintilante começou a obscurecer o vale, e onde derretia no céu as estrelas começaram a brilhar, pálidas como a lua. Acima, o domo do céu ainda estava azul, e no alto dos pinheiros havia um sussurro contínuo dos galhos perfumados uns para os outros.

– Agora deseje estar de volta na cidade entre a bebedeira e os palavrões – disse Dirk.

– Não – disse Theirry, sorrindo. – Estou contente.

A cor roxa suave se espalhou aos poucos sobre tudo; as torres da cidade ficaram escuras e luzinhas cintilaram nelas. Dirk inspirou fundo.

– O que você vai fazer com a sua vida? – perguntou ele.

Theirry teve um sobressalto.

– Em que sentido?

– Ora, se tivermos sucesso, seja de que forma for, se obtivermos grande poder... o que você faria com ele?

Theirry sentiu o cérebro girar com a pergunta. Ele observou o mundo que ia se escondendo suavemente na escuridão e seu sangue formigou.

– Eu seria grandioso – sussurrou ele. – Como Alcuíno de Iorque, como Abelardo... como São Bernardo.

— E eu seria mais grandioso do que qualquer um desses, tão grandioso quanto o mestre a quem servimos pode fazer seus seguidores serem.

Theirry tremeu.

— Esses de quem falei foram grandiosos servindo a Deus.

Dirk ergueu o olhar rapidamente.

— Como você sabe? Muitos desses homens sagrados devem sua posição a meios estranhos. Eu, pelo menos, não ficaria satisfeito de viver e morrer em lã áspera se pudesse comandar os meios para me trajar de sedas douradas.

A bela escuridão agora os envolvia. Abaixo deles, as luzes da cidade, acima, as estrelas, e ali, na campina, a brisa da noite na grama elevada e nos galhos altos dos pinheiros.

— Eu não passo de um neófito – disse Theirry depois de uma pausa. – Bem pouco pratiquei essas coisas. Eu tinha um livro de necromancia e aprendi um pouco com ele, mas...

— Por que você hesitou? – perguntou Dirk.

— Não se pode fazer essas coisas – respondeu Theirry lentamente – sem... grande blasfêmia...

Dirk riu.

— Eu não me importo com os anjos e os santos...

— Ah, pare! – exclamou Theirry, e botou a mão na testa que estava ficando úmida de terror.

O outro ficou em silêncio por um tempo, mas Theirry pôde ouvir a respiração rápida dele vindo da grama. Depois de um tempo, ele falou com voz baixa.

— Eu desejo grande riqueza, enorme poder. Gostaria de nações aos meus pés... Ah! Mas tenho uma ambição ilimitada... – Ele se sentou súbita e suavemente e colocou a mão no braço de Theirry. – Se eles... os malignos... oferecessem isso a você, você não aceitaria?

Theirry estremeceu.

— Aceitaria! Aceitaria! – exclamou Dirk. – E pagaria com sua alma por isso... de bom grado.

O estudioso não respondeu, mas ficou imóvel, olhando para as luzes humanas no vale e para as estrelas acima. Dirk continuou:
— Veja como gosto de você por dizer isso, por revelar o segredo do meu poder por vir...
— Também é meu segredo — respondeu Theirry rapidamente. — Eu fiz o suficiente para voltar a ira eterna da Igreja contra mim.
— A Igreja — repetiu Dirk, pensativo. Ele tinha uma ousadia que não conhecia a palavra medo, e naquele momento seus pensamentos postos em palavras teriam feito seu companheiro tremer de verdade.

Gradualmente, a cada uma ou duas, as luzes da cidade foram apagadas e o vale foi mergulhado na escuridão. Theirry dobrou o manto como travesseiro para a cabeça e se deitou na grama aromática. Quando caiu em um sono leve, a grande doçura do local ficou presente em sua mente, torturando-o. Ele soube pelas imagens que tinha visto que o Paraíso era assim, remoto e infinitamente tranquilo. Campinas e vales sob um céu calmo... Ele sabia que era desejável e que desejava isso, mas precisava se envolver com questões que o repeliam ao mesmo tempo que o atraíam com seu horror. Ele caiu em sonhos pesados e gemeu enquanto dormia.

Dirk se levantou ao lado dele e andou de um lado para o outro no escuro. O orvalho caía, sua cabeça estava descoberta. Ele se curvou, procurou o manto, encontrou-o e se enrolou nele, andando para lá e para cá com olhos calmos desafiando a escuridão. Finalmente, deitou-se debaixo dos pinheiros e dormiu, só para acordar subitamente e se ver sentado.

A aurora surgia, a paisagem tinha uma névoa roxa debaixo de um céu verde, diáfano e pálido como água. Os pinheiros subiam na frente dele pretos, distintos, ainda sussurrando nos galhos superiores. Dirk se ergueu e andou nas pontas dos pés pela grama úmida até Theirry, olhou para ele dormindo uma segunda vez. O estudioso estava imóvel, com a cabeça para trás sobre o manto violeta. Dirk olhou para o belo rosto adormecido com uma expressão louca e terrível.

Como vinho servido em uma taça, a luz começou a se espalhar pelo vale e pelos vãos das colinas. Nuvens se reuniam e se espalhavam no horizonte. Dirk tremeu e apertou o manto em volta do corpo. Theirry suspirou e acordou. Dirk lançou um olhar distraído na direção dele e se virou tão rápido e suavemente que Theirry, com as formas feias dos sonhos ainda ocupando o cérebro, gritou:

— É você, Dirk? — E se levantou.

Dirk parou de andar na metade do caminho até os pinheiros.

— O que houve? — perguntou ele com voz estranha.

Theirry afastou o cabelo da testa.

— Não sei... nada.

O ar pareceu ficar mais frio de repente. As colinas que em todos os lados limitavam a visão deles surgiram em meio a névoas cinzentas. Uma tensão indescritível ficou clara, como uma pausa na imobilidade. Dirk andou até Theirry e segurou o braço dele. Eles ficaram parados, em uma atitude de expectativa. Um trovão soou no céu cada vez mais claro e sumiu lentamente no silêncio. Eles estavam olhando para as colinas com esforço no olhar.

No pico mais distante apareceu um cavaleiro preto gigantesco delineado contra a luz fantasmagórica. Carregava um estandarte; era da cor de sangue e da noite. Por um momento, ficou no cavalo, imóvel, virado para o leste. Em seguida, o trovão baixo soou de novo. Ele ergueu o estandarte, balançou-o acima da cabeça e galopou colina abaixo. Antes de chegar ao vale, ele tinha desaparecido, e naquele instante o sol subiu acima do horizonte e brilhou pelo campo. Theirry escondeu o rosto na manga, tremendo terrivelmente; mas Dirk olhou por cima da cabeça curvada dele com olhos destemidos.

· CAPÍTULO VI ·
A DAMA

PELOS ARCOS DE PONTAS CEGAS QUE DAVAM NOS JARDINS ensolarados, um fluxo fraco de alunos saiu da sala de aula. Atrás do telhado acastelado da universidade, as montanhas surgiam frias como neve no céu iluminado pelo sol. No pé do jardim levemente inclinado ficava a cidade de Basileia, com o Reno[5] amplo e azul correndo entre casas cintilantes. Os estudantes andavam em duplas, trios ou pequenos grupos, rindo por causa do médico que tinha dado aula, que em algum momento dos estudos tinha despertado a diversão deles, ou só porque era um alívio depois de ficarem confinados por horas na sala escura. As vestes compridas, em tons escuros de roxo, azul e violeta, oscilavam atrás deles no vento de verão enquanto eles se dispersavam gradualmente à direita e esquerda entre as árvores. Theirry, andando com outros dois, procurou Dirk, que não tinha ido à aula.

---

[5] O Reno é um dos principais rios da Europa, com aproximadamente 1.230 km de extensão, fluindo desde os Alpes Suíços até o Mar do Norte. O rio atravessa Basileia, uma cidade localizada no noroeste da Suíça, próxima às fronteiras com a Alemanha e a França, dividindo-a em duas partes e proporcionando uma paisagem icônica com suas águas amplas e azuladas. [N. R.]

— Nós vamos subir o rio – disse um de seus companheiros. – Temos um bom veleiro; vai ser agradável, por Ovídio!

— Você vem? – perguntou o outro.

Theirry balançou a cabeça.

— Não, não posso.

Os dois riram.

— Vê como ele se dedica à meditação? Ele será um grande homem, decerto!

— Eu tenho uma questão que exige meu tempo – disse Theirry.

— Querido amante da retórica! Ouça só: ele vai até se sentar na sombra e refletir!

— É mais fresco – respondeu Theirry, sorrindo.

Seguiram por um caminho ladeado de louros e plantas escuras e brilhantes, e, de um lugar em meio a isso, Dirk se ergueu ao sentir que alguém se aproximava. Ele se distinguia dos outros pela grande riqueza das vestimentas: a veste, muito volumosa e pesada, era de seda marrom. Ele usava uma corrente de ouro trançada em volta do chapéu preto, e a camisa era de cambraia fina, adornada com renda e bordados.

Os dois estudantes tiraram os chapéus em um gesto de reconhecimento meio debochado do ar exótico de indiferença do recém-chegado, característica que fazia parte de seu jeito habitual.

Ele olhou para ambos com firmeza com olhos entrefechados.

— Aprenderam muito hoje? – perguntou ele.

— Aristóteles não se compreende em uma tarde – respondeu o aluno, sorrindo. – E eu estava atrás; mestre Joris de Turíngia bocejou tanto que caiu do banco dormindo! O doutor ficou irritado!

— Foi divertido – disse o outro. – Mas ele não estava com sono, só desmaiou por causa do calor. Mas como estava quente! Onde você estava?

— Aprimorando meu latim na biblioteca. Esta tarde eu botei a história de Tereu e Filomela na língua vulgar.

— Desejo-lhes uma boa tarde. – Os dois se deram os braços. – Nós conhecemos uma estalagem animada rio acima.

Quando eles desapareceram, Dirk se virou para Theirry.

– Eles pediram pela sua companhia?
– Sim.
Dirk franziu a testa.
– Você devia ter ido.
– Não tive vontade. Eles são tolos.
– É, mas estamos começando a ser notados por proximidade em nossos hábitos. Não seria agradável se... desconfiassem.
– Não é possível – disse Theirry apressadamente.
– Não *deve* ser. – Essa foi a resposta firme. – Mas não seja grosseiro nem reservado demais.
– Não desejo nenhuma outra companhia além da sua – respondeu Theirry. – O que eu tenho em comum com aqueles ociosos?
Dirk olhou para ele com carinho.
– Não precisamos ficar aqui por muito tempo – respondeu ele. – Acho que já sabemos tudo que essa escola pode nos ensinar.
Theirry afastou o galho de loureiro que se balançava entre eles.
– Para onde você iria? – perguntou ele. Era notável como em tudo ele tinha começado a seguir o homem mais jovem.
– Paris! Pádua! – disse Dirk. – Você consideraria isso? Pode-se obter reputação e depois... ou pode-se dar aulas... em qualquer cidade grande... Colônia, Estrasburgo.
– E até lá...?
– Até lá, eu sigo em frente – sussurrou ele em resposta. – Eu já tentei... algumas coisas. Você vai ao meu quarto esta noite.
– Sim. Em segredo?
Dirk assentiu. Seu rosto jovem e sério sob o chapéu de estudante estava meio corado. Ele colocou a mão no braço de Theirry.
– Eu tenho uma coisa para contar. Aqui não é sábio falar. Tem uma pessoa que me odeia, Joris de Turíngia. Agora, adeus.
Os grandes olhos dele se iluminaram com uma expressão de afeto intenso refletido no olhar de Theirry. Eles uniram as mãos e se afastaram. Theirry olhou para a figura trajada de seda marrom que se movia rapidamente na direção da universidade e seguiu seu caminho, para fora do jardim e para a colina, longe da cidade. Com as mãos unidas nas costas e a cabeça bonita curvada, ele seguiu

um caminho sem rumo, e, enquanto caminhava entre as árvores, fantasias loucas agitavam seu sangue. Estava prestes a se colocar de posse de um imenso poder; aqueles espíritos malignos que ele forçaria a servi-lo poderiam lhe dar qualquer coisa no mundo... qualquer coisa no mundo! A fantasmagoria de visões douradas que surgiam para cegá-lo e intoxicá-lo, o horror dos meios empregados, o medo do fim impensável que viria, não podiam ser colocados em palavras.

Ele acabou se sentando em um tronco caído e olhou com atenção para o caminho silencioso da floresta. Não sabia onde estava; devia ter ido mais longe do que em qualquer outra ocasião anterior, ou entrado em uma curva estranha, pois entre os pinheiros via muros de castelo, o portão em meio a pedras empilhadas, e este lugar era desconhecido dele.

Ele se levantou e saiu andando, porque seus pensamentos galopantes não permitiam que seu corpo descansasse, e ainda sem prestar atenção no caminho, saiu da floresta e foi para um vale verde protegido por árvores densas. No centro havia um riacho, e a grama, de uma cor verde profunda, estava entremeada de margaridas brancas como a neve visível nas montanhas distantes. Aqui e ali na beira do riacho havia mudas de choupos, e as folhas douradas tremiam como os brilhos de uma cigana, mesmo no ar sem brisa.

Theirry, absorto e retraído, andou pela beira da água. Estava alheio ao silêncio das sombras e do vale, às vozes de pássaros caindo suavemente da paz das árvores e ao maravilhoso sol das montanhas, ao castelo erguido atrás do círculo de sombra na direção do azul cristalino. Perante seus olhos dançavam tronos e coroas, ouro e seda pintada, vislumbres de moradas principescas, demoniozinhos alados e sinistros que lhe ofereciam essas coisas.

De súbito, um som humano se forçou em seus sentidos, insistentemente, mesmo com toda a abstração. O som de choro, de soluços. Ele se sobressaltou, olhou ao redor com expressão atordoada, como um homem cego recuperando a visão, e discerniu uma dama do outro lado do riacho, sentada na grama, a cabeça curvada sobre a mão direita. Theirry parou, franziu a testa e hesitou. A dama, alertada por alguma coisa, olhou para a frente e se levantou. Ele viu agora que ela estava com um pássaro morto na mão esquerda; seu rosto estava vermelho de tanto chorar, o cabelo louro comprido desgrenhado na testa. Ela olhou para ele com olhos cinzentos e úmidos, e Theirry sentiu necessidade de falar.

— Algo a perturba? — perguntou ele, e corou, achando que ela poderia considerar insolência.

Mas ela respondeu com simplicidade e na mesma hora.

— Isso me perturba. — Ela exibiu o passarinho preto que estava na palma da mão. — Ele estava no choupo pequeno, cantando e com a cabeça erguida assim. — Ela esticou o longo pescoço. — E eu via o coração dele batendo atrás das penas... Eu o ouvi, ah! Com tanto prazer! — Novas lágrimas começaram a sair dos olhos que ela voltou para Theirry. — E aí, minha infeliz gata que tinha me seguido pulou nele... e o pegou. Ah, eu fui atrás deles, mas, quando o peguei, ele estava morto.

Theirry ficou extraordinariamente comovido com essa tragédia singela. Não poderia ter ocorrido a ele que haveria motivo para lágrimas em um acontecimento tão comum. Mas, conforme a dama contava a história, exibindo, como se para garantir a solidariedade dele, o pobre corpinho destroçado, ele achou ao mesmo tempo lamentável e monstruoso.

— A senhora pode castigar a gata — disse ele, pois viu o animal elegante e macio se esfregando no tronco do choupo.

— Eu bati nela — confessou ela.

— Pode enforcá-la — disse Theirry, tentando consolá-la ainda mais

Mas a dama corou.

— Ela é uma gata agradável — respondeu ela. — Não pôde controlar sua natureza. Ah, seria uma crueldade odiosa enforcá-la! Ela não entende!

Theirry, repreendido, ficou sem saber como reagir. Ele ficou olhando para a dama, sentindo-se inútil e impotente. Ela secou os olhos com um lenço de seda e manteve um silêncio terrível e dócil, mostrando o pássaro morto na mão trêmula.

— Se a senhora o enterrasse... — sugeriu Theirry desesperadamente. — Acho que ele teria desejado ser enterrado aqui.

Para a alegria dele, ela se animou um pouco.

— O senhor acha? — perguntou ela melancolicamente.

— Decerto! — garantiu ele com avidez. — Eu tenho uma faca. Vou fazer um túmulo agradável.

Ela chegou na beira do riacho, o mais perto que pôde dele, e como fez isso de forma inconsciente, só pensando em salvar o pássaro na mão, Theirry sentiu um grande prazer, como se um cervo selvagem se aproximasse sem medo.

— Eu não posso atravessar, o riacho é muito largo — disse ela. — Mas o senhor pode pegá-lo e fazer o túmulo?

Ela se apoiou em um joelho entre as folhas de azedinha e as margaridas. Theirry teve uma imagem rápida no momento em que ela se inclinou e esticou o braço para ele por cima do riacho que os separava. Ele tinha visto mulheres bonitas em Courtrai, e via nela os pontos mais admiráveis delas, olhos cinzentos brilhantes, feições pequenas, uma boca vermelha arqueada, pele branca e cabelo louro. Ela não era mais bonita do que muitas damas que não despertavam sua atenção, mas se viu ansioso para agradá-la, e até então nunca tinha tentado ganhar os favores de uma mulher. O vestido vermelho-pálido ondulava na grama; os cachos e o véu foram soprados para longe do rosto; Theirry se ajoelhou e esticou a mão. Por cima do riacho, seus dedos se tocaram; ele pegou o pássaro e ela recuou rapidamente. Quando ele, ainda de joelhos, olhou para ela, viu que ela não estava mais inconsciente; ela estava ereta, como se estivesse se controlando para não fugir, e - como era muito magra — ele a comparou ao pistilo vermelho de um lírio que tem amarelo na cabeça... o cabelo dela, ele confabulou consigo mesmo.

— Estou envergonhada de o incomodar... — disse ela com hesitação.

Havia tantas coisas que ele queria dizer em resposta a isso, mas não disse nada, só pegou a faca do cinto e cortou um pedaço quadrado de grama.

— O senhor é da faculdade? — perguntou ela.

— Sou — respondeu ele, e desejou intensamente poder dar a si mesmo um nome melhor.

— Há muitos homens estudados lá — disse ela com cortesia.

Ele não teria achado possível se ver tendo tanto cuidado com uma coisa tão trivial como agora, com o túmulo do passarinho, pois sabia que ela o observava com avaliação no olhar. As fantasias profanas que o perturbavam e encantavam estavam completamente esquecidas com esse novo sentimento. Os versos de um poema ao qual ele não tinha dado atenção quando leu voltaram com tudo em sua mente.

> "Agradável ela é, de uma beleza e brancura,
> Doce sua carícia como o sabor da uva madura.
> E seus lábios têm o sabor da rosa mais pura.
> Ao vê-la, minha pulsação acelera.
> Qualquer coisa comum me onera.
> Na floresta onde cada flor de maio impera.
> Ao ouvi-la, meu fôlego é roubado,
> Meu coração ousado fica abalado,
> E do torpor sou finalmente acordado."

Ele cavou a terra marrom macia com a ponta da faca, forrou o túmulo de folhas e pegou o passarinho. Por um momento, o segurou na mão, como ela tinha feito. E não ousou olhar para ela. Em seguida, colocou-o na terra e botou a grama e as margaridas no lugar.

Quando ergueu o rosto corado por causa da posição, ele viu que ela não estava mais olhando, tinha se virado de lado e estava olhando para a floresta distante. Ele teve o prazer agora de observar os detalhes da aparência dela. Embora magra, ela tinha porte e era alta; as sobrancelhas eram arqueadas e mais escuras do que o cabelo, a boca pendia nos cantinhos e era bem firme; ela tinha um jeito sério e modesto.

Theirry se ergueu; ela se virou.

— Obrigada — disse ela. E, com uma respiração rápida: — O senhor costuma vir aqui?

Ele respondeu tolamente.
— Não, nunca vim. Eu não conhecia o local.
— Aquilo ali é meu lar — disse a dama.
— Seu? — E ele apontou para os muros do castelo.
— Sim. Sou órfã e tutelada do imperador.
Ela olhou para a ponta do sapato, aparecendo embaixo do vestido vermelho-pálido.
— De que cidade o senhor vem? — perguntou ela.
— Courtrai.
— Eu não conheço nenhuma cidade além de Frankfurt.
Um silêncio se fez entre eles. A gata cinzenta malvada andou com pompa pela margem do riacho.
— Acabarei perdendo-a — disse a dama. — Homem bom e gentil. Meu nome é Jacobea de Martzburg. Talvez eu o veja de novo.
Ele nunca tinha sentido tanto desejo de falar, nem tão pouca capacidade para isso; ele murmurou:
— Espero que sim. — E corou ardentemente pelo constrangimento.
Ela olhou para ele de lado, com um brilho de olhos cinzentos sérios, instantaneamente velados, e com boca séria desejou:
— Boa noite.
Em seguida, foi embora atrás da gata. Ele a viu acelerar pela margem do riacho, o vestido dobrando grama e folhas; viu-a se curvar e pegar a criatura, segurá-la nos braços, seguir o caminho na direção do portão nobre. Esperava que ela olhasse para trás e visse que ele a observava, mas ela não virou a cabeça, e quando o último movimento de vermelho-pálido tinha sumido, ele saiu com relutância de onde estava.

O céu se regozijava com o pôr do sol. Enquanto ele andava pelo bosque, faixas de luz laranja caíam na transversal dos troncos retos de pinheiro e deixavam um cintilar no caminho. Ele não pensou em nenhuma das coisas que o distraíam quando tinha passado por aquelas árvores antes, nem na dama que tinha deixado. Em sua mente reinava uma confusão dourada, na qual tudo estava sem forma e estranho; ele não tinha desejo nem habilidade de reduzir isso a esquemas, esperanças e medos definidos, mas seguiu em frente, mergulhado em fantasias.

Nas encostas adjacentes ao jardim da faculdade, Theirry encontrou um grupinho de estudantes deitado na grama. Depois deles estavam os outros, de pé; Dirk, notável pela vestimenta rica e pela postura elegante, e outro jovem que Theirry sabia ser Joris de Turíngia. Um olhar bastou para ele saber que havia palavras trocadas entre eles; mesmo de onde estava, ele via que Dirk estava pálido e rígido, o outro, quente e corado. Ele atravessou a grama rapidamente; sabia que era política deles evitar brigas na faculdade.

— Senhores, o que é isso? — perguntou ele.

Os estudantes olharam para ele. Alguns pareciam achar graça, outros estavam agitados. Seu coração latejou dolorosamente quando ele viu que os olhares deles eram antipáticos e duvidosos. Um deu uma informação com certo escárnio.

— Seu amigo foi pego com um livro profano proibido, embora negue. Ele o lançou no rio para não nos permitir olhar, e agora está irritado com o comentário de Joris sobre isso.

Dirk viu Theirry e voltou o rosto pálido para ele.

— Esse patife me insultou — disse ele. — Chegou a pôr as mãos em mim.

Joris soltou uma risada meio zangada e meio divertida.

— Não consigo fazer o jovenzinho brigar... por Cristo e pela mãe dele! Ele tem medo porque eu poderia quebrar o pescoço dele com o indicador e o polegar!

Os olhos de Dirk faiscaram na direção dele.

— Eu não tenho medo, nunca temeria alguém como você; mas minha profissão e meu estudo não me permitem brigar. Cale-se e suma.

O tom não poderia deixar de inflamar o outro.

— Quem é você — gritou ele — para falar como se fosse um filho de nobre? Eu só toquei em seu braço para pegar o livro...

O resto se juntou.

— De fato, ele não fez nada mais do que isso. E o que *era* o livro?

Dirk se empertigou com orgulho.

— Não aceito ser questionado, assim como não aceito ser tocado.

— Belas palavras para um mesquinho valete flamengo![6] — debochou um dos estudantes.

— Palavras que eu posso fazer valer — respondeu Dirk, e se virou para a faculdade.

Joris saiu correndo atrás dele quando Theirry segurou seu braço.

— Não passa de um jovem impertinente — disse ele.

O outro se soltou e olhou para a figura vestida de seda.

— Ele me chamou de "filho de um ladrão turíngio"![7] — murmurou ele.

Uma risada ecoou no grupo.

— Como ele sabia disso? Pelo livro profano?

Joris franziu a testa intensamente; sua fúria ardia em outra direção.

— Sim! Silêncio! Filho de um criador de porcos britânico, você, cara vermelha!

O grupo começou a brigar. Theirry atravessou o jardim atrás de Dirk.

---

6 A palavra "valete" refere-se, nesse contexto, a um criado pessoal, geralmente encarregado de atender as necessidades de um senhor de maior posição social a quem era subserviente; enquanto "flamengo" indica a origem da região de Flandres, conhecida por sua atividade comercial, mas também, historicamente, alvo de preconceitos em certos contextos europeus. [N. R.]

7 Refere-se a alguém originário da Turíngia, uma região histórica da Alemanha. No contexto da narrativa, o termo é usado de forma pejorativa, refletindo possíveis preconceitos ou estereótipos associados à região durante a Idade Média. [N. R.]

• ☾ CAPÍTULO VII ☽ •
FEITIÇOS

T**HEIRRY ENCONTROU DIRK QUANDO ELE ESTAVA PAS-**
sando embaixo da colunata em arco.

— Prudência! — citou ele. — Onde está a *sua* prudência agora?

Dirk se virou subitamente.

— Eu tive que agir com ousadia. É fato que odeio aquele sujeito, mas deixe-o de lado agora. Venha comigo.

Theirry o seguiu pela faculdade e subiu a escada escura até os aposentos dele. Era um quarto baixo com teto em arco, com vista para o jardim, quase sem mobília e contendo só a cama, uma cadeira e alguns livros em uma prateleira. Dirk abriu a janela para o crepúsculo banhado de sol.

— Os estudantes têm inveja de mim por causa da minha reputação com os doutores — disse ele, sorrindo. — Um me disse hoje que eu era o jovem mais instruído da faculdade. E há quanto tempo estou aqui? Apenas dez meses.

Theirry ficou em silêncio. O triunfo na voz do companheiro não encontrou eco em seu coração. Nem em seus estudos legítimos, nem nos experimentos secretos ele tinha sido tão bem-sucedido quanto Dirk, que, em história antiga e moderna, línguas, álgebra, teologia e oratória, tinha se destacado de longe de todos os concorrentes e que tinha progredido perigosamente em conhecimentos hostis.

Theirry afastou o sentimento de inveja que o possuiu e falou sobre outro assunto.

– Dirk, eu vi uma dama hoje... E que dama!

Em seu companheirismo constante, próximo e carinhoso, nenhum tinha falhado em solidariedade, e foi com surpresa que Theirry viu Dirk se enrijecer perceptivelmente.

– Uma dama! – repetiu ele, e se virou da janela para que as sombras do quarto caíssem sobre seu rosto.

Theirry precisava de um ouvinte, precisava soltar a língua sobre o assunto da aventura delicada, e por isso continuou.

– Sim, foi no vale... em um vale, quer dizer... que eu nunca tinha visto. Ah, Dirk! – Ele estava apoiado na beira da cama, olhando para a penumbra. – Era uma dama tão doce... ela tinha...

Dirk o interrompeu.

– Decerto! – gritou ele com irritação. – Ela devia ter olhos cinzentos e cabelo louro... elas não têm sempre cabelo louro? E uma boquinha e um jeito de olhar de lado, e palavras astutas, eu garanto...

– Ora, ela tinha tudo isso – respondeu Theirry, perplexo. – Mas era agradável, você precisava ver, Dirk.

O jovem fez expressão de desdém.

– Quem é ela, a tua dama?

– Jacobea de Martzburg. – Ele teve um prazer óbvio em dizer o nome dela. – Ela é uma dama grandiosa e graciosa.

– Pode parar! – exclamou Dirk apaixonadamente. – O que ela é para nós? Nós não temos outros assuntos em que pensar? Eu não achei que você fosse tão fraco a ponto de vir cantarolando elogios para a primeira coisa que sorri para você!

Theirry ficou zangado.

– Não é a primeira vez... E o que eu falei sobre ela?

— Ah, chega! Você perdeu seu coração para ela, não duvido. E de que você vai servir? Um valete apaixonado!

— Não — respondeu Theirry calorosamente. — Você não tem justificativa para esse discurso. Como posso amar a dama se só a vi uma vez? Eu só falei que ela era bonita e gentil.

— É a primeira mulher de quem você fala, com essa voz. Você não disse "que dama"?

Theirry sentiu o sangue aquecer suas bochechas.

— Se você a tivesse visto... — repetiu ele.

— Sim, se eu a tivesse visto, eu poderia dizer o quanto de maquiagem ela usava, o quanto a renda era apertada...

Theirry o interrompeu.

— Não ouvirei mais nada. Você é um jovem impertinente que não sabe nada de mulheres. Ela era uma das rosas de Deus, rosada e branca, e nós não somos dignos de beijar os sapatinhos dela... Sim, pura verdade.

Dirk bateu o pé apaixonadamente.

— Sapatinhos! Se você veio até mim para delirar por causa dos sapatinhos dela, da cor rosada e branca, pode me deixar sozinho. Não fale mais dela.

Theirry ficou em silêncio por um tempo; não podia perder o companheirismo de Dirk nem o deixar com raiva, e também não desejava botar em risco a boa compreensão entre eles, então ele sufocou a raiva que surgiu nele pela irracionalidade do jovem e respondeu baixinho:

— Sobre qual assunto você queria falar comigo?

Dirk lutou por um momento com o peito oscilante e os dentes fechados sobre um lábio rebelde, mas atravessou o quarto e abriu a porta de uma câmara interna. Tinha obtido permissão para usar aquele apartamento para seus estudos; a chave ele sempre carregava consigo, e só ele e Theirry tinham entrado nele. Em silêncio, com um lampião aceso e posicionado no parapeito da janela, ele fez sinal para que Theirry o seguisse.

Era um aposento sinistro. Empilhados junto às paredes havia os livros que Dirk tinha levado para ele, e na lareira aberta alguns gravetos queimados estavam espalhados.

— Está vendo — disse Dirk. Ele tirou de um canto escuro uma figura de madeira rusticamente entalhada com alguns centímetros de altura. — Eu fiz isto hoje... e se meus feitiços estiverem certos, alguém vai pagar pela insolência.

Theirry pegou a figura na mão.

— É Joris de Turíngia.

Dirk assentiu sombriamente.

A sala estava carregada de odores insalubres, e uma fumaça estagnada parecia pairar perto do teto. O lampião lançava uma luz amarela pulsante no ambiente pesado, sombras de formas estranhas dos potes e frascos no chão.

— O que é esse Joris para você? — perguntou Theirry com curiosidade.

Dirk estava desenrolando um manuscrito em persa.

— Nada. Quero ver que habilidade tenho.

A antiga excitação maligna se apossou de Theirry. Eles tinham tentado feitiços antes, em gado e cachorros, mas sem sucesso. Seu sangue formigou ao pensar em um encantamento potente que confundisse inimigos.

— Acenda o fogo — ordenou Dirk.

Theirry botou a imagem junto ao lampião e derramou um líquido amarelo denso de um dos frascos sobre os gravetos queimados. Em seguida, jogou um punhado de pó cinza. Um vapor pardo denso subiu, e um odor desagradável se espalhou pelo cômodo; os gravetos se acenderam subitamente em uma chama alta e bonita, que subiu silenciosamente pela chaminé e lançou um brilho claro e sobrenatural no ambiente. Theirry desenhou três círculos em volta do fogo e marcou o externo com caracteres tirados dos manuscritos que Dirk segurava.

Dirk estava olhando para ele quando Theirry se ajoelhou no brilho esplêndido das chamas, e suas sobrancelhas pesadas estavam franzidas.

— Ela era bonita? — perguntou ele abruptamente.

Theirry interpretou isso como reparação pelo mau humor e respondeu de forma agradável.

— Sim, ela era bonita, Dirk.

— E clara?

— De fato, com cabelo louro.

— Chega dela — disse o jovem com uma espécie de tristeza feroz. — A legenda está pronta?

— Sim. — Theirry se ergueu. — E agora?

Dirk estava ungindo a imagem do estudante no peito, nos olhos e na boca com um líquido extraído de um frasquinho roxo. Ele a colocou no círculo em volta da chama.

— Isto foi entalhado de freixo tirado de um pátio de igreja — disse ele. — E os ingredientes do fogo estão corretos. Se isso falhar, Zoroastro[8] mente.

Ele foi até o fogo e fez uma invocação em persa para a chama alta, depois se recolheu para o lado de Theirry. Todo o aposento brilhava na luz vermelha límpida gerada pelo fogo profano; as vigas cheias de teias de aranha, as paredes lúgubres, os livros e potes no chão, tudo estava distintamente visível, e os dois conseguiam se ver, vermelhos da cabeça aos pés.

— Olhe — disse Dirk com um sorriso lento.

A imagem dentro do círculo mágico estava quase tocando as chamas – embora não estivesse queimada nem chamuscada, começou a se contorcer e remexer, como uma criatura com dor.

— Ah! — Dirk exibiu os dentes. — O feitiço funcionou.

Uma sensação de euforia tomou conta de Theirry. Ele ouviu algo batendo alto e rápido no ouvido, mas sabia que era seu coração disparado. A figura, horrivelmente parecida com Joris,

---

[8] Zoroastro, também conhecido como Zaratustra, foi um profeta e filósofo da Pérsia antiga (atual Irã), fundador do zoroastrismo, uma das religiões mais antigas do mundo. Seu pensamento influenciou diversas culturas e religiões posteriores, incluindo o judaísmo, o cristianismo e o islamismo. A figura de Zoroastro muitas vezes aparece na literatura e no ocultismo como um símbolo de sabedoria mística e poder espiritual, especialmente em relação a elementos como fogo e purificação. [N. R.]

com o chapéu achatado e a veste de estudante, estava tentando se levantar e emitia gemidos de dor.

— Não consegue sair — sussurrou Theirry.

— Não — sussurrou Dirk. — Por esse motivo você fez o círculo.

A chama era uma coluna de puro fogo e lançava um brilho dourado na coisa aprisionada no anel que Theirry tinha feito. Dirk ficou olhando com avidez, sem medo nem remorso, mas Theirry sentiu uma onda de náusea subir até o cérebro. A criatura estava fazendo tentativas inúteis para fugir do brilho intenso; gemendo e caindo de cara, se contorcendo deitada e fazendo tentativas frenéticas de atravessar a linha que a aprisionava.

— Deixe-o sair — sussurrou Theirry baixinho.

Mas Dirk estava exultante com o sucesso.

— Você está louco — retorquiu ele. — O feitiço funciona bravamente.

No fim das palavras dele, houve um som que provocou uma careta nos dois. Mesmo na luz fraca, Dirk viu seu companheiro empalidecer. Era o sino da capela da faculdade convocando os alunos para a igreja.

— Eu tinha esquecido — murmurou Dirk. — Nós temos que ir. Seria notado.

— Nós não podemos apagar o fogo — declarou Theirry.

— Não, vamos deixar. Vai acabar se apagando sozinho — respondeu Dirk apressadamente.

A criatura, depois de correr pelo círculo na tentativa de fugir, tinha caído, como se exausta do sofrimento, e estava deitada tremendo.

— Vamos deixá-lo também — disse Dirk em tom desagradável.

Mas Theirry teve uma lembrança dilacerante de uma dama ajoelhada na grama verde, inclinada para ele com um pássaro morto na mão, com lágrimas por ele nas bochechas, um pássaro morto, e aquilo...

Ele se curvou e pegou a criatura. Ela berrou com um lamento quando ele tocou nela, e ele sentiu a chama rápida queimar seus dedos.

Na mesma hora, o fogo encolheu para as cinzas, e ele tinha na mão um mero pedaço de madeira queimada. Com um som de repulsa, ele jogou isso no chão.

— Devia ter deixado queimar — disse Dirk, com o lampião no alto para mostrar o caminho pelo aposento agora escuro. — É possível que não possamos reacendê-lo, e eu não terminei com o valete feio.

Eles saíram para o aposento externo e Dirk trancou a porta. Theirry ofegou ao sentir o ar mais fresco nas narinas, e uma sensação de terror tomou seu cérebro. Mas Dirk estava animado; seus olhos estavam apertados de excitação, os lábios pálidos numa linha firme. Eles desceram para o salão.

A noite estava nublada e abafada. Pelos arcos das janelas, pesadas nuvens roxas podiam ser vistas espalhadas no horizonte. O sino toava com persistência e um tom discordante. Embora o sol tivesse se posto, ainda estava claro, o que tinha um efeito curioso de estranheza depois dos aposentos escuros lá em cima.

Sem uma palavra um para o outro, mas lado a lado, os dois estudantes passaram pela antecâmara que levava à capela. E lá, pararam. Os raios pálidos de uma vela dispersavam a escuridão e revelavam um grupo de homens reunidos, conversando em sussurros.

— Por que eles não entram na igreja? — murmurou Theirry, com uma sensação curiosa no coração. — Alguma coisa aconteceu.

Alguns dos estudantes se viraram e os viram. Eles foram forçados a se aproximar. Dirk estava em silêncio, sorrindo.

— Vocês souberam? — perguntou um; todos estavam sérios e desanimados.

— Uma coisa horrível — disse outro. — Joris de Turíngia foi vitimado por uma doença estranha. É verdade! Ele caiu no meio de nós como se engolido por um fogo do Inferno.

O falante se persignou. Theirry não conseguiu responder, pois sentiu que todos estavam olhando para ele com desconfiança e acusação, e estremeceu.

— Nós o carregamos para o quarto — disse outro. — Ele berrou e arranhou a própria pele, implorando para tirarmos as chamas. O padre está com ele agora. Que Deus nos proteja de coisas profanas.

— Por que você diz isso? — perguntou Theirry com ferocidade. — É provável que a doença dele seja natural.

Os estudantes trocaram olhares.

— Não sei — murmurou um. — Foi estranho.

Dirk, ainda sorrindo e em silêncio, se virou para a capela. Theirry e os outros, calando suas suposições, foram atrás.

Havia velas no altar com 1,80 metro de altura, e uma confusão de sentidos acometeu Theirry, que o fez vê-las como anjos com auréolas chamejantes prontos para destruí-lo com pesar. Uma onda de medo e dor se apossou dele; que caiu de joelhos no piso de pedra e fixou os olhos no padre, cuja casula estava brilhando em dourado pela luz fraca da capela tomada por incenso.

A blasfêmia e o pecado mortal do que tinha feito o enojava e assustava; e ele estar ali não era a blasfêmia mais horrível de todas? Ele não tinha direito; tinha feito uma confissão falsa para o padre, tinha recebido absolvição por mentiras. Diariamente, ele tinha ido até lá adorando Deus com os lábios e Satanás com o coração. Um gemido escapou de sua boca, ele curvou o belo rosto para as mãos e seus ombros tremeram. Pensou em Joris de Turíngia se contorcendo com a dor causada pelos feitiços ímpios dele, nos diabos ávidos seguindo para servi-los... e, ao longe, em uma névoa branca ofuscante, ele parecia ver o arco dos santos e anjos olhando para ele enquanto caía cada vez mais nas profundezas insondáveis da escuridão. Com um movimento incontrolável de dor, olhou para cima e viu a figura de Dirk ajoelhado na frente dele. A calma do jovem ao mesmo tempo o horrorizou e acalmou. Ele estava ajoelhado, ele que pouco tempo antes estava brincando com demônios, com um rosto tão imóvel quanto um santo esculpido, com a testa plácida, os olhos tranquilos e as mãos dobradas sobre o breviário.

Ele pareceu sentir o olhar intenso de Theirry, pois olhou rapidamente em volta e uma expressão de cautela e advertência surgiu embaixo das pálpebras brancas. Theirry baixou o olhar. Seus companheiros estavam cantando com o rosto erguido para cima, mas ele não pôde se juntar. Os pilares com os capitéis[9] folheados o oprimiam com a sombra, os santos reluzindo em mosaico nos tambores dos arcos o assustavam com a expressão impiedosa nos olhos longos.

> *"Laudate, pueri Dominum.*
> *Laudate nomen Domini.*
> *Sit nomen Domini benedictum,*
> *Ex hoc nunc et usque in saeculum.*
> *A solis ortu usque ad occasum*
> *Laudabile nomen Domini."*[10]

As vozes jovens e revigoradas aumentaram com sofreguidão; a igreja estava tomada de incenso e música. Theirry se levantou com o hino ecoando na cabeça e saiu da capela. Os cantores lançaram olhares curiosos quando ele passou, e quando chegou à porta, ele ouviu o som de passos logo atrás, se virou e viu Dirk ao seu lado.

— Para mim já chega — disse ele em voz rouca.

Os olhos de Dirk estavam chamejando.

— Quer fazer uma confissão pública? — perguntou ele, respirando pesadamente. — Lembre-se de que são nossas vidas a pagar se descobrirem.

Theirry estremeceu.

— Eu não posso rezar. Não posso ficar na igreja. Por dias eu sinto a bênção me queimar.

— Suba comigo — disse Dirk.

---

[9] Elementos arquitetônicos situados no topo de colunas ou pilares, muitas vezes ricamente decorados, especialmente em construções religiosas ou monumentais. Esses ornamentos podem ser esculpidos com figuras ou padrões intricados, como folhas ou cenas bíblicas, e em alguns casos, são folheados a ouro ou outro material precioso, conferindo um ar de grandiosidade ao ambiente. Sua função é tanto estrutural quanto estética, sustentando arcos ou abóbadas e contribuindo para a imponência das construções. [N. R.]

[10] Trecho do Salmo 112 — ou 113, dependendo da numeração — de louvor e adoração ao Deus da Bíblia, que em tradução livre significa: "Louvai, ó meninos, o Senhor. Louvai o nome do Senhor. Seja bendito o nome do Senhor, desde agora e para sempre. Desde o nascer do sol até o seu ocaso, louvado seja o nome do Senhor." [N. R.]

Quando estavam andando pelo longo corredor, eles encontraram um homem que era amigo de Joris de Turíngia. Dirk parou.

– Vens da companhia do homem doente?

– Sim.

– Ele está melhorando?

Theirry olhou com expressão louca, aguardando a resposta.

– Não sei – disse o jovem. – Está deitado desfalecido e ofega para respirar.

Ele seguiu de forma um tanto abrupta.

– Ouviu isso? – sussurrou Theirry. – E se ele morrer?

Eles foram para o quartinho quase vazio de Dirk. As nuvens tinham coberto completamente o céu, e nem lua nem estrelas estavam visíveis. Dirk acendeu o lampião e Theirry afundou na cama com as mãos unidas entre os joelhos.

– Eu não posso ir – disse ele. – É horrível demais.

– Está com medo? – perguntou Dirk baixinho.

– Sim, estou com medo.

– Eu não estou – respondeu Dirk, composto.

– Eu não posso ficar aqui – sussurrou Theirry com expressão agonizada.

Dirk mordeu o indicador.

– Não, pois temos pouco dinheiro e já sabemos tudo que esses pedantes podem nos ensinar. Está na hora de começarmos a construir a base da nossa fortuna.

Theirry se levantou e entrelaçou os dedos.

– Não fale comigo de fortunas. Eu botei minha alma em perigo mortal. Eu não posso rezar, não posso botar os nomes de coisas sagradas nos lábios.

– É essa sua coragem? – disse Dirk baixinho. – É essa sua ambição, sua lealdade a mim? Você correria choramingando para um padre com um segredo que é tão meu quanto seu? Foi a isso, ó nobre jovem, que todos os seus sonhos se reduziram?

Theirry gemeu.

– Eu não sei. Eu não sei.

Dirk se aproximou lentamente.

— É o fim do nosso companheirismo... da nossa aliança?

Ele pegou as mãos inertes do outro e, como raramente oferecia tal toque, Theirry viu como grande sinal de afeição. Ao sentir os dedos lisos e frios, a fascinação, a tentação que aquele jovem representava despertou sua pulsação. Ainda assim, ele não conseguia esquecer o anjo severo que achava que tinha visto no altar, e o jeito como sua língua tinha se recusado a se mover quando tinha tentado rezar.

— Talvez eu tenha ido longe demais para voltar — disse ele, ofegante e com olhos questionadores.

Dirk abaixou a mão.

— Esteja comigo ou não esteja — disse ele friamente. — Eu posso seguir sozinho.

— Não — respondeu Theirry. — É certo que eu amo você, Dirk. Eu gosto de você como nunca gostei de ninguém...

Dirk deu um passo para trás e olhou para ele por pálpebras entrefechadas.

— Bem, não venha com essa conversa de padres. Eu serei fiel a você até a morte e a danação, e espero que você seja verdadeiro a mim.

Theirry fez que ia responder, mas uma batida súbita e violenta na porta o deteve. Eles se olharam, e os mesmos pensamentos rápidos surgiram para os dois; os estudantes tinham desconfiado, tinham ido pegá-los de surpresa... e as consequências...

Por um segundo, Dirk estremeceu de raiva suprimida.

— Maldito seja o feitiço! — murmurou ele. — Maldito seja Zoroastro e seus preparados imundos, pois estamos encurralados e condenados!

Theirry deu um salto e tentou abrir a porta interna.

— Está fechada — disse ele. Agora, estava bem calmo.

— Eu tenho a chave. — Dirk colocou a mão no peito, pegou dois livros na prateleira e os jogou na mesa. A batida se repetiu.

— Destranque a porta — disse Theirry. Ele se sentou à mesa e abriu um dos volumes.

Dirk abriu o ferrolho, a porta voou para trás e uma quantidade de estudantes, liderados por um monge segurando um crucifixo, entrou no quarto.

— O que vocês querem? — perguntou Dirk, encarando-os tranquilamente. — Vocês interrompem nossos estudos.

O padre respondeu com severidade:

— Há acusações estranhas e horríveis contra você, meu filho, que você precisa provar que não são verdade.

Theirry fechou o livro e se levantou devagar; todo o terror e remorso de alguns momentos antes tinham se transformado em ira e desafio, e uma coragem animal tinha se espalhado por seu corpo com a perspectiva de um encontro. Ele viu os rostos ávidos e agitados dos outros estudantes ocupando a porta, o semblante duro e implacável do monge, e se sentiu inexplicavelmente justificado aos seus próprios olhos. Não via seus antagonistas representando o Bem e ele, o Mal, só via homens cuja inimizade evidente despertava a dele.

— Quais são as acusações? — perguntou Dirk. Sua postura parecia ter mudado completamente, como tinha acontecido com a de Theirry; e teve a certeza de que tinha perdido a calma. Sua postura de desafio era mantida por um esforço óbvio, e seus lábios tremiam de agitação. Os estudantes murmuraram e forçaram a entrada no quarto; o monge respondeu:

— Vocês são suspeitos de providenciar a doença terrível de Joris de Turíngia por meio de feitiços.

— É mentira — disse Dirk com voz fraca e sem convicção, mas Theirry respondeu com ousadia:

— Em que baseia essa acusação, padre?

O monge estava preparado.

— No comportamento estranho e próximo de vocês... em vocês dois, na nossa ignorância da sua origem... na doença súbita do jovem depois que palavras foram trocadas entre ele e mestre Dirk.

— Sim — disse um dos estudantes com avidez. — E ele bebeu água como um cachorro.

— Eu vi uma luz aqui no meio da noite — disse outro.

— E por que eles saíram antes do fim da missa? — perguntou um terceiro.

Theirry sorriu; achava que eles tinham sido descobertos, mas o medo era uma coisa distante para ele.

— São acusações infantis — respondeu ele. — Vão procurar melhores.

Dirk, que tinha recuado para trás da mesa, falou agora.

— Vocês nos insultam com palavras arbitrárias — disse ele, ofegante. — É mentira.

— Você está disposto a jurar? — perguntou o monge rapidamente.

Theirry se intrometeu.

— Procure no quarto, meu padre. Garanto que já foi espiar o meu.

— Sim.

— E encontrou...?

— Nada.

— E não está satisfeito? — perguntou Dirk.

O murmúrio dos estudantes cresceu para um grito furioso.

— Não. Vocês não podem fazer seus implementos sumirem se forem feiticeiros?

— Que grande habilidade você credita a nós — declarou Theirry, sorrindo. — Mas nada que permita que você prove alguma coisa.

Apesar de ele saber que jamais conseguiria afastar as desconfianças, ocorreu-lhe que talvez fosse possível impedir a descoberta do que havia no aposento trancado, e, nesse caso, embora eles talvez tivessem que ir embora da faculdade, suas vidas estariam seguras. Ele pegou o lampião e o ergueu.

— Vocês veem alguma coisa aqui?

Eles olharam para as paredes expostas com olhos ávidos, aguçados. Um foi até a mesa e olhou os livros lá.

— Sêneca! — Ele os jogou de lado com decepção. Os padres avançaram e olharam ao redor. Dirk se manteve silencioso e desdenhoso e Theirry foi ousado em desafiar todos.

— Não vejo nada sagrado — disse o monge. — Nem a virgem, nem santos, nem *prie-Dieu*,[11] nem água benta.

Os olhos de Dirk faiscaram intensamente.

— Aqui está meu breviário. — Ele apontou para a mesa.

Um dos estudantes gritou:

— Onde está a chave? Do aposento interno!

Havia três ou quatro na porta. Dirk, ao se virar e vê-los lutando com a maçaneta, ficou pálido e não conseguiu falar, mas Theirry se manifestou em grande fúria.

— O aposento está sem uso. Não tem nada meu nem de Dirk. Não sabemos nada sobre ele.

— Jura? — perguntou o padre.

— Decerto. Eu juro.

Mas o estudante lutando com a porta declarou.

— Dirk Renswoude pediu esse aposento para os estudos dele! Eu sei, e ele tinha a chave.

Dirk teve um grande sobressalto.

— Não, não — disse ele apressadamente. — Eu não tenho a chave.

— Procurem, meus filhos — disse o padre.

O sangue deles estava fervendo. Uns dez ou doze tinham lotado o quarto. Eles jogaram livros da estante no chão, espalharam trajes que estavam dentro da arca, puxaram a colcha da cama e viraram o colchão. Como não encontraram nada, viraram-se para Dirk.

— Ele está com a chave no corpo!

Todos os olhares se fixaram no jovem, que estava um pouco à frente de Theirry, que por sua vez continuava a segurar o lampião com desdém para ajudá-los na busca. A luz pousou nos ombros de Dirk, fazendo a seda cintilar, e brilhou no cabelo ondulado curto;

---

11 O termo prie-dieu refere-se a um pequeno banco ou altar, frequentemente encontrado em igrejas ou em residências religiosas, utilizado para a oração. Em francês, significa literalmente "reza a Deus" e é projetado para proporcionar uma posição confortável para ajoelhar-se e rezar, com apoio para os braços e uma superfície para os joelhos. É um símbolo de devoção e um elemento comum nos ambientes religiosos cristãos. [N. R.]

não havia sinal de cor no rosto dele. As sobrancelhas estavam erguidas e próximas na testa franzida.

— Você está com a chave do aposento? — perguntou o padre.

Dirk tentou falar, mas não conseguiu encontrar a voz. Ele moveu a cabeça rigidamente em negação.

— Me responda — insistiu o monge.

— De que me adiantaria se eu jurasse? — As palavras pareceram arrancadas dele. — Você acreditaria em mim? — Os olhos dele brilhavam com ódio por todos.

— Jure sobre isso. — O monge ofereceu o crucifixo. Dirk não tocou nele.

— Eu não tenho chave nenhuma — disse ele.

— Aí está sua resposta — declarou Theirry, e colocou o lampião na mesa.

O estudante mais à frente riu.

— *Revistem-no* — gritou ele. — Os trajes dele. É provável que esteja com a chave no peito.

Novamente, Dirk teve um grande sobressalto; a mesa estava entre ele e seus inimigos, a única proteção que ele tinha. Theirry, sabendo que ele devia mesmo estar com a chave, viu o fim e estava preparado para lutar.

— O que vocês vão fazer agora? — desafiou ele.

Como resposta, um deles se inclinou por cima da mesa e agarrou Dirk pelo braço, puxando-o com facilidade para o centro do quarto. Outro segurou seu manto.

Um grito de "revistem-no!" foi proferido pelos outros.

Dirk curvou a cabeça de forma curiosa, tirou a chave de dentro da camisa e a jogou no chão. Na mesma hora, eles o soltaram para pegá-la, e Theirry cambaleou para o lado de Dirk.

— Não deixe que toquem em mim — disse Dirk. — Não deixe que toquem em mim.

— És covarde? — respondeu Theirry com raiva. — Agora estamos totalmente perdidos...

Ele empurrou Dirk para longe, como se fosse abandoná-lo, mas o jovem se agarrou nele com desespero.

— Não me abandone. Vão fazer picadinho de mim.

Os estudantes passavam correndo pela porta destrancada, gritando, pedindo luz. O padre pegou o lampião e foi atrás. Os dois ficaram no escuro.

— Você é um tolo — disse Theirry. — Com astúcia, a chave poderia ter sido escondida...

Um grito horrendo surgiu do aposento interno quando eles descobriram os resquícios do encantamento...

Theirry correu até a janela, Dirk logo atrás.

— Theirry, gentil Theirry, me leve junto... sei que sou um inútil! Ah! Sou pequeno e lamentável, Theirry!

Theirry passou uma perna pelo parapeito.

— Venha, então, em nome do capeta — respondeu ele.

Um grito rouco alertou-os de que os estudantes tinham encontrado a pequena imagem de Joris. Os que estavam na escada os viram na janela.

— Os feiticeiros estão fugindo!

Theirry ajudou Dirk a subir no parapeito. O ar noturno soprou quente nos rostos deles e sentiram a morna chuva caindo. Não havia luz em lugar nenhum. Os estudantes estavam gritando em fúria cega quando descobriram os unguentos e implementos ímpios. Eles se viraram subitamente e correram para a janela. Theirry se pendurou pelas mãos e soltou. Com um impacto que sacudiu todos os nervos do corpo, ele caiu na sacada do quarto abaixo.

— Pule! — gritou ele para Dirk, que ainda estava agachado no parapeito.

— Ah, pela minha alma! Ah, não consigo! — Dirk olhou pela escuridão em uma tentativa louca de enxergar Theirry.

— Estou com os braços esticados! Pule!

Os estudantes tinham derrubado o lampião e isso os atrasou por um momento. Mas Dirk, ao olhar para trás, viu o quarto tomado de novas luzes e figuras furiosas indo para a janela. Ele fechou os olhos e pulou no escuro. A distância não era grande. Theirry meio que o pegou. Ele cambaleou pela sacada. Uma tocha foi enfiada pela janela acima; rostos frenéticos olharam para baixo. Theirry empurrou Dirk pela janela à frente, que dava na biblioteca, e foi atrás.

– Agora... pelas nossas vidas – disse ele.

Eles correram pelo aposento e chegaram à escada. Os estudantes, adivinhando o que eles fariam, foram atrás; eles ouviram o barulho de pés no patamar acima. Quantas escadas, quantas até chegarem ao saguão! Dirk tropeçou e caiu e Theirry o puxou para ficar de pé. Um jovem sem fôlego o alcançou. Theirry, ofegante, se virou e o empurrou para trás. Ele caiu estatelado. Eles chegaram ao saguão, correram por ele e saíram no jardim escuro. Um minuto depois, os perseguidores, carregando luz e meio delirantes de fúria e terror, saíram pelas portas da faculdade. Theirry segurou o braço de Dirk e eles correram: pela grama alta, esbarrando em arbustos, pisoteando as rosas, cegamente pela escuridão, até que os gritos e as luzes ficaram fracos atrás deles e sentiram os troncos das árvores, ali souberam que deviam ter chegado à floresta. Theirry então soltou Dirk, que desmoronou ao lado dele e ficou chorando na grama.

CAPÍTULO VIII
O CASTELO

Theirry falou com raiva na escuridão:

— Seu tolo, já estamos em segurança. Eles acham que o Diabo nos carregou. Faça silêncio.

Dirk olhou para ele, boquiaberto.

— Não tenho medo. Mas estou exausto. Eles foram embora?

— Foram — disse Theirry, olhando em volta. Não havia sinal de luz em lugar nenhum na escuridão pesada, tampouco som. Ele esticou a mão e tocou no tronco molhado de uma árvore, apoiou o ombro nela — pois também estava exausto — e avaliou com irritação a situação.

— Você tem dinheiro? — perguntou ele.

— Nem uma moedinha.

Theirry enfiou as mãos nos bolsos. Nada.

A condição deles era lamentável. Seus pertences estavam na faculdade, provavelmente agora sendo queimados sob aspersão de água benta. Eles ainda estavam perto dos que os matariam se os vissem, e sem poder escapar. A luz do dia os encontraria se eles se demorassem, e como partir antes do amanhecer? Se tentassem vagar na escuridão, era provável que eles fossem parar no portão da faculdade. Theirry praguejou baixinho.

— De nada servem nossos encantamentos agora — comentou com amargura.

Estava chovendo pesado, a água batendo nas folhas acima e espirrando dos galhos e pingando na grama. Dirk se levantou debilmente.

— Não podemos nos abrigar? — perguntou ele com irritação. — Estou machucado, abalado e molhado, molhado...

— Provavelmente — respondeu Theirry com tom sombrio. — Mas, a menos que os feitiços que você conhece e os encantamentos de Zoroastro possam nos levar daqui, temos que ficar onde estamos.

— Ah, meus manuscritos, meus frascos e potes! — gritou Dirk. — Eu deixei tudo!

— Vão queimá-los — disse Theirry.

— Que a peste exploda e destrua os patifes ladrões e espiões! — respondeu Dirk ferozmente.

Ele se levantou e se apoiou do outro lado da árvore.

— Decerto, malditos todos! — disse Theirry. — Se ajudar.

Ele sentiu raiva e ódio pelo padre e pelos seguidores dele que o tinham expulsado da faculdade. Nenhum remorso o abalava agora. Os atos deles o jogaram violentamente em seu antigo humor de desafio e dureza de coração. Seu único pensamento não era de arrependimento nem de vergonha, mas um desejo quente de triunfar sobre os inimigos e superá-los na busca.

— Meu tornozelo — gemeu Dirk. — Ah! Não consigo ficar de pé...

Theirry se virou para o lugar de onde a voz veio, no escuro.

— Não me ensurdeças com tuas reclamações, fraco — disse ele com ferocidade. — Teu comportamento foi covarde esta noite.

Dirk ficou em silêncio perante uma nova faceta da personalidade de Theirry. Ele viu que sua influência sobre o companheiro tinha sido enfraquecida por sua demonstração de medo e pela entrega fácil da chave.

— Gemidos não trazem conforto nem ajuda — acrescentou Theirry.

A voz de Dirk soou baixa.

— Se você estivesse doente, eu não seria tão ríspido, e tenha certeza de que estou doente... quando respiro, meu coração dói e meu pé está cheio de sofrimento.

Theirry amoleceu.

— Porque eu amo você, Dirk, farei isso, se você não reclamar mais, não disser nada sobre seu mau comportamento. — Ele esticou a mão em volta da árvore e tocou no manto de seda molhado. Apesar do calor, Dirk estava tremendo.

— O que faremos? — perguntou ele, e tentou impedir que os dentes batessem. — Se pudermos viajar para Frankfurt...

— Por que Frankfurt?

— Eu conheço uma bruxa velha lá que era amiga de mestre Lukas, e ela nos receberia, sem dúvida.

— Não podemos chegar a Frankfurt nem a lugar nenhum sem dinheiro... Como está escuro!

— Argh! Como chove! Estou molhado até a alma... e meu tornozelo...

Theirry firmou os dentes.

— Vamos chegar lá apesar deles. Vamos nos deixar abalar tão facilmente?

— Uma luz! — sussurrou Dirk. — Uma luz!

Theirry olhou ao redor e viu em uma parte da escuridão universal uma luzinha com uma névoa em volta, aproximando-se lentamente.

— Um viajante — disse Theirry. — Ele nos verá ou não?

— Talvez nos mostre o caminho — sussurrou Dirk.

— Se não for da faculdade.

— Não. Ele vem a cavalo.

Eles ouviam agora, pelo ruído monótono da chuva, o som de um cavalo avançando lenta e cautelosamente; a luz balançava e tremeluzia em um oval oscilante que revelava um homem a segurando e um cavaleiro cuja rédea ele segurava com a outra mão. Eles se aproximaram em ritmo de caminhada, pois o caminho era irregular e escorregadio, e a iluminação oferecida pelo lampião era débil.

— Vou abordá-lo — disse Theirry.

— Se ele perguntar quem somos?

— Metade da verdade: nós abandonamos a faculdade por causa de uma briga.

O cavaleiro e seu acompanhante estavam bem perto agora. A luz mostrava o caminho com mato por onde eles se aproximavam, a folhagem molhada dos dois lados e a chuva inclinada. Theirry entrou na frente deles.

— O senhor saberia de alguma habitação fora a cidade de Basileia?

O cavaleiro estava envolto em um manto até o queixo e usava um chapéu de feltro pontudo; ele olhou com expressão aguçada para seu interlocutor.

— A minha — disse ele, e parou o cavalo. — A menos de dois quilômetros daqui.

Primeiro, ele pareceu com medo de ladrões, pois a mão foi na direção da faca no cinto. Mas ele logo a afastou e olhou com curiosidade, atraído pela vestimenta do estudante e pela beleza óbvia do jovem que estava olhando diretamente para ele com olhos sombrios e desafiadores.

— Nós teremos uma dívida pela sua hospitalidade... ainda que seja o abrigo do seu celeiro — disse Theirry.

O olhar do cavaleiro se desviou para Dirk, tremendo na roupa de seda.

— Alunos da faculdade? — perguntou ele.

— Sim — respondeu Theirry. — Nós éramos. Mas eu feri gravemente um homem em uma luta e fugi. Meu companheiro decidiu vir comigo.

O estranho tocou no cavalo.

— Decerto vocês podem vir comigo. Sei que há espaço agora.

Theirry segurou Dirk pelo braço.

— Senhor, nós ficamos gratos — respondeu ele.

A luz segurada pelo criado mostrava um caminho lamacento e sinuoso, os troncos molhados brilhantes, as folhas reluzentes dos dois lados, o cavalo marrom grande, fumegando e passivo, com os arreios vermelhos, e o cavaleiro enrolado em um manto até o queixo. Dirk olhou para o homem e para o cavalo rapidamente, em silêncio. Theirry falou:

— É uma noite ruim para sair.

— Eu estava na cidade — respondeu o estranho —, comprando sedas para a minha senhora. E você... então você matou um homem?

— Ele não está morto — respondeu Theirry. — Mas não retornarei nunca mais para a faculdade.

O cavaleiro tinha uma voz suave e curiosamente agradável; ele falou como se não se importasse com o que dizia nem como era respondido.

— Aonde vocês vão? — perguntou ele.

— Para Frankfurt — disse Theirry.

— O imperador está lá agora, embora parta para Roma em um ano, dizem — comentou o cavaleiro —, e a imperatriz também. Você já viu a imperatriz?

Theirry afastou galhos que atrapalhavam a passagem.

— Não — disse ele.

— De que cidade você é?

— Courtrai.

— A imperatriz estava lá um ano atrás e você não a viu? Uma das maravilhas do mundo, dizem, é a imperatriz.

— Eu ouvi falar dela — disse Dirk, falando pela primeira vez. — Mas, senhor, nós não vamos para Frankfurt para ver a imperatriz.

— Provavelmente não — respondeu o cavaleiro, e fez silêncio.

Eles saíram do bosque e estavam atravessando uma área inclinada de grama, a chuva alvejando seus rostos; mas logo chegaram a um caminho bem percorrido, agora levando para o alto entre rochas espalhadas. Como precisavam esperar que o cavalo conseguisse apoio nas pedras escorregadias, que o servo fosse na frente e lançasse a luz do lampião pela escuridão, o progresso foi lento, mas nenhum dos três falou até eles pararem perante um portão em um muro alto que pareceu surgir de repente diante deles na noite. O servo entregou o lampião ao mestre e bateu no sino que ficava ao lado do portão. Theirry conseguiu ver, pelo tamanho enorme dos contrafortes que ladeavam a entrada, que era um castelo enorme, ocultado pela escuridão da noite; moradia de um grande nobre, sem dúvida. O portão foi aberto por dois homens carregando lampiões. O cavaleiro passou e os dois estudantes foram atrás.

— Avise à minha senhora — disse ele para um dos valetes — que trago dois homens que desejam a hospitalidade dela. — Ele se virou e falou por cima do ombro para Theirry: — Eu sou o senescal[12] aqui, e minha senhora tem um coração muito gentil.

Eles atravessaram um pátio e se viram perante a porta quadrada do torreão. Dirk olhou para Theirry, mas ele manteve os olhos baixos e ficou em silêncio. Seu guia desmontou, deu as rédeas para um dos valetes que estavam junto à porta e lhes ordenou que o seguissem. A porta dava direto em uma câmara grande que era do tamanho do torreão todo; que era iluminada por tochas enfiadas nas paredes e presas por garras de ferro. Havia vários homens de pé ou sentados lá, alguns de uniforme dourado e azul, outros de armadura ou trajes de caça; um ou dois eram peregrinos com conchas de berbigão[13] no chapéu. O senescal passou por esse grupo, que o saudou, mas deu pouca atenção aos companheiros dele, e subiu um lance de escadas que ficava na parede no lado mais distante. Tinha degraus íngremes, úmidos e escuros, mal iluminados por um lampião colocado no nicho da janela estreita e funda. Dirk tremeu com a roupa encharcada. O senescal estava soltando o manto, que deixou trilhas molhadas nos degraus de pedra fria. Theirry prestou atenção nisso, não sabia por quê. No alto da escada, eles pararam em um patamar de pedras.

— Quem é sua senhora? — perguntou Theirry.

— Jacobea de Martzburg, tutelada do imperador — respondeu o senescal. Ele tinha tirado o manto e o chapéu, e se mostrou um homem jovem e moreno, vestido com um traje rosa-escuro, com botas altas, esporas e uma espada curta no cinto.

---

12 Refere-se a um oficial de alta patente na administração de uma grande casa ou domínio durante a Idade Média. O senescal era responsável pela supervisão dos servos e pela administração das propriedades, assegurando que as operações diárias fossem conduzidas de acordo com as normas estabelecidas. Em alguns contextos, também podia ter funções judiciais e de fiscalização, além de atuar como um conselheiro próximo ao senhor da casa ou ao nobre para quem trabalhava. [N. R.]

13 Refere-se a uma concha de molusco, frequentemente uma vieira, que é usada como símbolo pelos peregrinos. [N. R]

Quando ele abriu a porta, Dirk sussurrou para Theirry:
– É a dama... que você conheceu hoje?
– Hoje! – sussurrou Theirry. – Sim, é essa a dama.

Eles entraram por uma portinha e foram parar em uma câmara enorme. O tamanho do local era enfatizado pela falta de móveis nele, e pela luz fraca e oscilante que vinha de círculos de velas pendurados no telhado. Na frente deles, na parede oposta, havia uma janela alta em arco, quase impossível de ver nas sombras, e à esquerda, uma lareira enorme com alto abobadado junto às vigas de madeira do telhado alto. Ao lado disso havia uma portinha aberta que dava para um lance de escadas e depois havia duas janelas, fundas e com assentos de pedra. As paredes eram cobertas de tapeçarias de uma cor roxa e dourada desbotada, as vigas do teto eram pintadas; na extremidade havia uma mesa, e no centro da lareira havia um dogue alemão branco e delgado, dormindo. Tão ampla era a câmara e tão cheia de sombras que parecia vazia, exceto pelo cachorro; mas Theirry, depois de um segundo, discerniu as figuras de duas damas no assento de janela mais distante. O senescal foi até elas e os estudantes foram atrás.

Uma dama estava sentada para trás no assento recuado, os pés na beira de pedra, o braço no parapeito da janela. Ela usava um vestido marrom com fios dourados, e atrás dela e ao longo do assento havia um tecido azul e roxo; no colo dela, havia uma gatinha cinza, adormecida. A outra dama estava sentada no chão em almofadas carmins e amarelas. Seu vestido verde estava retorcido em volta dos pés e ela costurava um lírio escarlate em um pedaço de samito vermelho.

– Essa é a castelã[14] – disse o senescal. A dama no assento da janela virou a cabeça. Era Jacobea de Martzburg, como Theirry soubera desde que seus olhos pousaram nela. – E essa é minha esposa, Sybilla.

As duas mulheres olharam para os estranhos.

---

14 Refere-se à mulher responsável pela administração e supervisão de um castelo ou grande residência durante a Idade Média e o Renascimento. Ela desempenhava um papel importante na gestão das operações internas da casa, incluindo a supervisão dos servos e a organização das atividades diárias, além de atuar como uma figura de autoridade no ambiente doméstico. [N. R.]

— Esses são seus hóspedes até amanhã, minha senhora — disse o senescal.

Jacobea se inclinou para a frente.

— Ah! — exclamou ela, e corou de leve. — Ora, sejam bem-vindos.

Theirry teve dificuldade para falar. Ele amaldiçoou o acaso que o fez depender da hospitalidade dela.

— Nós estamos indo embora da faculdade — respondeu ele, sem olhar para ela. — E por esta noite não conseguimos encontrar abrigo.

— Eu os encontrei e os trouxe aqui — acrescentou o senescal.

— Fez bem, Sebastian, claro — respondeu Jacobea. — Gostariam de se sentar, senhores?

Parecia que ela deixaria nisso, sem perguntas nem comentários, mas Sybilla, a esposa do senescal, ergueu o olhar do bordado, sorrindo.

— Por que motivo os senhores foram embora da faculdade a pé em uma noite chuvosa? — perguntou ela.

— Eu matei um homem... ou quase — respondeu Theirry de forma direta.

Jacobea olhou para o senescal.

— Eles não estão molhados, Sebastian?

— Eu estou bem — disse Theirry rapidamente. Ele soltou a fivela que prendia seu manto. — De fato, por baixo disto estou seco.

— Isso eu não estou! — exclamou Dirk.

Ao som da voz dele, as duas mulheres o olharam. Ele estava separado dos outros e seus olhos grandes estavam fixos em Jacobea.

— A chuva chegou à minha pele — disse ele, e Theirry ficou vermelho de vergonha pelo tom de reclamação.

— É verdade — respondeu Jacobea cortesmente. — Sebastian, pode levar o gentil estudante para um aposento, pois sei que temos muitos vazios, e dar outro hábito[15] a ele?

---

15 Hábito refere-se a uma peça de vestuário formal ou específica usada por pessoas de *status* ou em contextos específicos. Tradicionalmente, o termo é associado a vestimentas usadas por religiosos, como monges ou freiras, mas pode também indicar qualquer tipo de roupa formal ou especial usada em um contexto particular. [N. R.]

— Os meus são grandes demais — disse o senescal com sua voz indiferente.

— O jovem vai ter uma febre — comentou a esposa dele. — Dê alguma coisa a ele, Sebastian, eu garanto que ele não vai reclamar do tamanho.

Sebastian se virou para abrir a porta ao lado da lareira.

— Siga-o, meu bom senhor — disse Jacobea com gentileza. Dirk curvou a cabeça e subiu a escada atrás do senescal.

A castelã puxou uma corda vermelha de sino que pendia perto dela e um pajem de libré azul e dourado apareceu em seguida. Ela lhe deu instruções em voz baixa. Ele pegou o manto molhado de Theirry, trouxe uma cadeira entalhada para ele e saiu. Theirry se sentou. Ficou sozinho com as duas mulheres e elas permaneciam caladas, sem olhar para ele. Uma sensação de distração, de inquietação se apossou dele, que desejou estar em qualquer lugar, menos ali, sentado como um suplicante idiota na presença daquela mulher. Furtivamente, ele a observou: o vestido justo, os sapatinhos de veludo sob a barra dele, as mãos brancas e longas apoiadas no pelo cinza macio da gata sobre seu joelho, o cabelo louro preso na nuca e o rosto lindo e dócil. Ele reparou em seguida na esposa do senescal, Sybilla. Ela era pálida, de um tipo não muito admirado nem louvado, mas bela, talvez, para o gosto de alguns. Seu cabelo castanho-avermelhado era esplêndido no brilho pela rede dourada que o prendia. A boca era de uma forma e cor bonitas, mas as sobrancelhas eram grossas demais, a pele pálida demais e os olhos azuis duros e brilhantes demais. Theirry voltou o olhar para Jacobea. Seu orgulho foi abalado por ela não falar com ele, só ficar sentada, como se o tivesse esquecido. Palavras surgiram em seus lábios, mas ele as segurou e ficou mudo, corando de vez em quando, sempre que ela se movia no lugar, mas não falava. O senescal voltou e assumiu seu lugar em uma cadeira entre Theirry e a esposa dele, por nenhum motivo específico exceto pelo fato de por acaso estar lá, ao que parecia. Ele brincou com a renda das mangas e não disse nada. A atmosfera misteriosa do local afetou Theirry com uma sensação de portentosa. Ele sentiu que algo ocupava a mente daquelas pessoas caladas que não se falavam, algo intangível e horrível. Ele uniu as mãos e olhou para Jacobea.

Sebastian falou por fim.

— Vocês vão para Frankfurt?

— Vamos — respondeu Theirry.

— Nós também, em breve, não é, Sebastian? — disse Jacobea.

— A senhora vai para a corte — disse Theirry.

— Eu sou tutelada do imperador — respondeu ela.

Novamente, fez-se silêncio. Só havia o som da seda passada pelo samito enquanto Sybilla bordava o lírio vermelho. O marido a observava. Theirry, ao olhar para ele, viu seu rosto integralmente pela primeira vez e ficou meio sobressaltado. Era um rosto apaixonado, em grande contraste com a voz; um rosto escuro com nariz alto e arqueado e olhos pretos compridos. Um rosto estranho.

— Como o castelo está quieto hoje — disse Jacobea. Sua voz pareceu desmaiar sob o peso da imobilidade.

— Tem bastante barulho lá embaixo — respondeu Sebastian —, mas nós não ouvimos.

O pajem voltou carregando uma bandeja com taças altas de vinho, que ele ofereceu a Theirry e depois ao senescal. Theirry sentiu o vidro verde frio nos dedos e tremeu; seria a sensação de algo horrível iminente ou apenas coisa da cabeça dele, cheia de recentes imagens horríveis? Qual era o problema daquelas pessoas... Jacobea tinha parecido tão diferente à tarde... Ele experimentou o vinho. Queimou e ardeu seus lábios, sua língua, e fez o sangue subir ao seu rosto.

— Ainda chove — disse Jacobea. Ela passou a mão pela janela aberta e a trouxe de volta molhada.

— Mas está quente — disse Sybilla.

Novamente, o silêncio pesado. O pajem levou as taças e saiu do recinto. A porta ao lado da lareira foi aberta e Dirk se juntou suavemente ao grupo mudo.

CAPÍTULO IX
SEBASTIAN

ELE USAVA UM MANTO COR DE CHAMA QUE PENDIA EM dobras pesadas, e por baixo disso um gibão amarelo justo. O cabelo caía com suavidade, havia uma cor forte no rosto dele e seus olhos faiscavam.

— Estão todos felizes — debochou ele, olhando em volta. — Querem que eu toque ou cante? — Ele olhou com seu jeito direto e intenso para Jacobea, e ela respondeu apressadamente:

— Decerto, e de coração. O ar está quente e pesado hoje.

Dirk riu, e Theirry olhou para ele, perplexo, de tanto que seu comportamento tinha mudado. Ele estava alegre agora, radiante. Encostou-se na parede no meio deles e olhou de um rosto silencioso para outro.

— Eu raramente toco — disse ele, sorrindo.

Jacobea pegou um instrumento no meio das almofadas do assento na janela. Era vermelho, com corpo em forma de coração, braço comprido e três cordas.

— O senhor sabe tocar isto? — perguntou ela com um certo medo.

— Sei. — Dirk se adiantou e pegou o instrumento. — Vou cantar uma canção bonita.

Theirry era músico aspirante, mas não sabia que Dirk tinha essa habilidade. Mas não disse nada, pois havia uma sensação de impotência nele. A atmosfera sombria e de horror que ele sentia o mantinha acorrentado e amordaçado.

Dirk voltou ao seu lugar na parede. Sybilla tinha colocado o lírio vermelho no colo. Todos estavam olhando para ele.

– Vou cantar a canção de uma dama tola – disse ele, sorrindo.

A sombra dele estava pesada na parede logo atrás. Os tons roxos da tapeçaria realçavam os tons flamejantes de seu manto e a cor clara e pálida de seu rosto estranho. Ele posicionou o instrumento sobre os joelhos e começou a tocar com o longo arco que Jacobea lhe dera. Uma melodia irregular e rápida surgiu, forte e zombeteira. Depois de ter tocado por um tempo, ele começou a cantar, mas em um canto sussurrado, e a qualidade da voz dele não foi ouvida. Ele cantou palavras estranhas e sem sentido no começo. Os quatro ouvintes ficaram bem imóveis. Só Sybilla tinha retomado a costura, e seus dedos subiam e desciam regularmente com o furador cintilando no lírio vermelho. Theirry escondeu o rosto nas mãos. Ele odiava o lugar, a mulher costurando em silêncio, o homem de rosto escuro ao lado dele. Até odiava a imagem de Jacobea, que ele via, tão claramente como se estivesse olhando para ela, luminosa à sua frente. Dirk começou uma rima burlesca, cada palavra dura e clara.

"O adorno turco no meu cabelo trançado
Foi trazido da Barbária para mim.
Meu escudo vermelho com pele é pontudo,
Nele, três moletas reluzem sem fim.
Se ele pudesse adivinhar.
Não teria que ficar em pobre estado,
Mas em seu peito portar
Meus bens e ficar ao meu lado.
Pois o desejo de amor me debilita.
Meu coração por beijá-lo se desespera;
Mas ele é plebeu e eu sou rica.
Não consigo falar, a fraqueza impera."

Jacobea colocou a gata entre as almofadas e se levantou. Estava com um sorriso curioso nos lábios.

— O senhor chama isso de rima de uma dama tola? — perguntou ela.

— Sim, pois se ela tivesse oferecido seu amor, sem dúvida não teria sido recusado — respondeu Dirk, passando o arco pelas cordas.

— O senhor acha? — disse Jacobea em tom mais baixo.

— Ora, ela era uma dama rica — disse Dirk, sorrindo —, bonita, jovem e gentil, e ele era pobre. Eu acho que, se ela não tivesse sido tão tola, ela poderia ter sido a segunda esposa dele.

Ao ouvir essas palavras, Theirry ergueu o rosto. Ele viu Jacobea perplexa, como se não soubesse se deveria ir ou ficar, e nos olhos dela uma expressão inconfundível de surpresa e horror.

— A rima não disse nada sobre a primeira esposa dele — comentou Sybilla, sem erguer os olhos do lírio vermelho.

— A rima diz muito pouco — respondeu Dirk. — É uma história antiga. O fidalgo tinha esposa, mas, se a dama tivesse revelado seu amor, é provável que ele tivesse se tornado viúvo.

Jacobea tocou no ombro da esposa do senescal.

— Querida — disse ela —, estou cansada, cansada de não ter feito nada. E está tarde... e o local está estranho... hoje... pelo menos. — Ela abriu um sorriso trêmulo. — Eu sinto... tudo estranho. Portanto... boa noite.

Sybilla se levantou e os lábios de Jacobea tocaram na testa dela. O senescal as observou: Jacobea, a mais alta das duas, curvada para beijar a esposa dele. Theirry ficou de pé. A castelã ergueu a cabeça e olhou na direção dele.

— Amanhã vou lhes desejar boa viagem, senhores. — Os olhos azuis dela olharam de lado para Dirk, que tinha ido para a porta perto da lareira e a segurava para ela. Ela olhou para Theirry e ao redor em silêncio e corou de leve.

Sybilla olhou para a ampulheta perto da parede.

— Sim, é quase meia-noite. Vou junto.

Ela passou o braço pela cintura de Jacobea e sorriu para Theirry por cima do ombro. Elas foram embora, o som dos trajes na escada era baixo e suave. A gatinha se ergueu da almofada, se espreguiçou e foi atrás.

Sebastian pegou o lírio de seda vermelha que a esposa tinha jogado nas almofadas. As velas estavam pingando nos suportes de ferro, deixando a luz na câmara ainda mais fraca, os cantos ainda mais obscurecidos com ondas oscilantes.

— Você sabe qual é seu quarto — disse o senescal para Dirk. — Vocês me encontrarão aqui de manhã. Boa noite.

Ele pegou um molho de chaves no cinto e as balançou na mão.

— Boa noite — disse Theirry em tom pesado.

Dirk sorriu e se jogou no assento vazio da janela. O senescal atravessou a sala até a porta pela qual eles tinham entrado. Ele não olhou para trás, embora os dois o estivessem olhando. A porta se fechou com força quando ele passou, e eles ficaram sozinhos no salão amplo e cada vez mais escuro.

— É uma bela hospitalidade — disse Dirk com desdém. — Não há ninguém para nos guiar com luz até nosso quarto?

Theirry andou de um lado para outro com passo irregular e agitado.

— Que música foi aquela sua? — perguntou ele. — O que você quis dizer? O que acomete este lugar e essas pessoas? Ela não olhou para mim.

Dirk dedilhou as cordas do instrumento que ainda segurava. Elas emitiram sons baixos de choramingo.

— Ela é bonita, sua castelã — disse ele. — Eu não achei que a veríamos tão cedo. Você a ama... ou pode amá-la.

Os olhos intensos observaram o espaço de penumbra entre eles.

— Você debocha de mim e me despreza — respondeu Theirry ardentemente — porque ela é uma grande dama. Eu não a amo, mas...

— Mas? — incitou Dirk.

— Se nossas artes puderem fazer algo por nós, será que não poderiam, se eu desejasse um dia, conseguir essa dama para mim?

Ele fez uma pausa, a mão na testa pálida.

— Você nunca a terá — disse Dirk, mordendo o lábio inferior.

Theirry se virou para ele violentamente.

— Você não tem como saber. Que utilidade tem de servir ao Mal para nada?

— Você acabou com o remorso, por acaso? — debochou Dirk. — Parou de desejar padres e água benta?

— Sim — disse Theirry com imprudência. — Não falharei novamente. Vou usar esses meios... quaisquer meios...

— Para... obtê-la? — Dirk se levantou do assento na janela e ficou de pé.

Theirry o olhou com expressão doentia.

— Eu não vou fazer provocações a você. Preciso dormir um pouco.

— Nos deram o primeiro quarto que você vai encontrar ao subir a escada — respondeu Dirk baixinho. — Tem um lampião e a porta está aberta. Boa noite.

— Você não vem? — perguntou Theirry de mau humor.

— Não. Vou dormir aqui.

— Por quê? Você está estranho hoje.

Dirk abriu um sorriso desagradável.

— Há um motivo. Um bom motivo. Vá para a cama.

Theirry o deixou sem resposta e fechou a porta ao passar. Quando ele tinha ido embora e não havia mais sons dos passos dele, sequer uma agitação na tapeçaria que revelasse que ele não estava mais ali, uma grande mudança ocorreu no rosto de Dirk. Uma expressão de agonia e distração distorceu as feições orgulhosas, ele andou para cá e para lá, revirando as mãos e erguendo os olhos cegamente para o teto pintado. Metade das velas tinham se apagado; as outras soltavam fumaça e ardiam nos suportes. A chuva pingando no parapeito lá fora fazia um som insistente. Dirk parou na frente da lareira enorme e vazia.

— Ele nunca a terá — disse com voz grave e firme, como se visse e discutisse com algum personagem à sua frente. — Não. Você vai impedir. Eu não o servi bem? Desde que saí do convento? Você não me prometeu grande poder... quando as letras pretas dos livros proibidos dançaram perante meus olhos? Eu não ouvi você sussurrando, sussurrando?

Ele se virou como se seguindo um movimento da pessoa com quem falava e tremeu.

— Eu vou ficar com meu companheiro. Ouviu? Você me mandou aqui para impedir? Eles pareciam saber que você estava ao meu lado hoje... silêncio! Tem alguém vindo!

Ele se encostou na parede, o dedo nos lábios, a outra mão segurando a tapeçaria atrás de si.

— Silêncio! — repetiu ele.

A porta na extremidade da câmara foi aberta lentamente. Um homem entrou e a fechou com cautela. Um gritinho de triunfo surgiu nos lábios de Dirk, mas ele o reprimiu e lançou um olhar rápido para as sombras pulsantes como se estivesse se comunicando com um companheiro misterioso. Era Sebastian quem tinha entrado. Ele olhou em volta rapidamente e, ao ver Dirk, foi na direção dele. Na mão do senescal havia uma tocha pequena. A chama clara em forma de coração iluminava seu rosto escuro e seu traje rosa. Por cima da luz, os olhos dele se voltaram com expressão ardente para Dirk.

— Então... você não está na cama? — disse ele. Havia mais do que um comentário aleatório no tom dele, uma expectativa, uma excitação.

— Você veio me procurar — respondeu Dirk. — Por quê?

Sebastian enfiou a tocha em um suporte junto à janela, colocou a mão no pescoço para soltar o gibão e olhou para o outro lado.

— Está muito quente — disse ele em voz baixa. — Não consigo descansar. Sinto esta noite como nunca senti. Acho que a causa tem relação com você. O que você disse me distraiu. — Ele virou a cabeça. — Quem é você? O que quis dizer?

— Você sabe — respondeu Dirk — o que eu sou: um pobre estudante da Universidade de Basileia. E no coração você sabe o que eu quis dizer.

Sebastian o encarou por um momento.

— Deus! Mas como você pôde discernir... mesmo se for verdade? Você, um estranho. Mas agora que estou pensando, é provável que haja motivo. Decerto ela demostrou favores a mim.

Dirk sorriu.

— É uma dama rica. O marido dela deve ser nobre, pense bem.

— Em que situação você me coloca! — exclamou Sebastian com voz distraída. — Que eu deveria falar assim com um garoto tagarela! Mas o pensamento permanece e queima... e você deve ser sábio.

Dirk, ainda encostado na parede, ajeitou a tapeçaria com dedos delicados.

— Claro que sou sábio. Sou hábil em ciências difíceis e vejo e entendo as coisas rapidamente. Tome isto pela sua hospitalidade, senhor senescal... fique de olho em sua senhora.

Sebastian levou a mão à cabeça.

— Eu tenho esposa.

Dirk riu.

— Ela vai viver para sempre?

Sebastian olhou para ele e gaguejou, como se uma visão súbita de terror queimasse seus olhos.

— Tem... tem bruxaria nisso... o que você quer dizer...

— Pense bem! — disse Dirk. — Lembre! Você não obterá mais nada de mim.

O senescal ficou imóvel, olhando para ele.

— Acho que perdi o juízo esta noite — disse ele em voz baixa. — Não sei por que vim até você... nem de onde vieram esses pensamentos estranhos.

Dirk assentiu. Um sorrisinho lento tremeu nos cantos dos lábios dele.

— Talvez eu o veja em Frankfurt, senhor senescal.

Sebastian agarrou as palavras com avidez.

— Sim... vou para lá com... a minha senhora... — Ele parou de repente.

— Até agora — disse Dirk — ainda não sei qual será minha hospedagem lá, nem o nome que vou usar. Mas você... se eu precisar, eu o encontrarei na corte do imperador?

— Sim — respondeu Sebastian. E, com relutância: — O que você pode querer comigo?

— Não é você que pode precisar de mim? — Dirk sorriu. — Eu, que hoje botei em sua cabeça pensamentos de que você não vai se esquecer?

Sebastian se virou rapidamente e pegou a tocha.

— Eu o verei antes da sua partida — sussurrou ele com horror no rosto. — É, amanhã desejarei falar mais com você.

Como um homem assustado, apavorado consigo mesmo, tomado de medo do companheiro, Sebastian, com a pura chama da tocha tremendo com o movimento de sua cabeça, atravessou a longa câmara e saiu pela porta pela qual havia entrado. Dirk teve um tremor meio reprimido de empolgação; as velas tinham se apagado, o salão parecia monstruoso na luz fraca e agitada. Ele foi até a janela. A chuva tinha parado, e ele olhou para uma escuridão quente sem estrelas, que não era perturbada por nenhum som. Ele tremeu de novo, fechou a janela e se deitou nas almofadas do nicho. Deitado lá, onde Jacobea havia se sentado, ele pensou nela. Ela estava mais presente na mente dele do que todos os incidentes do dia anterior juntos: a tarde passada na biblioteca ensolarada, a noite perante o lindo fogo bruxo, a fuga louca pela noite, a corrida pela floresta molhada, a chegada sombria no castelo não passava de pano de fundo tênue para a figura magra da castelã. Ela devia ter uma personalidade potente; era requintada, uma coisa mergulhada em doce fragrância. Ele pensou nela como uma píxide[16] de marfim cheia de flores vermelhas. Havia as emoções trêmulas e apaixonadas, os segredos modestos, que ela guardava delicadamente. Era intenção dele abrir aquele tabernáculo para arrancar dela os tesouros e espalhá-los entre sangue e ruína. Ele pretendia

---

16 Termo que se refere a um pequeno recipiente, muitas vezes feito de materiais preciosos como marfim ou metal, utilizado para guardar itens de valor ou relíquias. [N. R.]

levá-la à total destruição. Não o corpo, mas, talvez, a alma. E isso porque ela tinha interferido com o único ser na face da Terra de quem ele gostava: Theirry. Não por ele a odiar.

— Como ela é linda! – disse ele em voz alta, quase com carinho.

A última vela tremeluziu e se apagou. Dirk, deitado voluptuosamente entre as almofadas, olhou para a escuridão total com olhos entrefechados.

— Tão linda! – repetiu. Sentia que poderia tê-la amado. Pensou nela agora, deitada na cama branca, o cabelo solto. Desejou estar ajoelhado ao lado dela, acariciando suas mechas louras. Um desejo de tocar em seus cachos e a bochecha macia apoderou-se dele, assim como a vontade de segurar suas mãos e ouvir sua risada. Ela era uma coisinha doce, feita para ser amada.

Mas o poder que o tinha levado até ali naquela noite deixou claro que, se ele não aproveitasse a chance da destruição dela do seu jeito, ela tiraria Theirry dele para sempre. Ele tinha feito o primeiro gesto. No rosto escuro de Sebastian, o senescal, tinha visto o começo... do fim. Mas, ao pensar nela, ele sentiu lágrimas surgirem nos olhos; de repente, caiu num choro cansado, pensando nela, e chorou com tristeza, o rosto na almofada. O cabelo louro, era nisso que ele mais pensava, no cabelo longo, fino, macio e louro, e como, antes do final, estaria roçando na poeira do desespero e da humilhação. No momento, ele riu de si mesmo pelas lágrimas e, ao secá-las, adormeceu; e acordou do vazio sem sonhos ouvindo seu nome ecoando no ouvido. Ele se sentou no assento da janela. Seus olhos estavam quentes com as lágrimas recentes. A luz azul enevoada do amanhecer ao seu redor os feria. Ele se afastou da luz que entrava por um raio claro pela janela em arco e, encolhendo-se para longe, viu Theirry ali perto, completamente vestido e pálido, olhando para ele com expressão sincera.

— Dirk, nós temos que ir agora. Eu não posso mais ficar neste lugar.

Dirk, com a cabeça encostada nas almofadas, não disse nada, impressionado novamente com a beleza do amigo. Que coisa delicada e linda era o rosto de Theirry na luz sem cores da aurora; em tom e linha era esplêndido, em expressão estava agitado e sofrido.

— Não consegui dormir muito — continuou Theirry. — Não quero vê-los... vê-la... de novo. Não assim. Levante-se, Dirk. Por que você não veio para a cama? Eu queria sua companhia. Havia coisas me assombrando.

— Principalmente o rosto dela? — sussurrou Dirk.

— Sim — disse Theirry com voz sombria. — Principalmente o rosto dela.

Dirk fez silêncio novamente. A beleza dela não era par para a do amigo dele? Ele os imaginou juntos, próximos, tocando mãos, lábios, e, enquanto imaginava isso, ficou mais pálido.

— O castelo está aberto, há criados por aí — declarou Theirry. — Vamos... supondo... Ah, meu coração! Supondo que viesse alguém da faculdade atrás de nós!

Dirk pensou. Refletiu que não tinha desejo de encontrar Sebastian novamente. Ele tinha dito tudo que desejava.

— Vamos — concordou ele. Seu único lamento era que não veria de novo o rosto delicado coroado de cabelo louro.

Ele se levantou do assento e tirou o manto emprestado da cor de chamas. Fechou os olhos ao se levantar, pois uma sensação muito estranha surgiu nele. Nada tinha acontecido entre ele e o amigo. Theirry o tinha acordado por vontade própria, querendo que ele... que eles seguissem viagem juntos.

CAPÍTULO X
O SANTO

ELES ESTAVAM VAGANDO PELA FLORESTA EM UMA TENTA-tiva de encontrar a estrada. O sol, quase com força total, brilhava entre os pinheiros e traçava figuras douradas no caminho. Theirry se mantinha calado; eles estavam com fome, sem dinheiro e sem esperança de obter algum, fatigados pela caminhada intensa no calor e também, ao que parecia, perdidos. Esses fatos estavam sempre presentes na mente dele. Além disso, cada passo o levava mais longe de Jacobea de Martzburg, e ele desejava vê-la de novo, fazer com que ela o notasse, falasse com ele. Mas foi por desejo próprio que ele tinha saído do castelo dela de forma nada graciosa. Essas coisas o deixavam num silêncio amargo. Mas Dirk, apesar de pálido e cansado, mantinha o coração alegre; pois tinha confiança no mestre a quem servia.

— Nós ainda seremos ajudados – disse ele. – Não estávamos desesperados ontem à noite, quando surgiu alguém que nos abrigou?

Theirry não respondeu.

A floresta crescia na base da cadeia montanhosa e, depois de um tempo caminhando com regularidade, chegaram a um desfiladeiro que um deslizamento de terra havia criado, arrancando árvores e derrubando pedras. Sobre esse espaço vazio criado subitamente, a água ondulava e espirrava, abrindo caminho através de rochas e pedregulhos cobertos de samambaias, até cair em um riacho que corria pelo espaço aberto de grama e se perdia na sombra das árvores. Ao lado, no gramado agradável, um cavalinho branco pastava, com um homem sentado por perto em um dos pinheiros arrancados. Os dois estudantes pararam e contemplaram o monge de hábito azul-acinzentado. O rosto dele era infinitamente doce. Com as mãos unidas no colo e a cabeça meio erguida, ele observava com olhos grandes e pacíficos os galhos agitados de abetos no fundo do céu azul.

— Como ele pode ser útil? — disse Theirry com amargura. Desde que a Igreja o havia expulsado, o Diabo estava ganhando tanto espaço na alma dele que abominava todas as coisas sagradas.

— Não o subestime — disse Dirk com um sorrisinho. — Vamos falar com ele.

O monge, ao ouvir as vozes, olhou em volta e fixou um olhar calmo e sorridente neles.

— *Dominus det nobis suam pacem*[17] — disse ele.

Dirk respondeu imediatamente:

— *Et vitam aeternam. Amen.*[18]

— Nós nos perdemos — disse Theirry simplesmente.

O monge se levantou, cortês e humilde.

— O senhor pode nos guiar para a estrada, padre? — perguntou Dirk.

— Claro! — O monge olhou para o rosto cansado do interrogador. — Eu estou viajando de cidade em cidade, meu filho. E conheço bem este campo. Não quer descansar um pouco?

— Sim. — Dirk desceu a ladeira e se jogou na grama. Theirry, meio emburrado, foi atrás.

---

17 "Que o Senhor nos dê a sua paz." [N. R.]
18 "E a vida eterna. Amém." [N. R.]

— Vocês dois estão cansados e precisando de alimento – disse o monge com gentileza. – Louvados sejam os anjos, pois tenho os meios para ajudá-los.

Ele abriu uma das bolsas de couro apoiadas no tronco caído, pegou um pão, uma faca e um copo, cortou o pão e deu uma porção para cada e encheu o copo com água límpida. Contiveram o desdém ao agradecer por tão miserável alimento e comeram em silêncio. Theirry, quando tinha terminado, pediu o restante do pão e o devorou. Dirk ficou satisfeito com sua parte, mas bebeu com avidez a bela água.

— Vocês vieram de Basileia? – perguntou o monge.

Dirk assentiu.

— E vamos para Frankfurt.

— Um longo caminho – disse o monge com alegria. – E a pé, mas será uma viagem agradável, decerto.

— Quem é o senhor, padre? – perguntou Theirry abruptamente. – Eu o vi em Courtrai, tenho certeza.

— Sou Ambrósio de Menthon – respondeu o monge. – E já preguei em Courtrai, para a glória de Deus.

Os dois estudantes conheciam o nome de Santo Ambrósio. Theirry corou com inquietação.

— O que o senhor faz aqui, padre? – perguntou ele. – Achei que estivesse em Roma.

— Eu voltei – respondeu o santo com humildade. – Ficou claro para mim que eu podia servir a Cristo – ele se persignou – melhor aqui. Se o anjo de Deus permitir, desejo construir um mosteiro lá, acima da neve.

Ele apontou pelas árvores na direção das montanhas. Seus olhos, que eram azul-acinzentados, da cor do hábito dele, cintilaram suavemente.

— Uma casa para a glória de Deus – murmurou ele. – Na brancura da neve. É essa a minha intenção.

— Como conseguirá isso, sagrado senhor? – questionou Theirry.

Santo Ambrósio não pareceu reparar no tom de deboche.

— Eu já tenho um dinheiro considerável — disse ele. — Eu mendigo nos grandes castelos, e as pessoas são generosas com Deus e Seu pobre criado. Nós, a minha irmandade, vendemos umas terras. Volto para lá agora com muito ouro. *Deo gratias*.[19]

Enquanto ele falava, havia uma doçura tão pura no rosto dele que Theirry se virou, constrangido, mas Dirk, deitado de lado e puxando a grama, respondeu:

— O senhor não tem medo de ladrões, meu padre?

O santo sorriu.

— Não. O dinheiro de Deus é sagrado até para um malfeitor. Eu não temo nada.

— Há muita maldade no coração do homem — disse Dirk. Ele também sorriu.

— Julgue com caridade — respondeu Ambrósio de Menthon. — Tem também muita bondade. Você fala, meu filho, com aparente amargura que mostra uma alma que ainda não está em paz. As riquezas do mundo são inúteis, mas Deus dá imortalidade.

Ele se levantou e começou a prender os alforjes no pônei; quando estava de costas, Theirry e Dirk trocaram um olhar.

Dirk se levantou da grama e falou:

— Será que podemos ir com o senhor, meu padre, já que não sabemos o caminho?

— Claro! — O santo olhou para eles, os olhos fixos meio com avidez no belo rosto de Theirry. — Vocês são bem-vindos a ter minha pobre companhia.

A pequena procissão começou na floresta de pinheiros: Ambrósio de Menthon ereto, magro, andando com leveza, rosto inabalável e puxando o pônei, que levava os alforjes contendo ouro; Theirry sombrio, silencioso, andando ao lado dele, e Dirk, um pouco para trás, com o manto da cor de chamas, os olhos brilhando em um rosto cansado.

Santo Ambrósio falou lindamente de coisas comuns, de pássaros, de São Jerônimo e seus escritos, de Joviniano e seu

---

19 "Graças a Deus." [N. R.]

inimigo, Ambrósio de Milão, de Rufino e Pelágio da Bretanha, de Vigilâncio e de violetas, flores com as quais a primeira corte do Paraíso foi pavimentada, segundo ele.

Dirk respondeu com um conhecimento, tanto sagrado quanto profano, que surpreendeu o monge. Ele conhecia todos os escritores, todos os padres da Igreja e muitos outros, que ele citou em idiomas diferentes. Ele conhecia filosofias pagãs e a história do Velho Mundo. Discutiu teologia como um padre e passou por geometria, matemática, astrologia.

– Você tem conhecimento vasto – disse Santo Ambrósio, impressionado. No coração, Theirry sentiu ciúmes.

E assim, próximo ao anoitecer eles chegaram à estrada e viram um vale embaixo deles, com uma cidadezinha. Os três pararam. A Hora do Angelus tocava, o som doce subindo do vale. Santo Ambrósio ficou de joelhos e curvou a cabeça; os estudantes chegaram para trás, entre as árvores.

– E então? – sussurrou Dirk.

– Esta é nossa chance – disse Theirry no mesmo tom, a testa franzida. – Eu fiquei pensando o dia inteiro...

– Eu também. É muito dinheiro...

– Podemos pegá-lo sem... sangue?

– Claro, mas se for necessário até com isso.

Eles se encararam; na sombra verde agradável, viram os rostos agitados um do outro.

– É dinheiro de Deus – murmurou Theirry.

– Que importância tem isso se o Diabo é mais forte?

– Silêncio! A Hora do Angelus acabou.

– Agora... nos juntamos a ele.

Eles caíram de joelhos e se levantaram quando o santo ficou de pé e olhou ao redor. No limite da floresta, eles se juntaram ao homem e olharam para a cidade abaixo.

– Agora podemos seguir caminho – disse Dirk, com uma repentina voz firme e diferente.

Ambrósio de Menthon o avaliou por cima do pônei.

— Vocês não vão me fazer companhia na cidade? — perguntou ele com um certo pesar; não reparou que Theirry tinha ido para trás dele.

Os olhos de Dirk faiscaram em um sinal para o companheiro.

— Nós vamos para a cidade — disse ele —, mas sem a sua companhia, senhor santo. Agora!

Theirry jogou o manto por trás e o girou com firmeza sobre a cabeça e o rosto do monge, fazendo-o cambalear para trás. Dirk correu, pegou as mãos magras e as prendeu com o cinto de couro que tinha acabado de soltar da própria cintura, e os dois o arrastaram até as árvores.

— Meus ouvidos estão cansados da tua falação tediosa — disse Theirry com crueldade — e meus olhos, do teu rosto doentio.

Eles tiraram as rédeas do pônei e amarraram a vítima a uma árvore. Foi fácil, pois ele não ofereceu resistência e nenhum som saiu de debaixo do manto enrolado no rosto dele.

— Há muita maldade no coração dos homens — debochou Dirk. — E muita tolice, ó inocente, no coração dos santos!

Depois de cuidar para que ele ficasse preso de forma segura, os dois voltaram até o pônei e examinaram sua pilhagem. Em uma bolsa, havia pergaminhos, livros e uma corda com nós. Em outra, inúmeros saquinhos de linho de tamanhos variados. Esses eles viraram na grama e desamarraram as cordas rapidamente. Ouro, cada um cheio de ouro, moedas delicadas e reluzentes com a cabeça do imperador cintilando nelas. Dirk amarrou novamente os sacos e os recolocou nos alforges. Nenhum deles jamais tinha visto tanto ouro junto. Por causa disso, eles estavam silenciosos e trêmulos.

Theirry, ao ouvir o dinheiro dourado tilintar, sentiu os escrúpulos finais se esvaírem. Pela primeira vez desde que ele tinha se alinhado com os espíritos do mal, via a prova clara de que era bom ter o Diabo ao seu lado. Um prazer e uma exaltação impressionantes tomaram conta dele, e não duvidou de que Satanás tinha enviado aquele homem santo para o caminho deles e ficou grato. Ver-se de posse daquela quantidade de dinheiro era um prazer maior do que qualquer outro que ele já tinha sentido, uma coisa ainda mais deliciosa do que ver Jacobea de Martzburg se curvar por cima do riacho na direção dele. Quando eles recarregaram o pônei, fazendo o melhor possível sem as rédeas, Dirk começou a rir.

— Vou buscar meu manto — disse Theirry. Ele foi até Ambrósio de Menthon, dizendo para si mesmo que não tinha medo de encarar o santo, e desenrolou o manto pesado da cabeça dele.

O santo despencou como um morto. Dirk continuou rindo, montado no pônei, balançando um galho.

— O sujeito desmaiou — disse Theirry, perplexo.

— Bem — respondeu Dirk por cima do ombro —, pode trazer as rédeas, pois precisamos delas, claro.

Theirry desamarrou o monge e colocou o corpo inerte na grama. Ao fazer isso, ele viu que o hábito cinza estava manchado e que havia sangue úmido nas rédeas também.

— O que é isso? — gritou ele, e se curvou sobre o homem inconsciente para ver onde ele estava ferido.

Sua mão investigativa encontrou ferro frio debaixo da veste áspera. Ambrósio de Menthon usava um cinturão cheio de pontas afiadas, que o torturava a cada movimento e que, quando eles o amarraram brutalmente, tinha penetrado na carne com uma dor insuportável.

— Apresse-se! — gritou Dirk.

Theirry empertigou as costas e olhou para o doce rosto de Santo Ambrósio. Ele desejou que a vítima tivesse gritado ou gemido, pois o silêncio era algo difícil de suportar... e que ela devia estar com dor.

— Seja rápido! — ordenou Dirk.

Theirry se juntou a ele.

— O que vamos fazer com... aquele homem? — perguntou ele com constrangimento. Seu sangue estava ardendo, saltando.

— É problema dos anjos, não nosso — respondeu Dirk. — Mas, se você estiver com pena, e como ele realmente foi agradável conosco, podemos dizer na cidade que o encontramos. *"Deo gratias"* — debochou ele da voz baixa e calma do santo, mas Theirry não riu.

107

Um pôr do sol amarelo esplêndido brilhava perante os olhos quando eles desceram lentamente para o vale e passaram pela rua branca da cidadezinha. Foram à pensão, alimentaram o pônei branco lá e contaram que tinham visto um monge na floresta que haviam acabado de atravessar, talvez inconsciente pelas orações ou por falta de ar, e que eles não tinham tido coragem de examinar. Seguiram caminho depois, evitando, desta vez por bom senso, a acomodação da confortável pensão e levando uma cesta com a melhor comida que a cidade tinha a oferecer. Ao sair do meio das cabanas espalhadas, eles ganharam as alturas de novo e pararam nos limites gramados de uma floresta grandiosa que seguia pelos dois lados da estrada. Lá, eles serviram um banquete muito diferente do pobre repasto do santo. Eles tinham vinho amarelo e tinto, carnes assadas, bolos, geleias, uma garça e uma cesta de uvas, tudo comprado com o ouro que Ambrósio de Menthon arrecadara para construir a casa de Deus em meio à neve. Depois de arrumar essas coisas na grama macia, eles se sentaram na sombra agradável luxuosamente e riram um para o outro com tanta comida.

    O céu estava perfeitamente limpo, não havia nuvens no grande domo celeste e, ao refletir sobre a noite anterior e como eles tinham ficado tremendo na chuva, riram ainda mais. Na ocasião, estavam sem dinheiro, sem esperança nem perspectivas, e correndo perigo de perseguição. Agora, estavam na estrada principal com mais ouro do que já tinham visto na vida, com um cavalo para carregar o peso e boa comida e vinho delicado à frente. O mestre deles tinha se mostrado digno de ser servido. Eles fizeram um brinde a ele com o vinho comprado com o dinheiro de Deus e comemoraram. Eles não mencionaram Ambrósio de Menthon.

    Dirk estava extremamente feliz. Tudo ao redor dele era um grande prazer, o perfume fragrante dos pinheiros, o fundo roxo deles, a grama verde, o céu mudando para uma cor mais profunda com o sol descendo no céu, os picos das montanhas tingidos de um rosa perolado, toda a perspectiva linda e silenciosa e seu companheiro olhando para ele com um sorriso no rosto. Um bando de cabras montanhesas brancas direcionadas por um pastor jovem passou, as únicas coisas vivas que eles viram. Dirk os viu seguir na direção da cidade e falou:

— A castelã... Jacobea de Martzburg... — Ele parou de falar. — Você se lembra, na noite em que nos conhecemos, do que vimos no espelho? Uma mulher, não era? O rosto dela... você esqueceu?

— Não — respondeu Theirry, sério de repente.

Dirk se virou para olhar para ele com atenção.

— Não era Jacobea, era?

— Era totalmente diferente — disse Theirry. — Não, não era Jacobea. — Ele apoiou a mão reflexiva no rosto e olhou para a grama.

Dirk não falou mais, e depois de um tempo de silêncio, Theirry dormiu. Acordou com um sobressalto, mas ficou imóvel, de olhos fechados. Alguém cantava, e era tão lindo que ele teve medo de se mexer por poder ouvir só em seu sonho. Era uma voz de mulher, e ela cantava alto e claro, com uma felicidade eufórica. As notas subiam como pássaros voando para uma montanha e desciam como flocos de neve caindo suavemente. Depois de um tempo, a canção sem letra parou e Theirry se sentou, tremendo, com uma sensação de alegria.

— Quem é? — chamou ele, os olhos ávidos procurando na penumbra.

Ninguém... nada além da figura insignificante de Dirk, que estava sentado no limite da floresta, olhando para as estrelas.

— Era tudo sonho — disse Theirry com amargura e amaldiçoou ter acordado.

CAPÍTULO XI
A BRUXA

EM UMA PEQUENA RUA DA CIDADE DE FRANKFURT HAvia uma casa velha de dois andares, um pouco afastada das outras e cercada por um belo jardim. Ali morava Nathalie, uma mulher mais do que suspeita de ser bruxa, mas de um jeito tão calado e discreto que nunca houvera a menor desculpa, nem para os mais convencidos de sua verdadeira personalidade, para que interferissem com ela. Ela era do Oriente: Síria, Egito ou Pérsia. Ninguém conseguia se lembrar de sua chegada a Frankfurt, nem como ela tinha obtido a casa em que morava. Os meios de sua sobrevivência também eram um mistério. Supunha-se que ela fazia limpezas faciais e tintas oferecidas secretamente para grandes damas da corte. Também se acreditava que ela vendia poções do amor e talvez coisa pior. Era sabido que de alguma forma ela ganhava dinheiro, pois, embora vestida com trapos de um modo geral, ela já tinha sido vista usando trajes esplêndidos e joias caras. Além disso, os que moravam perto diziam que, às vezes, sons estranhos de folia vinham do jardim de muros altos, como se um grande banquete estivesse acontecendo, e convidados de mantos escuros tinham sido vistos entrando pela porta estreita. Aquele jardim estava vazio agora e uma grande imobilidade cercava a casa da bruxa. O sol quente de meados de verão brilhava nas roseiras que a cercavam. Eram rosas vermelhas, grandes e bonitas. As janelas da sala ampla nos fundos da casa estavam fechadas e só alguns quadradinhos de luz passavam pela treliça, deixando-a nas sombras. Era um aposento pouco mobiliado, com uma lareira ladrilhada aberta na qual havia uma variedade de tigelas de bronze e cobre e recipientes de bebida. No assento baixo junto à janela havia almofadas com bordado oriental rico; penduradas nas paredes, máscaras horrendas e distorcidas feitas de madeira e pintadas de forma fantástica, além de algumas espadas curtas e curvas e um calendário em pergaminho. Na frente dele estava Dirk, marcando com um lápis vermelho um dia na fileira de datas. Feito isso, ele deu um passo para trás, olhou para o calendário e franziu a testa, sugando o lápis vermelho. Ele estava usando um traje preto sério e um chapéu sóbrio que quase escondia o cabelo, se portava muito ereto, e a posição firme da boca enfatizava o queixo e a mandíbula proeminentes. Quando estava ali parado, mergulhado em pensamentos, Theirry entrou, assentiu para ele e foi até a janela. Ele também estava usando trajes sérios e simples, mas que não obscureciam a beleza vibrante do seu rosto.

Dirk olhou para ele com olhos que transbordavam afeto.

— Estou fazendo um nome em Frankfurt — disse ele.

— Está — respondeu Theirry, sem retribuir o olhar. — Eu ouvi os que foram às suas palestras falarem de você. Disseram que suas doutrinas beiram a infidelidade.

— Ainda assim, eles vão — disse Dirk, sorrindo. — Eu não procuro uma reputação segura... senão, por que estaria aqui? Morando em um lugar de fama maligna?

— Eu acho — respondeu Theirry — que ninguém chega a adivinhar a verdadeira natureza dos seus estudos, nem o que você busca. — Ele também sorriu, mas com austeridade.

— Nem todo homem em Frankfurt é dominado por padres — disse Dirk rapidamente. — Eles não se meteriam comigo só porque eu não prego as leis da Igreja. Eu ensino aos meus alunos retórica, lógica e filosofia... Eles ficam satisfeitos.

— Eu ouvi — respondeu Theirry, olhando pela janela para as rosas vermelhas reluzindo no sol. Dirk não conseguia imaginar o quanto irritava o amigo o fato de ele não ter obtido alunos, de ninguém se importar em ouvir seus ensinamentos. Que, enquanto Dirk estava ficando famoso como o professor de retórica na Universidade de Frankfurt, Theirry permanecia totalmente desconhecido.

— Hoje eu apresentei Procópio a eles — disse Dirk — e sugeri cem proposições a partir de Prisciano.[20] Eles deveriam melhorar o latim. Havia alguns nobres da corte, e um deles afirmou que meu ensinamento era herético, perguntou se eu era gnóstico ou ariano e declarou que eu deveria ser condenado pelo Concílio de Saragoça,[21] como Ávila[22] foi, e por boas razões...

— Enquanto isso...

Dirk interrompeu:

— Enquanto isso, sabemos quase tudo que a mulher sábia pode nos ensinar, e estamos à beira de grande poder...

Theirry abriu mais as janelas para que a luz forte do sol caísse sobre o joelho de sua veste escura.

— Você, talvez — disse ele pesadamente. — Não eu. Os espíritos não me escutam. Só com grande dificuldade posso compeli-los... bem, sei que estou fadado ao mal, mas também sei que ele pouco faz por mim.

---

20 Procópio de Cesareia (c. 500–565) foi um importante historiador bizantino conhecido por suas obras *História das guerras*, *Sobre os edifícios* e a *História secreta*, que criticam o imperador Justiniano e sua corte; já Prisciliano de Cesareia (fl. c. 500 d.C.) foi um dos mais renomados gramáticos do período romano tardio, conhecido por sua obra Institutiones Grammaticae, um compêndio influente sobre a gramática latina. [N. R.]

21 O Concílio de Saragoça (380 d.C.) foi um concílio da Igreja convocado para combater o priscilianismo, a doutrina associada a Prisciliano, que misturava ascetismo cristão com elementos de gnosticismo. Esse concílio condenou as práticas de Prisciliano, reforçando as posturas ortodoxas da Igreja. [N. R.]

22 Prisciliano de Ávila (Galécia, c. 340 – Tréveris, 385), bispo do século IV que foi acusado de heresia e executado. Nos registros históricos, é considerado o primeiro cristão a ser condenado e executado por essas razões, uma vez que seus ensinamentos incluíam ascetismo rigoroso, práticas que foram consideradas heréticas pela Igreja oficial. [N. R.]

Com essa reclamação, uma expressão de apreensão surgiu nos olhos de Dirk.

— Minha fortuna é sua fortuna — disse ele.

— Não — disse Theirry, um tanto ferozmente. — Não é. Você é bem-sucedido... já eu, não. A velha Nathalie ama você, mas não gosta de mim. Você já tem nome em Frankfurt, eu não tenho nenhum, tampouco tenho dinheiro. O ouro de Santo Ambrósio acabou e eu vivo da sua caridade.

Enquanto estava falando, Dirk olhou para ele com uma expressão cada vez mais intensa de perturbação e consternação, com olhos grandes e distraídos cheios de carinho, enquanto as bochechas empalideciam e a boca tremia.

— Não, não. — Ele falou com protesto, mas sua agitação era profunda e genuína demais para permitir muita fala.

— Eu vou embora daqui — disse Theirry com firmeza.

Dirk ofegou como se tivesse sido ferido.

— De Frankfurt? — declarou ele.

— Não... desta casa.

Houve um silêncio enquanto os rastros finais de luz e cor pareceram sumir do rosto de Dirk.

— Você não está falando sério — disse ele por fim. — Depois de estarmos... Ah, depois de tudo, você não pode querer dizer...

Theirry se virou e olhou para o aposento.

— Não precisa temer que eu rompa o laço que nos une — observou ele. — Eu fui longe demais e ainda tenho esperanças de obter com a ajuda do Diabo os meus desejos. Mas não vou ficar aqui.

— Para onde você vai?

Os olhos castanhos de Theirry novamente procuraram as rosas carmim no jardim da bruxa.

— Hoje, enquanto eu andava fora dos muros, encontrei um grupo caçando com falcões. Jacobea de Martzburg estava entre eles.

Eles estavam em Frankfurt havia várias semanas, assim como ela, mas essa foi a primeira vez que ele mencionou o nome dela.

— Ah! — exclamou Dirk.

— Ela me reconheceu — continuou Theirry — e falou comigo. Perguntou, com gentileza, se eu tinha alguma coisa para fazer em Frankfurt... pensando, eu sei, que não parecia isso. — Ele corou e sorriu. — Ela me ofereceu um cargo na corte. O primo dela é o camareiro da rainha... não, da imperatriz, devo dizer, e ele me aceitará como secretário. Eu aceitarei.

Dirk ficou em um silêncio infeliz e desesperado; toda a radiância, o triunfo que o tinham adornado quando Theirry entrou foram imediatamente extintos. Ele ficou como alguém sob o açoite, com olhar agoniado.

— Você não está feliz? — perguntou Theirry, erguendo a voz.
— Eu ficarei perto dela...

— Isso é uma consideração importante? — perguntou Dirk com voz fraca. — Que você fique perto dela?

— Você achou que eu a tinha esquecido porque não falava dela? — disse Theirry. — Além do mais, há chances de que pelas suas artes eu possa fortalecer...

Pelas sombras douradas pesadas da sala, Dirk se moveu lentamente até a janela onde Theirry estava.

— Eu perderei você — disse ele.

Theirry ficou meio sobressaltado pelo tom de voz.

— Não. Eu voltarei aqui... com frequência. Você não é meu companheiro?

— É o que você diz — respondeu Dirk, a testa franzida, os lábios pálidos demais até para alguém pálido como ele. — Mas me abandona... Escolhe um caminho diferente do meu. — Ele retorceu as mãos frágeis. — Eu não tinha previsto isso.

— Não precisa lamentar pela minha partida — respondeu Theirry, meio aborrecido, meio impressionado. — Sei que estou bem jurado ao teu Mestre. — Os olhos dele faiscaram loucamente. — Não tem pecado na minha alma? Eu não despertei à noite e vi Santo Ambrósio sorrir para mim? Eu não estou fora da Igreja e alinhado com o Inferno?

— Silêncio! Silêncio! — advertiu Dirk.

Theirry se sentou no assento da janela, os cotovelos nos joelhos, as palmas apertando as bochechas. A luz do sol entrava pela janela aberta atrás dele e brilhava ricamente no cabelo castanho-escuro. Dirk se encostou na parede e olhou para ele. No pobre rosto pálido havia anseio e carinho impossíveis de expressar. Finalmente, Theirry se levantou e se virou para a porta.

— Já vai? — perguntou Dirk com temor.

— Vou.

Dirk se preparou.

— *Não vá* — disse ele. — Há tudo à nossa frente se ficarmos juntos... se você... — As palavras o sufocaram e ele ficou em silêncio.

— Seus argumentos todos não podem me segurar — respondeu Theirry, a mão na porta. — Ela sorriu para mim e eu vi o cabelo louro... e aqui fico sufocado e inútil.

Dirk afundou nas almofadas douradas brilhantes e retorceu os dedos entrelaçados. Pela janela entrefechada, ele via aquela cor maravilhosa das rosas vermelhas e as folhas bem verdes, o muro do jardim e o céu azul de agosto. Ele ouvia um pássaro cantando bem distante, um canto agradável, e depois de um tempo ele ouviu Theirry cantar também, enquanto se deslocava em um aposento superior. Dirk nunca o tinha visto cantar, e agora, quando a música baixa e sem letra chegou aos seus ouvidos, ele fez uma careta e se contorceu.

— Ele canta porque vai embora.

Ele se levantou e andou até o calendário. Um ano antes, naquele dia, ele e Theirry tinham se conhecido. Ele tinha marcado o dia em vermelho, e agora...

Naquele momento, Theirry entrou na sala de novo. Ele não estava mais cantando, e trazia suas coisas em uma trouxinha nas costas.

— Voltarei amanhã para me despedir de Nathalie — disse ele. — Ou talvez esta noite. Mas preciso ver o camareiro agora.

Dirk assentiu. Ele ainda estava ao lado do calendário, e pela segunda vez Theirry saiu.

— Ah! Ah! — sussurrou Dirk. — Ele foi embora... embora... embora... embora.

Ele ficou imóvel, imaginando a corte a que Theirry se juntaria, imaginando Jacobea de Martzburg, as outras influências que seriam levadas até seu companheiro. Ele foi até a janela e a abriu bem, de forma que metade da sala foi banhada de ouro. As grandes rosas ardentes assentiram ao mesmo tempo, com abelhas gordas zumbindo em volta. Dirk se inclinou para fora da janela e esticou os braços com paixão súbita.

— Satanás! Satanás! — berrou ele. — Devolva-o a mim! Todas as outras coisas que você me prometeu por isso! Está ouvindo! Satanás! Satanás!

A voz dele morreu em um grande soluço. Ele apoiou a cabeça latejante nos montantes quentes e colocou a mão sobre os olhos. O vermelho das rosas e o dourado da luz do sol nas almofadas orientais se misturaram na frente dele. Ele afundou no assento da janela e ouviu alguém falando seu nome. Erguendo o olhar doentio, ele viu a bruxa no centro da sala, olhando para ele.

Dirk deu um grande suspiro, encolheu os ombros e ajeitou os punhos das mangas. Em seguida, falou baixinho, olhando de lado para a bruxa:

— Theirry foi embora.

Nathalie, a bruxa, se sentou em um banquinho ornado com madrepérola, cruzou as mãos no colo e sorriu. Ela não era uma mulher velha nem feia, mas de aparência pálida e insignificante, com olhos brilhantes de aparência vazia em meio a rugas, um rosto estreito e cabelo preto sem vida, trançado agora com moedas douradas achatadas. Ela era meio curvada e tinha mãos maravilhosamente delicadas.

— Eu sabia que ele iria — respondeu ela com voz baixa.

— Com uma despedida insuficiente, com uma desculpa pobre, com pouca preparação, sem arrependimento, ele foi embora — disse Dirk. — Para a corte, a pedido de uma senhora. Você a conhece, pois já falei do nosso encontro com ela quando fomos expulsos de Basileia. — Ele fechou os olhos, como se fizesse grande esforço para se controlar. – Acho que ele está à beira de amá-la. – Voltou a abrir os olhos, amplos, ardentes. – Isso precisa ser impedido.

A bruxa balançou a cabeça.

– Se você for sábio, deixe-o ir. – Ela fixou o olhar cintilante no rosto pálido e liso de Dirk. – Ele não é bom nem mau. O coração dele diz uma coisa, as paixões dizem outra. Deixe que vá. A coragem dele não se iguala aos desejos. Ele seria ótimo, fosse como fosse. Mas tem medo. Deixe que vá. Ele pensa em servir ao Diabo enquanto ainda se esconde sem seu coração: "Finalmente vou me arrepender, com o tempo vou me arrepender!". Deixe que vá. Ele nunca será grandioso nem bem-sucedido, pois está confuso nos objetivos, hesitante, apaixonado e mutável. Portanto, você que pode ter o mundo... deixe que vá.

– Isso tudo eu sei – respondeu Dirk, os dedos agarrando as almofadas douradas. – Mas eu o quero de volta.

– Ele voltará. Ele foi longe demais para ficar distante.

– Eu quero que ele volte para sempre – gritou Dirk. – Ele é meu companheiro. Precisa ficar comigo sempre. Não deve ter ninguém nos pensamentos além de mim.

Nathalie franziu a testa.

– Isso é tolice. No dia em que você veio até mim com notícias de mestre Lukas, eu vi que você tinha potencial para ser tudo... e ele, nada. Eu vi que o mundo ecoaria seu nome e que ele morreria desconhecido. – Ela se levantou com veemência. – Eu digo, deixe que vá! Ele não vai passar de uma obstrução, de um entrave ao seu progresso. Ele tem inveja de você. Ele não tem muita habilidade... O que você pode dizer por ele exceto que é bom de olhar?

Dirk saiu das almofadas e andou lentamente de um lado para outro da sala. Um sorriso lento e lindo ocupava seus lábios e seus olhos estavam gentis.

– O que eu posso dizer por ele? É possível dizer em três palavras: eu o amo. – Ele cruzou os braços sobre o peito e ergueu a cabeça. – Como você me conhece pouco, Nathalie! Embora você tenha me ensinado toda a sua sabedoria, o que você sabe sobre mim além de que eu era o aprendiz de mestre Lukas?

— Você veio no mistério, como deveria vir — disse a bruxa, sorrindo.

E agora, Dirk pareceu sorrir em meio à dor.

— *É* um mistério... acho que contá-lo seria explodir aqui, agora mesmo. Parece tanto tempo atrás, tão estranho, tão horrível... bem, bem! — Ele levou a mão à testa e deu uma volta pela sala. — Quando eu estava na casa vazia do mestre Lukas, pintando, esculpindo, lendo livros proibidos, eu não tinha medo. Parecia que eu não tinha alma... então por que temer por aquilo que foi perdido antes de eu nascer? "O diabo me colocou aqui", falei, "e vou servi-lo... Ele fará de mim seu arquétipo na Terra... e eu esperei o sinal dele para que eu prosseguisse. Os homens falavam do Anticristo! E se eu for ele?"... Foi o que pensei.

— E você será — sussurrou a bruxa.

Os grandes olhos de Dirk brilharam acima dos lábios sorridentes.

— Poderia qualquer um que não fosse um demônio ter esses pensamentos? Aí, Theirry apareceu, e eu vi no rosto dele que fazia o mesmo que eu fazia... sabia o que eu sabia... e... e... — A voz dele falhou. — Lembro quando fui vê-lo dormir... e pensei que no fim das contas ele não era um demônio, pois eu estava ciente de que o amava. Eu tive pensamentos terríveis: se eu amo, eu tenho alma, e se tenho alma, ela está condenada. Mas ele irá comigo. Se eu vim do Inferno, voltarei ao Inferno, e ele irá comigo. Se eu estou condenado, ele será condenado e irá de mãos dadas comigo para o abismo!

O sorriso sumiu do rosto dele e uma expressão intensa e ardente apareceu no lugar; ele parecia quase em êxtase.

— Ela pode lutar comigo pela alma dele. Se ele a ama, ela pode atraí-lo para o Paraíso... com aquele cabelo louro! Eu não desejei cachos louros quando vi meu amado? Esqueci o que estava dizendo... eu diria que ela não o ama...

— Mas pode amar — disse a bruxa —, pois ele é alegre e bonito.

Dirk voltou lentamente os olhos sombrios para Nathalie.

— Ela não pode.

A bruxa mexeu os dedos.

— Nós podemos controlar muitas coisas, mas não amor e ódio.

Dirk apertou o peito inflado.

— O coração dela está na mão de outro homem, e esse homem é o senescal dela, ambicioso, pobre e casado.

Ele foi até a bruxa e, mesmo magro, ao lado da mulher oriental envelhecida, ele parecia maravilhosamente revigorado, iluminado e até esplêndido.

— Você me entende? — perguntou ele.

A bruxa piscou os olhos brilhantes.

— Entendo que há pouca necessidade de bruxaria ou magia das trevas aqui.

— Não — disse Dirk. — O amor dela será seu veneno... ela o dará de volta para mim.

Nathalie se moveu e as moedinhas sacudiram no cabelo dela.

— Dirk, Dirk, por que você faz tanta questão do retorno desse homem? — disse ela, algo entre reprovação e anseio. Ela acariciou o jovem frio, passivo e sorridente com as mãozinhas. — Você será grandioso. — Ela enunciou as palavras com avidez. — Eu posso nunca ter feito muito, mas você tem a chave para muitas coisas. Você ainda terá o mundo aos seus pés... deixe que ele vá.

Dirk continuava sorrindo.

— Não — respondeu ele baixinho.

A bruxa deu de ombros e se virou.

— Afinal — disse ela, meio choramingando —, eu sou apenas uma serva agora. Você sabe palavras que podem obrigar a mim e a todos obedecerem a você. Que seja; traga seu Theirry de volta.

O sorriso de Dirk aumentou.

— Não pedirei sua ajuda. Sozinho, consigo resolver essa situação. Sim, mesmo que coloque em risco minha chance de grandiosidade, eu terei meu companheiro de volta.

— Não será difícil — disse a bruxa, assentindo. — A influência de uma donzela tola contra a tua! — Ela riu.

— Há outro que procurará detê-lo na corte — disse Dirk, reflexivo. — Seu velho amigo, o filho do margrave, Balthasar de

Courtrai, que brilha junto ao imperador. Eu o vi não faz muito tempo. Ele também é meu inimigo.

— Bem, o Diabo vai colocá-los todos nas tuas mãos — disse a bruxa, sorrindo.

Dirk voltou um olhar distraído para ela e ela foi embora.

Chegou a hora do pôr do sol. A luz vermelha dele tremia maravilhosamente nas rosas vermelhas e preencheu a sala baixa e escura com um brilho carmim sombrio. Dirk ficou junto à janela mordendo o indicador, pensando em esquemas em que Jacobea, seu senescal, Sybilla e Theirry ficariam presos como moscas em uma teia. Malignidade e amor humano desesperado se misturavam de forma grotesca, dando espaço a pensamentos sombrios e horrendos. O repique límpido de um sino o despertou, e ele se sobressaltou com lembranças da última vez em que estivera em uma casa vazia e aquele som havia interrompido seus pensamentos, de quando ele tinha encontrado Theirry em sua porta. Ele saiu da sala e procurou a bruxa. Ela tinha desaparecido. Ele não duvidava que o toque era para ela. Não era incomum que ela recebesse visitantes secretos e apressados, mas, como ela não veio, ele atravessou a passagem escura e abriu a porta para o jardim estreito que separava a casa da rua de pedras... e encontrou uma mulher de capuz e manto verde, postada na sombra da varanda.

— Quem gostaria de ver? — perguntou ele cautelosamente.

A estranha respondeu com voz baixa.

— O senhor. O senhor não é o jovem doutor que dá palestras públicas sobre... muitas coisas? Constantine, é assim que chamam você.

— Sim — disse Dirk. — Sou eu.

— Eu o ouvi hoje. Gostaria de falar com o senhor.

Ela usava uma máscara que escondia tão completamente o rosto quanto o manto escondia o corpo. Os olhos apurados de Dirk não conseguiram descobrir nada sobre a pessoa.

— Me deixe entrar — disse ela com voz insistente e ansiosa.

Dirk segurou a porta bem aberta e ela entrou para o corredor, respirando rapidamente.

— Venha comigo — disse Dirk, sorrindo.

Tinha concluído que a dama era Jacobea de Martzburg.

CAPÍTULO XII
YSABEAU

DIRK E A DAMA ENTRARAM NA SALA DE ONDE ELE TINHA acabado de sair. Ele colocou uma cadeira para ela perto da janela e esperou que falasse, e manteve os olhos na figura escondida. Ela usava uma máscara do tipo que ele tinha visto com frequência em damas. Um gosto italiano fantástico as fazia similares a semblantes afetados pela peste, pintadas de verde e amarelo, e a fantasia mais fértil tinha dado a elas o apelido de "melão", pela similaridade com a casca de um melão verde. Essas máscaras, de formato oval, com uma fresta para a boca e duas para os olhos, que iam da testa ao queixo, eram um disfarce eficiente para todas as feições e as favoritas das damas. Quanto ao resto, o capuz da estranha estava tão puxado para a frente que nem uma mecha de cabelo estava visível, e o manto estava preso no pescoço. Era de tecido verde fino debruado de pele branca. Ela usava luvas grossas e não havia nem um centímetro de pele visível.

— A senhora está bem disfarçada — disse Dirk por fim, pois ela não deu sinal de que falaria. — Qual é seu assunto comigo?

Ele começou a pensar que ela não poderia ser Jacobea, pois não deu indicação de se revelar. Além do mais, ele achou que ela era baixa demais.

— Tem alguém aqui que possa nos ouvir ou interromper? — disse a dama por fim, a voz um pouco abafada pela máscara.

— Ninguém — respondeu Dirk com certa impaciência. — Suplico que me diga quem é.

— Decerto isso pode esperar. — Os olhos dela faiscaram pelos buracos em contraste com a madeira pintada de forma medonha que deixava seu rosto imóvel. — Mas vou dizer quem o senhor é.

— A senhora sabe? — disse Dirk friamente.

Pareceu que ela sorria.

— O estudante chamado Dirk Renswoude, que foi expulso da Universidade de Basileia por praticar artes das trevas.

Pela primeira vez na vida, Dirk foi surpreendido e ficou extremamente desconcertado. Ele não acreditara que fosse possível alguém descobrir a vida passada do estudado doutor Constantine. Ele ficou vermelho e branco e não conseguiu dizer nada em defesa ou negação.

— Foi só uns três meses atrás — continuou a dama. — E os estudantes e muitos outros na cidade de Basileia ainda o reconheceriam, certamente.

Uma onda de raiva contra a acusadora desconhecida abalou Dirk.

— Por quais meios a senhora descobriu isso? — perguntou ele. — Basileia fica longe de Frankfurt, eu diria... e quantos sabem... e qual é o preço do seu silêncio, senhora?

A dama ergueu a cabeça.

— Gostei do senhor — disse ela baixinho. — O senhor recebeu bem. Ninguém sabe além de mim. Fiz investigações cuidadosas sobre o senhor e montei sua história com a minha inteligência.

— Minha história! — declarou Dirk. — Certamente a senhora não sabe nada de mim além de Basileia.

— Não — confirmou ela. — Mas é suficiente. Joris de Turíngia morreu.

— Ah! — exclamou Dirk.

A dama ficou completamente imóvel, observando-o.

— Eu tenho controle sobre sua vida, senhor — disse ela.

Dirk, provocado, se virou contra ela impetuosamente.
— A senhora é Jacobea de Martzburg...
— Não. — Ela se assustou com o nome. — Mas a conheço...
— Ela contou essa história...
Novamente, a dama respondeu:
— Não.
— Ela é de Basileia — declarou Dirk.
— Acredite em mim — respondeu a estranha com sinceridade —, ela não sabe nada sobre o senhor. Só eu em Frankfurt sei seu segredo e posso ajudá-lo a guardá-lo... seria fácil espalhar uma declaração sobre a morte de Dirk Renswoude.

Dirk mordeu o dedo, o lábio, olhou para a profusão de rosas, para o céu cada vez mais escuro e para a figura calada com a máscara pontilhada horrenda. Se ela decidisse falar, ele teria, na melhor perspectiva, que fugir de Frankfurt, e isso não se adequava a seus planos.

— Outro jovem mora aqui — disse a dama. — Acho que ele também fugiu de Basileia.

O rosto de Dirk ficou pálido e ardiloso. Ele logo viu que ela não sabia como Theirry havia se comprometido.

— Ele estava aqui. Agora, foi para a corte. Ele estava em Basileia, mas é inocente e veio comigo por amizade. Ele é tolo e carinhoso.

— Meu assunto é com o senhor — respondeu a dama. — O senhor tem uma habilidade grandiosa e terrível, espíritos malignos se alinham com o senhor. Seus feitiços mataram um homem... — Ela parou.

— Pobre tolo — disse Dirk sombriamente.

A estranha se levantou. Sua calma e seu controle tinham dado lugar subitamente a uma paixão feroz apenas parcialmente reprimida. Ela uniu as mãos e tremeu de pé.

— Bem — declarou ela com voz carregada. — O senhor poderia fazer isso de novo, de um jeito mais suave e sutil?

— Para a senhora? — sussurrou ele.

— Para mim — respondeu ela, e se acomodou no assento da janela, puxando as luvas de forma mecânica.

Um silêncio, enquanto a luz vermelha morrente do sol caía sobre as almofadas orientais e sobre o manto escuro dela, do lado de fora as rosas vermelhas balançavam e sussurravam no jardim da bruxa.

— Eu não posso ajudar se a senhora não me contar nada — disse Dirk com mau humor.

— Vou contar o seguinte — respondeu ela apaixonadamente. — Tem um homem que eu odeio, um homem no meu caminho. Eu não falo à toa. Esse homem precisa ir, e se o senhor for o meio...

— A senhora estará sob meu poder tanto quanto estou sob o seu — observou Dirk, completando a frase interrompida.

A dama olhou para as rosas.

— Não sou capaz de revelar que noites de horror e dias de amargura, que resoluções formadas e resoluções destruídas, que ódio e que... amor formaram o impulso que me trouxe aqui hoje. E também não é da sua conta. O certo é que estou determinada, e se seus feitiços puderem me ajudar... — Ela virou a cabeça subitamente. — Eu pagarei muito bem.

— A senhora não me contou nada — repetiu Dirk. — E apesar de eu poder descobrir o que a senhora é e quem é seu inimigo, seria melhor se me contasse com seus próprios lábios.

Ela pareceu agora estar numa agitação maldisfarçada.

— Não é hoje que falarei. Eu voltarei. Eu conheço este lugar... Enquanto isso, fique certo de que seu segredo está seguro comigo. Pense bem no que eu falei.

Ela se levantou como se fosse embora, mas Dirk estava no caminho.

— Não — disse ele com firmeza. — Pelo menos, mostre o rosto. Como saberei se é a senhora de novo? E que confiança tem em mim se não quer tirar a máscara? Eu reafirmo que precisa tirá-la.

Ela tremeu entre um suspiro e uma gargalhada.

— Talvez meu rosto não mereça ser visto — respondeu ela, expirando.

— Sei que é uma mulher bonita — respondeu Dirk, que tinha ouvido a ciência disso na voz atraente.

Ainda assim, ela hesitou.

— O senhor conhece muitas pessoas da corte? — perguntou ela.

— Não. Eu não me preocupei com a corte.

— Bem, então, e como preciso confiar no senhor, e gostei do senhor... — A voz dela subiu e desceu. — Olhe para mim e lembre-se de mim.

Ela soltou o manto, jogou o capuz para trás e, depois de soltar a máscara rapidamente, tirou-a. Com o disfarce jogado de lado, ela se revelou até os ombros, com clareza no crepúsculo quente. A primeira impressão de Dirk foi que era uma beleza que obliterava da mente dele todas as outras belezas que ele já tinha visto. A segunda foi que era o mesmo rosto que ele e Theirry tinham visto no espelho.

— Ah! — exclamou ele.

— E então? — disse a dama, a máscara horrenda na mão.

Agora que ela estava exposta, era como se outra presença tivesse entrado no aposento escuro, de tão difícil que era associar seu brilho com a figura encapuzada de alguns momentos antes. Decerto tinha grande beleza, chegando ao ponto de tirar o fôlego, uma beleza que não era percebida até ser examinada. Dirk não teria acreditado que uma mulher podia ser tão bonita. Se o cabelo de Jacobea era louro, os cachos daquela dama eram de um dourado pálido, cintilante e puro, e os olhos, de um tom violeta profundo, suave. O manto afastado revelou o pescoço esbelto e torneado e o brilho de um corpete luxuoso. O sorriso sumiu dos lábios dela e a beleza adorável ficou séria, quase trágica.

— O senhor não me conhece? — perguntou ela.

— Não — respondeu Dirk. Ele não podia contar que já a tinha visto no espelho do seu diabo.

— Mas vai me reconhecer novamente?

Dirk riu baixinho.

— A senhora não foi feita para ser esquecida. Estranho que, com um rosto como o seu, a senhora tenha necessidade de bruxaria!

A dama recolocou a máscara, que ficou ainda mais horrível depois daquele vislumbre de beleza luminosa, e puxou o manto sobre os ombros.

— Eu voltarei ou mandarei chamá-lo, senhor. Pense no que falei e no que sei.

Ela foi obscurecida de novo, escondida pelo manto verde. Dirk não fez nenhuma pergunta, não fez comentário, mas precedeu-a pelo corredor escuro e abriu a porta. Ela saiu; seus passos seguiram leves pelo caminho. Dirk a viu andar rapidamente pela rua, fechou a porta e a trancou. Depois de uma pausa de confusão sem fôlego e agitação acalorada, ele correu para os fundos da casa e foi para o jardim. A luz era suficiente para as rosas enormes estarem visíveis, assentindo em seus arbustos. Dirk correu entre elas até chegar a uma estátua de pedra magricela meio escondida por louros. Na frente dela havia paralelepípedos posicionados de forma irregular. No centro de um havia um aro de ferro. Dirk o puxou e exibiu um alçapão que se elevou com seu esforço e revelou um lance de escadas. Ele desceu da noite suave e pura e das rosas vermelhas para a cozinha da bruxa e fechou a pedra ao passar. A câmara subterrânea era grande e iluminada por lampiões pendurados no teto, revelando paredes de pedra lisa e um chão úmido. De um lado, uma escuridão escancarada exibia o ponto em que uma passagem serpenteava até a superfície. Em outra havia uma lareira de alquimista enorme. Na frente dela estava a bruxa, rodeada de uma variedade de frascos de vidro, retortas e panelas de vários formatos. De cada lado da lareira havia um corpo humano, preto e murcho, balançando em cordas enferrujadas e coroado com guirlandas de folhas manchadas de verde e roxo. Em uma mesa encostada na parede havia uma cabeça de metal que cintilava na luz débil.

Dirk atravessou o aposento com o passo jovem e tocou no ombro de Nathalie.

— Vieram me ver — disse ele, sem fôlego. — Uma dama maravilhosa.

— Eu sei — murmurou a bruxa. — E foi para se colocar em suas mãos?

O ar estava carregado com odores insalubres. Dirk se encostou na parede e olhou para o aposento, a mão na testa.

– Ela me ameaçou – disse ele. – E, por um momento, fiquei com medo. Pois decerto não desejo ir embora de Frankfurt... Mas ela queria que eu a servisse, o que farei por um certo preço.

– Quem é ela? – perguntou a bruxa.

– Isso eu vim descobrir – respondeu Dirk, a testa franzida. – E de quem ela falou, além de um pouco de Jacobea de Martzburg. – Ele tossiu, pois o ar tinha entrado em suas narinas. – Me dê o globo.

A bruxa entregou a ele uma bola de cor de lama escura, que ele colocou no chão e se sentou ao lado. Nathalie desenhou um pentágono em volta do globo e pronunciou algumas palavras em tom baixo. Um leve tremor sacudiu o chão, embora eles estivessem sobre terra sólida, e o globo ficou de um tom azul pálido e luminoso. Dirk afastou o cabelo úmido dos olhos, apoiou o rosto nas mãos, os cotovelos no chão e olhou para as profundezas do cristal, cuja cor se intensificou até se tornar uma bola reluzente de fogo azul.

– Não vejo nada – disse ele com raiva.

A bruxa repetiu os encantamentos. Ela se inclinou para a frente, as moedas amarelas cintilando na testa pálida.

Raios de luz começaram a sair do globo.

– Me mostre algo da dama que veio aqui hoje – ordenou Dirk. Eles aguardaram.

– Está vendo alguma coisa? – sussurrou a bruxa.

– Sim... muito vagamente. – Ele olhou por um tempo em silêncio. – Vejo um homem – disse ele por fim. – Os feitiços estão errados... não vejo nada da dama...

– Fique olhando – ordenou a bruxa. – Como ele é?

– Não consigo ver distintamente... ele está a cavalo... usa armadura... Agora, vejo seu rosto. Ele é jovem e moreno, tem cabelo preto...

– Nós o conhecemos?

– Não. Eu nunca o vi. – Dirk não afastou o olhar do globo. – Ele é um cavaleiro, evidentemente. É magnífico, mas frio... ah!

A exclamação dele foi pela mudança no globo. Foi desbotando para um azul morto e ficou escuro e lamacento.

Ele o jogou com raiva para fora do pentágono.

— O que isso me revelou? — gritou ele. — O que é esse homem?

— Pergunte a Zoroastro — disse a bruxa, apontando para a cabeça de metal. — Talvez ele fale hoje.

Ela lançou um punhado de especiarias no fogo que ardia lentamente, e uma fumaça fraca subiu e encheu a câmara. Dirk foi até a cabeça de metal e a observou com olhos fundos e ávidos.

— Os homens mortos dançam — disse a bruxa, sorrindo. — Certamente, ele falará hoje.

Dirk voltou o olhar para onde os corpos estavam. Os membros murchos se torciam e contorciam no fim da corrente, e a cor lúrida horrenda das guirlandas venenosas brilhava através da fumaça e sacudia com o movimento das cabeças sem face.

— Zoroastro, Zoroastro — murmurou Dirk. — Em nome de Satã, das legiões dele, fale com teu servo, mostre ou conte algo sobre a mulher que veio aqui hoje em uma missão maligna.

Uma imobilidade pesada caiu com o fim das palavras; a fumaça ficou densa e carregada, depois sumiu subitamente. Nesse instante, as lâmpadas foram extintas e o fogo caiu nas cinzas.

— Algo vem — sussurrou a bruxa.

Pela escuridão dava para ouvir a dança dos homens mortos e o movimento dos ossos deles nas cordas.

Dirk ficou imóvel, forçando os olhos para enxergar à frente.

De repente, uma luz pálida se espalhou sobre o fundo da câmara, e nela apareceu a figura de um cavaleiro jovem. Seu cabelo preto aparecia embaixo do elmo, o rosto estava composto e meio arrogante, os olhos escuros eram destemidos e frios.

— Foi ele que vi no cristal! — exclamou Dirk, e quando ele falou, a luz e a figura desapareceram.

Dirk bateu no peito.

— Zoroastro! Debochas de mim! Eu perguntei sobre a mulher! Não conheço o homem.

A cabeça de metal brilhou de repente no escuro, como se uma luz se acendesse atrás dela. As pálpebras tremeram, se abriram, e globos oculares vermelhos olharam para Dirk, que gritou de triunfo. Ele caiu de joelhos.

— Há um ano exato eu vi uma mulher no espelho. Hoje, ela veio até mim... Quem é ela? Zoroastro, qual é o nome dela?

Os lábios de metal se moveram e falaram.

— Ysabeau.

O que isso lhe dizia?

— Quem era o cavaleiro que você me mostrou? – perguntou ele.

— O marido dela – respondeu a cabeça.

— Quem é o homem que ela... quer... Sobre quem ela falou comigo?

Os olhos chamejantes se reviraram.

— O marido dela.

Dirk teve um sobressalto.

— Apresse-se – disse a voz da bruxa pela escuridão. – A luz se apaga.

— Quem é ela?

— Imperatriz do Ocidente – disse a cabeça de metal.

Um grito escapou de Dirk e da bruxa. Dirk gritou outra pergunta.

— Ela deseja botar outro no lugar do imperador?

— Sim. – A luz estava ficando mais fraca. As pálpebras tremeram sobre os olhos vermelhos.

— Quem? – perguntou Dirk.

A resposta foi fraca, porém distinta:

— O viúvo de Úrsula de Rooselaare, Balthasar de Courtrai.

As pálpebras se fecharam e a mandíbula travou, a luz afundou para o nada e os lampiões ganharam de volta as chamas fracas que revelaram os corpos pretos dos homens mortos, pendendo inertes com as guirlandas tocando no peito, a bruxa agachada junto da lareira...

E, no centro do ambiente, Dirk, sorrindo horrivelmente.

CAPÍTULO XIII
A ARMADILHA PARA JACOBEA

A GRANDE FLORESTA ESTAVA TÃO SILENCIOSA E SOLITÁria que os corredores de uma igreja ampla não poderiam ser mais santificados por imobilidade sagrada. Nem o vento de verão que tremia nas copas altas das árvores enormes havia penetrado pelos galhos grossos e folhas entrelaçadas. A grama e as folhas estavam eretas, inabaladas pelas baforadas de ar, e o sol, que iluminava sem parar a cidade de Frankfurt, não tocava na penumbra verde da floresta. Sentada na grama perto de um templo de beira de estrada que abrigava uma imagem pequena da Nossa Senhora, a bruxa Nathalie, encolhida com um manto marrom, olhava com atenção nas profundezas de sombra fresca entre os troncos de árvores. Ela estava observando a figura distante de uma dama aparecer trêmula entre as folhas da vegetação. Uma dama que andava com hesitação e medo; quando ela chegou mais perto, a bruxa viu que o vestido amarelo comprido que ela segurava estava rasgado e sujo, e que o cabelo caía desarrumado nos ombros. Respirando de um jeito rápido e fatigado, ela se aproximou do templo, mas, ao ver a bruxa, parou abruptamente e seus olhos cinzentos escureceram de apreensão.

— O que houve com Jacobea de Martzburg — perguntou a bruxa em seu jeito inexpressivo — para que ela ande pela floresta desarrumada e sozinha?

— Estou perdida — respondeu Jacobea, encolhendo-se. — Como me conhece?

— Pelo seu rosto — disse Nathalie. — Como você foi se perder?

— Você pode me dizer o caminho para Frankfurt? — perguntou Jacobea com cansaço. — Estou andando desde o meio-dia. Eu estava acompanhando a imperatriz vindo do torneio e meu cavalo saiu disparado comigo... Eu escorreguei da sela. Agora, eu o perdi.

Nathalie abriu um sorriso fraco.

— Eu não sei onde estou — disse Jacobea, ainda com aquela expressão de apreensão nos doces olhos. — Você pode me indicar o caminho?

Ela olhou para o templo e para a bruxa e levou a mão à testa; atordoada e perdida, ao que lhe pareceu.

— De que você tem medo? — perguntou Nathalie.

— Ah, por que eu deveria ter medo? — respondeu Jacobea com um sobressalto. — Mas... ora, é muito solitário aqui, e eu preciso voltar para casa.

— Deixe que eu leia seu futuro — disse a bruxa, levantando-se lentamente. — Você tem um futuro curioso e vou revelá-lo sem cobrar ouro ou prata.

— Não! — A voz de Jacobea soou agitada. — Não tenho fé nessas coisas. Pagarei para que me mostre como sair da floresta.

Mas a bruxa tinha ido até perto dela e, para seu terror crescente evidente, segurou sua mão.

— O que você imagina que tem na palma da mão? — Ela sorriu.

Jacobea tentou puxar a mão, pois a proximidade da mulher acelerou seu terror indescritível.

— Terras e castelos — disse a bruxa, enquanto os dedos apertavam o pulso rebelde. — Ouro e solidão...

— Você me conhece — respondeu Jacobea com raiva. — Não há magia nisso... Me solte!

A bruxa largou a mão da dama e esfregou as suas uma na outra.

— Eu não preciso das linhas na palma da sua mão para dizer seu futuro — disse ela rispidamente. — Eu sei mais sobre você do que gostaria de ouvir, Jacobea de Martzburg.

A dama se virou e se afastou rapidamente, mas sem destino, pela clareira sombreada. Nathalie, puxando o manto marrom, foi atrás com passos leves.

— Você não pode fugir — disse ela. — Pode andar no meio e para fora das árvores até morrer de cansaço e nunca achar o caminho de Frankfurt.

Ela colocou os dedos pequenos e finos no veludo macio da manga amarela de Jacobea e olhou para os olhos sobressaltados.

— Quem é você? — perguntou a dama, com um toque de desespero na voz fraca. — E o que quer comigo?

A bruxa lambeu os lábios pálidos.

— Venha comigo e mostrarei a você.

Jacobea tremeu.

— Não vou, não.

— Você não vai conseguir encontrar o caminho sozinha.

A dama hesitou. Olhou ao redor, para o corredor imóvel de árvores, para as clareiras silenciosas; olhou para as copas em arco e para as folhas amontoadas escondendo o céu.

— De fato, pagarei bem se você me guiar para fora disto — ofereceu ela.

— Venha comigo agora — respondeu Nathalie — e depois vou botá-la no caminho certo.

— Por que motivo eu iria com você? — questionou Jacobea. — Eu não a conheço e, que Deus me ajude, não confio em você.

A bruxa lançou um olhar de desdém para a figura alta da dama, transbordando a força da juventude.

— Que mal *eu* poderia fazer a *você*? — perguntou ela.

Jacobea a avaliou com atenção. De fato, ela era pequena e parecia frágil. Os dedos brancos de Jacobea poderiam ter esmagado aquele pescoço fino até não restar vida.

Ainda assim, ela estava relutante.

— Por qual motivo? — repetiu ela.

Nathalie não respondeu, mas entrou em um caminho gramado que serpenteava entre as árvores, e Jacobea, com medo da solidão, foi atrás lentamente. Conforme elas percorreram a floresta, a vegetação, ainda de floresta, sem flor para variar com as trepadeiras e as grandes plantas sem botões, sem som de ave ou inseto para se misturar com os passos leves e o toque dos trajes no chão, Jacobea tomou ciência de que seus sentidos estavam ficando entorpecidos e drogados com o silêncio e a estranheza. Não estava mais com medo nem curiosa. Depois de um tempo, elas chegaram a um lago em um vale, cercado de samambaias densas e escuras. A água sem sol era preta e parada, e na superfície flutuavam folhas mortas e o verde vívido e insalubre de algas emaranhadas.

Um jovem de roupa escura simples estava sentado na margem oposta. Nos joelhos dele, havia um livro aberto, e o cabelo liso comprido pendia dos dois lados do rosto e tocava na página amarelada. Atrás dele havia o tronco partido de uma árvore queimada, cheio de fungos em forma de leque de cor escarlate brilhante e manchas roxas e laranja que brilhavam maravilhosamente no verde frio e suave universal.

— Minha nossa! — murmurou Jacobea.

O jovem ergueu os olhos do livro e olhou para ela por cima da água escura.

Jacobea teria fugido, teria entrado na floresta sem pensar em outra coisa além de fugir daqueles olhos a encarando por cima das páginas do livro antigo. Mas as mãozinhas repugnantes da bruxa se fecharam nas dela com uma força impressionante e a puxaram trêmula pela borda do lago. O jovem fechou o livro, esticou os membros magros e, virando parcialmente de lado, se deitou e olhou. A figura nobre e adorável de Jacobea, vestida de veludo macio e grosso de um tom amarelo luminoso; o cabelo louro, caindo nos ombros e se misturando com o tom do vestido; o rosto sério e doce, iluminado e protegido por olhos cinzentos, suaves e assustados, formavam uma bela imagem em comparação com o fundo sombrio da floresta escura. Uma imagem maculada só pela figura insignificante de cor feia da bruxinha que segurava a mão dela e a arrastava pela grama úmida.

— Lembra-se de mim? — perguntou o jovem.

Jacobea virou a cabeça.

— Solte-a, Nathalie — disse o jovem com impaciência. Ele apoiou o cotovelo no livro fechado e o queixo na mão. Seus olhos pousaram com avidez e admiração na beleza trêmula da dama.

— Ela vai fugir — disse Nathalie, mas afrouxou o aperto.

Jacobea não se mexeu. Ela sacudiu a mão que Nathalie tinha segurado e a acariciou com a outra.

O jovem botou o cabelo pesado para trás.

— Me conhece?

Ela virou o rosto lentamente, pálido e perolado acima da cor forte do vestido.

— Sim, o senhor foi ao meu castelo em busca de abrigo uma vez.

Dirk não abaixou o olhar intenso e ardente.

— Bem, como eu recompensei sua cortesia? Contei-lhe uma coisa.

Ela não respondeu.

— Eu lhe contei uma coisa — repetiu Dirk. — E a senhora não esqueceu.

— Me deixe ir — disse ela. — Eu não sei quem o senhor é nem o que quer dizer. Me deixe ir.

Ela se virou como se fosse embora, mas se sentou em uma das rochas cobertas de musgo que rodeavam o lago e fechou os dedos sobre as mechas reluzentes caídas sobre o seio.

— A senhora nunca foi a mesma desde a ocasião em que me abrigou — disse Dirk.

Ela enrijeceu com medo e orgulho.

— O senhor é uma coisa malvada — disse ela. Seu olhar foi feroz para a bruxa passiva. — Por que eu fui trazida aqui?

— Porque foi meu desejo — respondeu Dirk seriamente. — Seu cavalo não costuma levá-la embora, Jacobea de Martzburg, e deixá-la em uma floresta sem orientação.

A dama levou um susto com essa informação.

— Isso também foi vontade minha — disse Dirk.

— Sua vontade! — ecoou ela.

Dirk sorriu, exibindo os dentes com feiura.

— É possível que o cavalo estivesse enfeitiçado. A senhora não ouviu falar desse tipo de coisa?

— Santa Maria! — exclamou ela.

Dirk se sentou mais ereto e fechou os dedos longos em volta dos joelhos.

— A senhora deu a um jovem que conheço um posto na corte — disse ele. — Por quê?

Jacobea tremeu e não conseguiu se mexer; ela olhou com medo para a água escura e para os amontoados úmidos de samambaias e com um horror lento para a figura do jovem sentado embaixo da árvore partida.

— Não sei — respondeu ela com voz fraca. — Eu nunca desgostei dele.

— Como desgostou de mim — acrescentou Dirk.

— Talvez eu não tenha tido motivo para amar o senhor — retorquiu ela, incitada. — Por que o senhor foi ao meu castelo? Por que eu o vi? — Ela colocou as mãos frias sobre os olhos.

— Isso não tem importância — debochou Dirk. — Então a senhora gosta do meu companheiro, Theirry?

Ela respondeu como se contra a sua vontade.

— Eu gostei bastante dele. E ele ficou feliz de me encontrar de novo, e como não estava fazendo nada... eu... mas por que me interroga? Será que está com ciúmes?

O jovem uniu as sobrancelhas grossas.

— Eu sou uma donzela boba para ter ciúmes? Não se meta com coisas que não pode avaliar. Teria sido melhor se a senhora nunca tivesse visto o belo rosto do meu companheiro... sim, e o meu também. — E ele franziu a testa.

— Ele tem liberdade para fazer o que quiser — respondeu Jacobea. — Se quis ir para a corte...

— Se a senhora escolheu tentá-lo — respondeu Dirk. — Mas chega disso.

Ele se levantou e se encostou na árvore; acima do ombro magro subia a língua irregular de madeira cinza e cor lisa dos fungos amontoados, e depois disso a floresta afundava em amplidões imensas de escuridão imóvel. Jacobea lutou desesperadamente com o medo e o terror sufocantes, mas pareceu que havia um vapor tóxico subindo do lago negro que gelou seu sangue em horror. Ela não conseguiu escapar dos olhos firmes de Dirk, que eram como pedras brilhantes no rosto liso.

— Venha cá — disse ele.

Jacobea não se moveu para obedecer até a bruxa segurar o braço dela, quando se soltou dos dedos firmes e se aproximou do ponto onde Dirk esperava.

— Acho que o senhor me enfeitiçou — disse ela com medo.

— Não eu. Outra pessoa fez isso — respondeu ele. — Decerto a senhora é lenta nas associações, Jacobea de Martzburg.

Uma respiração trêmula sacudiu os lábios entreabertos; ela olhou para a direita e para a esquerda, não viu nada além da floresta envolvente e voltou os olhos assustados para Dirk.

— Eu sei um pouco de magia — continuou ele. — Devo mostrar o homem que a senhora deseja tornar lorde de Martzburg?

— Não há nenhum — disse ela debilmente.

— A senhora mente — respondeu ele. — Como posso provar.

— Como o senhor não pode provar — retorquiu ela, unindo as mãos.

Dirk sorriu.

— Ora, a senhora é uma coisinha bonita e gentil, mas tem pensamentos rebeldes, pensamentos que a fariam corar se fosse sussurrar na grade do confessionário.

Ela moveu os lábios, mas não falou.

— Por que seu senescal veio junto para Frankfurt? — perguntou Dirk. — E a esposa dele ficou como castelã de Martzburg?

Teria sido mais adequado ele ficar. Que recompensa ele vai receber pelos serviços como seu capanga na corte?

Jacobea tirou o lenço do cinto e o apertou nos lábios.

— Que recompensa o senhor acha que devo oferecer? — respondeu ela muito lentamente.

— Não sei dizer — disse Dirk, com uma força quente por trás de cada palavra. — Pois eu não sei se a senhora é tola ou não, e o que eu sei é que o homem aguarda uma palavra sua...

— Pare! — disse Jacobea.

Mas Dirk prosseguiu, implacável.

— Ele espera, estou dizendo...

— Ah, Deus, o quê? — perguntou ela.

— Que a senhora diga: "Você me acha bonita, Sebastian, sabe que sou rica e toda a minha vida me mostra o amando, e só uma mulher de cabelo arruivado no castelo de Martzburg impede você de vir dos meus pés para o meu lado..." Se dissesse isso, ele pegaria o cavalo amanhã para Martzburg e voltaria um homem livre.

O lenço caiu dos dedos de Jacobea e se prenderam nas samambaias escuras.

— O senhor é um demônio — disse ela com voz enojada. — Não pode ser humano para tocar assim no meu coração, e além do mais está enganado. Ouso dizer em nome de Deus que está enganado. Esses pensamentos malignos nunca me ocorreram.

— Em nome do Diabo, eu estou certo. — Dirk sorriu.

— Do Diabo! O senhor é um dos agentes dele! — gritou ela em desafio trêmulo. — Senão, como poderia ter adivinhado o que eu mal sabia até o senhor aparecer naquela noite funesta? O que ele nunca soube até aquele dia... Ah, eu juro, ele nunca sonhou que eu... nunca sonhou com o que meu favor significava, mas agora... os... olhos dele... eu não tenho como me enganar.

— Ele é um criado obediente — disse Dirk — e espera que sua senhora fale.

Jacobea caiu de joelhos na grama.

— Eu imploro que se abstenha — sussurrou ela. — Quem quer que seja, seja qual for seu objetivo, peço sua misericórdia. Estou muito infeliz, não me incite, não me leve mais longe.

Dirk deu um passo à frente e segurou os ombros murchos com mãos firmes.

— Sua tola devota! — gritou ele. — Quanto tempo acha que pode suportar isso? Por quanto tempo acha que ele permanecerá como criado sabendo que pode ser o mestre?

Ela desviou o olhar agoniado.

— Então foi pelo senhor que ele soube, seu...

Dirk a interrompeu acaloradamente.

— Ele sabe, lembre-se disso! Ele sabe e espera. Ele já odeia a mulher que o mantém no escuro. Foi fácil de fazer, um olhar, algumas palavras. A senhora veria que ele não é lento de entendimento. — Ele a soltou e Jacobea caiu para a frente e segurou os pés dele.

— Eu imploro que retire essa maldade, eu sou fraca! Desde a primeira vez que o vi, estou lutando contra sua influência, que está me matando. Homem ou demônio, eu suplico, me deixe em paz!

Ela ergueu o rosto, as lágrimas lentas e amargas forçadas para longe dos olhos doces e cansados. O cabelo caía como bordado dourado sobre o vestido amarelo e os dedos tremiam no seio infeliz. Dirk a considerou com curiosidade e frieza.

— Eu não sou homem nem demônio — disse ele. — Mas digo o seguinte, com a mesma certeza de que ele é mais para a senhora do que sua própria alma, a senhora está perdida.

— Perdida! Perdida! — repetiu ela, e se ergueu parcialmente.

— Decerto, portanto receba o preço da sua alma — debochou ele. — O que a mulher é para a senhora? Uma criada de coração frio, tão morta agora quanto daqui a cinquenta anos... O que é um pecado a mais? Eu lhe digo que enquanto coloca a imagem daquele homem em seu coração diante da imagem de Deus, a senhora já está perdida.

— Estou tão solitária — sussurrou ela lamentavelmente. — Se tivesse só uma amiga... — Ela fez uma pausa, como se alguém surgisse na mente dela com as palavras, e Dirk, observando com atenção, corou subitamente e cintilou de raiva.

Ele deu um passo para trás e uniu as mãos.

— Eu prometi uma imagem do seu amante — disse ele. — Agora, que ele fale por si.

Jacobea virou a cabeça rapidamente. A uns poucos metros dela estava Sebastian, segurando os galhos pesados e olhando para ela. Ela soltou um berro e se levantou depressa. Dirk e a bruxa tinham desaparecido, e se tinham entrado na vegetação e ainda estavam próximos, não responderam quando ela os chamou loucamente. A floresta ampla parecia vazia exceto pela figura silenciosa de Sebastian. Sem duvidar agora que Dirk era um ser maligno que seus pensamentos perversos tinham evocado, acreditando que a aparição do senescal era um fantasma enviado para sua ruína, ela, infeliz, distraída com infelicidade e terror, se virou com alívio trêmulo para o esquecimento do lago parado. Acelerando com pés trêmulos pelo mato e pelas samambaias, ela desceu a margem úmida e teria se jogado na água turva quando ouviu a voz dele a chamando... uma voz humana. Ela parou e voltou o ouvido temeroso para o som enquanto a água ondulava pelo movimento do seu pé.

— Sou eu — chamou ele. — Minha senhora, sou eu.

Era Sebastian mesmo, não uma ilusão nem um fantasma, mas seu senescal vivo, como ela tinha visto de manhã com o traje marrom de montaria, usando suas cores dourada e azul no chapéu. Ela dominou seu terror e confusão.

— De fato, o senhor me assustou... — A mentira surgiu para salvá-la. — Achei que fosse um ladrão... não o reconheci.

O medo da ajuda dele deu a ela força para se afastar da água e voltar para solo firme.

— Eu a estava procurando — disse Sebastian. — Nós encontramos seu cavalo na estrada principal e depois suas luvas na grama, e, por ser impossível entrar em meio às árvores a cavalo, eu a procurei a pé. Estou feliz que esteja segura.

Esse discurso calmo e cuidadosamente organizado deu a ela tempo de reunir coragem. Ela enfiou a mão no decote, puxou um crucifixo e o levou aos lábios com um murmúrio de orações apaixonadas. Ele não pôde deixar de notar; devia ter percebido o vestido rasgado e sujo, o rosto nervoso, a exaustão pálida, mas não deu sinal.

— Foi um golpe de sorte que me trouxe até aqui — disse ele com seriedade. — A floresta é tão grande...

— Sim, tão grande — respondeu ela. — Sabe o caminho de saída, Sebastian?

Ela tentou reunir coragem para olhar para ele, mas seu olhar subiu e desceu na mesma hora.

— O senhor precisa me perdoar — disse ela, lutando com uma voz fraca. — Eu andei muito, estou muito cansada. Preciso descansar um pouco.

Mas ela não se sentou, nem ele pediu que ela fizesse isso.

— A senhora não encontrou ninguém? — perguntou ele.

Ela hesitou. Se ele não tinha encontrado nem a mulher nem o jovem, eles eram de fato bruxos ou de alguma raça sobrenatural. Ela não conseguiu falar deles.

— Não — ela acabou respondendo.

— Nós temos um longo caminho para percorrer — disse o senescal.

Jacobea sentiu o olhar dele nela e agarrou o crucifixo até que as bordas afiadas cortassem a palma de sua mão.

— O senhor sabe o caminho? — repetiu ela estupidamente.

— Sei — respondeu ele agora. — Mas é longe.

Ela recolheu a saia longa e sacudiu as folhas murchas grudadas nela.

— Pode ir na frente? — disse ela.

Ele se virou e andou na frente dela pelo caminho estreito pelo qual tinha vindo. Quando foi atrás dele, ela ouviu seus passos suaves na grama densa e o som dos galhos que ele segurava para ela passar, até achar o silêncio tão insuportável que reuniu coragem para rompê-lo. Mas várias vezes ela reuniu forças em vão, e quando finalmente as palavras tolas surgiram em seus lábios, ele olhou subitamente por cima do ombro e conteve a fala dela.

— É estranho que seu cavalo tenha ficado louco daquele jeito — disse ele.

— Mas o senhor o encontrou? — perguntou ela.

— Sim, um homem o encontrou, exausto e tremendo como uma coisa enfeitiçada.

O coração dela deu um salto grande. Teria ele usado a palavra por acaso? Ela não sabia responder.

— A senhora não se machucou quando foi jogada lá de cima? — perguntou o senescal.

— Não — disse Jacobea. — Não.

Silêncio de novo. Nenhuma ave nem borboleta perturbava a imobilidade sombria da floresta, nenhuma brisa agitava as folhas grossas que os cercavam. Gradualmente, o caminho se alargou até os levar a um espaço amplo cheio de samambaias e coberto de árvores. Sebastian parou.

— Ainda falta muito — disse ele. — Quer descansar um pouco?

— Não — respondeu ela com veemência. — Vamos em frente. Onde estão os outros? Temos que encontrar alguém logo!

— Não sei de ninguém que tenha vindo por este caminho — respondeu ele, e lançou o olhar penetrante para o cansaço trêmulo do corpo dela. — A senhora precisa descansar, é loucura persistir — acrescentou ele com uma certa autoridade.

Ela se sentou e ergueu a mão que segurava o crucifixo junto ao peito.

— Como é cheio de sombras aqui — disse ela. — É difícil imaginar o brilho do sol nas copas dessas árvores escuras.

— Eu detesto florestas — respondeu Sebastian.

Ele ficou parado de perfil virado, enquanto ela precisou olhar de novo o rosto que conhecia tão bem: a bochecha escura e magra, os olhos de pálpebras pesadas, a boca contida. Olhando para os amontoados de samambaias aos próprios pés, ele falou:

— Acho que preciso voltar a Martzburg — disse ele.

Ela se preparou e fez um gesto com a mão para afastar as palavras dele.

— O senhor sabe que é livre para fazer o que quiser, Sebastian.

Ele tirou a luva direita devagar e olhou para a mão.

— Não é melhor que eu vá? — Ele a desafiou com um olhar de lado.

— Não sei — disse ela desesperadamente. — Por que pergunta isso para mim aqui e agora?

— Eu não costumo vê-la sozinha.

Ele não era um homem de modos encantadores nem de discurso fácil. Suas palavras saíram com rigidez, mas com um propósito que a deixou gelada com uma sensação de medo profundo.

Ela abriu a mão para olhar o crucifixo na palma.

— O senhor pode partir de Frankfurt quando quiser. Por que não? — perguntou ela.

Ele a encarou brevemente.

— Mas eu posso voltar?

Pareceu a Jacobea que ele ecoou as palavras de Dirk. O crucifixo escorregou pelos dedos trêmulos e caiu na grama.

— O que quer dizer? Ah, Sebastian, o que quer dizer? — As palavras saíram forçadas, mas foram ditas num sussurro. Ela acrescentou na mesma hora, com voz mais corajosa: — Vá e volte quando desejar. O senhor não é livre?

Ele viu o crucifixo aos pés dela e o pegou, mas quando se aproximou para entregar em sua mão, ela recuou. Ele botou o crucifixo nela, que estava com a testa franzida, os olhos escuros e brilhosos de empolgação.

— A senhora se lembra daqueles dois estudantes que se abrigaram naquela noite em Martzburg? — perguntou ele.

— Sim — disse ela. — Não tem um deles na corte agora?

— Eu quero falar do outro rapaz — respondeu Sebastian.

Ela desviou o olhar e abaixou a cabeça até as pontas dos cabelos tocarem nos joelhos.

— Eu o reencontrei hoje — continuou o senescal com uma animação curiosa na voz —, aqui, nesta floresta, quando estava procurando a senhora. Ele falou comigo.

O Diabo a estava enredando. Era certo que a tinha levado àquele impasse, tinha enviado Sebastian, entre todos os homens, para encontrá-la em seu cansaço e solidão. E Sebastian sabia,

sabia também que ela sabia, que as palavras francas entre eles não podiam ser vergonha mais intolerável do que aquilo.

— Ele é mais ardiloso do que a maioria — disse o senescal.

Jacobea ergueu a cabeça.

— Ele é um feiticeiro, um bruxo. Não o escute, não fale com ele. Se valoriza sua alma, Sebastian, não pense nele.

— Como valorizo outras coisas — respondeu ele, sorumbático —, preciso ouvi-lo e considerar o que ele diz.

Ela se ergueu.

— Vamos seguir caminho. Não posso falar agora, Sebastian.

Mas ele ficou na frente dela.

— Deixe-me viajar para Martzburg — disse ele com voz rouca. — Uma palavra. Eu entenderei.

Ela olhou e o viu extraordinariamente ansioso e emocionado. Ele seria o senhor de Martzburg se pudesse fazê-la se comprometer; em sua ansiedade, porém, ele se esqueceu dos conselhos. "Diga a ela", disse Dirk, "que você a adora em segredo há anos." Isto escapou em sua ansiedade, pois embora a sua esposa não representasse nada para ele em comparação à sua ambição, ele não sentia ternura por Jacobea. Se tivesse se lembrado de fingir, ele poderia ter triunfado. Mas embora o coração gentil da senhora acreditasse que ele a amava, o fato de ele não ter dito isso tornou a firmeza possível para ela.

— O senhor ficará em Frankfurt — disse ela com força repentina.

— Sybilla pede pelo meu retorno — disse ele, observando-a apaixonadamente. — Nós não nos entendemos sem palavras?

— O demônio também o enfeitiçou — respondeu ela com temor. — O senhor sabe demais, adivinha demais, mas eu não conto nada, e eu, eu também fui enfeitiçada, pois não posso responder como deveria.

— Eu fiquei em silêncio por muito tempo — disse ele. — Mas ousei pensar... se estivesse livre... como posso ficar livre...

O crucifixo estava esquecido na mão dela.

— Fazemos mal em falar assim — disse ela, quase desmaiando.

— A senhora vai me mandar a Martzburg — insistiu ele, e segurou os dedos longos e frios dela.

Ela ergueu os olhos para as copas das árvores acima.

— Não, não! — E acrescentou: — Deus tenha compaixão de mim!

A folhagem densa balançou. Jacobea sentiu como se as grades de uma jaula estivessem sendo quebradas ao seu redor. Ela virou a cabeça e um pouco de cor ruborizou suas bochechas. Pelos caules prateados dos lariços vieram alguns cavaleiros e um pajem, membros do grupo que ficou para procurá-la. Ela foi na direção deles. Chamou-os quase com alegria. Quando eles viraram na direção de Frankfurt, ninguém além de Sebastian a viu erguer o crucifixo e apertá-lo nos lábios.

· CAPÍTULO XIV ·
A ARMADILHA PARA THEIRRY

DIRK E A BRUXA FICARAM JUNTOS ATÉ CHEGAREM aos portões de Frankfurt. Lá, o jovem seguiu caminho pela cidade movimentada e Nathalie seguiu por ruas mais discretas. Muitos dos passantes saudaram Dirk, alguns pararam para falar com ele; até porque o brilhante jovem doutor de retórica, com reputação fascinante por causa de um ar de mistério, era um contato desejado entre as pessoas de Frankfurt. Ele retribuiu os cumprimentos com simpatia, mas estava distraído; pois pensava em Jacobea de Martzburg, que ele tinha deixado na grande floresta; e considerando que chances poderia haver, para Theirry ou para Sybilla, a esposa do senescal. Ele passou pela alta fachada vermelha da faculdade, onde as árvores silenciosas batiam com as folhas nas janelas em arcos, virou para a ponte curva e estreita que passava por cima das águas do Meno e chegou aos muros grossos que cercavam o castelo do imperador. Lá, por um momento, ele parou e olhou pensativo para a bandeira imperial que ondulava suavemente no céu da noite. Quando passou por ela, foi com um andar alegre e assobiando uma canção baixinho; alguns passos o levaram para a longa rua onde a bruxa morava, mais alguns até o portão, e seu rosto se iluminou e mudou maravilhosamente, pois à sua frente estava Theirry. Corado e ofegante, ele correu até o amigo e tocou no braço dele. Theirry se virou, a mão no trinco; seu cumprimento foi apressado, meio acanhado.

— Meu senhor e a maior parte da corte estavam no torneio hoje — disse ele. — Achei seguro vir.

Dirk puxou a mão e apertou os olhos.

— Ah! Você está começando a ficar circunspecto sobre como nos visita aqui.

— Você responde com pouca gentileza — respondeu Theirry rapidamente. — Vamos entrar em casa, onde posso falar com tranquilidade.

Eles entraram na moradia da bruxa e foram até a sala nos fundos com vista para o jardim de rosas vermelhas. As janelas eram separadas e a suavidade aromática da noite ocupava o aposento na penumbra. Dirk acendeu um lampião que tinha vidro verde e, com a chama fraca dele, observou Theirry longa e demoradamente. Viu o amigo ricamente vestido de preto e carmim, usando uma corrente esmaltada na boina e uma camisa de renda no peito. Notou que o charme reluzente e luminoso do rosto dele estava perturbado por algum constrangimento ou confusão, a bela boca em posição inquieta, as sobrancelhas franzindo de leve.

— Ah, Theirry! — exclamou ele com uma saudade entristecida. — Volte para mim. Volte.

— Estou muito bem na corte — respondeu ele rapidamente. — Meu senhor é gentil e minhas tarefas são fáceis.

Dirk se sentou à mesa. Ele observou o outro com atenção e apoiou a bochecha pálida na mão.

— Vejo com clareza que você está ótimo, muito bem na corte. Raramente você sai de lá.

— Tenho dificuldade de vir aqui com frequência — disse Theirry.

Ele foi até a janela para olhar para fora, como se a sala o oprimisse, e achou a perspectiva de rosas mais agradável do que as sombras e a luz do lampião lá dentro.

— Você tem dificuldade — disse Dirk — porque seus desejos o acorrentam à corte. Eu acho que você é um amigo desleal.

— Isso eu não sou. Você sabe mais de mim do que qualquer outro homem, e eu vim mais por você do que por qualquer outro homem...

— Ou mulher? — acrescentou Dirk secamente.

Uma cor impaciente surgiu nas bochechas de Dirk. Ele olhou com determinação para as rosas vermelhas.

— Isso é indigno da sua parte, Dirk. É deslealdade para você conhecer uma dama, e... e... a admirar, me esforçar para servir e agradá-la? — Ele virou o rosto encantador e, em seu esforço de conciliar, a voz soou gentil e sedutora. — Ela é mesmo a mais doce de todas, Dirk. Se você a conhecesse... o mal se envergonha perante ela...

— Então é melhor que eu não a conheça — retorquiu Dirk sombriamente. — Você fala de um jeito estranho. Você e eu sabemos que não somos santos, mas talvez você mude, talvez pela segunda vez você tenha se arrependido.

Theirry pareceu agitado.

— Não, não... eu não fui longe demais? Não continuo tendo esperança de ganhar alguma coisa, talvez tudo? — Ele fez uma pausa e acrescentou em voz baixa. — Mas eu queria nunca ter tocado no monge. Queria não ter tocado no dinheiro de Deus... e quando a vejo, não posso evitar que meu coração sofra ao pensar em quem eu sou.

— Com que frequência você a vê? — perguntou Dirk baixinho.

— Raramente — respondeu Theirry com tristeza. — E é melhor assim. O que eu poderia ser para ela?

Dirk abriu um sorriso sombrio.

— Isso é verdade. Mas você desperdiçaria sua vida vagando pelos lugares onde poderia ver o rosto dela às vezes.

Theirry mordeu o lábio.

— Ah, você me acha um tolo... por vacilar, por me arrepender. Mas o que meus pecados já fizeram por mim? Há muitos homens honestos em posições melhores do que a minha... e sem a perspectiva do Inferno para destruir suas almas.

Dirk o encarou com olhos entrefechados.

— Você estaria contente se não tivesse conhecido essa dama.

— Chega dela — respondeu Theirry com cansaço. — Você dá importância demais a isso. Acho que não a amo; mas aquele que caiu deve ver tal doçura, tal pureza gentil com tristeza... sim, com desejo.

Dirk cerrou a mão na beirada da mesa.

— Talvez ela não seja nem tão pura nem tão gentil quanto você pensa. Decerto ela é como as outras mulheres, como um dia você verá.

Theirry se virou da janela meio em protesto, meio em desculpa.

— Você não consegue entender como é possível valorizar uma coisa bela, como é possível adorar, até mesmo amar?

— Consigo — respondeu Dirk, e seus olhos grandes estavam brilhosos e úmidos. — Mas, se eu... amasse — ele falou a palavra lindamente e se ergueu quando a proferiu —, eu agarraria a alma dele... dela junto à minha para ficarmos juntos por toda a eternidade. Nenhum diabo e nenhum anjo nos separariam. Mas... mas não há necessidade de falar disso. Há outras questões a serem resolvidas.

— Quem me dera nunca ter visto livros malignos ou nunca ter visto o rosto dela — disse Theirry, agitado. — Assim, pelo menos meus pensamentos não estariam divididos. — Ele foi até a mesa e olhou para Dirk por cima da chama fraca e oscilante do lampião. Nos olhos castanhos havia uma expressão de apelo, o chamado do fraco para o forte, e o outro estendeu as mãos impulsivamente.

— Ah, eu sou um tolo por incomodar você, meu amigo — disse ele, e sua voz foi tomada de carinho. — Pois você é teimoso e instável, e não se importa nem um pouco comigo, eu garanto... mas... mas você pode fazer o que quiser com este meu coração tolo.

Havia uma graça, um afeto melancólico no rosto dele, nas palavras, no gesto de mãos estendidas que na mesma hora comoveram Theirry, sempre rápido nas respostas. Ele segurou os dedos magros do jovem doutor na mão quente; mas foram rapidamente afastados. Dirk tinha uma repulsa notável pelo toque, mas seus olhos profundos sorriram.

— Tenho algo para contar — disse ele — que vai agradar sua impaciência.

Ele foi até um nicho na parede e trouxe um candelabro grande de cobre vermelho, ramificado e entalhado, com três velas parcialmente queimadas nos suportes. Acendeu-as, e a sala foi tomada por uma luz mais forte e agradável. Ao ver o candelabro na mesa, onde reluzia na presença esplêndida de Theirry, ele se virou para o armário e pegou uma garrafa alta de vinho amarelo e duas taças com linhas brancas como leite na borda. Theirry se sentou à mesa, tirou as luvas e afastou o cabelo do rosto.

— Você já viu a imperatriz? — perguntou Dirk, servindo vinho.

— Já — respondeu Theirry, desinteressado.

— Ela é muito bonita?

— Decerto! Mas é de uma doçura sufocante. Não há um toque de nobreza nela.

Dirk ofereceu o vinho a ele e se sentou.

— Eu ouvi falar que ela é ambiciosa — disse ele.

— Sim, ela não dá descanso ao imperador. Está sempre incitando que ele vá a Roma, que seja coroado pelo papa como imperador do Ocidente. Mas ele ama mais o norte e não tem vontade de governar na Itália.

— Os nobres se irritam com a falta de ação dele? — perguntou Dirk. — Não é uma pergunta leviana.

— Em geral, acho que sim. Não temos todos sonhos dourados com Roma? Balthasar... você se lembra dele, é o margrave de Flandres Oriental agora, desde que o pai morreu numa caçada a javalis. Ele está louco para atravessar os Alpes e tem grande influência com o imperador. De fato, acho que ele o ama.

Dirk colocou o vinho intocado na mesa.

— Balthasar ama o imperador! — exclamou ele.

— De fato! Sim, por que não? O margrave sempre foi carinhoso, e o imperador é adorável. — Uma segunda vez, Dirk ergueu a taça, e agora tomou tudo.

— Aqui há um bom motivo para conspirações — disse ele, enxugando elegantemente os lábios. — Aqui está uma oportunidade para você e eu obtermos lucro. Você disse que o Diabo era um mau mestre? Ouça isto.

Theirry moveu o candelabro; a luz dourada reluziu em seus olhos.

— O que o imperador ou a imperatriz podem ser para nós? — perguntou ele, um medo meio atordoado carregando sua testa.

— Ela esteve aqui — disse Dirk. — Lady Ysabeau.

Theirry olhou para ele com atenção. Uma respiração rápida separou seus lábios; as bochechas brilharam com um tom agitado.

— Ela sabe — continuou Dirk — que eu, doutor Constantine da Universidade de Frankfurt, e você, o mero secretário do camareiro dela, somos os dois alunos perseguidos na Universidade de Basileia.

Theirry soltou um som baixo de dor e recuou na enorme cadeira entalhada.

— Então — disse Dirk lentamente —, ela tem o poder de nos arruinar... ao menos em Frankfurt.

— Como vou poder erguer a cabeça na corte novamente? — questionou Theirry com amargura.

Dirk reparou no pensamento totalmente egoísta. Ele não mencionou como protegera Theirry da desconfiança.

— Tem mais do que isso — disse ele baixinho. — Se quisesse, ela poderia mandar nos queimar na praça. Joris de Turíngia morreu da doença dele naquela noite.

— Ah! — exclamou Theirry, empalidecendo.

— Mas ela não vai querer — disse Dirk calmamente. — Ela precisa de mim, de nós. A ameaça é só o meio dela de forçar obediência. Ela foi secretamente às minhas aulas, ouviu algumas partes e descobriu outras.

Theirry encheu a taça.

— Ela precisa de nós? — repetiu ele com hesitação.

— Você não consegue adivinhar de que forma?

Theirry bebeu, colocou o copo meio vazio na mesa e olhou para o chão com uma expressão perturbada que se desviou dos olhos brilhantes do companheiro.

— Como poderia saber? — perguntou ele, como se relutante em falar.

Dirk reprimiu um movimento de impaciência.

— Vamos lá, você sabe. Devo falar abertamente?

— Decerto, sim — respondeu Theirry, ainda com olhar desviado.

— Tem um homem no caminho dela.

Theirry olhou agora. Os olhos estavam pálidos no rosto corado.

— Que precisa morrer como Joris de Turíngia morreu? — perguntou ele.

— Sim.

Theirry umedeceu os lábios.

— Eu tenho que ajudar?

— Nós não somos um? Inseparáveis? A recompensa será magnífica.

Theirry levou a mão à testa úmida.

— Quem é o homem?

— Silêncio! — sussurrou Dirk, espiando pela auréola da chama da vela. — É o imperador.

Com um movimento violento, Theirry empurrou a cadeira para trás e se levantou.

— O marido dela! Não vou fazer, Dirk!

— Acho que você não tem alternativa. — Essa foi a resposta fria. — Você se entregou ao Diabo e a mim... e servirá a nós dois.

— Não vou fazer — repetiu Theirry com voz trêmula.

Os olhos de Dirk cintilaram furiosos.

— Cuidado com como você diz isso. Já são dois... e o monge? Acho que você não pode virar as costas agora.

Theirry demonstrou desespero no rosto.

— Por que você me arrastou para isso? Você está mais envolvido nas artes diabólicas do que eu.

— Que coisa estranha de se dizer — respondeu Dirk, muito pálido, os lábios tremendo. — Você jurou ser meu companheiro, juntos nós perseguiríamos o sucesso, a fama, o poder, e você conhecia os meios. Sim, você sabia com a ajuda de quem ascenderíamos, você dividiu comigo os trabalhos, a desgraça que caiu sobre nós. Juntos, fizemos os feitiços que mataram Joris de Turíngia, juntos roubamos o ouro de Deus do monge. Sim, e agora que eu lhe conto que nossa chance chegou... esse é seu jeito de me agradecer?

— Uma chance! De ajudar uma mulher em um assassinato secreto? — Theirry falou com tom taciturno.

— Você nunca achou que nossos caminho seria o da santidade. Você não foi tão gentil naquela vez que amarrou Ambrósio de Menthon na árvore.

— Com que frequência você precisa me lembrar disso? — gritou Theirry com raiva. — Eu só fiz por você.

— Bem, diga o mesmo disso. Se você for fraco, eu sou forte pelos dois.

Theirry puxou as borlas vermelhas das mangas fendidas.

— Não é que eu tenha medo — disse ele, corando.

— Claro que está com medo — debochou Dirk. — Com medo de Deus, da justiça, talvez dos homens... mas eu digo que essas coisas não são para nós. — Ele fez uma pausa, ergueu os olhos e os baixou de novo. — Nosso destino não depende de nós. Nós pegamos as armas colocadas em nossas mãos e as usamos como nos mandam. A vida e a morte nos servirão até nosso final determinado.

Theirry foi até o outro lado da mesa e olhou temerosamente para ele.

— Quem é você? — questionou ele baixinho.

Dirk não respondeu. Uma expressão de medo e desespero tirou toda a vida nas feições dele. Um olhar extraordinário nos olhos subitamente apagados gerou um arrepio no coração de Theirry.

— Ah! — exclamou ele, chegando para trás com repulsa evidente.

Dirk colocou a mão sobre os olhos e gemeu.

— Você me odeia, Theirry? Você me odeia?

— Eu... não sei. — Ele não conseguia explicar sua repulsa súbita ao ver a mudança no rosto de Dirk. Ele andou de um lado para outro, agitado.

A escuridão tinha caído sobre eles, e agora, fora da janela e da porta entreaberta, tudo estava preto. As sombras obscureciam os cantos do longo aposento. Toda luz, o brilho vermelho das velas, o brilho verde do lampião, ardia na mesa e na figura magra de Dirk. Quando Theirry parou e olhou para ele novamente, Dirk abaixou subitamente a mão branca e os olhos, piscando acima dos longos dedos, e travou com Theirry um olhar mordaz.

— Isso vai nos tornar mais poderosos do que a imperatriz e o imperador – disse ele. — Deixe de lado seus pensamentos sobre mim e pondere sobre isso. — Ele puxou a mão e revelou lábios tão pálidos quanto as bochechas.

— O que quer dizer? — gritou Theirry. — Estou distraído.

— Nós vamos para Roma — respondeu Dirk. Havia uma qualidade tranquilizadora de tentação no tom dele. — E você terá seus desejos.

— Meus desejos! — ecoou Theirry loucamente. — Eu segui por um caminho profano, perseguindo o fantasma dos... meus desejos! Você ainda me promete um dia ter isso?

— Claro. Dinheiro... e poder e prazer, essas coisas o aguardam em Roma, quando Ysabeau tiver colocado o diadema imperial na cabeça de Balthasar. Essas coisas... e... – pareceu que a voz de Dirk falhou – ... até Jacobea de Martzburg – acrescentou ele lentamente.

— É possível ganhar uma santa por meios diabólicos? – questionou Theirry.

— Ela é só uma mulher – disse Dirk com cansaço. — Mas, como você hesita e vacila, eu o absolverei dessa aliança comigo. Siga seu caminho, sirva à sua santa, renuncie aos seus pecados... e veja o que Deus dará a você.

Theirry atravessou a sala com passos irregulares.

— Não... eu não posso... eu não vou renunciar nem à esperança do que você me oferece. — Seus grandes olhos cintilavam de agitação; o sangue quente escureceu suas bochechas. — E eu me jurei a você e seu mestre. Não me ache covarde porque fiz uma pausa... quem é o imperador? — Ele falou com voz rouca. — Nada para você nem para mim... Como você diz, Joris de Turíngia morreu.

— Agora você fala como meu companheiro de Basileia — declarou Dirk com alegria. — Agora eu vejo novamente o espírito que me levou a jurar amizade a você na noite em que nos conhecemos. Agora eu... ah, Theirry, nós seremos fiéis um ao outro, não seremos?

— Eu não tenho alternativa.

— Jure — pediu Dirk.

— Eu juro — disse Theirry.

Ele foi até a janela, abriu-a ainda mais e olhou para a noite sem lua. Dirk fechou e abriu as mãos na mesa, murmurando:

— Eu o conquistei de volta! Eu o conquistei de volta!

Theirry falou sem virar a cabeça.

— O que você pretende fazer agora?

— Verei a imperatriz de novo — respondeu Dirk. — No momento certo, que é segredo. Isso é tudo... não há necessidade de falar disso.

Agora, era ele que estava ansioso para fugir do assunto. Seus olhos, brilhando sob pálpebras pesadas, observaram a avidez veemente e desesperada do rosto corado de Theirry, e ele sorriu ao ver isso.

— Sua ausência pode ser notada no palácio — disse ele baixinho. — Você precisa retornar. Como você vai poder me ajudar, eu avisarei.

Mas Theirry se manteve irresoluto.

— Parece que eu não tenho vontade própria quando você me comanda — disse ele, meio que em protesto. — Eu venho e vou conforme você ordena. Você agita meu sangue frio e depois não me dá satisfação.

— Você sabe de tudo que eu faço — retorquiu Dirk. Ele se levantou e ergueu o candelabro de cobre com as duas mãos. — Estou cansado. Vou iluminar o caminho até a porta para você.

— Onde você esteve hoje? — perguntou Theirry. — Viu a corte voltando do torneio?

As chamas das velas, oscilando com o movimento, lançaram um brilho intenso no rosto pálido de Dirk.

— Não. Por que você pergunta?

— Não sei. — O gibão carmim de Theirry cintilou com seus fios de seda quando o peito subiu e desceu com a respiração irregular. Ele andou pesadamente até a porta, segurando o manto preto no braço. — Quando posso voltar?

— Quando quiser — respondeu Dirk. Ele entrou na passagem e ergueu o candelabro pesado, de forma que um círculo de luz foi lançado na escuridão. — Você está jurado a mim quer venha ou não... não está?

— Decerto! Eu acredito que sim — disse Theirry. Ele hesitou.

— Boa noite — sussurrou Dirk.

Theirry seguiu pelo corredor.

— Boa noite.

Ele encontrou a porta e a destrancou. Uma baforada suave e poderosa de ar sacudiu as chamas quase até o rosto de Dirk. Ele se virou para a sala e se fechou nela, deixando para trás a escuridão. Theirry foi para a rua e fechou o trinco. Algumas estrelas brilhavam no céu, mas a noite estava nublada. Ele se encostou na parede da casa. Estava agitado, confuso, impaciente. A dispensa abrupta de Dirk o irritou, e ele estava meio envergonhado do poder que seu frágil companheiro exercia sobre ele, e meio perplexo com a tentação da recompensa que prometia estar tão próxima agora.

Roma, esplendor, poder, Jacobea de Martzburg, e só um estranho entre ele e essa consumação. Ele se perguntou por que tinha hesitado, por que tinha ficado horrorizado. Suas expectativas ficaram tão brilhantes que subiram como espíritos alados até as nuvens, levando-o até elas. Ele mal conseguia respirar na atmosfera abafada da animação. Mil perguntas cujas respostas ele poderia ter exigido de Dirk lhe ocorreram e encheram de impaciência o coração exaltado. Num impulso rápido, ele se virou para a porta e tentou abrir a maçaneta. Para sua surpresa, encontrou-a trancada por dentro. Ele se questionou sobre a cautela de Dirk e seus passos suaves, pois ele não tinha ouvido som nenhum. Ainda não era tarde, mas ele não desejava atrair atenção batendo. Tomado pela resolução de falar com Dirk, ele contornou a casa e entrou no jardim com o objetivo de entrar pelas janelas baixas da sala onde eles haviam conversado. Mas a luz tinha sumido da sala, e as janelas estavam fechadas. Com uma exclamação de impaciência, Theirry pisou no meio das roseiras e olhou para cima. O quarto de Dirk também estava escuro. Preta e silenciosa, a moradia da bruxa se destacava contra o céu imóvel e tempestuoso. Theirry sentiu um arrepio no coração: para onde o jovem tinha ido de forma tão imediata e tão silenciosa? Quem tinha trancado sem ruído a porta e as janelas? De repente, uma luz brilhou em sua visão. Apareceu na janela de um aposento construído fora da casa, na lateral, um aposento que Theirry sempre imaginara que era usado só como depósito para as poções e ervas de Nathalie. Ele não se lembrava de ter entrado lá ou de ter visto luz lá dentro. Sua curiosidade foi despertada. Dirk tinha falado de cansaço; talvez fosse a própria bruxa. Ele esperou que a luz desaparecesse, mas ela continuou brilhando, na forma de uma estrela firme na escuridão do jardim de roseiras. O aroma pesado das flores parcialmente visíveis viajou com o vento que começava a soprar; grandes fragmentos de nuvem dispararam acima do teto escuro da casa. Theirry chegou sorrateiramente mais perto da luz. Tinha passado por sua cabeça muitas vezes que Dirk e Natalie tinham segredos que escondiam dele, e a dúvida muitas vezes o deixara furioso por dentro, pois ele sabia que a bruxa o desprezava como noviço inútil nas artes das trevas. Velhas desconfianças voltaram a ele quando, avançando com cautela, chegou perto da luz e se agachou junto à parede da casa. Uma cortina leve estava puxada na frente da janela, mas com descuido e meio afastada para o lado, para evitar que a luz queimasse o assento da janela. Theirry prendeu o ar e espiou lá dentro.

Ele viu uma sala oval com tapeçarias persas em escarlate e amarelo com piso de mármore preto e branco. O ar estava carregado com o vapor azul de um perfume queimando em um braseiro de cobre e iluminado por lampiões suspensos na parede, a luz brilhando atrás de telas de uma seda rosa pura. O final da sala estava escondido por uma cortina de veludo violeta bordada com uvas e cisnes; perto disso havia um sofá baixo coberto com panos escarlate e almofadas roxas, e logo ao lado uma mesa, com toalha branca com luas e estrelas feitas em azul. Sobre essa toalha, uma corrente grossa de contas de âmbar tinha sido colocada; um copo alto com borda dourada e um prato prateado com maçãs ocupavam o centro da mesa. Como não havia ninguém no meio da sala para atrair sua atenção, Theirry teve tempo de observar esses detalhes. Ele também reparou que a luz perto dele no assento da janela era do candelabro de cobre que tinha visto pouco tempo antes nas mãos de Dirk. Com um certo ciúme por ter sido, por sua avaliação, enganado, ele esperou a aparição do amigo. Mistério e horror ele já tinha visto na casa da bruxa, mas nada mostrado a ele o ajudou a entender o significado daquela sala para a qual olhava. Enquanto observava, suas sobrancelhas se contraíram de espanto. Ele viu a cortina violeta ser gentilmente sacudida, puxada de leve e separada no meio.

Theirry quase se traiu com um grito de surpresa. Uma mão e um braço longo e magro de mulher passou entre as dobras do veludo. Um pé delicado apareceu. A cortina tremeu, a abertura aumentou e a figura de uma garota foi revelada na sombra escura. Ela era alta e usava uma veste longa de sendal amarelo que ela segurava sobre o seio com a mão esquerda. Ela podia ter acabado de sair do banho, pois seus ombros, braços e pés estavam expostos, e as linhas dos membros eram notáveis através da seda fina. A cabeça e o rosto estavam envoltos em gaze prateada. Ela ficou bem imóvel, meio recolhida atrás da cortina, só com o braço branco fino que a segurava completamente revelado.

A aparência dela encheu Theirry de medo e terror inomináveis. Ele ficou rígido na janela olhando para ela, sem conseguir, se quisesse, fugir. Pelo véu que escondia o rosto, ele via olhos escuros inquietos e a linha de cabelo escuro; pensou que ela devia vê-lo, que ela olhava para ele assim como olhava para ela, mas ele não conseguia se mexer. Lentamente, ela entrou na sala. Os pés foram silenciosos no piso de pedra, mas, enquanto ela se movia, Theirry ouviu um som curioso de alguma coisa arrastando que não conseguiu explicar.

Ela pegou as contas de âmbar da mesa e as colocou de volta. Na mão esquerda, havia um anel de prata com uma pedra vermelha achatada. Segurando a vestimenta com a outra mão, ela olhou o ornamento, moveu o dedo de forma que a joia vermelha reluziu e sacudiu sua mão, com raiva, ao que pareceu. Como o anel era grande, ele caiu e rolou pelo chão. Theirry o viu cintilando debaixo de uma das tapeçarias penduradas. A mulher olhou para o anel e depois direto para a janela, e o observador pálido poderia ter gritado de horror. Novamente, ela se moveu, e novamente Theirry ouviu o ruído de algo sendo arrastado no chão.

Ela estava chegando perto da janela. Quando se aproximou, se virou parcialmente, e Theirry viu asas verdes e murchas de pele enrugada nas costas dela. As pontas tocavam no chão; era isso que fazia o ruído que ele tinha ouvido. Com um grito torturado arrancado dele, ele ergueu a mão para afastar a coisa horrenda. Ela o ouviu, parou e deu um grito de medo e angústia. As luzes se apagaram na hora, a sala ficou em escuridão absoluta. Theirry se virou e correu pelo jardim. Achou que as roseiras prendendo em sua roupa eram mãos tentando detê-lo; achou que ouviu uma janela se abrir e o bater de asas no ar acima. Ele gritou para o deus a quem tinha dado as costas:

— Cristo, tenha misericórdia!

Ele tropeçou até o portão e saiu pela rua tranquila de Frankfurt.

CAPÍTULO XV

MELCHOIR DE BRABANT

O ÚLTIMO CANTO DOS MONGES ACABOU. A MISSA DO sábado terminou e a corte se levantou na capela do imperador, mas Jacobea permaneceu de joelhos e tentou rezar. A imperatriz, muito bonita e doce como uma criança, curvada sob o peso dos trajes cheios de pedrarias mesmo com três pajens para erguer a cauda, ergueu as sobrancelhas ao ver a dama e abriu um sorrisinho ao passar. O imperador, sério, reservado, devoto e com trajes completos, seguia atrás com os olhos ainda no breviário. Ele estava apoiado no braço de Balthasar de Courtrai. O sol entrando inclinado pelas janelas altas e coloridas deixava os cachos claros e as roupas douradas do margrave com um brilho de luz intensa. Jacobea não conseguia fazer o pensamento se voltar para coisas sagradas; suas mãos estavam unidas no *prie-Dieu*, o livro aberto à frente, mas seus olhos vagavam do altar para a multidão passando pelo corredor.

Entre os rostos que passaram, ela não pôde deixar de notar o belo semblante de Theirry, o secretário do camareiro da rainha. Ela reparou nele, como sempre reparava, pela óbvia beleza e calma, mas hoje viu que ele parecia triste, perturbado e pálido. Pensando nisso, ela o observou tão atentamente que os olhos castanhos longos dele se desviaram para o lado e se encontraram com os dela em um olhar intenso, sério e triste. Ela achou que havia uma pergunta ou um apelo; havia algum significado naquele olhar, e virou o pescoço magro e olhou para ele, de forma que as duas damas atrás sorriram uma para a outra. Theirry manteve o olhar fixo nela até sair da capela, e uma cor lenta surgiu em suas bochechas. Quando o último cortesão tinha saído pela porta baixa em arco, Jacobea curvou a cabeça e apoiou a bochecha no alto do *prie-Dieu*; seu cabelo louro, caindo por baixo do gorro de linho, descia em uma linha cintilante sobre o justo vestido azul de veludo. Suas mãos estavam entrelaçadas ao lado da bochecha e a saia comprida ondulava sobre os pés no piso de pedra. Se suas orações pudessem ser postas em palavras, elas teriam sido as seguintes:

— Ó Maria, imperatriz do Céu, ó santos e anjos, me defendam do Diabo e do meu coração maligno, me abriguem na minha fraqueza e me armem para a vitória!

Incenso ainda pairava no ar; e assaltou agradavelmente suas narinas. Ela ergueu os olhos timidamente para a luz vermelha no altar e subiu da posição de joelhos, segurando o breviário junto ao seio e, ao se virar, viu Theirry na porta olhando para ela. Sabia que ele estava esperando para falar com ela, e, sem saber o motivo, isso lhe deu uma sensação de conforto e prazer. Lentamente, ela seguiu pelo corredor na direção dele, e, aproximando-se, sorriu. Ele deu um passo para dentro da igreja; mas não havia sorriso em resposta em seu rosto.

— Me ensine a rezar, eu lhe rogo — disse ele ardentemente. — Permita-me que me ajoelhe ao seu lado...

Ela olhou para ele de um jeito perturbado.

— Eu? Ora! — respondeu ela. — O senhor não me conhece.

— Eu sei que se alguém puder liderar uma alma para o alto, será a senhora.

Jacobea balançou a cabeça com tristeza.

— Raramente eu rezo por mim mesma – respondeu ela. – Sou fraca, estou infeliz e sozinha. Senhor, seja qual for seu problema, não me procure pedindo ajuda.

Os olhos escuros dele brilharam suavemente.

— A senhora? Infeliz? Eu sempre pensei na senhora como feliz e despreocupada como as rosas.

Ela olhou para ele com tristeza.

— Eu já fui. Naquele dia em que o vi pela primeira vez... lembra-se, senhor? Eu relembro muitas vezes porque pareceu... que depois daquilo eu mudei... – Ela tremeu, e seus olhos cinzentos ficaram úmidos e pesarosos. – Foi seu amigo.

O rosto de Theirry endureceu.

— Meu amigo?

Ela se encostou na parede da capela e olhou apaixonadamente para o secretário do camareiro.

— Quem é ele? O senhor deve saber algo dele.

— Meu amigo... – repetiu Theirry.

— O jovem acadêmico – disse ela rápida e temerosamente. – Ele... ele está em Frankfurt agora.

— A senhora o viu?

Ela abaixou a cabeça.

— O que ele quer comigo? Ele não me deixa em paz, me persegue com pensamentos horríveis. Ele me odeia, vai destruir minha alma... – Ela parou, apertando no peito o livro com capa de mármore e tremendo. – Eu acho – disse ela após um segundo – que ele é uma coisa do mal.

— Quando a senhora o viu? – perguntou Theirry com voz baixa e temerosa.

Jacobea contou sobre o encontro na floresta. Ele percebeu que era o dia do grande torneio, o dia em que ele tinha visto Dirk pela última vez. Lembrou-se de certas questões que tinha manifestado relacionadas a Jacobea.

— Se ele a estiver incomodando — declarou Theirry com ira —, se ousar...

— Então o senhor sabe algo dele? — interrompeu-o ela, meio horrorizada.

— Sim, para minha vergonha, sei — respondeu ele. — Eu sei o que ele é. Se a senhora valoriza sua paz, sua alma... não dê ouvidos a ele.

Ela recuou.

— Mas o senhor... o senhor... está associado a ele?

Theirry grunhiu e firmou os dentes.

— Ele me mantém em uma rede de tentações... ele me atrai para uma grande maldade.

Jacobea chegou ainda mais para trás. Foi recuando dele para a penumbra da capela.

— Ah! — disse ela. — Quem... quem é ele?

Theirry baixou os olhos e franziu a testa.

— A senhora não deve me perguntar. — Ele passou o dedo pela base da coluna ao lado da porta.

— Mas ele me atormenta — respondeu ela intensamente. — Pensar nele é como se alguém se agarrasse às minhas roupas para me puxar para baixo.

Theirry ergueu a cabeça rapidamente para olhar para a figura alta e magra dela, mas não ergueu o olhar mais alto do que as mãos unidas sobre o breviário, abaixo do coração.

— Como ele ou gente como ele pode atormentá-la? Que tentação pode seduzi-la? — E quando ele viu os dedos delicados tremerem na capa de marfim, sua alma ficou quente e dolorida contra Dirk.

— Não falarei do que pode me seduzir — disse Jacobea em voz baixa. — Não ouso falar disso. Deixe para lá. É um grande pecado.

— Há pecado para mim também — murmurou Theirry —, mas o prêmio parece quase valer a pena.

Ele mordeu o dedo e olhou para o chão. Sentiu que ela estremecia e ouviu o tremor das sedas dela na parede da capela.

— Vale a pena, o senhor diz? — sussurrou ela. — Vale a pena?

O tom dela provocou nele uma careta. Ele conseguia imaginar Dirk ao lado dela a atiçando e ergueu a cabeça e respondeu fortemente:

— A senhora não pode querer saber, e eu não me atrevo a contar o que me botou no poder desse jovem estudioso, nem quais são as tentações com as quais ele me enreda, mas isto a senhora precisa ouvir. — Ele estava com a mão aberta no peito, apertando o coração, os olhos castanhos dilatados e intensos. — Isto: eu seria dele, total e completamente dele, unido a ele no mal, se não fosse a senhora e pensar na senhora.

Ela apoiou todo o peso na parede de pedra e olhou para ele. Um raio de luz do sol empoeirada brincava no livro liso de marfim e nos longos dedos dela. Caía também sobre o decote de veludo azul do vestido. Mas o pescoço e o rosto dela estavam na sombra.

— A senhora é a castelã de Martzburg — continuou Theirry com voz menos firme — e não me conhece. Não é adequado que conheça. Mas duas vezes a senhora foi gentil comigo, e se... e se a senhora desejar, pela senhora eu afastaria os demônios que se agarram... eu viveria uma vida boa e humilde e desprezaria o jovem tentador.

— O que devo fazer para ajudá-lo? — respondeu Jacobea. — Ai de mim! Por que o senhor me considera tanto?

Theirry deu um passo para mais perto. Tocou na beira da manga comprida dela.

— Seja o que é, só isso. Seja nobre, pura... ah, doce... para que, ao vê-la, eu ainda possa acreditar no Paraíso e lutar por ele.

Ela olhou para ele com sinceridade.

— Ora, o senhor é o único que se importa que eu seja nobre e doce. E faria alguma diferença para o senhor? — A voz questionadora diminuiu melancolicamente. — Ah, senhor... se ouvisse uma coisa perversa de mim e soubesse que era verdade, que eu me tornei uma criatura vil e horrível, isso faria alguma diferença?

— Para mim, faria a diferença entre o Inferno e o Paraíso.

Ela corou e tremeu.

— Decerto me animou... não, o senhor não deve me colocar em um santuário... mas, mas... Ah, senhor, honre-me e eu serei digna disso. — Ela ergueu um rosto atraente.

— De joelhos — respondeu Theirry com sinceridade —, eu a adorarei. Eu não sou cavaleiro para usar suas cores com ousadia, mas a senhora ganhará um triunfo mais justo do que já se deu nas justas, pois eu voltarei para Deus pela senhora e viverei meus dias como um homem arrependido... pela senhora.

— Não, um pelo outro — disse Jacobea. — Acho que eu também... teria... ah, Jesus! Caído se não houvesse alguém que se importasse.

Ele empalideceu de dor.

— Com o que ele, aquele jovem, a tentou?

— Não importa — disse ela com voz fraca. — Acabou agora. Eu serei similar aos seus pensamentos sobre mim, senhor. Não tenho cavaleiro, nunca desejei um. Mas pensarei no senhor, que me encorajou nesta minha solidão.

— Por favor, Deus — disse ele. — Nós dois estamos livres de maldade... quer fazer um pacto comigo? Que eu possa pensar na senhora como acima de tudo, assim como a lua acima do lamaçal... A senhora me dá permissão de pensar na senhora como inocente, como eu faria com meu santo?

— Sua adoração, senhor, me fará assim — respondeu ela seriamente. — Não pense nenhum mal de mim e eu não farei nenhum mal.

Ele se apoiou no joelho e beijou a barra do vestido macio.

— A senhora me salvou — sussurrou ele — da danação eterna.

Quando ele se levantou, Jacobea estendeu a mão e tocou gentilmente na manga dele.

— Graças a Deus — disse ela.

Ele curvou a cabeça e a deixou. Ela tirou do peito o crucifixo que tinha sido seu companheiro na floresta e o beijou com reverência, o coração mais tranquilo do que desde o dia em que ela conheceu Dirk Renswoude. Ao voltar para o grande salão do palácio com determinação rápida de retornar a Martzburg ou mandar chamar Sybilla, ela encontrou a imperatriz andando de um lado para outro da longa câmara com insatisfação.

Ysabeau, que tinha uma afeição por Jacobea, sorriu para ela com indolência, mas Jacobea, sempre um pouco assombrada pela grande beleza dela e, na alma, desgostando dela, teria passado direto. A imperatriz ergueu a mão.

— Não, fique e fale com sua pobre senhora desertada — disse ela com voz infantil. — O imperador está no quarto escrevendo orações em latim... em um dia assim! — Ela beijou a mão na direção da luz do sol e das flores vistas pela janela. — Minhas damas estão fora com seus galantes... e eu... Imagine o que estou fazendo?

Ela ergueu a mão atrás de si e riu no rosto de Jacobea. Vista assim com as roupas lindas, a aparência infantil e a beleza dando-lhe um ar de inocência fresca, ela não era diferente da pequena imagem da Virgem normalmente colocada sobre seus altares.

— Adivinhe! — declarou ela de novo. E, sem esperar resposta: — Pegando borboletas no jardim.

Ela mostrou a mão agora e posicionou delicadamente na frente dos olhos de Jacobea uma rede branca bem presa cheia de borboletas coloridas.

— Qual é a utilidade delas, pobres almas? — perguntou Jacobea.

A imperatriz olhou para as prisioneiras.

— As asas delas são lindas — disse ela com avidez. — Se eu as arrancasse, elas durariam? Costuradas em seda, como cintilariam!

— Não, elas desbotariam — respondeu Jacobea rapidamente.

— Você já tentou? — perguntou a imperatriz.

— Não, eu não poderia ser tão cruel... Eu amo as criaturinhas alegres.

A reflexão escureceu os olhos bonitos de Ysabeau.

— Bem, vou arrancar as asas e ver se elas perdem a cor. — Ela observou as vítimas trêmulas. — Algumas são roxas... um tom raro!

A testa lisa de Jacobea se franziu com aflição.

— Elas estão vivas — disse ela —, e é agradável vê-las vivas. A senhora não vai soltá-las?

Ysabeau gargalhou; não estava mais tão infantil agora.

— Não precisa assistir se não quiser, dama.

— Vossa graça não considera como elas são de fato gentis e inocentes. — Jacobea corou em sua avidez. — Elas têm rostos e jaquetinhas de veludo no corpo.

Ysabeau franziu a testa e se virou.

— Você se diverte estragando os meus prazeres — respondeu ela. Subitamente, ela jogou a rede em cima de Jacobea. — Pegue-as e suma.

A castelã de Martzburg, conhecendo um pouco a imperatriz, ficou surpresa com essa desistência repentina. Mas, ao olhar ao redor, viu a causa disso. O margrave de Flandres Oriental tinha entrado no salão. Ela pegou as borboletas resgatadas e saiu do salão, enquanto a imperatriz se sentava no banco da janela em meio a almofadas carmesim com estampa de leões atacando, puxava uma rosa do cinto e afundava os dentes no caule dela.

— Onde está Melchoir? — perguntou o margrave, indo na direção dela. Seu tamanho imenso aumentado pelas roupas ricas e amplas lhe dava um ar de gigante dourado.

— Escrevendo orações em latim — debochou ela. — Se fosse imperador do Ocidente, lorde Balthasar, o senhor faria isso?

Ele franziu a testa.

— Eu não sou um homem sagrado como Melchoir.

Ysabeau riu.

— Se fosse meu marido, o senhor faria isso?

O rosto fresco e bonito ficou ruborizado.

— Isso está entre as coisas que não posso nem imaginar.

Ela olhou pela janela. Seu vestido era baixo e frouxo nos ombros, por causa do calor, dizia ela, mas era porque amava exibir sua beleza. Sedas vermelhas, bronze e roxas a envolviam presas por um cinto grosso. Seu cabelo dourado-claro estava trançado em um grande diadema de cachos acima da testa, e ao redor do pescoço havia um cordão de esmeraldas, um presente de seu lar, Bizâncio. Propositalmente, ela fez silêncio, na esperança de que Balthasar falasse. Mas ele ficou encostado na tapeçaria, sem dizer uma palavra.

— Ah, Deus! — disse ela por fim, sem virar a cabeça. — Eu abomino Frankfurt!

Os olhos dele cintilaram, mas ele não respondeu.

— Se eu fosse homem, eu não seria tão dócil.

Agora, ele falou.

— Princesa, a senhora sabe que anseio por Roma, mas o que podemos fazer se o imperador adia?

— Melchoir deveria ser monge — respondeu a esposa dele amargamente — já que uma cidadezinha germânica o satisfaz quando ele poderia governar meio mundo. — Agora ela virou o lindo rosto para Balthasar e fixou nele os olhos violeta. — Nós do oriente não entendemos essa modéstia. Meu pai era um lacaio egeu que tomou o trono estrangulando seu senhor até o matar. Ele governou com força em Ravena, eu nasci durante o reinado dele, cresci no luxo... não consigo entender essa demora do norte.

— O imperador *vai* para Roma — disse o margrave com voz perturbada. — Ele vai atravessar os Alpes este ano, eu acho.

Ela baixou as pálpebras brancas.

— O senhor ama Melchoir. Por isso o tolera.

Ele ergueu a cabeça.

— A senhora também deve tolerá-lo, pois ele é seu senhor, princesa — respondeu ele.

E a imperatriz reprimiu as palavras que desejava proferir e forçou um sorriso.

— Como o senhor é severo, margrave. Se eu der um pio contra Melchoir... e, às vezes, você age mal comigo, pois esquece que também sou sua amiga.

Os olhos dela se voltaram rapidamente para ele, para observar como estava rígido e constrangido, sem conseguir olhar para ela.

— Meu dever com o imperador — disse ela suavemente — e o meu amor não podem me cegar para a fraqueza dele agora. Vamos lá, lorde Balthasar, o senhor também vê como fraqueza. Até sua lealdade deve admitir que perdemos tempo. O papa diz: "Venha. O rei dos Lombardos vai reconhecer meu senhor como suserano[23] dele..." e aqui estamos em Frankfurt, esperando o inverno cobrir os Alpes.

— Decerto ele está errado. — O margrave franziu a testa. — Errado... se eu fosse ele, seria imperador de fato e todo o mundo saberia que eu governava em Roma...

Ela respirou fundo.

— Estranho que nós, amigo e esposa dele, não consigamos persuadi-lo. Os nobres também estão do nosso lado.

— Exceto Hugh de Rooselaare, que está sempre no ouvido dele — respondeu Balthasar. — Ele o influencia a ficar na Germânia.

— Lorde de Rooselaare! — ecoou a imperatriz. — A filha dele era sua esposa?

— Eu nunca a vi — declarou ele, interrompendo-a rapidamente. — E ela morreu. O pai dela parece me odiar, portanto.

— E a mim também, eu acho, apesar de não saber o porquê. — Ela sorriu. — A filha dele está morta, morta... Ah, nós temos muita certeza de que ela está morta.

— Certamente, ela era tão boa quanto qualquer outra — disse o margrave sombriamente. — Agora, devo me casar novamente.

A imperatriz o encarou.

— Eu não achava que o senhor considerasse isso.

— Eu preciso. Sou o margrave agora.

Ysabeau virou a cabeça e fixou os olhos no jardim do palácio.

— Não há dama digna da sua posição e ao mesmo tempo livre — disse ela.

— A senhora tem uma herdeira em seu grupo, princesa. Jacobea de Martzburg. Eu pensei nela.

As cores fortes do vestido da imperatriz se deslocaram com um tremor oculto.

---

23 No sistema feudal medieval, o suserano era o senhor que detinha o controle sobre grandes extensões de terra e tinha poder sobre outros nobres menores, chamados vassalos. A relação entre suserano e vassalo era baseada em um acordo de proteção mútua: o suserano oferecia terras e proteção militar, enquanto o vassalo jurava lealdade, fornecendo apoio militar e outros serviços. Em muitos casos, reis eram suseranos de outros governantes, que administravam territórios menores em seu nome. [N. R.]

— O senhor consegue pensar nela? Ela é quase da sua altura, margrave, e não é bonita... Ah, é uma tola gentil, claro, mas... mas... – Ela olhou por cima do ombro. – *Eu* não sou sua senhora?

— É e sempre será – respondeu ele, erguendo os olhos azuis brilhantes. – Eu uso seu presente, luto pela senhora, nos duelos a senhora é minha Rainha do Amor... Eu faço minhas orações em seu nome e sou seu criado, princesa.

— Bem... o senhor não precisa de uma esposa. – Ela mordeu os lábios para mantê-los imóveis.

— Decerto – respondeu Balthasar, questionador. – Um cavaleiro precisa ter uma esposa além de uma senhora, pois a senhora dele muitas vezes é esposa de outro, e seu maior pensamento é tocar no vestido dela. Mas uma esposa é para cuidar do castelo e fazer seus serviços.

A imperatriz retorceu os dedos no cinto.

— Eu preferiria – exclamou ela apaixonadamente – ser esposa a senhora!

— A senhora é as duas coisas – respondeu ele, corando. – Esposa do imperador e minha senhora.

Ela lhe lançou um olhar curioso.

— Às vezes eu acho que o senhor é um tolo, mas talvez seja só por eu não estar acostumada com o norte. Como o senhor se destacaria em Bizâncio, meu frio margrave! – E ela se curvou sobre as almofadas douradas e vermelhas na direção dele. – É certo que o senhor terá sua donzela alta e magra. Acho que o coração dela é frio como o seu.

Ele se afastou dela.

— Não deboche de mim, princesa – disse ele intensamente. – Meu coração já está quente demais, me deixe.

Ela riu dele.

— O senhor tem medo de mim? Por que se afasta? Volte e vou relatar os elogios a Jacobea de Martzburg.

Ele olhou para ela com expressão taciturna.

— Chega dela.

— Mas seu coração está quente...

— Não pensando nela. Deus sabe.

Mas a imperatriz apertou as mãos uma na outra e se ergueu lentamente, olhando para trás de Balthasar, para a porta.

— Melchoir, falamos do senhor — disse ela.

O margrave se virou. O imperador, trajado de veludo, estava entrando suavemente. Ele olhou com seriedade para a esposa e sorrindo para Balthasar.

— Nós falávamos do senhor — repetiu Ysabeau, o olhar sombrio e corando. — Do senhor... e de Roma.

Melchoir de Brabant, terceiro do nome dele, austero, reservado, orgulhoso e frio, parecia mais um cavaleiro da Igreja do que o rei da Germânia e o imperador do Ocidente. Ele estava vestido com roupas simples, o cabelo escuro cortado curto, o rosto bonito e meio arrogante composto e severo. Ele era sério demais para ser ostensivamente atraente, mas muitos homens o adoravam, entre eles Balthasar de Courtrai, pois o imperador era corajoso e adorável.

— Não dá para parar com Roma? — perguntou ele com tristeza, enquanto seus grandes olhos inteligentes pousavam afetuosamente no margrave. — Frankfurt está ficando tão desagradável?

— Decerto que não, lorde Melchoir. É a chance! A chance!

O imperador afundou cansado em um assento.

— Hugh de Rooselaare e eu conversamos e concordamos, Balthasar, em não ir para Roma. — A imperatriz enrijeceu e baixou as pálpebras. O margrave se virou rapidamente para olhar para seu senhor, e toda a cor tinha sumido do rosto jovem.

Melchoir sorriu gentilmente.

— Meu amigo, o senhor é um aventureiro, e pensa na glória a ser alcançada. Mas eu preciso pensar no meu povo, que precisa de mim aqui. A terra não é adequada para ser abandonada. Vai ser preciso muitos homens para tomar Roma. Nós temos que desprover a terra de cavaleiros, tirar dinheiro dos pobres, cobrar impostos das igrejas... deixar a Germânia indefesa, presa para os francos, e isso pelo título vazio de imperador.

O peito de Balthasar subiu e desceu.

— É essa a sua decisão?

O imperador respondeu seriamente:

— Não acho que seja desejo de Deus que eu vá para Roma.

O margrave curvou a cabeça e ficou em silêncio, mas Ysabeau inseriu sua voz límpida nessa pausa.

— Em Constantinopla, um homem como *o senhor* não ocuparia mais um trono. O senhor já seria agora um monge cego e eu estaria livre para escolher outro marido!

O imperador se ergueu do assento.

— A mulher delira — disse ele para o pálido margrave. — Vá, Balthasar.

O germânico os deixou. Quando seus passos pesados tinham morrido no silêncio, Melchoir olhou para a esposa e seus olhos faiscaram.

— Deus perdoe meu pai — disse ele com amargura — por me amarrar a essa felina oriental!

A imperatriz se encolheu no assento da janela e abraçou as almofadas.

— Eu fui feita para ser companheira de um homem — declarou ela ferozmente —, esposa de um César. Eu preferiria que tivessem me jogado para um lacaio a terem me dado a você... alma de mulher trêmula!

— Você compensou o dano — respondeu o imperador severamente — com a grande infelicidade que sinto em você. Minha vida não é doce consigo, nem fácil. Eu gostaria que você tivesse menos beleza e mais gentileza.

— Sou gentil quando quero — debochou ela. — Balthasar e a corte me acham uma esposa amorosa.

Ele deu um passo na direção dela. Suas bochechas estavam pálidas.

— É verdade que ninguém além de mim sabe verdadeiramente quem você é: desalmada, cruel, feroz e rígida...

— Pare! — gritou ela apaixonadamente. — Você me deixa louca. Eu o odeio, sim, você me frustra a cada passo...

Ela andou rapidamente pelo aposento na direção dele.

— Tem alguma coragem... tem sangue nas veias... Você vai para Roma?

— Para saciar a sua ambição descabida, não farei nada, nem irei para Roma por motivo nenhum.

Ysabeau tremeu como um animal furioso.

— Não falarei mais sobre isso — disse Melchoir friamente, cansado. — É frequente demais que nos percamos em palavras como essas.

A grega mal conseguia falar de tanto nervosismo. Suas narinas estavam dilatadas, os lábios pálidos e comprimidos.

— Tenho vergonha de chamá-lo de senhor — disse ela com voz rouca —, humilhada perante todas as mulheres do reino que veem os maridos terem o mínimo de coragem, enquanto eu... vejo um covarde...

Melchoir apertou as mãos para não as usar nela.

— Ouça-me, minha esposa. Eu sou o seu senhor e o senhor desta terra. Não serei insultado, não, nem desprezado, por sua língua ferina. Guarde todo o desprezo que quiser por mim, mas não deve expressá-lo; por São Jorge! Senão terei que pegar o chicote para deixá-la muda!

— Ah! Um cavaleiro cristão! — zombou ela. — Eu abomino a sua Igreja tanto quanto odeio você. Não sou Ysabeau, mas ainda Marozia Porphyrogentris.[24]

— Não me lembre que seu pai era um cavalariço e um assassino — disse Melchoir. — Nem que eu fiz com que você mudasse um nome que as mulheres da sua linhagem haviam amaldiçoado. Quem me dera poder mandá-la de volta para Ravena, pois não me trouxe nada além de amargura!

— Tenha cuidado — sussurrou Ysabeau. — Tome cuidado.

---

[24] Figura histórica influente na política romana do século X, Marozia (c. 890–937) foi uma nobre que controlou o papado por meio de alianças e manipulações políticas, sendo uma das figuras centrais no período conhecido como a pornocracia papal. "Porphyrogentris" alude a seu nascimento em uma família nobre, destacando seu poder e influência. Embora Marozia fosse italiana e não bizantina, o uso do termo pode ter sido simbólico, enfatizando sua alta posição social e política. [N. R.]

— Saia do meu caminho — ordenou ele. Em resposta, ela afrouxou o pesado cinto que trazia na cintura; ele viu seu propósito e segurou as mãos dela. — Não me baterá. — Os elos de ouro pendiam dos dedos indefesos enquanto ela olhava para ele com olhos brilhantes. — Teria me batido?

— Sim, na boca — respondeu ela. — Agora, se fosse um homem, me mataria.

Ele pegou o cinto do braço dela e a soltou.

— Logo *você* me perturbando! — disse ele com cansaço.

Com isso, ela chegou para o lado para permitir que ele passasse. Ele se virou para a porta e, quando ergueu a tapeçaria, jogou o cinto dela no chão. A imperatriz rastejou pelo chão, pegou-o e ficou imóvel, ofegante. Antes que a agitação tivesse sumido do rosto dela, a tapeçaria foi movida de novo. Um dos camareiros dela.

— Princesa, tem um jovem doutor lá embaixo que deseja ver a senhora. Constantine é o nome dele, da Universidade de Frankfurt.

— Ah! — disse Ysabeau. Uma cor de culpa tingiu a bochecha pálida. — Eu não o conheço — acrescentou ela rapidamente.

— Perdão, princesa. Ele diz que é para decifrar uma escrita antiga que a senhora enviou para ele. As palavras dele são que quando a senhora o vir, a senhora lembrará.

O sangue queimou mais intensamente ainda sob a pele exótica.

— Traga-o aqui — disse ela.

Mas quando o camareiro chegou para o lado, a figura magra de Dirk apareceu na porta. Ele olhou para ela, sorrindo calmamente, o chapéu de acadêmico na mão.

— A senhora se lembra de mim? — perguntou ele.

A imperatriz moveu a cabeça concordando.

CAPÍTULO XVI
A DESAVENÇA

DIRK RENSWOUDE COLOCOU A CANETA NA MESA, EMpurrou o pergaminho para o lado e ergueu os olhos pesados com um suspiro de cansaço. Era meio-dia e estava muito quente. As rosas vermelhas da bruxa estavam começando a perder as pétalas e a exibir os corações amarelos, as folhas das grandes árvores que protegiam a casa estavam se enrolando e amarelando no sol forte. De onde estava à mesa, Dirk via esses sinais do outono lá fora; mas pela expressão em seus olhos, parecia que não via árvores nem flores, mas alguma imagem evocada em pensamento. Ele pegou a pena, mordeu a ponta, franziu a testa e a colocou de lado. Em seguida, se sobressaltou e olhou ao redor com certa avidez, pois um som baixo rompeu o silêncio sonolento, a porta se abriu e, perante seu olhar expectante, Theirry apareceu. Dirk corou e sorriu.

— Que bom vê-lo — disse ele. — Tenho muito a dizer para você. — Ele se levantou e estendeu a mão. Theirry só tocou nela com os dedos.

— E eu voltei porque também tenho muito a dizer. — Os modos de Dirk mudaram, o calor morreu no rosto dele e olhou com expressão aguçada para o outro.

— Fale, então. — Dirk voltou ao seu lugar, segurou o rosto com as mãos delicadas e apoiou os cotovelos na mesa. — Eu estava escrevendo minha aula desta noite e fico feliz com a distração.

— Você não ficará satisfeito com a minha — respondeu Theirry. Sua expressão era séria e fria, a vestimenta simples e descuidada. Ele franziu a testa, ergueu as sobrancelhas continuamente e mexeu nos botões do gibão.

— Sente-se — disse Dirk.

Theirry se sentou na cadeira que ele ofereceu.

— Não há necessidade para alvoroço — começou ele, obviamente com dificuldade. — Eu não vou continuar com você.

— Não vai continuar? — repetiu Dirk. — Bem, seus motivos?

— Que Deus perdoe o que fiz! — exclamou Theirry em grande agitação. — E não pecarei mais. Eu decidi, e você não pode me tentar.

— E tudo que você jurou... para mim? — perguntou Dirk. Ele apertou os olhos, mas se manteve composto. Theirry segurou os dedos inquietos.

— Nenhum homem é obrigado a barganhar com o Diabo... Eu fui fraco e maligno, mas não me envolvo mais em seus conselhos diabólicos...

— Isso é por causa de Jacobea de Martzburg.

— *É* por causa dela. Por causa dela que estou aqui agora para dizer que acabou para mim. Com você!

Dirk apoiou as mãos na mesa.

— Theirry! Theirry! — gritou ele com desespero e dor.

— Eu medi a tentação — disse Theirry. — Pensei no ganho, na perda... Deixei-o de lado, com a ajuda de Deus e dela... Eu não vou ajudá-lo do jeito que você me pediu. Não vou fazer com que aconteça.

— E você chama isso de virtude! — exclamou Dirk. — Pobre tolo... Tudo se resume ao fato de que você, infelizmente, ama a castelã.

— Não — respondeu Theirry acaloradamente. — É que, tendo-a visto, eu não quis ser vil. Você concebe uma coisa infame... o imperador é um nobre cavaleiro.

— Ambrósio de Menthon era um monge sagrado — retrucou Dirk. — Quem sufocou as palavras piedosas na garganta dele? Joris de Turíngia era um jovem inocente. Quem o enviou para uma morte horrível?

— Eu! — gritou Theirry ferozmente. — Mas sempre com você para me incitar! Antes do Diabo enviar você para o meu caminho, eu nunca havia tocado em pecado, exceto em pensamentos obscuros, mas você, com conversas sobre amizade, me afastou da companhia de um homem honesto para me envenenar com conhecimento proibido, para me tentar a cometer blasfêmias horríveis... e não aceitarei mais isso!

— Mesmo assim, você jurou camaradagem comigo — disse Dirk. — A sua lealdade é dessa qualidade?

Theirry saltou com violência da cadeira e caminhou pesadamente para cima e para baixo na sala.

— Você me cegou... Eu não sabia o que fazia... mas agora eu sei. Quando eu... eu... a ouvi falar, e ouvi que você tinha ousado tentar levá-la à destruição...

Dirk o interrompeu com uma risada baixa.

— Então ela contou isso! Mas garanto que não falou sobre a natureza da tentação!

— Isso não importa — respondeu Theirry. — Agora ela está livre de você, assim como eu estarei...

— Como você prometeu a ela que faria — acrescentou Dirk. — Bem, siga seu caminho. Pensei que você me amasse um pouco... mas você apenas pensa no rosto dessa mulher!

Theirry ficou imóvel na frente dele.

— Não posso amar aquilo que temo.

Dirk ficou muito pálido.

— Você... tem medo de mim, Theirry? — perguntou ele melancolicamente.

— Sim, você sabe muito sobre o conhecimento de Satanás, mais do que jamais me ensinou. — Ele estremeceu incontrolavelmente. — Há coisas nesta casa aqui...

— O que você quer dizer... o que você quer dizer? — Dirk se levantou.

— Quem é a mulher? — sussurrou Theirry com medo. — Há uma mulher aqui...

— Nesta casa não há ninguém além de Nathalie e de mim — respondeu Dirk na defensiva, com os olhos escuros e brilhantes.

— Aí você mente para mim. Na última vez que estive aqui, voltei logo depois de sair, mas encontrei a porta trancada, as luzes apagadas, todas menos uma... na salinha ao lado desta. Olhei pela janela e vi uma sala linda e uma mulher, uma mulher alada.

— Você sonha — respondeu Dirk em voz baixa. — Você acha que tenho poder suficiente para criar tais formas?

— Acho que foi algum amor seu do Inferno... de onde você veio...

— Meu amor não está no Inferno, mas na Terra — respondeu Dirk calmamente —, mas iremos juntos para o poço. Quanto à mulher, foi um sonho. Não há nenhuma sala bonita ali.

Ele atravessou a sala e abriu uma portinha na parede.

— Veja: o armário da velha Nathalie... cheio de ervas e amuletos...

Theirry espiou um cômodo mal iluminado, cheio de prateleiras, contendo potes e garrafas.

— O encantamento que traz a mulher poderia mudar a sala — murmurou ele, não convencido.

Dirk lançou-lhe um olhar lento e estranho.

— Ela era bonita?

— Sim... mas...

— Mais bonita que Jacobea de Martzburg?

Theirry riu.

— Não posso comparar a serva de Satanás com um lírio do Paraíso.

Dirk fechou a porta do armário.

— Theirry — disse ele, hesitante —, não me deixe. Você é a única coisa em todo o universo que pode me levar à alegria ou à dor. Eu amo você, intensamente.

— Com tanto carinho que roubaria minha alma...

Ele estava se virando quando Dirk colocou a mão tímida em sua manga.

— Eu o tornarei grandioso, sim, grandioso... não me odeie...

Mas Theirry olhou com medo para o rosto curioso e pálido do jovem.

— Eu não aceitarei nada de você.

— Você não sabe o carinho que tenho por você — insistiu Dirk com voz trêmula. — Volte para mim e deixarei sua dama em paz...

— Ela pode desprezá-lo... desafiá-lo... como eu faço agora!

E ele afastou a mão magra do braço e saiu andando pela sala comprida. Dirk se encolheu e se agachou junto à parede.

— Vai? Será que vai mesmo? — gritou ele. — Você não quer nada de mim, você diz. Você me rejeita. Mas por quanto tempo?

— Para sempre — respondeu Theirry com voz rouca.

— Ou até Jacobea de Martzburg cair.

Theirry se virou.

— Continua sendo para sempre.

— Talvez, entretanto, só por umas poucas semanas. Seu lírio é muito frágil, Theirry, e você o verá caído na lama...

— Se você fizer mal a ela — gritou Theirry com ferocidade —, se acertá-la com seus feitiços infernais...

— Não, eu não farei isso. A ruína virá dela própria.

— Quando isso acontecer, eu voltarei até você, então... adeus para sempre...

Ele fez um gesto apaixonado com a mão, como se jogasse para o lado Dirk e todos os pensamentos nele, e se virou rapidamente para a porta.

— Espere! — gritou Dirk para ele. — E o que você sabe de mim?

Theirry fez uma pausa.

— Eu lhe devo tanto... que ficarei em silêncio.

— Porque, se você falar, você traz à luz sua própria história. — Dirk sorriu. — Mas... sobre o imperador?

— Se Deus me ajudar, impedirei isso.

— Como você impedirá? – perguntou Dirk baixinho. – Você me trairia como primeira oferenda ao seu Deus ultrajado?

Theirry apertou a mão na testa de um jeito atordoado e perturbado.

— Não, não. Não isso. Mas aproveitarei uma oportunidade para avisá-lo... para avisar sobre a imperatriz.

Dirk encolheu o ombro com desprezo.

— Ah, suma, você é uma criatura tola. Vá deixá-los alertas.

Theirry corou.

— Sim, farei – respondeu ele calorosamente. – Eu conheço um homem honesto na corte: Hugh de Rooselaare.

Uma mudança rápida surgiu no rosto de Dirk.

— Lorde de Rooselaare? – disse ele. – Lembro-me dele, decerto. A filha dele foi a esposa de Balthasar. Úrsula.

— Foi, e ele é amigo do imperador e se opõe aos esquemas de Ysabeau.

Dirk voltou para a mesa e pegou um dos livros que havia lá. Mecanicamente, virou as páginas, e seus olhos estavam grudados no rosto pálido de Theirry.

— Avise quem quiser, diga o que quiser. Salve Melchoir de Brabant, se puder. Vá embora. Veja bem, não pretendo detê-lo. Um dia, quando sua santa fracassar, voltará para mim e estarei esperando por você. Até lá, adeus.

— Para sempre, adeus – respondeu Theirry. – Aceito seu desafio. Vou salvar o imperador.

Seus olhares se encontraram. Os de Theirry foram os primeiros a se desviar. Ele murmurou algo como uma maldição para si mesmo, abriu o trinco e foi embora.

Dirk se sentou na cadeira. Ele parecia muito jovem e magro com a seda marrom lisa. A testa estava repuxada de sofrimento, os olhos grandes e sofridos. Ele virou os livros e pergaminhos como se não os visse.

Não fazia muito tempo que estava sozinho quando a porta foi aberta e Nathalie entrou.

— Ele foi embora? – sussurrou ela. – E em inimizade?

— Sim — respondeu Dirk lentamente. — Renunciando a mim.

A bruxa foi até a mesa, pegou a mão passiva do jovem e a acariciou.

— Deixe-o ir — disse ela com voz insinuante. — Ele é um tolo.

— Ora, não fiz esforço para ele ficar. — Dirk deu um sorriso fraco. — Mas ele vai voltar.

— Não — suplicou Natalie. — Esqueça-o.

— Esquecê-lo? — inquiriu Dirk com lamento. — Mas eu o amo!

Nathalie acariciou os dedos finos e imóveis com ansiedade.

— Esse afeto será sua ruína — gemeu ela.

Dirk olhou para trás dela, para o céu de outono e as rosas vermelhas despetaladas.

— Bem, se for assim — disse ele, ofegante —, será a ruína dele também. Ele vai comigo quando eu partir do mundo... do mundo! Afinal, Nathalie — ele voltou o olhar estranho para a bruxa —, não importa se ela o segurar aqui, desde que ele seja meu por toda a eternidade.

As bochechas dele ficaram coradas e tremeram, os longos cílios desceram sobre os olhos. De repente, ele sorriu.

— Nathalie, ele tem boas intenções. Pretende salvar o imperador.

A bruxa olhou para ele.

— Mas é tarde demais?

— Certamente. Eu entreguei a poção a Ysabeau hoje de manhã. — E o sorriso de Dirk aumentou.

· ☾ CAPÍTULO XVII ☾ ·

O ASSASSINATO

—BALTHASAR – DISSE O IMPERADOR, COM PENA do rosto taciturno do amigo –, vou enviá-lo a Roma para fazer um tratado com o papa, já que pesa muito para você ficar em Frankfurt.

O margrave mordeu as pontas do cabelo louro e não deu resposta. A imperatriz estava recostada no assento junto à parede. Ela estava usando um vestido branco e prateado. Na almofada, onde seu cotovelo estava apoiado dando suporte à cabeça, havia um amontoado de rosas vermelhas. Em bancos baixos perto dela estavam suas criadas costurando, três bordando uma faixa de seda escarlate. Era o salão de jantar, a mesa já posta com coberturas magníficas. Pelas janelas baixas, cujas tapeçarias estavam puxadas, dava para ver um céu vermelho com o pôr do sol chamejando sobre Frankfurt.

– Não, seja agradável comigo – disse o imperador, sorrindo. Ele passou o braço com afeição pelos ombros enormes do margrave. – Decerto, desde que eu tomei a decisão de não ir para Roma, só recebi olhares azedos de todos, menos de Hugh.

O rosto bem-humorado de Balthasar se desanuviou.

— O senhor está enganado, meu príncipe. Mas Deus sabe que não estou com raiva, podemos muito bem ficar sem Roma. — Ele sufocou heroicamente um sussurro. — E quem sabe o senhor possa ainda mudar de ideia? — acrescentou ele com alegria.

Ysabeau olhou para eles enquanto andavam de um lado para o outro, os braços estavam entrelaçados, os cachos dourados e os pretos quase se tocando, o lindo traje roxo e vermelho do margrave contrastando com a discreta vestimenta preta do imperador. Ela bocejou enquanto olhava, mas seus olhos estavam muito brilhantes. Lentamente, se levantou e esticou o corpo esguio enquanto as rosas vermelhas caíam suavemente no chão, mas não prestou atenção nisso, fixando seu olhar nos dois homens. Seu marido parecia não perceber sua presença, mas o margrave estava profundamente consciente dos olhos sobre ele, e embora não quisesse voltar o olhar para Ysabeau, mesmo assim ela percebeu sua reação e, com um meio-sorriso, aproximou-se e apoiou-se na mesa que os separava.

O pôr do sol lançava raios finais que caíam em linhas rosadas sobre as taças e pratos de ouro e prata, transformavam os bordados da imperatriz em pontos de luz vívida e reluziam maravilhosamente através dos cabelos brilhantes de Balthasar.

— Decerto estamos atrasados esta noite — disse o imperador.

— Sim — respondeu Balthasar. — Eu não gosto de esperar.

Ele parou para se servir de uma taça de vinho âmbar e bebeu de uma vez. Ysabeau o observou, pegou as rosas caídas e as colocou no tecido.

— Meu senhor não vai beber também? — perguntou ela. Os dedos da mão direita estavam escondidos nas flores vermelhas, com a esquerda ela ergueu um jarro entalhado no qual a luz do sol ardeu e brilhou.

— Como quiser, princesa — respondeu Melchoir, e olhou na direção da luz com indiferença.

— A senhora poderia ter me servido — murmurou o margrave com voz baixa.

A mão dela saiu do meio das rosas e tocou em uma taça decorada de prateado. Ficou lá por um momento e foi até o seio. Balthasar, embevecido pelo rosto dela, não reparou no gesto.

– Outra hora – respondeu ela – eu o servirei, Balthasar de Courtrai. – Ela encheu a taça até o vinho borbulhar na borda. – Dê ao meu senhor – disse ela.

Balthasar riu com inquietação. Os dedos de ambos se tocaram junto ao vidro e algumas gotas foram derramadas.

– Tome cuidado! – gritou a imperatriz.

Melchoir se virou e pegou a taça.

– Por que você disse tome cuidado? – perguntou ele.

– Nós quase derramamos o vinho – disse Ysabeau.

Melchoir bebeu.

– Está com gosto ruim – disse ele.

Ela riu.

– É o copeiro, por acaso?

– O vinho está bom – disse Balthasar.

O imperador bebeu de novo e colocou a taça de lado.

– Estou dizendo que está estranho. Experimente, Balthasar.

Em um instante, a imperatriz interveio.

– Não. – Ela pegou a taça com um movimento mais veloz do que o do margrave. – Como eu servi, a culpa, se é que há culpa, é minha.

– Dê para mim! – declarou Balthasar.

Mas ela fez um gesto rápido para o lado, a taça escorregou dos dedos dela e o vinho se derramou no chão.

Quando Balthasar se curvou para pegar a taça, o imperador sorriu.

– Cuidado com o jarro, margrave.

Os pajens e criados entraram com as carnes e as colocaram na mesa. Aqueles que faziam parte do conselho do imperador foram ocupar seus lugares. Theirry seguiu seu senhor e fixou olhos rápidos no imperador. Ele sabia que Melchoir passara o dia inteiro caçando e não devia fazer muito tempo desde seu retorno, e dificilmente os planos que tinham contra ele poderiam ser postos em prática naquela noite. Depois do jantar, ele pretendia falar com Hugh de Rooselaare, como símbolo de seu rompimento final com Dirk. Enquanto o belo grupo se acomodava em seus assentos, o jovem secretário, cujo lugar era atrás da cadeira de seu senhor, aproveitou a oportunidade para observar cuidadosamente quando o imperador receberia seu aviso. As velas, penduradas em seus aros de cobre, estavam acesas, e a luz avermelhada brilhava sobre o grupo, enquanto pajens bonitos fechavam as cortinas sobre o último brilho do pôr do sol. Theirry reparou na imperatriz, sentada languidamente e arrancando as pétalas de uma rosa vermelha; em Melchoir, austero, sereno, como sempre; em Balthasar, alegre e barulhento; e enfim ele voltou seu olhar para Hugh de Rooselaare. Esse nobre estava sentado perto do imperador.

Até então, Theirry não havia observado sua aparência pessoal, embora conhecesse sua reputação; observando-o atentamente, viu um homem alto e corpulento, vestido com uma elegância sombria; um homem com um rosto forte e bastante curioso, emoldurado por cabelo castanho liso e opaco. Havia algo na curva das feições, o queixo proeminente, os olhos escuros e límpidos, a tez pálida e a expressão resoluta da boca, que gradualmente provocava Theirry enquanto ele olhava; toda a expressão lhe lembrava outro rosto, visto em circunstâncias diferentes, mas de quem ele não conseguia determinar. De repente, lorde de Rooselaare, ao perceber esse escrutínio, voltou seus olhos singularmente atentos na direção do jovem estudante. Na mesma hora, Theirry identificou a imagem. Era dessa maneira que Dirk Renswoude costumava olhar para ele. A semelhança era inconfundível, embora elusiva; o rosto daquele homem era por necessidade mais severo, mais sombrio, mais velho e mais rígido. Além disso, ele era maior do que Dirk jamais poderia ser, seu nariz era mais pesado, seu queixo, mais quadrado, mas a semelhança, uma vez notada, não podia mais ser ignorada. Isso perturbou Theirry de um jeito estranho. Ele sentiu que não poderia levar seu aviso a alguém que tivesse o truque do olhar intenso de Dirk e da expressão inescrutável dos lábios. Considerou se não havia mais alguém ou se poderia ir diretamente ao imperador. Suas reflexões foram interrompidas por um pequeno movimento perto da mesa, uma pausa na conversa.

Todos os olhares estavam voltados para Melchoir de Brabant. Ele se recostou na cadeira e olhava para a frente como se tivesse uma visão de horror na outra ponta da mesa. Estava bem pálido, a boca aberta, os lábios repuxados e arroxeados. A imperatriz se levantou ao lado dele e segurou seu braço.

— Melchoir! — gritou ela. — Por Jesus, ele não me enxerga!
Balthasar se levantou.

— Meu senhor — disse ele com voz rouca. — Melchoir.

O imperador se moveu de leve, como alguém lutando sem esperanças embaixo da água.

— Melchoir! — O margrave empurrou a cadeira para trás e segurou a mão fria do amigo. — O senhor não nos ouve? Não consegue falar?

— Balthasar. — A voz do imperador veio como se das profundezas distantes. — Estou enfeitiçado!

Ysabeau gritou e bateu as mãos uma na outra. Melchoir caiu para a frente, o rosto brilhando com gotas de sofrimento. Ele soltou um som de grito baixo e caiu em cima da mesa. Com um movimento instantâneo de medo e horror, o grupo se levantou dos seus lugares e foi na direção do imperador. Mas o margrave gritou com eles:

— Para trás! Querem sufocá-lo? Ele não está morto, nem, graças a Deus, morrendo.

Ele ergueu o homem inconsciente e olhou com avidez para o rosto dele, e, enquanto fazia isso, o seu próprio rosto empalideceu apesar de suas palavras corajosas. Os olhos e as bochechas de Melchoir estavam afundados, um tom medonho se espalhava pelas feições, a mandíbula se abriu e os lábios estavam rachados, como se seu hálito queimasse o sangue.

A imperatriz gritou repetidamente e retorceu as mãos. Ninguém deu atenção a ela, ela era aquele tipo de mulher. Criados, com tochas e velas retiradas de suportes, senhoras brancas e ofegantes e homens ansiosos aproximavam-se do assento do imperador.

— Temos que levá-lo daqui — disse Hugh de Rooselaare com autoridade. — Ajude-me, margrave. — Ele forçou caminho até o lado de Balthasar.

A imperatriz caíra aos pés do marido, um brilho branco e prateado junto aos adornos escuros do trono.

— O que farei? — gemeu ela. — O que farei?

Lorde de Rooselaare olhou para ela ferozmente.

— Pare de choramingar e traga aqui um médico e um padre — ordenou ele.

Ysabeau se agachou para longe dele e seus olhos arroxeados faiscaram. O margrave e Hugh ergueram o imperador entre eles; houve uma confusão oscilante quando cadeiras e assentos foram puxados, luzes foram erguidas e uma passagem foi aberta para os dois nobres e seu fardo em meio à multidão desnorteada. Alguns abriram a porta da escada sinuosa que levava ao quarto do imperador e, lentamente, com dificuldade, Melchoir de Brabant foi levado pelos degraus estreitos. Ysabeau se levantou e observou: o lindo traje de Balthasar brilhando à luz das tochas, o rosto severo e pálido de Hugh de Rooselaare, o corpo inerte e as mãos brancas caídas do marido, o grupo ansioso que se comprimia ao pé da escada. Ela colocou as mãos no peito e pensou por um momento, depois correu pela sala e seguiu rapidamente a desajeitada procissão. Já fazia um quarto de hora que o imperador desmaiara e o salão estava vazio. Apenas Theirry permaneceu, olhando ao redor com olhos doentes.

Uma tocha brilhante presa à parede lançava uma luz forte sobre a mesa desarrumada, os assentos desordenados, as almofadas espalhadas e a rica variedade de recipientes dourados. De fora vinham sons de pressa para lá e para cá, ordens gritadas, vozes subindo e descendo, o tilintar de braços, o fechamento de portas. Theirry foi até o assento do imperador, onde as lindas almofadas estavam jogadas para a direita e para a esquerda; no lugar de Ysabeau havia uma única rosa vermelha, meio despetalada, com um grande amontoado de rosas vermelhas no chão ao lado.

Era uma confirmação; ele não achava que houvesse outro lugar em Frankfurt onde crescessem tais flores. Então chegou tarde demais, e Dirk poderia muito bem desafiá-lo, sabendo que ele chegaria tarde demais. Sua resolução foi tomada muito rapidamente: ficaria em completo silêncio, nem com uma palavra nem com um olhar trairia o que sabia, pois seria inútil. O que poderia salvar o imperador agora? Uma coisa era alertar sobre o mal projetado, outra era revelar o mal cometido; além disso, disse a si mesmo, a imperatriz e sua facção logo estariam no poder, Dirk seria um grande favorito.

Ele se afastou com temor das rosas vermelhas, brilhando sombriamente perto do trono vazio. Ficaria calado, porque tinha medo. Discretamente, se esgueirou até o assento da janela e ficou ali, imóvel, o lindo rosto encoberto. Com agitação, ele mordeu o lábio e refletiu ansiosamente sobre suas próprias esperanças e perigos... sobre como aquilo o afetava, e a Jacobea de Martzburg. Sobre o homem morrendo miseravelmente lá em cima, ele não pensou nada; a mulher, que esperava impaciente a morte do marido para colocar o amigo em seu lugar, ele não considerou, nem o destino da realeza o incomodou. Ele imaginou Dirk como triunfante, potente, o aliado próximo da perversa imperatriz, e estremeceu por sua preciosa alma, que acabara de arrancar da perdição. Ele sabia que não poderia lutar nem enfrentar Dirk triunfante, armado com o sucesso, e sua perspectiva se restringiu a uma única ideia: *fugir*.

Mas para onde? Martzburg! A castelã o deixaria segui-la? Era muito perto de Basileia; ele cruzou as mãos sobre a testa quente, chamando Jacobea. Enquanto hesitava e tremia com seus medos e terrores, alguém entrava no salão pela pequena porta que levava aos aposentos do imperador. Hugh de Rooselaare segurando um lampião. Um sentimento febril de culpa fez com que Theirry recuasse, como se o que ele sabia pudesse estar escrito em seu rosto para aquele homem ler, aquele homem a quem ele pretendera alertar sobre um desastre que já havia acontecido. Lorde de Rooselaare avançou para a mesa; ele estava franzindo a testa ferozmente, em volta da boca uma expressão terrível de Dirk que fascinou o olhar de Theirry.

Hugh ergueu o lampião, olhou para baixo e para os assentos vazios, depois notou as flores vermelhas ao lado da cadeira de Ysabeau e as pegou. Ao levantar a cabeça, seus olhos cinzentos captaram o olhar de Theirry.

— Ah! O escrivão do camareiro da rainha — disse ele. — Você por acaso sabe como essas rosas vieram parar aqui?

— Não — respondeu Theirry apressadamente. — Eu não poderia saber.

— Elas não crescem no jardim do palácio — observou Hugh. Ele as colocou no trono e caminhou ao longo da mesa, examinando os pratos e taças. Sob o brilho das tochas e das velas, não havia necessidade do lampião, mas ele continuou a segurá-lo no alto, como se esperasse que tivesse algum poder especial. De repente, ele parou e chamou Theirry com seu jeito calmo e autoritário. O jovem obedeceu, contrariado.

— Veja isso — disse Hugh de Rooselaare sombriamente. Ele apontou para duas marquinhas na mesa, buracos pretos na madeira.

— Queimaduras — disse Theirry com lábios pálidos — das velas, senhor.

— Velas não queimam desse jeito.

Quando falou, Hugh contornou a mesa e lançou a luz do lampião no chão escuro.

— O que é isso? — Ele se curvou perante a janela.

Theirry viu que ele fazia sinal para uma marca grande na madeira, como se tivessem ateado fogo, que corroeu a madeira antes de ser apagado. Lorde de Rooselaare ergueu o rosto sombrio.

— Digo que as chamas que fizeram essa marca estão agora queimando o coração e o sangue de Melchoir de Brabant.

— Não diga isso, não fale tão alto! — gritou Theirry com desespero. — Não pode ser verdade.

Hugh botou o lampião sobre a mesa.

— Eu não tenho medo da bruxa oriental — disse ele severamente. — O homem era meu amigo e ela o enfeitiçou e o envenenou.

Agora, que Deus me escute, e você, escrivão, anote minha declaração, se eu não publicar isso perante a terra.

Uma nova esperança surgiu no coração de Theirry. Se aquele senhor denunciasse a imperatriz antes que o poder fosse dela, se a culpa pudesse ser provada perante todos os homens, mas não por meio dele, ora, ela e Dirk ainda poderiam ser derrotados!

— Bem — disse ele com voz rouca —, apresse-se, senhor, pois quando o imperador não mais respirar será tarde demais... Ela terá meios de silenciá-lo, e mesmo agora tome cuidado... ela tem muitos campeões.

Hugh de Rooselaare sorriu lentamente.

— Você fala com sabedoria, escrivão, e acho que sabe de alguma coisa. Portanto, eu o questionarei.

Theirry fez um gesto de silêncio. Um passo pesado soou na escada, e Balthasar, pálido, mas ainda magnífico, entrou na sala. Uma grande espada de guerra retiniu junto a ele, que usava uma gorjeira e carregava o elmo. Seus olhos azuis estavam loucos no rosto sem cor. Ele lançou um olhar de certo desafio a Hugh.

— Melchoir está morrendo — disse ele, o tom carregado de emoção — e preciso ir atrás da tropa, senão algum aventureiro tomará a cidade.

— Morrendo! — repetiu Hugh. — Quem está com ele?

— A imperatriz. Mandaram chamar o bispo, e, até ele chegar, ninguém deve entrar no quarto.

— Por ordem de quem?

— Por ordem da imperatriz.

— Mas eu irei.

O soldado parou na porta.

— Bem, o senhor era amigo dele, é possível que ela o deixe entrar.

Ele se afastou com um ruído de aço.

— É possível que não — disse Hugh. — Mas eu posso tentar.

Sem voltar a olhar para o jovem trêmulo, que se mantinha rígido junto à parede, Hugh de Rooselaare subiu para os aposentos do imperador. Encontrou a antessala lotada de cortesãos e monges.

A porta do imperador estava fechada, e na frente dela havia dois negros mudos trazidos da Grécia pela imperatriz.

Hugh tocou um irmão de veste preta no braço.

— Com que autoridade estamos excluídos do leito de morte do imperador?

Vários responderam:

— Da rainha! Ela alega que sabe tanto de medicina quanto qualquer um dos médicos.

— Ela está possuída. — Hugh abriu caminho entre eles. — É certo que preciso vê-lo... e vê-la.

Mas ninguém se adiantou para ajudá-lo ou encorajá-lo. Melchoir estava incapacitado de proteger seus aliados, não era mais imperador, mas um homem que poderia ser considerado morto; a imperatriz e Balthasar de Courtrai já haviam tomado o controle, e quem ousaria interferir? Até os grandes nobres se mantiveram recolhidos e ficaram em silêncio. Mas o sangue de Hugh de Rooselaare estava fervendo. Ele sempre considerou Ysabeau vil, e nunca teve qualquer amor pelo margrave, cuja mão magistral ele via naquilo.

— Já que nenhum de vocês ficará ao meu lado — gritou ele, falando para todo mundo —, eu entrarei sozinho e assumirei sozinho as consequências!

Alguém respondeu:

— Eu acho que não passa de loucura, senhor.

— Uma mulher nos manterá longe? — questionou ele. — Que título ela tem para governar em Frankfurt?

Ele avançou até a porta com a espada desembainhada e pronta, e o grupo recuou, sem apoiar nem impedir. Os escravos se aproximaram uns dos outros e fizeram um gesto avisando-o para se retirar. Hugh agarrou um deles pela coleira dourada e o empurrou violentamente contra a parede, e enquanto o outro se agachava de medo, abriu a porta e entrou no quarto do imperador.

Era um aposento baixo, decorado com tapeçarias douradas e marrons; as janelas estavam fechadas e o ar fraco. A cama ficava encostada na parede, e as cortinas pesadas e escuras, abertas, revelavam Melchoir de Brabant, vestido, deitado sobre a colcha, com o pescoço descoberto e os olhos abertos para o quarto. Havia um lampião prateado sobre uma mesa perto da janela, e seu brilho tênue era a única luz. Nos degraus da cama estava Ysabeau; sobre o vestido branco ela havia jogado uma longa capa escarlate, e seu cabelo claro e brilhante caía sobre os ombros. Ao ver Hugh, ela se agarrou às cortinas da cama e o olhou com ferocidade. Ele embainhou a espada ao atravessar o quarto.

— Princesa, preciso ver o imperador — disse ele severamente.

— Ele não verá nenhum homem. Não reconhece ninguém nem pode falar — respondeu ela, com uma postura orgulhosa e segura como ele jamais havia visto. — Vá embora, senhor; não sei como forçou a entrada.

— A senhora não tem poder para manter os nobres longe de seu senhor — respondeu ele. — Nem farei o que manda.

Ela se manteve na frente do marido de modo que sua sombra obscurecesse seu rosto.

— Mandarei jogá-lo porta afora se o senhor perturbar o moribundo.

Mas Hugh de Rooselaare avançou para a cama.

— Deixe-me vê-lo — exigiu ele —, ele fala comigo!

De fato, ele pensou ter ouvido das profundezas da grande cama uma voz dizendo fracamente:

— Hugh, Hugh!

A imperatriz fechou a cortina, escondendo ainda mais o moribundo.

— Ele não fala com ninguém. Vá embora!

Lorde de Rooselaare aproximou-se ainda mais.

— Por que não há padre aqui?

— Insolente! O bispo está a caminho.

— Enquanto isso, ele morre, e há monges ali fora.

Enquanto falava, Hugh saltou com leveza e subitamente para os degraus, afastou a figura pequena da imperatriz e abriu as cortinas.

— Melchoir! — gritou ele, e agarrou o imperador pelos ombros.

— Ele está morto — sussurrou a imperatriz.

Mas Hugh continuou a olhar para o rosto distorcido e vazio, enquanto com dedos ávidos afastava o cabelo longo e úmido.

— Ele está morto — repetiu Ysabeau, sem temer nada agora.

Com um passo lento, ela foi até a mesa e se sentou diante do lampião prateado, enquanto soltava um suspiro após suspiro e cobria os olhos com as mãos. A quietude quente começou a estremecer com o som distante de numerosos sinos; havia missas para o moribundo acontecendo em todas as igrejas de Frankfurt. O imperador se mexeu nos braços de Hugh; sem abrir os olhos, ele falou:

— Reze por mim... Balthasar. Não me mataram com honra...

Ele levou as mãos ao coração, aos lábios, gemeu e deixou-se cair do braço de Hugh para o travesseiro.

— *Quia apud Dominum misericordia, et copiosa apud eum*[25] — murmurou.

— *Eum redemptio*[26] — concluiu Hugh.

— Amém — gemeu Melchoir de Brabant, e assim, morreu.

Por um momento, o aposento ficou em silêncio, exceto pelos sinos insistentes; Hugh virou o rosto pálido para longe do morto, e Ysabeau ficou de pé com um tremor.

— Chame os outros — murmurou a imperatriz —, já que ele está morto.

Lorde de Rooselaare desceu da cama.

— Sim, vou chamar os outros, bruxa oriental, e mostrar-lhes o homem que a senhora assassinou.

Ela olhou para ele por um momento, o rosto como uma máscara de marfim emoldurada por cabelo brilhante.

— Assassinei? — disse ela por fim.

— Assassinou! — Ele tocou na espada com ferocidade. — E será meu dever garantir que a senhora seja levada à fogueira pelo trabalho desta noite.

Ela deu um grito e correu em direção à porta. Antes que chegasse, a porta foi aberta e Balthasar de Courtrai saltou para dentro.

---

25 "Porque no Senhor há abundante misericórdia." [N. R.]
26 "A redenção está com Ele." [N. R]

— Chamou? — disse ele, ofegante, os olhos ardendo para Hugh de Rooselaare.

— Sim. Ele está morto... Melchoir está morto, e este senhor diz que eu o matei... Balthasar, responda por mim!

— Decerto! — exclamou Hugh. — Uma pessoa adequada para falar em seu favor... seu cúmplice!

Com um breve som de raiva, o margrave desembainhou a espada e desferiu um golpe no peito do outro homem com a parte plana dela.

— Então é assim! — declarou ele. — Agrada-o mentir! — Ele gritou para seus homens do lado de fora, e a câmara mortuária se encheu de um barulho de armas que abafou o repique triste dos sinos. — Levem esse senhor, sob minha autoridade.

Hugh desembainhou a espada, mas a arma foi arrancada dele. Os soldados o cercaram e levaram o prisioneiro para fora do aposento, enquanto Balthasar, corado e furioso, o observava ser arrastado.

— Eu sempre o odiei — disse ele.

Ysabeau caiu de joelhos e beijou seus pés cobertos de cota de malha.

— Melchoir está morto e não tenho outro campeão além do senhor.

O margrave se curvou e ergueu-a, o rosto ardendo em rubor até parecer uma grande rosa.

— Ysabeau, Ysabeau! — gaguejou ele. Ela se soltou de seus braços.

— Não, agora não — sussurrou ela com uma voz abafada —, agora não posso falar com você, mas depois... meu senhor! meu senhor!

Ela foi até a cama e se jogou nos degraus, o rosto escondido nas mãos. Balthasar tirou o elmo, persignou-se e inclinou humildemente a grande cabeça.

Melchoir IV jazia rígido sobre a colcha bordada com lírios, e lá fora os grandes sinos tocavam e o canto dos monges aumentou.

— *De Profundis...*[27]

---

[27] Expressão em latim que significa "Das profundezas". É o início do Salmo 130, cuja tradução

CAPÍTULO XVIII
A PERSEGUIÇÃO DE JACOBEA

A CASTELÃ DE MARTZBURG ESTAVA HOSPEDADA NOS melhores aposentos de um albergue à beira da estrada, a poucas horas de viagem de sua casa. Lá fora, a chuva pingava nas árvores e um vento frio da montanha sacudia a tabuleta. Jacobea ajustou o lampião, fechou as cortinas e começou a andar de um lado para o outro. O silêncio interior era quebrado apenas pelo som de seus passos e um ocasional tamborilar, quando a chuva caía sobre a lareira.

Tão rapidamente ela tinha fugido de Frankfurt que as últimas cenas ainda estavam diante de seus olhos como um espetáculo lindo e desconexo: o imperador abatido no banquete, a agitação breve e tensa, o rosto incomparável de Ysabeau, que seus próprios pensamentos horríveis coloriam com uma expressão

---

completa da primeira linha é "Das profundezas clamei a Ti, Senhor". A frase simboliza uma súplica ou lamento que vem das profundezas da alma. [N. R.]

sinistra, Balthasar de Courtrai colocando a cidade de pé... Hugh de Rooselaare levado para uma masmorra... e junto a tudo isso, a luz vermelha saltitante de uma centena de tochas.

Ela estava livre de tudo ali, exceto do som da chuva, mas precisava pensar e meditar sobre o tumulto que havia deixado para trás. O silêncio que a rodeava agora, a distância que colocara entre si e Frankfurt, não lhe dava nenhuma sensação de paz ou segurança; na verdade, ela se debatia com uma sensação de horror, como se aqueles de quem ela havia fugido ainda estivessem ao seu redor, ameaçando-a naquele aposento solitário.

Ela entrou no quartinho e pegou um espelho, no qual olhou longa e seriamente.

– É uma cara perversa?

Ela mesma respondeu:

– Não, não.

– É um rosto fraco?

– Infelizmente!

O vento aumentou, agitou a chama do lampião e sacudiu as tapeçarias da parede; e, deixando de lado o espelho, ela voltou para a câmara externa. O cabelo longo que lhe caía pelas costas era a única coisa brilhante no apartamento sombrio, onde as tapeçarias eram velhas e empoeiradas, os móveis desgastados e desbotados. Ela usava um vestido escuro bordado em roxo, contrastando com seu rosto sem cor. Só seus cachos amarelos brilhavam quando a luz do lampião incidia sobre eles. O vento aumentou ainda mais, lutou contra o caixilho, agarrou e sacudiu as cortinas e assobiou na chaminé.

Para cima e para baixo caminhava Jacobea de Martzburg, apertando e relaxando as mãos jovens e macias, os olhos cinzentos indo da direita para a esquerda. Fazia muito frio, vindo direto das grandes montanhas que a escuridão escondia. Ela desejou ter pedido fogo e ter mantido uma das mulheres para dormir com ela; era tão solitário, e o som da chuva a lembrava daquela noite em Martzburg, quando os dois estudantes receberam abrigo. Queria ir até a porta e chamar alguém, mas um estranho peso em seus membros começou a tornar os movimentos cansativos; ela não conseguia mais arrastar os passos e, com um suspiro, afundou na cadeira de veludo puída perto da lareira.

Ela tentou dizer a si mesma que estava livre, que estava a caminho da fuga, mas não conseguia formar as palavras nos lábios, nem o pensamento. Sua cabeça latejava e uma sensação de frio tomou conta de seu coração. Ela se moveu na cadeira, apenas para sentir como se estivesse presa nela. Lutou em vão para se levantar.

– Barbara! – sussurrou, e pensou que estivesse chamando em voz alta.

Uma escuridão crescente parecia espalhar-se pelo cômodo, e a chama em forma de língua do lampião aparecia através dela, distinta, mas muito distante. O barulho do vento e da chuva produzia longos e insistentes murmúrios e gemidos. Jacobea riu de nervosismo e levou as mãos ao peito para tentar encontrar o crucifixo que ali estava pendurado, mas seus dedos pareciam chumbo e caíram inutilmente em seu colo.

Seu cérebro girava com lembranças, com projeções e vagas expectativas, tingidas de medo como as sensações de um sonho. Ela sentiu que estava afundando em uma escuridão suave e envolvente. A chama da lâmpada se transformou em uma estrela pontiaguda de fogo que repousava sobre o elmo de um cavaleiro, o som do vento e da chuva se transformou em fracos gritos humanos. Ela sussurrou, como o imperador moribundo havia feito...

– Estou enfeitiçada.

Então o cavaleiro, com a estrela brilhando acima da testa, se aproximou dela e ofereceu-lhe uma taça.

– Sebastian! – exclamou ela, e se empertigou com uma expressão de horror. O cômodo girava em torno dela. Ela viu o longo escudo pintado do cavaleiro e sua mão nua oferecendo o vinho. A viseira estava abaixada. Ela gritou e riu ao mesmo tempo e colocou a taça de lado.

Alguém falou no meio do mistério.

– A imperatriz encontrou a felicidade. Por que não você? Uma mulher não pode morrer tão facilmente quanto um homem?

Ela tentou se lembrar das suas orações, encontrar seu crucifixo; mas a borda fria de ouro tocou seus lábios e ela bebeu. O vinho quente queimou-lhe a garganta e encheu-a de força; quando ela saltou, a estrela do cavaleiro voltou tremendo para a chama do lampião, os vapores se dissiparam. Ela se viu olhando para Dirk Renswoude, que estava no centro do aposento e sorriu para ela.

— Oh! — exclamou ela, desnorteada, e colocou as mãos na testa.

— Ora — disse Dirk. Ele segurava uma rica taça de ouro vazia, e era aquela a voz que ela já ouvira. — Por que a senhora saiu de Frankfurt?

Jacobea estremeceu.

— Não sei. — Seus olhos estavam vazios e opacos. — Acho que tive medo.

— De fazer como Ysabeau fez? — perguntou Dirk.

— O que aconteceu comigo? — Essa foi sua resposta. Todo o som externo havia cessado; a luz brilhava clara e constante, lançando seu leve brilho sobre as silhuetas esbeltas do jovem e da trêmula dama.

— E o seu mordomo? — sussurrou Dirk.

Ela respondeu mecanicamente, como se falasse de cor.

— Eu não tenho mordomo. Vou sozinha para Martzburg.

— E Sebastian? — questionou o jovem.

Jacobea ficou em silêncio. Ela seguiu lentamente pela câmara, guiando-se com uma das mãos ao longo da parede, como se não conseguisse enxergar; o vento agitava as tapeçarias sob seus dedos e o vestido em volta dos pés.

Dirk colocou a taça ao lado do lampião enquanto a observava atentamente com os olhos apertados.

— E Sebastian? — repetiu ele. — A senhora fugiu, mas deixou de pensar nele?

— Não — disse a castelã de Martzburg. — Não, dia e noite. O que é Deus, que permite que o rosto de um homem se interponha entre mim e Ele?

— O imperador está morto — disse Dirk.

— Está morto — repetiu ela.

— Ysabeau sabe como.

— Ah! — sussurrou ela. — Acho que eu sabia disso.

— A imperatriz ficará feliz e você matará seu coração de fome?

Jacobea suspirou.

— Sebastian! Sebastian! — Ela tinha a aparência de quem anda dormindo.

— O que Sybilla é para você?

— Esposa dele — respondeu Jacobea no mesmo tom. — Esposa dele.

— Os mortos não prendem os vivos.

Jacobea riu.

— Não, não... Como está frio aqui; não sente o vento no chão? — Seus dedos vagaram sem rumo pelo peito. — Sybilla está morta, o senhor disse?

— Não. Sybilla poderia morrer... muito facilmente.

Jacobea riu novamente.

— Ysabeau fez... Ela é jovem e bela — disse ela. — E ela pôde fazer... por que não eu? Mas não suporto olhar para a morte. — Seus olhos inexpressivos se voltaram para Dirk, ainda sem enxergar.

— Uma palavra — disse Dirk. — É o que basta de sua parte. Mande-o adiante para Martzburg.

Jacobea assentiu sem objetivo.

— Por que não? Por que não? Sybilla estaria na cama, deitada, acordada, ouvindo o vento como eu, tantas vezes, e ele subiria a escada íngreme e escura. Ah, e ela levantaria a cabeça...

Dirk completou:

— "A castelã falou?", ela diria, e ele acabaria com tudo.

— Talvez ela ficasse feliz em morrer — disse Jacobea, sonhador. — Eu já pensei que ficaria feliz em morrer.

— E Sebastian? — disse Dirk.

Seu rosto estranhamente alterado se iluminou e mudou.

— *Ele* gosta de *mim*? — perguntou ela de forma lamentável.

— O suficiente para tornar a vida e a morte insignificantes — respondeu Dirk. — Ele não a seguiu desde Frankfurt?

— Me seguiu? — murmurou Jacobea. — Achei que tivesse me abandonado.

— Ele está aqui.

—Aqui... aqui? — Ela se virou, seus movimentos ainda curiosamente cegos, e a longa cabeleira brilhou sobre o vestido escuro quando ela ficou de costas para a luz.

— Sebastian — disse Dirk baixinho. Ele balançou a mãozinha e o senescal apareceu na porta escura da sala. Olhou de um para outro rapidamente, e seu rosto estava vermelho e perigoso.

— Sebastian – disse Jacobea. Não houve mudança na voz nem no semblante; ela estava ereta e de frente para ele, mas era como se não o tivesse visto, pois parecia não haver vida em seus olhos.

Ele atravessou a sala até ela, falando enquanto vinha, mas uma súbita rajada de vento lá fora dispersou suas palavras.

— O senhor me seguiu? — perguntou ela.

— Sim — respondeu ele com voz rouca, olhando para ela. Ele não imaginava que um rosto vivo pudesse ficar tão branco quanto o dela, não, nem um rosto morto. Ele se apoiou em um joelho diante dela e pegou a mão inerte.

— Estaremos livres esta noite? — perguntou ela gentilmente.

— Basta a senhora falar – disse ele. — Faço tudo pela senhora.

Ela se inclinou para a frente e, com a outra mão, tocou no cabelo despenteado dele.

— Lorde de Martzburg e meu senhor — disse ela, e sorriu docemente. – O senhor sabe o quanto eu o amo, Sebastian? Ora, pergunte à imagem da Virgem. Eu disse a ela tantas vezes, e a mais ninguém. Não, a mais ninguém.

Sebastian ficou de pé.

— Oh, Deus! — exclamou ele. — Estou envergonhado... você a enfeitiçou. Ela não sabe o que diz.

Dirk virou-se para ele com ferocidade.

— Você não me amaldiçoou quando pensou que ela havia escapado? Eu não jurei recuperá-la para você? Ela não é sua? São Gabriel não pode salvá-la agora.

— Se ela não tivesse dito isso — murmurou Sebastian. Ele voltou os olhos distraídos para ela, parada, sem nenhuma mudança na expressão, as pontas dos dedos apoiadas na mesa. Seus grandes olhos cinzentos estavam voltados para a frente.

— Tolo — respondeu Dirk. — E ela *não* o amava, que chance você tinha? Deixei meus afazeres para ajudá-lo a ganhar este prêmio, e não aceito que hesite agora. Senhora, fale com ele.

— Sim, fale comigo — gritou Sebastian sinceramente. — Diga-me se é seu desejo que eu, a qualquer custo, me torne seu marido, diga-me se é sua vontade que a mulher em nosso caminho se vá.

Uma paixão lenta agitou a calma do rosto dela. Seus olhos brilharam.

— Sim — disse ela. — Sim.

— Jacobea! — Ele pegou o braço dela e a puxou para perto de si. — Olhe-me no rosto e repita isso para mim. Pense se vale a pena... o Inferno... para a senhora e para mim.

Ela olhou para ele e escondeu o rosto na manga dele.

— Sim, vale a pena o Inferno — respondeu ela pesadamente. — Vá para Martzburg esta noite. Ela não poderá reivindicá-lo se estiver morta. Como me esforcei para não a odiar... *meu* senhor, *meu* marido. — Ela se agarrou a ele como uma criança sonolenta que se sente caindo no esquecimento. — Agora tudo acabou, não é? A inquietação, o esforço. Sebastian, cuidado com a tempestade. Ela sopra muito alto.

Ele a colocou na cadeira velha e desgastada.

— Voltarei para a senhora... amanhã.

— Amanhã — repetiu ela —, quando o sol nascer.

O vento soprava entre eles e fazia a chama da lâmpada saltar sem controle.

— Depressa! — gritou Dirk. — Vá! O cavalo está lá embaixo.

Mas Sebastian ainda olhava para Jacobea.

— Está feito — disse Dirk impaciente. — Vá embora.

O senescal se virou.

— Estão todos dormindo lá embaixo? — perguntou ele.

— E não vão acordar.

Sebastian abriu a porta da escada escura e saiu suavemente.

— Agora está feito — repetiu Dirk num sussurro crescente —, e ela está perdida. — Ele pegou o lampião e, segurando-o no alto, observou a figura caída na poltrona. A cabeça de Jacobea afundava no veludo manchado; havia um sorriso em seus lábios brancos e as mãos repousavam no colo. Mesmo com o rosto atento de Dirk curvado sobre seu corpo e toda a luz caindo sobre ela, Jacobea não levantou o olhar. — Cabelo dourado e olhos cinzentos... e seus pezinhos — murmurou Dirk. — Uma das flores do próprio Deus. O que você é agora?

Ele riu sozinho e colocou o lampião na mesa. A calmaria no interior da tempestade havia passado, o vento e a chuva agora lutavam juntos nas árvores nuas, e os uivos da tempestade sacudiam o longo quarto.

Jacobea se moveu no assento.

— Ele se foi? — perguntou ela com medo.

— Decerto, ele se foi. — Dirk sorriu. — A senhora gostaria de tê-lo diariamente nessa tarefa?

Jacobea se levantou depressa e ficou por um momento ouvindo o vento infeliz.

— Eu pensei que ele estivesse aqui — disse ela baixinho. — Achei que finalmente tivesse chegado.

— Ele veio — disse Dirk.

A castelã olhou rapidamente para ele. Havia uma percepção surgindo nos olhos dela.

— Quem é o senhor? — perguntou, e sua voz tinha perdido a calma. — O que aconteceu?

— A senhora não se lembra de mim? — Dirk sorriu.

Jacobea cambaleou para trás.

— Ora — gaguejou ela —, ele estava aqui, aos meus pés, e conversamos... sobre Sybilla.

— E agora — disse Dirk — ele foi libertá-la de Sybilla, como a senhora mandou.

— Como eu mandei?

Dirk apertou o manto no peito.

— Neste momento, ele cavalga para Martzburg para executar seu serviço, e eu preciso ir para Frankfurt, onde minha sorte espera. Para a senhora, estas palavras: se encontrar novamente um tal Theirry, um belo estudante, não fale com ele sobre Deus e julgamento, nem tente agir como santa. Deixe-o em paz, ele não é assunto seu, e talvez alguma mulher goste dele como a senhora gosta de Sebastian, sim, e o abrace, embora não tenha cabelo louro.

Jacobea soltou um gemido de angústia.

— Eu mandei que ele fosse — sussurrou ela. — Deus me abandonou completamente e eu o mandei ir?

Ela lançou a Dirk um olhar louco por cima dos ombros, encolhendo-os até as orelhas, enquanto se agachava no chão.

— Você é o diabo! — gritou ela. — Eu me entreguei ao diabo!

Ela bateu as mãos uma na outra e caiu em direção aos pés dele.

Dirk se aproximou e olhou com curiosidade para o rosto inconsciente dela.

— Ora, ela não é tão bela — murmurou ele —, a dor estragará sua flor, e era só o rosto dela que ele amava.

Ele apagou o lampião e sorriu na escuridão.

— Eu realmente acho que Deus é muito fraco.

Ele afastou a cortina da janela profunda, e a lua, cavalgando nas nuvens de tempestade como uma amazona com armadura prateada, lançou uma luz medonha sobre a figura encolhida de Jacobea de Martzburg e espalhou a sua sombra escura pelo chão frio. Dirk deixou o aposento e o albergue sem ser visto nem ouvido. O vento fazia um clamor muito forte para que sons dispersos pudessem ser percebidos. Na noite selvagem e úmida, ele parou por um momento para se orientar; depois, virou-se para o barracão onde ele e Sebastian tinham deixado os cavalos.

As árvores e a placa rangeram e balançaram juntas. As longas lanças da chuva batiam em seu rosto e o vento jogava o cabelo nos olhos, mas ele cantava baixinho num tom alegre. A lua furiosa e triunfante, lançando seus raios pelas nuvens, serviu para iluminar o pequeno barracão de madeira, estábulo da estalagem, construído junto às rochas.

Havia os cavalos da castelã dormindo em suas baias, e ali estava o dele. Mas o lugar ao lado, onde o corcel de Sebastian esperava, estava vazio.

Dirk, tremendo um pouco por causa da tempestade, desamarrou o cavalo e estava se preparando para partir quando um som próximo o deteve. Alguém se mexia na palha no fundo do barracão. Dirk ficou escutando, a mão na rédea, até que um raio de luar passando por cima de seu ombro revelou uma figura encapuzada erguendo-se do chão.

— Ah — disse Dirk em tom baixo —, quem é?

O estranho se levantou.

— Apenas me abriguei aqui, senhor — disse ele —, considerando que era tarde demais para despertar o albergue...

— Theirry! — exclamou Dirk, e riu com entusiasmo. — Isso sim é estranho...

A figura avançou.

— Theirry, sim. Você me seguiu? — perguntou ele com agitação, e seu rosto mostrou-se tenso e pálido sob a luz prateada. — Saí de Frankfurt para fugir de você. Que truque demoníaco o trouxe aqui?

Dirk acariciou suavemente o pescoço do cavalo.

— Você tem medo de mim, Theirry? — perguntou ele tristemente. — Por certo, não há necessidade.

Mas Theirry gritou para ele com a ferocidade de quem está encurralado.

— Vá embora! Não quero nada com você nem os seus. Sei como o imperador morreu e fugi de uma cidade onde pessoas como você chegam ao poder. Sim, assim como Jacobea de Martzburg fez... Eu vim atrás dela.

— E onde você acha que a encontrará? — perguntou Dirk.

— A esta altura, ela está em Basileia.

— Você não tem medo de ir a Basileia?

Theirry estremeceu e recuou para as sombras do barracão.

— Quero salvar minha alma. Não, não tenho medo. Se for preciso, confessarei.

Dirk riu.

— No santuário de Jacobea de Martzburg? Veja se ela não estará pisoteada na lama até lá.

— Você mente, você a difama! — gritou o outro, agitado.

Mas Dirk voltou-se para ele com severidade imperiosa.

— Não saí de Frankfurt em uma missão tola. Eu estava triunfante, no ápice da minha sorte, com poder sobre Ysabeau. Eu tinha bons motivos para deixar isso de lado. Venha comigo para Martzburg e veja meu trabalho, e conheça a santa que você adora.

— Para Martzburg? — A voz de Theirry continha terror.

— Exatamente. Para Martzburg. — Dirk começou a conduzir seu cavalo para o campo aberto.

— A castelã está lá?

— Se ainda não estiver, estará em breve. Pegue um desses cavalos — acrescentou.

— Não sei o que você quer dizer — respondeu Theirry com medo. — Mas meu caminho era para Martzburg. Quero rogar para que Jacobea, que partiu sem me dizer uma palavra, me dê algum lugarzinho em seu serviço.

— Talvez ela dê — zombou Dirk.

— Você não vai sozinho — gritou Theirry, ficando mais furioso —, pois não pode haver bom motivo para você a perseguir.

— Eu pedi sua companhia.

Impaciente e febrilmente, Theirry desamarrou e preparou uma montaria.

— Se você tiver intenções malignas para com ela — gritou ele —, tenha certeza de que serão derrotadas, pois a força dela é como a força dos anjos.

Dirk guiou delicadamente seu cavalo para fora do abrigo. A lua havia finalmente conquistado os batalhões de nuvens, e uma luz clara e fria revelava a forma quadrada e escura do albergue, a placa oscilante, os pinheiros nus e o longo brilho da estrada. Os olhos de Dirk se voltaram para a janela vazia do quarto onde Jacobea estava deitada, e ele sorriu malicioso.

— A noite clareou — disse ele, enquanto Theirry, conduzindo um dos cavalos da castelã, saía do estábulo — e devemos chegar a Martzburg antes do amanhecer.

CAPÍTULO XIX
SYBILLA

SEBASTIAN PAROU NA ESCADA ÍNGREME E ESCURA E EScutou. O castelo Martzburg estava totalmente silencioso. Ele sabia que havia apenas um ou dois criados dentro dos muros e que dormiam longe. Sabia que sua entrada cautelosa pela porta do torreão não fizera nenhum som, mas a cada dois degraus ele parava e escutava. Havia conseguido uma lamparina; ela tremulava com perigo de se apagar na escada cheia de correntes de ar, tanto que teve que protegê-la com a mão. Uma vez, quando parou, tirou do cinto as chaves que lhe permitiram entrar e as enfiou no peito do gibão; penduradas na cintura, elas faziam um leve tilintar enquanto ele andava.

Quando chegou ao grande salão, ele abriu a porta muito suave e lentamente, como se não soubesse que apenas o vazio o esperava do outro lado. Ele entrou, e sua pequena luz serviu apenas para mostrar a extensão da escuridão. Estava muito frio; ele ouvia a chuva caindo em um fio fino dos lábios das gárgulas do lado de fora. Lembrou-se daquele mesmo som na noite em que os dois estudantes se abrigaram lá; a noite em que o ato que ele estava prestes a cometer fora colocado pela primeira vez em sua cabeça por um demônio, em um sussurro. Foi até a lareira e colocou a lamparina no nicho perto da chaminé. Desejou que houvesse fogo; pois estava muito frio. Os raios fracos da lamparina mostravam as cinzas na lareira, as almofadas no assento da janela e algo que, mesmo naquela escuridão, brilhava com um tom de fogo. Sebastian olhou para lá meio horrorizado: era o lírio vermelho de Sybilla, acabado e brilhante em uma almofada de samito. Ao lado dele dormia a gatinha cinzenta de Jacobea.

    O senescal, olhando com curiosidade e atenção, lembrou-se do fato de nunca ter conversado com a esposa e nunca ter gostado dela. Ele não conseguia identificar uma palavra áspera trocada entre eles, mas, se ela tivesse dito que o odiava, não teria ficado surpreso. Ele se perguntou, caso algum dia a tivesse amado, se estaria ali naquela noite, naquela missão.

    Lorde de Martzburg! Senhor de um domínio tão excelente quanto qualquer outro no império, com chance da própria coroa imperial... Não, se ele amasse a esposa, não teria feito diferença. Que idiota permitiria que uma mulher interferisse em um grande destino? Lorde de Martzburg. Sem muita reflexão sobre o inevitável para sua esposa, ele passou a pensar em Jacobea. Até aquela noite, ela tinha sido um enigma, e o fato de que ela o favorecia era um mero abono para seu crime; ela obter isto ou aquilo para ele era um fato a ser aceito e usado; mas que ela rezasse por ele, falasse como havia feito... isso era outra questão, e pela primeira vez na fria vida, ele ficou ao mesmo tempo comovido e envergonhado. Seu rosto magro e moreno ficou corado; ele olhou de soslaio para o lírio vermelho e pegou a lamparina no nicho. As sombras pareciam se reunir e se aglomerar no silêncio, caindo sobre ele e incitando-o a seguir em frente. Ele encontrou aberta a portinha junto à lareira e subiu a íngreme escada de pedra até o quarto da esposa. Ali não havia sequer o gotejar da chuva nem o lamento do vento para perturbar a quietude. Ele havia tirado as botas, e seus pés revestidos de seda não faziam nenhum som, mas ele não conseguia abafar a respiração irregular e as batidas fortes do coração.

Quando chegou ao quarto dela, ele fez uma nova pausa e escutou novamente. Nada. Como poderia haver algo? Ele não tinha andado tão suavemente que até a gatinha dormia sem ser perturbada? Ele abriu a porta e entrou. Era uma câmara pequena e baixa; as janelas estavam abertas e o luar espasmódico brincava no chão. Sebastian olhou imediatamente para a cama, que ficava à esquerda. Tinha uma cortina escura, agora afastada dos travesseiros. Sybilla estava dormindo; seu cabelo espesso e pesado estava espalhado sob a bochecha. A pele e os lençóis adquiriram uma brancura deslumbrante sob a lua. Trabalhadas na colcha, que havia escorregado até o chão polido, havia grandes guirlandas de rosas roxas, aparecendo de forma tênue, mas bonita.

Os sapatos dela estavam nos degraus que levavam à cama; as roupas estavam jogadas numa cadeira. Ali perto, havia um crucifixo pendurado na parede, com o breviário em uma prateleira abaixo. Ao passar, as nuvens de tempestade lançavam sombras luminosas pelo cômodo; mas estavam ficando mais fracas, a tempestade estava diminuindo. Sebastian colocou a lamparina sobre uma arca baixa perto da porta e avançou até a cama. Um espelho grande e escuro pendia ao lado da janela, e nele pôde ver sua esposa novamente, refletida vagamente em sua brancura de marfim com as linhas escuras do cabelo e sobrancelhas. Ele foi até a cabeceira da cama e sua sombra se projetou sobre o rosto adormecido.

— Sybilla — disse ele.

A respiração regular não se alterou.

— Sybilla.

Uma nuvem rápida obscureceu a lua; os raios fracos da lamparina lutavam contra a escuridão.

— Sybilla.

Agora, ela se mexeu. Ele a ouviu suspirar como alguém que acorda relutantemente de sonhos suaves.

— Não me ouve falar, Sybilla?

Na escuridão desconcertante da cama, ele ouviu as roupas de cama de seda farfalharem e escorregarem. A lua apareceu novamente e a revelou sentada, agora bem acordada e olhando para ele.

— Então você voltou para casa, Sebastian? – disse ela. – Por que me despertou?

Ele olhou para ela em silêncio. Ela afastou o cabelo dos olhos.

— O que é? – perguntou ela suavemente.

— O imperador morreu – disse Sebastian.

— Eu sei... O que isso significa para mim? Traga a luz, Sebastian, não consigo ver seu rosto.

— Não há necessidade. O imperador não teve tempo de rezar, e eu não faria isso com você, por isso a acordei.

— Sebastian!

— Por ordem da minha senhora, você deve morrer esta noite, e também por meu desejo. Eu serei lorde de Martzburg, e não há outra maneira...

Ela moveu a cabeça e, olhando para a frente, tentou ver o rosto dele.

— Faça as pazes com o Céu – disse ele com voz rouca –; pois amanhã devo ir até ela como um homem livre.

Ela colocou a mão no pescoço comprido.

— Eu me perguntei se você algum dia me diria isso. Achei que não, pois não me passou pela cabeça que ela pudesse dar ordens.

— Então você sabia?

Sybilla sorriu.

— Antes de você saber, Sebastian, e pensei tanto nisso nesses longos dias em que fiquei sozinha que parecia que eu devia costurar até mesmo nos meus bordados: "Jacobea ama Sebastian".

Ele agarrou a cabeceira da cama.

— É uma coisa muito estranha – disse sua esposa – que ela o ame... a você... e que o tenha mandado aqui esta noite. Ela era uma donzela graciosa.

— Não estou aqui para falar disso – respondeu Sebastian. – E não temos muito tempo; o amanhecer não demora.

Sybilla se levantou e colocou os pés compridos no degrau da cama.

— Então eu tenho que morrer – disse ela. – Tenho que morrer. Certamente! Eu não vivi tão mal a ponto de ter medo de morrer, nem de forma tão agradável a ponto de desejar viver. Vai ser uma coisa ruim da sua parte me matar, mas não será vergonha para mim ser morta, meu senhor.

Parada agora perto das cortinas escuras, seu cabelo capturou a luz da lamparina e faiscou em vermelho-dourado acima do rosto pálido. Sebastian a olhou com ódio e um pouco de pavor, mas ela sorriu estranhamente para ele.

— Você nunca me conheceu, Sebastian, mas eu conheço você muito bem, e o desprezo tanto que chego a lamentar pela castelã.

— Ela e eu cuidaremos disso — respondeu Sebastian ferozmente. — E se você estiver pretendendo me distrair ou atrasar com essa conversa, saiba que é inútil, pois estou determinado e não me comoverei.

— Eu não pretendo comovê-lo, nem peço a você pela minha vida. Eu sempre fui obediente, não fui?

— Não sorria para mim! — gritou ele. — Você devia me odiar.

Ela balançou a cabeça.

— É certo que não o odeio.

Ela se afastou da cama, em seu traje longo de linho, magra e de aparência infantil. Pegou um xale de seda dourada na cadeira e se enrolou nele. O homem olhou para ela o tempo todo com olhos taciturnos.

Ela olhou para o crucifixo.

— Eu não tenho nada a dizer. Deus sabe tudo. Estou pronta.

— Eu não quero sua alma! — exclamou ele.

Sybilla sorriu.

— Eu me confessei ontem. Como está frio para esta época do ano! Eu não tremo por medo, meu senhor.

Ela calçou os sapatos e, quando se curvou, o cabelo brilhante caiu e tocou na área de sua pele iluminada pelo luar fraco.

— Apresse-se — sussurrou Sebastian.

A esposa ergueu o rosto.

— Há quanto tempo estamos casados? — perguntou ela.

— Esqueça isso. — Ele empalideceu e mordeu o lábio.

— Três anos... não, nem três anos. Quando eu estiver morta, dê meus bordados a Jacobea, os que estão nos baús. Eu terminei o lírio vermelho, o que eu estava bordando quando os dois estudantes vieram naquela noite em que ela e você souberam, embora eu já soubesse bem antes.

Sebastian pegou a lamparina.

— Fique em silêncio ou fale com Deus — disse ele.

Ela percorreu o aposento delicadamente, segurando a seda dourada junto ao peito.

— O que você vai fazer comigo? — sussurrou ela. — Me estrangular? Não, veriam isso depois.

Sebastian foi até uma portinha que se abria ao lado da cama e empurrou a arca.

— Isto leva às ameias — disse ele. E apontou para os degraus escuros. — Suba, Sybilla.

Ele segurou a lamparina acima do rosto transtornado, e a luz dela caiu sobre os degraus estreitos de pedra. Ela os olhou e subiu. Sebastian foi atrás e fechou a porta quando passou. Em poucos momentos, eles estavam no telhado do torreão. O céu amplo estava limpo agora e empalidecendo para o amanhecer. Nuvens claras se amontoavam em volta da lua morrente, e as estrelas espalhadas pulsavam com fraqueza. Abaixo disso havia as outras áreas do castelo, e ao lado disso havia o mastro e o estandarte de Jacobea de Martzburg maltratado pelo vento.

Sybilla se apoiou nas ameias, o cabelo voando em torno do rosto.

— Como está frio! — disse ela com voz trêmula. — Apresse-se, meu senhor.

Ele também estava tremendo no vento forte e insistente.

— Você não vai rezar? — perguntou ele de novo.

— Não — respondeu ela, e o olhou com expressão vazia. — Se eu berrar, alguém me ouviria? Vai ser mais horrível do que pensei? Apresse-se, apresse-se, antes que eu fique com medo.

Ela se agachou junto à pedra, tremendo violentamente. Sebastian colocou a lamparina no chão.

— Cuidado para ela não se apagar — disse Sybilla, e riu. — Você não ia gostar de procurar o caminho de volta no escuro. A gatinha vai ter pena de mim.

Ela parou para olhar o que ele estava fazendo.

Uma parte da torre se projetava; ali, o muro era da altura de um homem, com buracos para balestras. Era por ali que Sybilla olhava o campo abaixo emoldurado em pedra como uma imagem em uma carta de tão pequena que era, mas clara e de cores intensas. Abaixo do muro havia um caminho de pedra, erguido quando necessário por um anel de ferro. Quando levantado, revelava uma queda íngreme de toda a altura do torreão, através da qual pedras e fogo podiam ser atirados em ocasiões de cerco contra os agressores no pátio abaixo. Mas Jacobea sempre estremecera com isso, e durante muitos anos não houve ocasião de abri-lo. Sybilla viu o marido puxar o anel e inclinar-se sobre o buraco, e deu um passo à frente.

— Precisa ser assim? Ah, Jesus! Jesus! Não devo ter medo?

Ela uniu as mãos e grudou os olhos na imagem de Sebastian enquanto ele erguia a tábua e revelava o vão preto. Rapidamente recuou, quando pedra raspou em pedra.

— Então — disse ele. — Não tocarei em você, e logo vai acabar. Ande, Sybilla.

Ela fechou os olhos e respirou fundo.

— Você não tem coragem? — gritou ele violentamente. — Então devo jogá-la das ameias... não vai parecer assassinato...

Ela virou o rosto para o belo céu que clareava.

— Minha alma não tem medo, mas... como meu corpo se encolhe! Acho que eu não consigo...

Ele fez um movimento na direção dela. Nessa hora, ela se recompôs.

— Não. Você não tocará em mim.

Ela andou pelo telhado do torreão com passos firmes.

— Adeus, Sebastian. Que Deus me absolva e a você também.

Ela levou as mãos ao rosto e gemeu quando seu pé tocou a beira do buraco... Nenhum grito ou berro perturbava a serenidade da noite, e ela não fez nenhum último esforço para se salvar.

Só desapareceu silenciosamente na escuridão de sua morte. Sebastian ouviu o som estranho e indefinido, e gotas de terror se acumularam em sua testa. Então tudo ficou em silêncio novamente, exceto pelo som monótono do estandarte.

– Lorde de Martzburg – murmurou ele para se acalmar. – Lorde de Martzburg.

Ele colocou a pedra no lugar, pegou a lamparina e desceu a escada estreita e fria. O quarto dela... no travesseiro, a marca onde sua cabeça tinha estado, as roupas sobre a arca. Bem, ele a odiava, não menos do que antes. Até o fim, ela o envergonhou. Por que ele tinha demorado tanto? Foi tempo demais... logo estariam despertando, e ele tinha que estar longe de Martzburg antes que encontrassem Sybilla.

Ele saiu do quarto com a mesma furtividade desnecessária que utilizou ao entrar, e de forma cautelosa desceu a escada para o grande salão.

Para chegar à portinha por onde ele tinha entrado, precisava atravessar metade do castelo. Ele amaldiçoou a distância e a luz cinzenta que entrava por todas as janelas pelas quais passava e que revelava para ele a própria mão trêmula segurando a lamparina inútil. Martzburg, que em breve seria seu castelo, tinha se tornado odioso. Ele sempre o achara grande demais, vazio demais. Mas agora, ele o ocuparia como Jacobea nunca tinha feito; os cavalheiros e os parentes dela que sempre o tinham ignorado agora seriam seus convidados e companheiros.

Os pensamentos que percorriam seu cérebro tomavam rumos curiosos. Jacobea era tutelada do imperador... mas o imperador estava morto, e ele deveria se casar com ela secretamente, e quanto tempo ele precisava esperar? Sybilla ia com frequência ao torreão, pareceria que ela havia caído... Ninguém o tinha visto chegar, ninguém o veria partir... E Jacobea, a coisa mais estranha de todas – ele parecia ouvir Sybilla dizendo isso – era que ela o amasse...

O brilho pálido de um amanhecer sombrio encheu o grande salão quando ele entrou. A gata cinzenta ainda dormia, e as sedas brilhantes do lírio vermelho reluziam como o cabelo da mulher estranha que o havia bordado pacientemente no samito. Ele atravessou o corredor na ponta dos pés, desceu a escada mais larga e se dirigiu à primeira câmara do torreão. Com cuidado, devolveu a lamparina ao nicho onde a encontrara. Perguntou-se, enquanto a apagava, se alguém notaria que havia sido queimada naquela noite. Calçou cuidadosamente as botas enlameadas e saiu para o pátio pela portinhola traseira.

O castelo era tão protegido e ficava situado num lugar tão tranquilo que, quando a castelã não estava dentro das muralhas, os enormes portões externos, que exigiam muitos homens para fechá-los, ficavam abertos para a encosta da colina. Além deles, Sebastian viu seu cavalo paciente, preso ao anel da corrente do sino, e além dele as colinas e árvores azul-acinzentadas.

Seu caminho estava aberto. No entanto, ele fechou a porta lentamente atrás de si e hesitou. Ele lutou contra o desejo de ir vê-la; ele sabia exatamente como ela havia caído... Quando chegara a Martzburg da primeira vez, o buraco horrível nas ameias exerceu sobre ele um grande fascínio; muitas vezes, atirara pedras, torrões de grama, até mesmo um livro uma vez, para poder ouvir o assobio oco e imaginar um inimigo furioso lá embaixo. Depois ele observava essas coisas e como elas atingiram o fundo do vão, onde Sybilla estaria agora; ele desejava vê-la, mas detestava pensar nisso. Ali estava o seu cavalo, a estrada aberta, e Jacobea esperando a alguns quilômetros de distância, mas ele permanecia lá enquanto a luz acusadora do dia se reunia ao seu redor, enquanto o sol nascente o descobria. Ele se demorava nos momentos preciosos, mordia as pontas do cabelo preto, franzia a testa e olhava para a torre redonda do torreão, do outro lado da qual ela estava caída. Finalmente, ele atravessou as pedras ásperas do calçamento, contornou a fortaleza, parou e olhou para ela. Sim, ele a tinha imaginado; no entanto, viu-a com mais nitidez do que imaginara que veria naquela luz cinzenta. O cabelo e o manto pareciam estar bem enrolados nela; uma das mãos ainda segurava o rosto; seus pés estavam descalços e lindos. Sebastian se aproximou. Ele queria ver o rosto dela e se seus olhos estavam abertos.

Queria também ter certeza se aquele vermelho-escuro no chão eram todos os cachos espalhados... A luz era traiçoeira. Ele estava se abaixando para tocá-la quando o som rápido de um cavaleiro que se aproximava o fez recuar e olhar ao redor. Mas antes que ele pudesse dizer a si mesmo que seria bom fugir, eles chegaram: dois cavaleiros, bem montados, o da frente sendo Dirk Renswoude, de cabeça descoberta, com uma cor rica nas bochechas e um brilho nos olhos. Ele puxou as rédeas do cavalo marrom esbelto.

— Então está feito? — gritou ele, inclinando-se da sela na direção de Sebastian. O senescal recuou.

— Quem está com você? — perguntou ele com voz trêmula.

— Um amigo meu e pretendente da castelã, de cujo delírio você o curará.

Theirry chegou para a frente, os cascos do cavalo relutante fazendo um ruído musical nas pedras.

— O senescal! — gritou ele. — E...

Sua voz sumiu. Ele voltou olhos ardentes para Dirk.

— ... a mulher que era esposa do senescal — disse o jovem, sorrindo. — Mas, veja bem! Agora você deve reverenciá-lo, pois ele será lorde de Martzburg.

Sebastian estava olhando para Sybilla.

— Você fala demais — murmurou ele.

— Não, meu amigo está comigo, e eu posso responder pelo silêncio dele. — Dirk bateu no pescoço do cavalo e riu de novo. A risada tinha uma nota aguda triunfante.

Theirry se virou para ele com ferocidade desesperada e amarga.

— Por que você me trouxe aqui? Onde está a castelã? Por Deus e pelos santos, aquela mulher foi assassinada...

Dirk se virou na sela e olhou para ele.

— Sim, e por ordem de Jacobea de Martzburg.

Theirry riu alto.

— A mentira está morta na hora em que você a conta — respondeu ele —, e nem toda a sua maldade pode fazê-la viver.

— Sebastian — disse Dirk —, essa mulher não morreu por ordem da castelã? — Ele apontou para Sybilla.

— Você sabe disso, já que foi em sua presença que ela me mandou vir aqui — respondeu Sebastian em tom carregado.

A voz de Dirk ficou clara e musical.

— Você vê que seu baluarte de retidão tinha o senescal em alta conta, e que com um mero gesto da mão para ele, a esposa dele teve que morrer...

— Paz! Paz! — gritou Sebastian ferozmente, e Theirry se empertigou na sela.

— É mentira! — repetiu ele em tom descontrolado. — Se não for mentira, Deus virou o rosto para mim e estou realmente perdido!

— Se não for mentira — declarou Dirk, exultante —, você é meu. Você não jurou?

— E se ela é essa coisa que você diz — respondeu Theirry apaixonadamente —, o Diabo é realmente astuto, e eu sou seu servo; mas, se você falar mentiras, eu o matarei aos pés dela.

— E é isso que vou honrar — disse Dirk, sorrindo. — Sebastian, você retornará conosco para dar a notícia à sua senhora.

— Ela não está aqui? — perguntou Theirry.

Dirk apontou para o arnês folheado a prata.

— Você monta o cavalo dela. Veja o brasão dela no peito dele. Doce tolo, nós a deixamos para trás no albergue, esperando o retorno do senescal...

— De todas as maneiras você me encurrala e engana — exclamou Theirry com veemência.

— Vamos embora — disse Sebastian. Ele olhou para Dirk como se olhasse para seu senhor. — Não é hora de irmos embora?

Já estava dia claro, embora o sol ainda não tivesse subido acima das colinas. As imponentes muralhas e altas torres do enorme castelo cinzento bloqueavam o céu e lançavam na escuridão os três à sua sombra.

— Ouçam! — disse Dirk, e levantou o dedo delicadamente. Mais uma vez, o som de um cavalo se aproximando pela longa estrada branca, o subir e descer do trote rápido amargamente distinto na quietude.

— Quem é? — sussurrou Sebastian. Ele agarrou a rédea de Dirk como se encontrasse proteção na presença próxima do jovem e olhou para os portões abertos.

Um cavalo branco apareceu contra o fundo frio e enevoado da região cinzenta. Uma mulher estava na sela: Jacobea de Martzburg.

Ela fez uma pausa, olhou para as janelinhas altas do torreão e voltou o olhar para os três silenciosos.

— Agora a castelã pode falar por si mesma — sussurrou Dirk. Theirry deu um grande suspiro, os olhos fixos com dolorosa intensidade na dama que se aproximava, mas ela não pareceu ver nenhum deles.

— Sebastian — gritou ela, e voltou a olhar para ele —, onde está sua esposa? — Suas palavras ressoaram no ar frio e claro como o repicar de um sino.

— Sybilla morreu ontem à noite — respondeu o senescal —, mas eu não fiz nada. E a senhora não deveria ter vindo.

Jacobea protegeu a testa com a mão enluvada e olhou para além do interlocutor.

Theirry explodiu em uma paixão trêmula.

— Em nome dos anjos em cuja companhia eu a coloquei, o que a senhora sabe sobre isso que foi feito?

— O que é isso no chão? — gritou Jacobea. — Sybilla... ele matou Sybilla! Mas, senhores — ela olhou ao redor num frenesi —, não devem culpá-lo. Ele cumpriu meu desejo...

— De seus próprios lábios! — gritou Theirry.

— Quem é você que fala? — questionou ela com arrogância.

— *Eu* o enviei para matar Sybilla... — Ela se interrompeu com um grito horrível. — Sebastian, você está pisando no sangue dela!

E, largando as rédeas, ela caiu da sela. O senescal a pegou e, quando ela escorregou de seus braços e ficou de joelhos, sua cabeça inconsciente se aproximou dos pés brancos e rígidos da morta.

— Seu cabelo louro! — gritou Dirk. — Vamos deixá-la com seu senescal. Você e eu temos outro caminho!

— Que Deus a amaldiçoe como amaldiçoou a mim — disse Theirry em agonia —, pois ela destruiu minha esperança do Céu!

— Você não vai me deixar? — perguntou Sebastian. — O que devo dizer? O que devo fazer?

— Minta e continue mentindo! — respondeu Dirk com ar selvagem. — Case com a dama e amaldiçoe seu povo. Use sua autoridade e parta o coração dela o mais rápido que puder...

— Amém para isso! — acrescentou Theirry.

— E agora, para Frankfurt! — gritou Dirk, exultante.

Eles partiram com os cavalos em um ritmo furioso e galoparam para fora do Castelo Martzburg.

CAPÍTULO XX
HUGH DE ROOSELAARE

DIRK TIROU O CASACO DE MONTARIA E OUVIU COM UM sorriso os passos rápidos de Theirry lá em cima. Ele estava novamente no aposento longo e baixo olhando para o jardim da bruxa, e nada tinha mudado, exceto que as rosas não floresciam mais nos arbustos espinhosos e nus.

— Então você o trouxe de volta — disse Nathalie, acariciando a manga macia do jovem. — Tirou a santa dele do santuário e a entregou aos demônios.

Dirk virou a cabeça. Havia uma linda expressão em seus olhos.

— Sim, eu o trouxe de volta — disse ele, pensativamente.

— Você fez uma tolice — resmungou a bruxa. — Ele ainda vai arruiná-lo. Cuidado, pois mesmo agora você o mantém contra a vontade. Eu observei o rosto dele quando entrou no antigo quarto.

Dirk se sentou com um suspiro.

— Nesse assunto, não me permitirei demover, e agora, traga comida, pois estou tão cansado que mal consigo pensar. Nathalie, o trabalho que foi, as estradas difíceis, os atrasos, as longas horas na sela... mas valeu a pena!

A bruxa pôs a mesa com louça rica de marfim e prata.

— Valeu a pena deixar sua fortuna na crise? Você partiu de Frankfurt um dia depois da morte do imperador e está ausente há dois meses. Ysabeau pensa que você está morto.

Dirk franziu a testa.

— Não importa, amanhã ela saberá que estou vivo. Martzburg fica longe e o tempo nos atrasou, mas tinha que ser assim. Agora, estou livre para trabalhar no meu próprio progresso.

Ele bebeu avidamente do vinho que lhe foi oferecido e começou a comer.

— Você soube — perguntou Nathalie — que Balthasar de Courtrai foi escolhido imperador?

— Soube — respondeu Dirk, sorrindo. — E vai se casar com Ysabeau em um ano. Nós sabíamos, não sabíamos?

— Na primavera eles vão a Roma receber a coroa imperial.

— Eu estarei com eles — disse Dirk. — Bem, é bom descansar. Que tolo burro Balthasar é! — Ele sorriu e seus olhos cintilaram.

— A imperatriz é uma mulher inteligente — respondeu a bruxa. — Ela veio aqui uma vez para saber aonde você tinha ido. Falei de brincadeira que você estava morto. Ela deve achar que o segredo dela morreu com você, mas não deu sinal de alegria nem alívio, nem indicação nenhuma do que queria.

Dirk serviu mais vinho num gesto elegante.

— Ela nunca se deixa trair pelo rosto de boneca. Um demônio com coração de ferro, a imperatriz.

— Mas dizem que ela é abobada por Balthasar, um cachorrinho atrás dele.

— Até ela mudar.

— Talvez você seja o próximo objeto de desejo dela — disse Nathalie. — Os cristais sempre preveem um trono para você.

Dirk riu.

— Eu não divido minhas honras com nenhuma... mulher — respondeu ele. — Coloque lenha no fogo, Nathalie, está frio.

Ele empurrou a cadeira com um suspirinho nos lábios e virou olhos satisfeitos para a lareira acesa que Nathalie alimentou.

— E ninguém viu nada de errado na morte de Melchoir? — perguntou ele curiosamente.

A bruxa voltou para o banquinho e esfregou as mãos. A luz do fogo lançou uma cor falsa no rosto dela.

— Sim, houve Hugh de Rooselaare.

Dirk se sentou mais ereto.

— Lorde de Rooselaare?

— Exatamente. Na noite em que Melchoir morreu, ele gritou "Assassina!" na cara da imperatriz.

Dirk exibiu um rosto sério e alerta.

— Eu não soube disso.

— Não — respondeu a bruxa com certa malícia —, você estava ocupado separando aquele garoto do amor dele, uma bela brincadeira. Ela é uma mulher inteligente, convoca Balthasar como seu campeão. Ele fica furioso, e Hugh é jogado no calabouço por ter se importado. — A bruxa gargalhou baixo. — Ele não quis se retratar, o caso dele foi jogado para lá e para cá, mas Balthasar e a imperatriz sempre o odiaram. Ele não teve a menor chance.

Dirk se levantou e apertou a mão na têmpora.

— Como assim? Não teve a menor chance?

Nathalie o encarou.

— Ora, você parece abalado.

— Me conte sobre Hugh de Rooselaare — pediu Dirk com voz intensa.

— Ele vai morrer hoje, ao pôr do sol.

Dirk soltou uma exclamação rouca.

— Bruxa velha! — gritou ele com amargura. — Por que não me contou isso antes? Estou perdendo tempo!

Ele pegou o manto na parede e colocou o chapéu.

— O que é Hugh de Rooselaare para você? — perguntou Nathalie, e atravessou a sala e se agarrou aos trajes do jovem.

Ele se soltou dela com ferocidade.

— Ele não deve morrer... ele, no cadafalso! Eu, como você diz, eu estava seguindo aquele garoto e o amor dele enquanto *isso* estava acontecendo!

A bruxa se encostou na parede, enquanto acima soavam os passos inquietos de Theirry. Dirk saiu correndo da sala e foi para a rua tranquila. Por um segundo, ele fez uma pausa; era fim de tarde, ele tinha talvez uma hora ou uma hora e meia. Apertando as mãos, ele respirou fundo e seguiu na direção do palácio em uma corrida constante. Por causa das nuvens de neve e do frio intenso, poucos eram os que estavam do lado de fora e notavam a figura esbelta correndo rápida e levemente; os que estavam fora de casa dirigiam-se ao mercado, onde lorde de Rooselaare encontraria a morte. Dirk chegou ao palácio com a mão sobre o coração, que doía pela corrida em grande velocidade; ele exigiu falar com a imperatriz. Nenhum dos guardas o conhecia ou sabia seu nome, mas, diante de sua imperiosa insistência, enviaram uma mensagem por pajem a Ysabeau, dizendo que o jovem doutor Constantine desejava vê-la. O menino voltou e Dirk foi admitido na mesma hora, sorrindo tristemente ao pensar com que sentimentos Ysabeau olharia para ele. Até ali, tudo tinha sido rápido; ele foi conduzido ao quarto particular dela e colocado frente a frente com a imperatriz enquanto ainda ofegava por causa da corrida. Ela estava encostada em uma janela alta e arqueada que mostrava as pesadas e ameaçadoras nuvens de inverno lá fora; suas cortinas roxas, verdes e douradas reluziam calorosamente no brilho do fogo. Havia uma bandeja de incenso sobre a lareira à maneira do Oriente, e a fumaça nebulosa subia diante dela. Até o pajem desaparecer, nenhum dos dois falou, e então Dirk disse rapidamente:

— Voltei a Frankfurt hoje.

Ysabeau ficou agitada de medo com a aparição súbita dele.

— Por onde você esteve? — perguntou ela. — Achei que estivesse morto.

Dirk, pálido e sério, lançou-lhe um olhar penetrante.

— Eu não tenho tempo para conversa com a senhora agora. A senhora me deve algo, não deve? Bem, eu vim pedir o pagamento.

A imperatriz fez uma careta.

— E o que é? Eu não pretendia ser ingrata, foi você que me evitou. — Ela foi até a lareira e fixou os olhos soberbos com atenção no jovem.

— Hugh de Rooselaare vai morrer hoje — disse ele.

— Vai — respondeu Ysabeau, e sua beleza infantil ficou mais sombria.

Por um tempo, Dirk ficou em silêncio. Ele se mostrou subitamente frágil e abalado. No rosto dele havia uma expressão de emoção, controlada e suprimida.

— Ele não deve morrer — disse Dirk por fim, e ergueu os olhos, sombreados de fadiga. — É isso que peço, o perdão dele, agora, imediatamente. Não temos muito tempo.

Ysabeau o examinou com curiosidade e medo.

— Você pede muito — respondeu ela com voz baixa. — Você sabe por que esse homem tem que morrer?

— Por falar a verdade — disse ele com desdém súbito.

A imperatriz corou e apertou o bordado do corpete.

— Você entre todos os homens devia saber por que ele precisa ser silenciado — retorquiu ela amargamente. — Qual é seu motivo para pedir pela vida dele?

A boca de Dirk se curvou de um jeito desagradável.

— Meu motivo não importa. É a minha vontade.

Ysabeau bateu com o pé na beira do tapete.

— Eu fiz de você tão dono meu assim? — murmurou ela.

O jovem respondeu com impaciência.

— A senhora vai me dar o perdão dele, e que seja logo, pois preciso levá-lo à praça do mercado.

Ela respondeu com um olhar baixo.

— Acho que não vou. Não tenho tanto medo de você, e odeio esse homem. Meu segredo é seu segredo, afinal.

Dirk abriu um sorriso fraco.

— Eu posso acabar com você como acabei com Melchoir de Brabant, Ysabeau, e você acha que eu tenho algum medo do que pode dizer? Mas – ele se inclinou na direção dela – imagine que eu leve o que sei para Balthasar?

O nome devolveu humildade à imperatriz, como se houvesse um chicote erguido contra ela.

– Então estou impotente – murmurou ela, odiando-o.

– O perdão – insistiu Dirk. – Toque o sino e escreva o perdão.

Ainda assim, ela hesitou; era difícil perder a vingança contra um perigoso inimigo.

– Escolha outra recompensa – suplicou ela. – Que valor pode ter a vida desse homem para você?

– Você tenta me enrolar até que seja tarde demais – declarou Dirk com voz rouca. Ele deu um passo à frente e pegou o sino na mesa. – Se continuar se mostrando obstinada, vou direto falar com Balthasar para contar do envenenamento de Melchoir.

Instinto e desejo cresceram em Ysabeau para desafiá-lo com tudo que possuía, de seus guardas às suas unhas. Ela tremeu com ira suprimida e apertou as mãos fechadas na parede. Seu camareiro entrou.

– Escreva um perdão para lorde de Rooselaare – ordenou Dirk. – E vá rápido se ama sua posição.

Quando o homem tinha saído, Ysabeau se virou com selvageria mal disfarçada.

– O que vão achar? O que Balthasar vai achar?

– Isso é problema seu – disse Dirk com cansaço.

– E o próprio Hugh? – questionou a imperatriz. O jovem corou dolorosamente.

– Que ele seja enviado para o castelo dele em Flandres – disse ele com o rosto virado. – Ele não pode ficar aqui.

– Com isso você concorda! – gritou Ysabeau. – Eu não entendo você.

Ele respondeu com um olhar selvagem.

– Ninguém nunca vai me entender, Ysabeau.

O camareiro voltou e, com mão trêmula, a imperatriz pegou o pergaminho e a pena enquanto Dirk dispensava o homem.

– Assine – disse ele para ela.

Ysabeau colocou o pergaminho sobre a mesa e olhou para as nuvens que se formavam; lorde de Rooselaare já devia ter saído da prisão. Ela mexeu na caneta; tirou uma pequena adaga do cabelo e afiou-a. Dirk leu seu propósito nos adoráveis olhos malignos e agarrou a mão direita entre seus próprios dedos longos. A imperatriz se recompôs e olhou para ele de forma amarga e sombria, mas a respiração de Dirk agitou os cachos que tocavam seu rosto e o aperto frio guiou a caneta relutante. Ela estremeceu de medo e desafio; ela escreveu seu próprio nome. Dirk jogou a mão dela para o lado com um grande suspiro de alívio.

— Não tente me frustrar de novo, Marozia Porphyrogentris — gritou ele, e pegou o pergaminho, o chapéu e o manto.

Ela o observou sair da sala; ouviu a porta pesada se fechar quando ele saiu e se contorceu de raiva, enfiando, com um gesto incontrolável e apaixonado, a adaga na mesa. A adaga estremeceu na madeira e quebrou sob sua mão. Com um grito feio, ela correu até a janela, abriu-a e jogou o cabo lá fora. Quando ouviu o som no pátio de pedras, Dirk já estava lá. Ele observou a queda do objeto, reconheceu o brilho dourado e vermelho e sorriu. Mostrando o pergaminho assinado pela imperatriz, ele exigiu o cavalo mais rápido dos estábulos. Ele praguejou e estremeceu, esperando enquanto os segundos voavam; sua figura pequena e seu rosto feroz deixaram em silêncio assombrado os mais jovens no pátio enquanto ele andava de um lado para o outro. Finalmente, o cavalo. Um dos cavalariços deu-lhe um chicote; ele o colocou debaixo do braço esquerdo e saltou para a sela. Abriram o portão e observaram-no seguir pela rua varrida pelo vento.

O mercado ficava no outro extremo da cidade, e a hora da execução estava próxima, mas o cavalo branco que ele montava era vigoroso e forte. As espessas nuvens cinzentas obscureciam o pôr do sol e cobriam o céu; alguns flocos trêmulos de neve caíam, um vento cortante soprava entre as casas altas e estreitas. Aqui e ali, uma luz brilhando numa janela enfatizava o frio incolor lá fora. Dirk incitou o cavalo até balançar na sela. Cortinas foram puxadas e portas abertas para ver quem passava tão furiosamente.

As ruas estavam vazias, mas haveria bastante gente no mercado. Ele passou pelos muros altos da faculdade, galopou pela ponte que atravessava as águas sombrias do Meno, viu as portas abertas de St. Wolfram, depois teve que puxar as rédeas, pois a rua estreita começou a ficar abarrotada de gente. Ele puxou o chapéu sobre os olhos e passou a capa pela metade inferior do rosto; com uma mão, puxou a rédea, com a outra agitou o pergaminho.

– Um perdão! – gritou ele. – Um perdão! Abram caminho!

As pessoas se afastaram diante do cavalo em disparada; alguns lhe responderam:

– Não é perdão. Ele não usa uniforme da imperatriz.

Um agarrou sua rédea; Dirk se inclinou na sela e enfiou o pergaminho no rosto do sujeito, o cavalo resfolegou e, correndo, abriu caminho e alcançou o mercado. Lá, o tumulto era enorme; homens, mulheres e crianças estavam reunidos em torno dos soldados montados que guardavam o cadafalso. As armaduras, os uniformes amarelos e azuis e as penas brilhantes dos cavaleiros se destacavam vividamente contra as casas cinzentas e o céu ainda mais cinzento. No cadafalso, havia duas figuras escuras e graciosas; um homem ajoelhado, com o longo pescoço exposto, e um homem de pé com uma espada de dois gumes nas mãos.

– Um perdão! – gritou Dirk. – Em nome do imperador!

Ele estava preso na multidão, que fazia movimentos confusos, mas não conseguia dar lugar a ele. Os soldados não ouviram ou não quiseram ouvir. Dirk se levantou desesperadamente nos estribos; ao fazer isso, o chapéu e a capa caíram para trás e sua cabeça e ombros foram revelados claramente acima da multidão agitada. Hugh de Rooselaare ouviu o grito; ele olhou por cima da multidão e seus olhos encontraram os de Dirk Renswoude.

– Um perdão! – gritou Dirk com voz rouca. Ele viu os lábios do condenado se moverem. A espada desceu...

– Uma mulher gritou – disse o monge no cadafalso – e proclamou perdão.

E ele apontou para a agitação em volta de Dirk, enquanto o carrasco exibia para a multidão a cabeça serena de Hugh de Rooselaare.

— Não, não foi uma mulher — respondeu um dos soldados ao monge. — Foi esse jovem.

Dirk chegou ao pé do cadafalso.

— Me deixe passar — disse ele com voz terrível. A guarda abriu caminho. Ao verem o pergaminho em sua mão, deixaram que ele subisse os degraus.

— Você traz um perdão? — sussurrou o monge.

— Cheguei tarde demais — disse Dirk. Ele parou junto ao sangue que manchava a plataforma, o rosto rígido.

— Seus cães! Era esse um fim para o senhor de Rooselaare? — gritou ele, e botou a mão no peito oscilante. — Não daria para esperar só mais alguns momentos?

A neve estava caindo rapidamente; caiu nos ombros de Dirk e no cabelo liso. O monge pegou o pergaminho na mão passiva e leu-o num sussurro para o oficial. Os dois olharam de lado para o jovem.

— Me dê a cabeça dele — disse Dirk.

O carrasco a tinha colocado no canto do cadafalso. Ele parou de limpar a espada e a levou. Dirk olhou sem medo ou repulsa e pegou a cabeça de Hugh com as mãos finas e claras.

— Como é pesada — sussurrou ele.

A distorção rápida da morte tinha sumido das feições orgulhosas. Dirk segurou o rosto próximo do dele, sem se importar com o sangue que escorria por seu gibão.

Padre e capitão, separados, notaram uma similaridade horrível entre o morto e o vivo, mas nada falaram sobre isso.

— Maldito — disse Dirk, olhando para os olhos cinzentos entrefechados que se pareciam tanto com os seus. — Ele falou quando me viu. O que ele disse?

O verdugo poliu a lâmina poderosa.

— Nada relacionado a você, nem a ninguém — respondeu ele. — As palavras não tiveram significado, decerto.

— Quais foram? — sussurrou o jovem.

— "Você veio me buscar, Úrsula?" Depois ele repetiu: "Úrsula".

Um tremor percorreu o corpo de Dirk.

— Ela se arrependerá, a bruxa oriental! — disse ele loucamente. — Que o Diabo leve todos para um amargo juízo!

Ele se virou para o capitão, com a cabeça junto ao peito.

— O que você vai fazer com isto?

— A esposa dele pediu a cabeça e o corpo, para que ele possa ser enterrado de forma adequada à sua posição.

— Esposa! — ecoou Dirk. E, lentamente: — Sim, ele tinha esposa... e um filho, senhor?

— A criança morreu.

Dirk colocou a cabeça cuidadosamente junto ao corpo.

— E as terras dele? — perguntou ele.

— Vão, senhor, por ordem da imperatriz, para Balthasar de Courtrai, que se casou, como o senhor deve saber, com a herdeira deste senhor, Úrsula, falecida há muitos anos.

A neve tinha dispersado a multidão. Os soldados estavam impacientes para partir. O sangue endureceu e congelou em volta dos pés deles. Dirk olhou para o morto com uma expressão angustiada e desesperada.

— O senhor — disse o oficial — poderia retornar comigo ao palácio, para contarmos à imperatriz como se deu esse infortúnio, que o senhor chegou tarde demais.

— Não — respondeu Dirk ferozmente. — Leve essa boa notícia sozinho.

Ele se virou e desceu os degraus do cadafalso com orgulho e tristeza. Um dos soldados segurou o cavalo; ele montou em silêncio e partiu. Aqueles que observavam viram os grossos flocos de neve obscurecerem a figura solitária e estremeceram sem nenhuma causa que compreendessem.

CAPÍTULO XXI
TRAÍDO

Nathalie estava na porta com um lampião na mão. Dirk estava voltando; a bruxa ergueu a luz para ver seu rosto e, sussurrando e chorando baixinho, entrou atrás dele na casa.

— Há sangue em seus sapatos e em seu peito — sussurrou ela quando eles chegaram ao longo aposento nos fundos.

Dirk se jogou numa cadeira e gemeu. Ainda havia neve no cabelo e ombros dele. Ele escondeu o rosto na curva do braço.

— Zoroastro e o mestre dele nos abandonaram — choramingou a bruxa. — Não consegui fazer nenhum feitiço esta noite e o espelho estava vazio.

Dirk falou com a voz abafada, sem levantar a cabeça.

— De que me serve a magia? Eu devia ter ficado em Frankfurt.

Nathalie tirou a capa molhada dos ombros dele.

— Eu não avisei? A cabeça de metal não avisou que o jovem estudante será a sua ruína, trazendo-lhe sofrimento, infelicidade e vergonha?

Dirk se levantou com um soluço e se virou para o fogo. O único lampião fraco dissipava a escuridão fria do quarto, e as chamas finas da lareira se transformaram em cinzas diante de seus olhos.

– Olhe o sangue dele em mim! – gritou Dirk – O sangue dele! Balthasar e Ysabeau se divertem com as terras dele, mas meu ódio ainda significará algo para eles. Eu não devia ter saído de Frankfurt.

Ele apoiou a cabeça num dos suportes da chaminé e Nathalie, olhando-lhe o rosto, viu que os seus olhos estavam molhados.

– Que pena! Quem era esse homem?

– Eu fiz tudo que pude – sussurrou Dirk. – A imperatriz queimará no Inferno. – As chamas doentias e rastejantes iluminavam seu rosto pálido e a mão pequena, pendendo fechada ao lado do corpo.

– Este é um dia ruim para nós – gemeu a bruxa. – Os espíritos não respondem, as chamas não queimam... algum infortúnio horrível ameaça acontecer.

Dirk voltou o olhar para o quarto meio escuro.

– Onde está Theirry?

– Foi embora. – Nathalie se balançava de um lado para o outro no banco.

– Embora! – declarou Dirk, estremecendo. – Para onde?

– Logo depois que você saiu de casa, ele saiu do quarto e seu rosto estava maligno. Ele foi para a rua. – Dirk andava para cima e para baixo com passos irregulares.

– Ele vai voltar, ele tem que voltar! Ah, meu coração! Você diz que Zoroastro não quer falar hoje?

A bruxa gemeu e estremeceu junto ao fogo.

– Não, e os espíritos também não querem vir.

Dirk balançou os punhos fechados no ar.

– Eles *responderão* a mim.

Ele foi até a janela, abriu-a e olhou para a escuridão.

– Traga o lampião.

Nathalie obedeceu; a luz fraca mostrou os flocos de neve apressados e mais nada.

— Talvez eles me escutem. Não, como falei, eles *escutarão*.

A bruxa seguiu com o lampião balançando na mão quando eles foram em silêncio pela escuridão e pela neve, entre roseiras nuas, por terra molhada e fria, até chegarem ao alçapão no final do jardim que levava à cozinha da bruxa. Lá, ela fez uma pausa, enquanto Dirk erguia a pedra.

— Acho que a terra tremeu — disse ele. — Senti-a se mover debaixo dos meus pés. Silêncio, tem uma luz abaixo!

A bruxa espiou por cima do ombro dele e viu um leve brilho subindo da abertura, enquanto naquele momento o lampião se apagou de repente. Eles ficaram em total escuridão.

— Você vai ousar descer? — murmurou Nathalie.

— O que tenho a temer? — Essa foi a resposta baixa e selvagem, e Dirk botou o pé na escada.

A bruxa foi atrás. Eles entraram na câmara e viram que era iluminada por um fogo imenso, na frente do qual havia um homem enorme, de costas para eles. Estava vestido de preto e a seus pés havia um cachorro preto enorme, deitado. A neve pingava dos trajes dos recém-chegados ao derreter no ar quente. Eles ficaram imóveis.

— Boa noite — disse Dirk com voz baixa.

O estranho virou um rosto tão preto quanto sua roupa. Em volta do pescoço, ele usava um colar das pedras brilhantes em vermelho e roxo.

— Uma noite fria — disse ele, e novamente pareceu que a terra ribombou e sacudiu.

— Nosso fogo está aqui para acolhê-lo — respondeu Dirk, mas a bruxa se agachou junto à parede, murmurando sozinha.

— Um bom calor, um bom calor — disse o Mouro Negro.[28]

---

[28] No texto original, o termo utilizado é *Blackamoor*, uma palavra que remete a representações de pessoas negras, sobretudo do norte da África, em pinturas, esculturas e decorações na Europa, especialmente entre os séculos XVII e XIX, sendo muitas vezes associadas ao exotismo e à servidão. O uso do termo, hoje, é considerado problemático, refletindo visões coloniais e estereótipos raciais da época. Embora a tradução "Mouro Negro" tenha sido usada para facilitar a leitura, é importante que o termo seja lido com senso crítico, reconhecendo suas implicações raciais e históricas. [N. R.]

Dirk atravessou a sala, os braços cruzados no peito, a cabeça ereta.

— O que você está fazendo aqui? — perguntou ele.

— Me aquecendo, me aquecendo.

— O que tem a dizer para mim?

O Mouro Negro chegou mais perto do fogo.

— Ugh! Como está frio! — disse ele, e esticou a perna e a enfiou no meio das chamas altas. Dirk chegou ainda mais perto.

— Se você for o que eu acho que é, você tem algum motivo para vir aqui.

O homem negro enfiou a outra perna no fogo e as chamas envolveram os joelhos.

— Eu estive no palácio, eu estive no palácio. Me sentei embaixo da cadeira da imperatriz enquanto ela falava com um jovem bonito que se chama Theirry... ah! Estava frio no palácio, havia neve na roupa do jovem, assim como tem sangue na sua, e o imperador estava lá... — O tempo todo, ele olhou para o fogo, não para Dirk.

— Theirry me traiu — disse o jovem.

O Mouro Negro tirou as pernas do fogo, ilesas e intocadas, e o cão infernal se ergueu e uivou.

— Ele traiu você, e Ysabeau acusa você para se salvar. Mas os diabos estão do seu lado, pois há outro trabalho para você fazer. Fuja de Frankfurt, e cuidarei para que você cumpra seu destino. — E agora, ele olhou por cima do ombro. — A bruxa vem para casa hoje, hoje, o trabalho aqui está feito, pegue a estrada através de Frankfurt.

Ele se levantou e sua cabeça tocou no teto. As pedras em seu pescoço soltaram raios compridos de luz... O fogo ficou fraco. O Mouro Negro virou uma coluna densa de fumaça... que se espalhou...

— O Inferno não vai abandonar você, Úrsula de Rooselaare.

Dirk caiu na parede, com vapores pesados o envolvendo. Ele botou as mãos no rosto... Quando tornou a erguer os olhos, a sala estava clara e iluminada pelos raios do fogo fraco da lareira. Ele olhou em volta em busca da bruxa, mas Nathalie havia sumido. Com um soluço denso na garganta, ele subiu a escada para o ar livre e correu em direção à casa desolada. Desolada, de fato; estava vazia, escura e fria, a neve entrando pelas janelas abertas, os fogos apagados nas lareiras, um lugar morto que nunca mais seria habitado. Dirk se encostou na porta, respirando com dificuldade. Aqui havia uma crise em seu destino; traído por quem ele amava, abandonado também, ao que parecia, pois Nathalie havia desaparecido... O Mouro Negro... Dirk se lembrava dele como uma visão... talvez uma ilusão. Ah, como estava frio! Seus acusadores iriam atrás dele naquela noite? Ele foi até o portão que dava para a rua e escutou.

— Nathalie! — gritou ele, desamparado.

Da escuridão mais distante surgiu uma agitação longínqua e uma confusão de sons. Cavalos, gritos, patas ansiosas; uma população despertada atrás do fazedor de magia das trevas, armada com fogo e espada para as bruxas.

Dirk abriu o portão e saiu pela última vez pelo jardim da bruxa. Perguntou-se se Theirry estaria com a multidão que se aproximava, mas achava que não. Era possível que estivesse no palácio, provavelmente já arrependido do que tinha feito. Mas a imperatriz encontrara a sua oportunidade; a acusação dela tinha primazia, quem acreditaria na palavra dele contra ela? Ele não usava capa nem chapéu e, enquanto esperava junto ao portão aberto, a neve espessa cobriu-o da cabeça aos pés. Seu espírito nunca tivera medo, não tinha medo agora, mas seu corpo frágil tremia e se encolhia como quando os estudantes furiosos o enfrentaram em Basileia.

Ele ouviu os ruídos das pessoas que se aproximavam, até que, através deles, outro som, mais próximo e mais estranho, o fez virar a cabeça. Vinha da casa da bruxa.

— Nathalie! — chamou Dirk, meio esperançoso.

Mas a escuridão transformou-se em fogo, chamas rápidas surgiram, uma coluna de ouro e escarlate envolveu a casa e o jardim num abraço sinuoso. Dirk correu para a estrada, onde o brilho do fogo iluminava a neve rodopiante formando um círculo trêmulo, e protegendo os olhos ele espiou as chamas que consumiam seus livros, suas ervas e poções mágicas, as coisas estranhas, ricas e belas que Nathalie reunira em sua longa vida maligna. Ele se virou e correu pela rua enquanto a multidão se aproximava do outro lado, para recuar uns sobre os outros horrorizados diante das poderosas chamas que lhes davam boas-vindas zombeteiras. Seus gritos consternados e furiosos chegaram aos ouvidos de Dirk enquanto ele corria pela neve; ele fugiu mais rápido, em direção ao portão oriental. Ainda não estava fechado; de pés leves e rápidos, ele avançou antes que pudessem questioná-lo, talvez até antes que os guardas descuidados o vissem. Ele corria bem, não se cansava facilmente, mas já havia esforçado ao máximo sua resistência e, depois de estar bem longe dos portões da cidade, seus membros falharam e ele começou a andar.

A escuridão intensa produzia uma sensação de perplexidade, quase de tontura; ele ficava olhando por cima do ombro, para as luzes distantes de Frankfurt, para se certificar de que não estava voltando involuntariamente aos portões. Finalmente, ele parou e ouviu; devia estar perto do rio. E depois de um tempo, ele pôde distinguir o som de seu fluxo taciturno vindo fraco da escuridão silenciosa.

Bem, de que lhe servia o rio, ou qualquer outra coisa? Estava com frio, cansado, perseguido e traído; tudo o que tinha consigo eram algumas moedas e um pequeno frasco de veneno rápido e forte que ele nunca deixava de carregar no peito. Se seu mestre lhe faltasse, ele não iria vivo para as chamas. Mas, por mais desesperador que o seu caso pudesse parecer, ele estava longe de recorrer a esse último refúgio. Ele se lembrou das palavras do Mouro Negro e arrastou os membros entorpecidos e doloridos.

Depois de um tempo, ele viu, brilhando à sua frente, uma luz. Não estava numa casa nem era carregada na mão, pois brilhava baixo no chão, e para Dirk parecia estar ainda mais abaixo do que seus próprios pés. Ele fez uma pausa, escutou e prosseguiu com cautela, com medo do rio, que devia estar muito perto dele, pensou, à sua esquerda. Ao se aproximar da luz, ele viu que era um lampião, que lançava longos raios sobre a nevasca que se dissipava; um reflexo brilhante e trêmulo abaixo dele lhe revelou que pertencia a um barco amarrado à margem. Dirk se esgueirou até lá, ajoelhou-se na neve e na lama e viu uma pequena embarcação vazia, com o lampião pendurado na proa.

Ele fez uma pausa; as águas, correndo constante e furiosamente, deviam fluir em direção ao Reno e à cidade de Colônia. Ele entrou no barco, que balançava enquanto a água batia embaixo dele; mas com mãos frias desfez o nó da corda. O barco tremeu por um momento e acelerou com a correnteza, como se estivesse feliz por ter sido libertado. Havia um remo no fundo, que Dirk usou por um tempo para dar impulso, com medo de que os donos do barco o perseguissem, depois deixou-se flutuar rio abaixo como pôde. A água batia em volta dele e a neve caía sobre sua figura desprotegida e já encharcada; ele se deitou no fundo do barco e escondeu o rosto no assento almofadado.

— Hugh de Rooselaare está morto e Theirry me traiu — sussurrou ele na escuridão. Ele começou a soluçar, muito amargamente.

Suas lágrimas angustiadas, o frio cruel e o som constante da água invisível o exauriram e entorpeceram até que ele caiu num sono que era quase um desmaio, enquanto o barco flutuava em direção à cidade. Quando ele acordou, ainda estava em campo aberto. A neve havia cessado, mas permanecia espessa no chão e intocada até o horizonte.

Dirk puxou os membros doloridos até ficar sentado e olhou ao redor. O rio era estreito, as margens planas. O barco tinha ficado preso num amontoado de juncos rígidos, embora murchos, e a proa enterrada na terra coberta de neve. De ambos os lados, a perspectiva era invernal e sombria; um céu cinzento pairava sobre uma terra branca, uma floresta de pinheiros se erguia tristemente em uma solidão sombria, enquanto ali perto, algumas árvores nuas e isoladas se curvavam sob o peso da neve. O próprio silêncio era terrivelmente ameaçador.

Dirk teve dificuldade de se mover, pois seus membros estavam congelados, suas roupas molhadas e grudadas no corpo trêmulo, enquanto seus olhos ardiam com o choro recente e sua cabeça era atormentada por dores vertiginosas.

Por um tempo, ele ficou sentado, lembrando-se do dia anterior, até que seu rosto endureceu e se fechou, e ele contraiu os lábios pálidos e se arrastou dolorosamente para fora do barco. Diante dele havia uma extensão de neve que levava à floresta, e enquanto ele olhava para isso com olhos turvos e desesperados, uma figura com um hábito branco de monge emergiu das árvores. Ele carregava uma pá rústica de madeira e caminhava com passos lentos; estava vindo em direção ao rio, e Dirk esperou. À medida que o estranho se aproximava, ele ergueu os olhos, que até então estavam fixos no chão, e Dirk reconheceu Santo Ambrósio de Menthon. Mesmo assim, Dirk não se desesperou; antes que o santo o reconhecesse, sua parte estava resolvida...

Ambrósio de Menthon olhou com pena e horror para a figurinha desamparada que tremia junto aos juncos. Não era estranho que ele não o tivesse reconhecido imediatamente; o rosto de Dirk tinha uma tonalidade medonha, os olhos com olheiras, vermelhos e inchados, o cabelo sem vida grudado na cabecinha, as roupas enlameadas, molhadas e sujas, a figura curvada.

— Senhor — disse ele, e sua voz estava fraca e doce —, tenha pena de uma coisinha maligna.

Ele caiu de joelhos e uniu as mãos no peito.

— Levante-se — respondeu o santo. — O que Deus me deu é seu. Pobre alma, você está muito infeliz.

— Mais infeliz do que o senhor imagina — disse Dirk, batendo os dentes, ainda de joelhos. — O senhor não me reconhece?

Ambrósio de Menthon olhou para ele com mais atenção.

— Ora! — murmurou ele lentamente. — Eu conheço você.

Dirk bateu no peito.

— *Mea culpa!* — gemeu ele. — *Mea culpa!*

— Levante-se. Venha comigo — disse o santo. — Vou cuidar das suas necessidades.

O jovem não se mexeu.

— Vai consolar minha alma, senhor? — gritou ele. — Deus deve ter enviado o senhor aqui para salvar minha alma... por muitos dias eu o procurei.

O rosto de Santo Ambrósio se iluminou.

— Então você se arrependeu?

Dirk se levantou lentamente e ficou de cabeça baixa.

— É possível se arrepender de tais pecados?

— Deus é muito misericordioso — sussurrou o santo com carinho.

— Remorso e dor enchem meu coração — murmurou Dirk. — Eu me livrei dos meus companheiros malignos, renunciei aos meus ganhos ilegais e viajei para a solidão para encontrar o perdão de Deus... e pareceu que Ele não queria me ouvir...

— Ele ouve todos que vêm com dor e penitência — disse o santo com alegria. — E ouviu você, pois não me mandou para encontrá-lo, mesmo neste lugar desolado?

— Você me enche de esperança — respondeu Dirk com voz trêmula — e me reaviva com boas notícias... Posso ousar, eu, pobre desgraçado perdido, ser elevado e exaltado?

— Pobre jovem. — Esse foi o murmúrio carinhoso do santo. — Venha comigo.

Ele andou na frente pela neve densa, com Dirk atrás com olhos baixos e bochechas pálidas. Contornaram a floresta e chegaram a uma cabaninha, afastada e protegida entre algumas árvores. Santo Ambrósio abriu a porta rudimentar.

— Estou sozinho agora — disse ele baixinho quando entrou. — Eu tinha comigo um jovem santo e frágil, que estava viajando para Paris. Ontem à noite, ele morreu, e eu acabei de colocar o corpo dele para descansar na terra. A alma dele descansa no peito do Senhor.

Dirk foi para a cabana e parou na porta, e Santo Ambrósio olhou para ele com tristeza.

— Talvez Deus tenha enviado essa alma para eu cuidar e socorrer no lugar daquele que Ele chamou para casa.

Dirk sussurrou com humildade:

— Se eu puder pensar assim...
O santo abriu uma porta interna.
— Sua roupa está molhada e suja.
Uma cor súbita surgiu no rosto de Dirk.
— Eu não tenho outra.
Ambrósio de Menthon apontou para o aposento interno.
— Lá dentro, Brás morreu ontem à noite. A roupa dele está lá. Entre e a vista.
— Vai ser o hábito de um noviço? – perguntou Dirk suavemente.
— Sim.
Dirk se curvou e beijou os dedos do santo com lábios gelados.
— Eu ousei – sussurrou ele – ter esperanças de que pudesse morrer usando o traje de um dos servos de Deus, e agora ouso até ter esperanças de que Ele conceda o desejo da minha oração.
Ele entrou no quarto e fechou a porta.

· ☽ CAPÍTULO XXII ☾ ·

BRÁS

A MBRÓSIO DE MENTHON E SEU DÓCIL E HUMILDE SE-guidor descansaram em Châlons, a caminho de Paris. Por muitas semanas, haviam mendigado de porta em porta, dormido em algumas celas de eremita ou à beira da estrada quando a severidade das noites frias permitia, encontrando ocasionalmente abrigo num convento à beira da estrada. Tão paciente, tão corajoso diante das dificuldades, tão verdadeiramente triste e arrependido, tão grato pela chance distante de perdão final estava Dirk, que o santo passou a amar o andarilho penitente. Ninguém que quisesse procurar conseguiria encontrar qualquer defeito em seu comportamento; ele era gentil como uma menina, obediente como um servo, rígido em suas orações – e tinha um conhecimento estranhamente completo dos ofícios e penitências da Igreja –, silencioso e triste muitas vezes, não sentindo prazer em nada, exceto na conversa do santo sobre o Paraíso e coisas sagradas.

Gostava particularmente de ouvir falar do falecido jovem Brás, da sua vida santa, do seu desejo de ingressar na severa Irmandade do Sagrado Coração, em Paris, da sua fama de amado de Deus, do desejo do convento de recebê-lo, de seu grande aprendizado, de sua bela morte na noite nevada. Dirk ouviu tudo isso com atenção e, do recital arrebatado e amoroso de Santo Ambrósio, coletou pequenos detalhes mundanos sobre o assunto de seus discursos. Por exemplo, que ele era de Flandres, de família nobre, que seus parentes imediatos estavam mortos, que sua idade não passava de 20 anos e que ele era moreno e pálido. Sobre si mesmo, Dirk tinha pouco a dizer; ele só descreveu sua vergonha e remorso depois de ter roubado o ouro sagrado, o enjoo gradual de seus companheiros, a longa tortura de sua alma que despertava, suas tentativas de encontrar o santo e que, finalmente, depois de ter resolvido fugir de sua vida maligna e entrar para um convento, ele fugira de Frankfurt, encontrara um barco esperando... e assim foi parar aos pés de Santo Ambrósio.

O santo, regozijando-se com a penitência, sugeriu que ele entrasse no convento para onde viajavam com a notícia da morte do jovem santo, e Dirk consentiu com humilde gratidão. E assim, passaram por Châlons e descansaram numa cabana deserta com vista para as águas do Marne.

Tendo terminado a escassa refeição, sentaram-se juntos sob o abrigo rústico. O luxo de uma fogueira foi negado à sua austeridade. Um vento frio soprava entrando e saindo pelas portas mal construídas, e uma luz incolor enchia o lugar vazio e miserável. Dirk estava sentado num banco quebrado, lendo em voz alta os escritos de São Jerônimo. Usava uma túnica marrom áspera, muito diferente de seu traje habitual, presa na cintura por uma corda na qual estava torcido um terço de madeira; seus pés estavam calçados com botas de couro grosseiras, as mãos avermelhadas pelo frio, o rosto encovado e de uma palidez azulada na qual seus olhos brilhavam febrilmente, grandes e escuros. Seu cabelo liso caía sobre os ombros; ele estava curvado, em contraste com sua habitual postura ereta. Fazendo uma pausa em sua leitura baixa e gentil, ele olhou para o santo.

Ambrósio de Menthon estava sentado num banco rudimentar, encostado na parede ainda mais rudimentar; o cansaço, a exposição ao frio e a pura fraqueza do corpo finalmente o acometiam. Dirk sabia que havia três noites que ele não dormia... Agora estava dormindo ou havia desmaiado; pois sua cabeça clara pendia para a frente sobre o peito, as mãos pendendo ao lado do corpo. Quando Dirk teve certeza de que seu companheiro estava inconsciente, ele se levantou devagar e botou de lado o volume sagrado. Estava meio faminto, com frio até a alma e tremendo; olhou para as paredes de gesso e a expressão dócil de seu rosto mudou para uma de desprezo, escárnio e desdém perverso. Ele lançou um olhar amargo para o homem pálido e se esgueirou em direção à porta.

Ao abri-la suavemente, ele olhou para fora. A cena era bela e solitária: as distantes torres de Châlons erguiam-se claras e apontavam para as nuvens de inverno. Ali perto, o rio cinzento corria entre suas margens altas, onde cresciam os salgueiros desfolhados, ainda com guirlandas de neve. Dirk deu passos trêmulos para o campo aberto e se virou para o Marne. O vento forte penetrava em seu traje pobre e levantava o cabelo pesado das bochechas magras. Ele bateu no peito, esfregou as mãos e caminhou rapidamente. Chegando à margem, olhou para cima e para baixo do rio; não havia ninguém à vista, nem barco, nem animal, nem casa; para quebrar a monotonia da terra, do céu e da água, apenas aquelas torres distantes da cidade. Dirk caminhou entre os salgueiros retorcidos e fez uma pausa. Um pouco à frente dele estavam um homem negro e um cachorro preto, ambos sentados na margem e olhando para Châlons. O jovem chegou um pouco mais perto.

— Boa noite — disse ele. — Está muito frio.

O Mouro Negro olhou em volta.

— Você está satisfeito com o jeito como viaja? — perguntou ele, assentindo. — E com seu companheiro?

Dirk abaixou o rosto.

— Quanto tempo mais tenho que aguentar?

— Você precisa ter paciência — disse o homem negro — e resistência.

— Eu tenho ambas — respondeu Dirk. — Veja as minhas mãos. Não estão mais macias, e sim vermelhas e ásperas. Meus pés estão doloridos e feridos pelas botas rudimentares. Eu tenho que andar até passar mal e depois rezar em vez de dormir. Não vejo fogo e raramente toco em comida.

O cão infernal se mexeu e choramingou entre os vimeiros, e as pedras do colar do Mouro Negro reluziram ricamente, embora não houvesse luz nelas.

— Você terá sua recompensa — disse ele — e sua vingança também... uuu! Está muito frio, como você diz, muito frio.

— O que devo fazer? — perguntou Dirk.

O homem negro esfregou as mãos.

— Você sabe. Você sabe.

O rosto contraído e abatido de Dirk ficou atento e ávido.

— Devo usar... isto? — Ele tocou no peito do hábito áspero.

— Sim.

— Então ficarei indefeso. — A voz de Dirk tremeu um pouco. — Se algo acontecer... eu não faria, não poderia... ah, Satanás! Eu não poderia ser revelado!

O Mouro Negro se levantou entre os salgueiros.

— Você confia em si mesmo e em mim? — perguntou ele.

Dirk botou as mãos magras sobre os olhos.

— Sim, mestre.

— Então você sabe o que fazer. Você não vai me ver mais por muitos anos. Quando tiver triunfado, eu voltarei.

Ele se virou rapidamente e correu pela margem, com o cão em seu encalço. Um após o outro, saltaram nas águas do Marne e desapareceram com um som abafado. Dirk se empertigou e apertou os lábios. Ele entrou novamente na cabana e encontrou Ambrósio de Menthon ainda encostado na parede, agora de fato dormindo, exausto. Dirk avançou com movimentos suaves; lenta e cautelosamente, ele colocou a mão no peito e tirou um frasquinho verde. Com os olhos fixos no santo, ele rompeu o lacre e se aproximou. Ao lado de Santo Ambrósio pendia o seu terço, cada conta lisa com a pressão constante dos seus lábios. Dirk ergueu o crucifixo pesado preso a ele e derramou sobre ele a preciosa gota contida no frasco. Santo

Ambrósio não acordou nem se mexeu. Dirk se afastou e se agachou junto à parede, amaldiçoando o vento cortante com olhos ferozes...

Quando o santo acordou, Dirk estava sentado no banco quebrado lendo em voz alta os escritos de São Jerônimo.

— Ainda está claro? — perguntou Ambrósio de Menthon, impressionado.

— Está amanhecendo — respondeu Dirk.

— E eu dormi a noite toda. — O santo puxou os membros duros do banco e caiu de joelhos em uma oração infeliz.

Dirk fechou o livro e o observou. Observou os longos dedos girando as contas do terço, observou-o beijar o crucifixo repetidamente. Em seguida, também se ajoelhou, o rosto escondido nas mãos. Ele foi o primeiro a se levantar.

— Mestre, seguiremos para Paris? — perguntou ele humildemente.

O santo ergueu os olhos atordoados das devoções.

— Sim — disse ele. — Sim.

Dirk começou a reunir numa trouxa seus poucos livros e o prato de madeira em que colocavam os pedaços de comida. Isso era tudo que tinham.

— Eu sonhei esta noite com o Paraíso — disse Santo Ambrósio com voz fraca. — O chão estava tão coberto de flores pequeninas, vermelhas, brancas e roxas... e era quente como na Itália em maio...

Dirk pendurou a trouxa no ombro e abriu a porta da cabana.

— Não tem sol hoje — comentou ele.

— Quanto tempo tem que não vemos o sol? — disse retoricamente Santo Ambrósio com melancolia.

Eles seguiram para a terrível paisagem e andaram devagar pelas margens do Marne. Até o meio-dia, eles não pararam, quase não falaram. Passaram por um vilarejo e os caridosos lhes deram comida. Naquela noite, eles dormiram a céu aberto, sob a proteção de uma cerca viva, e Ambrósio de Menthon reclamou de fraqueza. Dirk, ao acordar no escuro, ouviu-o rezar... ouviu, também, o chacoalhar do terço de madeira. Quando a luz chegou, eles recomeçaram a viagem, e o santo estava tão debilitado que acabou se apoiando no ombro de Dirk.

— Acho que estou morrendo — disse ele. Seu rosto estava corado, os olhos ardendo, e ele sorria continuamente. — Que eu possa chegar a Paris — acrescentou ele —, para poder contar à Irmandade sobre Brás...

O jovem que o apoiava chorou amargamente. Por volta do meio-dia, eles encontraram uma carroça de lenhador que os ajudou no caminho. Aquela noite, passaram no estábulo de uma pousada. No dia seguinte, desceram ao vale do Sena, e, à noite, chegaram aos portais de Paris.

Enquanto os sinos de toda a bela cidade tocavam as vésperas, eles chegaram ao seu destino, um convento antigo e magnífico rodeado de grandes jardins situado perto da margem do rio. O céu de inverno havia finalmente se aberto, e nuvens entrançadas e imóveis se curvavam em uma extensão clara de ouro e escarlate, contra a qual as casas, igrejas e palácios se erguiam da névoa azul da noite. O telhado reto do convento, a pequena torre com seu sino lento, as árvores frutíferas nuas e tortas, os canteiros de ervas, ainda cheirosos, o lampião vermelho brilhando na porta escura, apareceram para Dirk quando ele entrou pelo portão; ele olhou para tudo atentamente, e lembranças amargas e distantes escureceram seu rosto abatido.

Os monges entoavam o *Magnificat*.[29] Suas vozes finas ecoavam claramente no ar gelado.

> *"Fecit potentiam in brachio suo:*
> *dispersit superbos mente cordis sui."*[30]

Ambrósio de Menthon tirou a mão fraca do braço de Dirk e caiu de joelhos.

---

[29] Cântico encontrado no Evangelho de Lucas (1:46-55), tem grande importância na liturgia cristã, simbolizando a ação divina em favor dos oprimidos. É considerado um hino de louvor a Deus proferido por Maria, a mãe de Jesus. [N. R.]

[30] "Ele fez com o poder de seu braço: dispersou os soberbos nos pensamentos de seus corações." [N. R.]

*"Deposuit potentes de sede,
et exaltavit humiles."*[31]

Mas os lábios pálidos de Dirk se curvaram e, enquanto ele contemplava o pôr do sol que brilhava além dos muros do convento, havia um desafio altivo em seus olhos taciturnos.

*"Esurientes implementit bonis,
et divites dimisit manes.
Suscepit Israel puerum suum,
recordatus misercordiae suae."*[32]

O santo murmurou as palavras cantaroladas e colocou as mãos sobre o peito, enquanto o céu brilhava vividamente acima das amplas águas do Sena.

*"Sicut locutus est ad patres nostros
Abraham et semini ejus in saecula."*[33]

O canto desapareceu na noite tranquila, mas o santo permaneceu ajoelhado.

— Mestre — sussurrou Dirk —, nós não vamos até eles?

Ambrósio de Menthon ergueu o rosto.

— Eu estou morrendo. — Ele sorriu. — Uma chama intensa lambe meu sangue e queima meu coração até virar cinzas... *Sustinuit anima mea in verbo ejus.*[34] — A voz dele falhou, ele caiu para a frente e a cabeça bateu nos canteiros cinzentos de arruda e erva-doce.

— Ai de mim! Ai de mim! — gritou Dirk. Ele não fez tentativa de chamar ajuda nem de gritar em voz alta, só ficou imóvel, olhando com expressão atenta para o homem inconsciente.

Mas quando os monges saíram da capela e viraram dois a dois na direção do convento, Dirk tirou o capuz surrado.

---

31 "Derrubou os poderosos de seus tronos e exaltou os humildes." [N. R.]
32 "Encheu de bens os famintos, e os ricos despediu de mãos vazias. Acolheu Israel, seu servo, lembrado de sua misericórdia." [N. R.]
33 "Como falou aos nossos pais, a Abraão e à sua descendência, para sempre." [N. R.]
34 "A minha alma espera em sua palavra." [N. R.]

— *Divinum auxilium maneat semper nobiscum.*[35]

— Amém — disse Dirk, e correu levemente para a frente e se jogou na frente da procissão. — Meu pai! — gritou ele, com um soluço na voz.

Os padres pararam, os "améns" ainda tremendo nos lábios.

— Ambrósio de Menthon está caído em seu portão como moribundo — disse Dirk dócil e tristemente.

Com pequenas exclamações de assombro e dor, as figuras vestidas de cinza o seguiram para onde o santo estava.

— Ai de mim! — murmurou Dirk. — O caminho foi tão longo, tão difícil, tão frio.

Reverentemente, eles ergueram Santo Ambrósio.

— Ele se despediu do corpo — disse um velho monge, segurando o homem moribundo. O céu corado foi se apagando atrás deles. O santo se mexeu e abriu parcialmente os olhos.

— Brás — sussurrou ele. — Brás... — Ele tentou apontar para Dirk, que se ajoelhava aos seus pés. — Ele vai contar. — Seus olhos se fecharam de novo, ele lutou para rezar; o *De profundis* tremeu em seus lábios, ele fez um gesto súbito para cima com as mãos, sorriu e morreu.

Por um tempo, houve silêncio entre eles, rompido só por um soluço curto de Dirk, depois os monges se viraram para o jovem desgrenhado e emaciado que se agachava aos pés mortos.

— Brás, ele disse — murmurou um —, é o jovem santo.

Dirk se levantou como se de uma oração silenciosa, fez o sinal da cruz e ficou de pé.

— Quem é você? — perguntaram eles com reverência.

Dirk ergueu um rosto manchado de lágrimas e cansado.

— O jovem Brás, meus padres — respondeu ele humildemente.

---

35 "Que a ajuda divina permaneça sempre conosco." [N. R.]

O PAPA

PARTE II

• ꒩ CAPÍTULO I ꒤ •

CARDEAL LUIGI CAPRAROLA

A MISSA NOTURNA NA BASÍLICA DE SÃO PEDRO HAVIA terminado. Peregrinos, camponeses e monges partiram. O último canto do cortejo do cardeal ainda tremia no ar cheio de incenso, e os esguios noviços apagavam as luzes quando um homem, rico e fantasticamente vestido, entrou pelas portas de bronze e avançou um pouco pelo corredor central. Ele inclinou a cabeça em direção ao altar, depois fez uma pausa e olhou ao redor com ar de um estranho. Ele estava acostumado com magnificência, mas aquela primeira visão da capela do Vaticano o fez prender o ar. Ao seu redor, havia cerca de cem pilares, cada um de um mármore e com uma escultura diferente; sustentavam um telhado que brilhava com as múltiplas cores do mosaico. As ricas paredes eram alternadas com numerosas capelas, das quais emanavam suaves brilhos de luz púrpura e violeta; misteriosos santuários de pórfiro e cipolino, jaspe e prata apareciam aqui e ali, atrás de lampiões vermelhos.

Um brilho constante de velas iluminava um mosaico e um arco de prata, além do qual o altar-mor brilhava como uma grande joia. As lamparinas douradas ainda estavam acesas e estava repleto de lírios brancos, cujo perfume forte era perceptível mesmo com o incenso.

De um lado do altar-mor havia uma cadeira e escabelo roxos, o assento do cardeal, às vezes do Pontífice. Aquela beleza esplêndida e sagrada envergonhou, mas inspirou o estranho; ele se apoiou em uma das colunas lisas e olhou para o altar. Os cinco corredores eram atravessados por vários raios de luz delicada e trêmula que dispersavam apenas parcialmente a adorável penumbra. Algumas das colunas eram delgadas, outras enormes, despojos de antigos palácios e templos, sem haver duas iguais; as que estavam ao longe adquiriam um tom verde-mar, luminoso e requintado; uma ou duas eram de um vermelho-rosado profundo, outras pretas ou verde-escuras, outras novamente de um branco puro e fantasmagórico, e todas igualmente envoltas em sombras suaves e luzes trêmulas, violetas, azuis e vermelhas.

Os noviços apagavam as velas e se preparavam para fechar a igreja. Seus pés velozes não faziam barulho. Silenciosamente, as estrelinhas ao redor do altar-mor desapareceram e sombras mais profundas caíram sobre os corredores. O estranho observou as figuras brancas se movendo de um lado para o outro até que não restasse mais luz, exceto as lamparinas roxas e escarlates que lançavam raios intensos sobre o ouro e coloriam os lírios puros, e então ele deixou seu lugar e foi lentamente em direção à porta. Os portões de bronze já estavam fechados; apenas a entrada do Vaticano e outra que dava para uma rua lateral permaneciam abertas. Vários monges surgiram das capelas e saíram por esta última; o estranho ainda permanecia lá.

Desceram do altar os dois noviços, prostraram-se e seguiram ao longo da igreja. Apagaram as velas dos candelabros colocados nos corredores, e uma escuridão adornada caiu sobre a basílica. O estranho estava sob um santuário de malaquita e platina que cegava com o brilho e o cintilar do mosaico dourado. À frente dele, ardiam velas cada vez mais finas. Um dos noviços foi naquela direção, e o homem que esperava ali se aproximou dele.

— Senhor — disse ele em voz baixa —, podemos falar?

Falava em latim, com sotaque de acadêmico, e seu tom era grave e agradável. O noviço fez uma pausa e olhou para ele, olhou atentamente e viu uma pessoa muito esplêndida, um homem no auge da vida, muito alto e de beleza notável aos olhos, ambos acima do comum. Seu rosto estava queimado de sol em um tom quase tão escuro quanto seu cabelo bronze-claro, e os olhos ocidentais eram límpidos e claros em contraste. Das orelhas pendiam longos enfeites de pérolas e ouro que tocavam seus ombros; sua veste era meio oriental, de fina seda violeta e couro bordado. Ele carregava no cinto uma cimitarra curva incrustada com turquesas, ao lado uma espada curta de ouro, e no quadril carregava um chapéu roxo ornamentado com uma pluma de pavão, e usava luvas compridas desgastadas na palma com o uso da rédea e da espada. Porém, mais do que esses detalhes, o rosto do estranho impressionou o noviço; era um rosto quase tão perfeito quanto as máscaras dos deuses encontradas nos templos. As feições arredondadas eram demasiado cheias para um homem, e a expressão era deveras indiferente, perturbada, quase fraca, para ser atraente, mas o rosto era visivelmente belo por si só.

Ao notar o olhar atento do noviço, um rubor invadiu a bochecha morena do homem.

— Eu sou um estranho — disse ele. — Quero perguntar sobre o cardeal Caprarola. Ele rezou a missa aqui... hoje?

— Sim — respondeu o noviço. — O que posso contar sobre ele? Ele é o maior homem de Roma... Agora, sua santidade está morrendo — acrescentou ele.

— Ora, eu ouvi falar dele, mesmo em Constantinopla. Acho que o vi... muitos anos atrás, antes de eu ir para o Oriente.

O noviço começou a apagar as velas no santuário.

— Pode ser, senhor — disse ele. — Sua eminência era um jovem pobre como eu. Ele veio de Flandres.

— Foi em Courtrai que eu acho que o vi.

— Não sei se ele já esteve lá. Ele se tornou discípulo de Santo Ambrósio de Menthon quando era muito jovem, e, depois da morte do santo, entrou para o Convento do Sagrado Coração em Paris. Já ouviu falar de lá, senhor?

O estranho abaixou os olhos magníficos.

— Eu não ouvi nada... estive longe por muitos anos. Esse homem, o cardeal Caprarola... *ele* também é santo... não é? Me conte mais sobre ele.

O jovem interrompeu a tarefa, deixando metade das velas acesas lançando um brilho trêmulo sobre o esplendor dourado e roxo do homem. Ele sorriu.

— Ele nasceu em Dendermonde, senhor, com o nome de Louis, Luigi no nosso idioma, Brás é o nome que assumiu no convento. Ele veio para Roma sete, não, acho que oito anos atrás. Sua santidade fez dele Bispo de Ostia, depois de Caprarola, cujo sobrenome ele usa agora que é cardeal. Ele é o maior homem de Roma — repetiu o noviço.

— E é santo? — perguntou o outro com uma avidez ansiosa.

— Decerto, quando jovem, ele era famoso por sua vida santa e austera. Agora ele vive na magnificência adequada a um príncipe da Igreja... ele é muito santo.

O noviço apagou as velas que restavam e deixou só a lamparina trêmula.

— Houve uma missa grande aqui hoje? — perguntou o estranho.

— Sim, muitos peregrinos estavam aqui.

— Lamento ter chegado tarde demais. Acha que seu cardeal Caprarola receberia alguém que não conhece?

— Se a missão exigisse, senhor.

Das sombras intensas veio um suspiro.

— Eu busco paz. Se está em algum lugar, só pode ser nas mãos desse servo de Deus. Minha alma está doente, ele vai me ajudar a curá-la?

— Acho que sim. — O jovem se virou enquanto falava para a portinha lateral. — Preciso fechar a basílica, senhor — acrescentou ele.

O estranho pareceu despertar das profundezas de pensamentos infelizes e seguiu pela escuridão trêmula.

— Onde posso encontrar o cardeal? — perguntou ele.

— O palácio dele fica na Via di San Giovanni, em Laterano, e qualquer um pode indicar o caminho, senhor. — O noviço abriu a porta. — Que Deus o acompanhe.

— E a você. — O estranho saiu para a rua e a porta da igreja foi trancada atrás dele.

O brilho púrpura ainda pairava sobre Roma; era maio e estava docemente quente. Enquanto o estranho atravessava a Praça de São Pedro, a brisa parecia o toque da seda em seu rosto. Ele caminhou lentamente e logo hesitou, olhando para os templos em ruínas, os palácios e as paredes destruídas ao redor. Havia gente por perto, não muita, na maioria monges. O homem olhou novamente para o Vaticano, onde as luzes tinham começado a brilhar nas janelas, e avançou, tão rapidamente quanto seu conhecimento escasso permitia, pela cidade soberba e despojada.

Ele chegou à Via Sacra. Estava cheia de uma gente alegre e esplêndida, em carruagens, a pé e a cavalo, que se misturava desatenta às longas procissões de penitentes que entravam e saíam da multidão, tanto ali como na Via Ápia. Ele se voltou para o Arco de Tito. As mulheres riram e ficaram olhando quando ele passou; uma delas tirou uma flor do cabelo e jogou para ele, que franziu a testa, corou e se apressou. Ele nunca entendeu a admiração que despertava nas mulheres, embora não desgostasse delas nem de sua admiração. Levava ainda no pulso a marca de uma faca ali enfiada por uma princesa bizantina que achara seu rosto belo e seu cortejo frio; o riso das damas romanas deu-lhe a mesma sensação de ardente inadequação de quando ele sentiu aquela facada furiosa.

Passando pela fonte de Meta Sudans e pelos restos do Anfiteatro Flaviano, entrou na Via di San Giovanni, em Laterano, que conduz à Porta Celimontana. Ali, ele se afastou um pouco da multidão e olhou ao redor; ao longe, o Vaticano e o Castelo de Sant'Angelo apareciam fracamente na frente dos remotos

Apeninos. Ele distinguiu a bandeira do imperador pendurada frouxamente no ar quente, as luzinhas na Basílica de São Pedro.

Atrás dele erguia-se a colina do Janículo, repleta de palácios magníficos e jardins imensos. Abaixo, a cidade estava escura no crepúsculo, e as árvores que se erguiam dos templos silenciosos emitiam um belo murmúrio enquanto balançavam os galhos longos. O estranho suspirou e entrou novamente na multidão, composta agora por todas as classes e nacionalidades. Ele tocou no ombro de um jovem alemão.

– Qual é o palácio do cardeal Caprarola?

– Senhor, é o primeiro. – Ele apontou para uma linda construção na encosta da colina.

O estranho vislumbrou pórticos de mármore meio obscurecidos pela folhagem. Com um "Obrigado", ele se voltou na direção do palácio.

Alguns momentos o levaram ao magnífico portão da Villa Caprarola, que estava aberto e dava num jardim de flores cujo brilho era levemente visível no crepúsculo. O estranho hesitou na entrada, fixando o olhar nas luminosas paredes brancas do palácio que apareciam entre os ramos de cidra e cipreste. Esse cardeal, esse príncipe, que era o maior homem de Roma, ou seja, da Cristandade, tinha estranhamente capturado a sua imaginação. Gostava de pensar nele como um jovem obscuro e santo, que dedicava a vida ao serviço de Deus, crescia não por meio de artimanhas ou intrigas, mas apenas pela pura vontade de seu Mestre, até dominar o grande império do Ocidente. O estranho agora naquele lindo portão vinha buscando a paz havia muitos anos, em muitas terras, e sempre em vão.

Em Constantinopla, ele ouvira falar do santo sacerdote franco que já era um poder maior do que o velho papa, que morria lentamente, e seu coração cansado se consolou de pensar que havia um homem em um lugar elevado, colocado ali apenas por Deus – um homem também de vida pura e alma nobre. Se alguém pudesse dar-lhe a promessa de salvação, se alguém pudesse ajudá-lo a redimir sua vida desperdiçada e fraca, seria ele – aquele cardeal que não poderia conhecer o mal a não ser como um substantivo. Com esse objetivo, ele foi para Roma; desejava depositar seus pecados e penitências aos pés daquele que fora um noviço dócil e pobre, e agora, por suas virtudes, Luigi Caprarola era tão poderoso quanto o imperador e tão inocente quanto os anjos. A vergonha e o espanto por um tempo o mantiveram indeciso, pois como poderia ousar contar sua história infeliz e horrível àquele santo? Mas Deus o ordenou, e os santos sempre foram misericordiosos. Ele caminhou lentamente entre as flores e arbustos escuros até o imponente pórtico com colunas. Com um coração palpitante e uma postura humilde, ele subiu os degraus baixos e largos e parou na porta do cardeal, que ficava aberta para um vestíbulo de mármore pouco iluminado por uma suave cor violeta-rósea. O som de uma fonte chegou aos seus ouvidos e aromas pungentes se misturaram com o perfume das flores.

Dois negros enormes, usando gargantilhas de prata e peles de tigre, estavam de guarda em cada coluna da porta, e quando o recém-chegado passou do portal, um deles tocou o sino de prata preso ao seu pulso. Na mesma hora, apareceu um jovem esbelto e lindo, vestido de preto, com uma flor roxa presa no pescoço. O estranho tirou o chapéu.

— Esta é a residência de sua eminência, o cardeal Caprarola? — perguntou ele, e o toque de hesitação sempre presente em seus modos ficou acentuado.

— É. — O jovem fez uma reverência graciosa. — Eu sou o secretário de sua eminência, *messer*[36] Paolo Orsini.

— Eu desejo ver o cardeal.

Os olhos escuros do jovem romano faiscaram em direção ao falante.

— Qual é seu propósito, senhor?

— Um que não é político nem mundano. — Ele fez uma pausa, corou e acrescentou: — Eu gostaria de me confessar para

---

36 Pronome de tratamento formal utilizado na Itália medieval e renascentista, equivalente a "Senhor" ou "Dom", usado para demonstrar respeito a homens de alta posição ou nobreza. [N. R.]

sua eminência; eu vim de Constantinopla para isso... e apenas para isso.

Paolo Orsini respondeu com cortesia.

– O cardeal ouve confissões na basílica.

– Decerto, eu sei, mas gostaria de vê-lo em particular. Eu tenho questões referentes à minha alma para apresentar para ele, não acredito que ele vá recusar. – A voz do estranho soou irregular, sua postura atribulada, como o secretário observou com curiosidade. Penitentes ansiosos pela própria alma não costumavam perturbar o cardeal, mas o jeito aristocrático de Orsini não demonstrou surpresa.

– Sua eminência não gosta de se recusar aos fiéis – disse ele. – Vou perguntar se ele lhe dará uma audiência. Senhor, qual é sua posição e seu nome?

– Eu sou desconhecido aqui – respondeu o outro humildemente. – Agora, vim de Constantinopla, onde tive um escritório na corte de Basílio, mas de nascimento sou franco, do país do cardeal.

– Senhor, seu nome? – repetiu o elegante secretário.

O rosto bonito do estranho se fechou.

– Eu já fui conhecido por muitos... mas que sua eminência tenha a verdade. Sou Theirry, nascido em Dendermonde.

Paolo Orsini fez outra reverência.

– Comunicarei ao cardeal – disse ele. – O senhor esperará aqui.

Ele partiu tão rápida e silenciosamente quanto tinha vindo. Theirry levou a mão à testa quente e olhou ao redor. O vestíbulo era composto de mármore da Numídia, tingido pelo tempo de um tom laranja profundo; os capitéis das colunas bizantinas eram incrustados de ouro e sustentavam um teto que brilhava com mosaicos de vidro violeta; lamparinas douradas, forradas com seda roxa ou carmesim, lançavam um brilho colorido pelas paredes inclinadas; uma escada dupla brotava do piso de mármore e malaquita, e onde terminavam os corrimãos de ouro um leão de prata encimava um pilar de cipolino, segurando entre as patas um prato no qual queimava incenso aromático. No espaço entre as escadas havia uma fonte de alabastro; a bacia, erguida nas costas de outros leões prateados e cheia de conchas iridescentes, sobre as quais a água espirrava e caía, mudava pela luz da lamparina para um brilho rosa-púrpura. De cada lado da fonte foram colocadas grandes tigelas de bronze com rosas, cor-de-rosa e brancas, e as pétalas estavam espalhadas pelo piso de mármore. Havia assentos baixos encostados às paredes, acolchoados com ricas tapeçarias escuras e, acima deles, em intervalos, maravilhosas estátuas antigas brancas em nichos profundos.

Theirry nunca tinha visto nada mais esplêndido. O cardeal Caprarola não era nenhum asceta, independentemente de quem o jovem Brás tivesse sido, e por um momento ele ficou perplexo e desapontado: poderia um santo viver assim? Mas ele refletiu; bom era considerar que Deus, e não o Diabo, que tantas vezes usava a beleza e a riqueza como iscas, tinha dado aquilo a um homem. Ele andava de um lado para o outro, sem ninguém para observá-lo exceto os quatro negros silenciosos e imóveis. As luzes requintadas, a melodia da fonte, os doces odores que subiam dos vapores azuis que se ondulavam lentamente, o ambiente deslumbrante, embalado e calmo; ele sentiu que finalmente, depois de suas andanças mutáveis, de sua inquieta infelicidade, havia encontrado seu objetivo e seu refúgio. Nas mãos daquele homem estava a redenção; aquele homem tinha sido alojado como convinha a um embaixador do Senhor do Céu.

Paolo Orsini, em pessoa tão raro e esplêndido como o palácio, regressou.

— O cardeal vai recebê-lo, senhor — disse ele. Se a mensagem o impressionou, ele não demonstrou. Ele se curvou perante Theirry e o precedeu subindo pela escada magnífica.

O primeiro patamar era inteiramente decorado com bordados escarlates trabalhados com penas de pavão e iluminado por luminárias pendentes de cristal; em cada extremidade, um arco prateado conduzia a uma câmara.

O secretário, magro e escuro em contraste com as cores vivas, virou para a esquerda. Theirry o seguiu até um longo salão iluminado por estátuas de bronze colocadas em intervalos e segurando tochas perfumadas. Entre elas, havia enormes vasos de pórfiro contendo laranjeiras e oleandros; as paredes e o teto eram de mármore rosa incrustado com basalto, e o piso de um rico mosaico.

Theirry recuperou o fôlego. O cardeal devia possuir a lendária riqueza da Índia...

Paolo Orsini abriu uma porta dourada e a manteve aberta enquanto Theirry entrava, depois fez uma reverência e disse:

– Sua eminência estará com o senhor em breve.

Theirry se viu em uma câmara de tamanho razoável, com paredes, piso e teto compostos de ébano e madrepérola. A porta e a janela eram cobertas por cortinas de cores claras, nas quais estavam costuradas histórias de Ovídio em sedas brilhantes. No centro do piso havia um tapete persa de um leve tom de malva e rosa; três lustres de jaspe e prata pendiam do teto por cordas de seda e emitiam o brilho pálido do luar. Uma cadeira e uma mesa de marfim erguidas sobre um degrau de ébano ocupavam um canto; sobre a mesa havia uma ampulheta, um vaso vermelho-sangue cheio de lírios e um livro dourado com pedras de turquesa na capa. Na cadeira havia uma almofada de veludo roxo. Em frente a isso estava pendurado um crucifixo, com uma luz escarlate ardendo abaixo dele; diante disso, a primeira coisa sagrada que Theirry via no palácio, ele dobrou o joelho. Incenso queimava em um braseiro de ouro, o aroma forte quase insuportável no espaço confinado. Um banquinho prateado e uma cadeira baixa de ébano completavam a mobília. Encostado na parede voltada para a porta, havia um santuário colorido e dourado, cujas asas brilhantes estavam fechadas, mas Theirry, afastando-se do crucifixo, inclinou a cabeça para ele.

Uma grande excitação penetrou em seu sangue, ele não conseguia sentir que estava em um lugar santo ou sagrado, aguardando a vinda do santo que aliviaria o fardo de seu pecado, mas o que senão esse sentimento de alívio, de justa alegria deveria estar aquecendo seu sangue agora...?

A luz azul fraca, os perfumes fortes confundiam os sentidos. Seus pulsos latejavam, seu coração batia forte. Não parecia que ele poderia falar com o cardeal... mas em seguida parecia que ele poderia contar tudo e ir embora... absolvido. No entanto, e ainda assim, o que havia naquele lugar revivendo memórias que haviam sido enfiadas profundamente em seu coração durante anos... um certo quarto em uma casa antiga em Antuérpia com a luz do sol de agosto sobre a figura de um jovem dourando um demônio... um quarto na Universidade de Basileia e dois jovens curvados sobre o fogo de uma bruxa... uma noite escura e úmida, e o som de uma voz fraca indo até ele... Frankfurt e um jardim lotado de rosas vermelhas, outras cenas, apinhadas, horríveis... por que ele pensava naquilo tudo ali... naquela terra remota, entre estranhos... ali onde ele tinha ido para purificar a alma?

Ele começou a murmurar uma oração. Sentiu uma vertigem, e a luz azul pareceu ondular e esmaecer diante de seus olhos. Ele andou para cima e para baixo no tapete macio, apertando as mãos. De repente, fez uma pausa e se virou.

Houve um arrepio de sedas e o cardeal entrou na câmara. Theirry caiu de joelhos e baixou a cabeça latejante.

O cardeal fechou lentamente a porta. Um estrondo baixo de trovão soou. Uma grande tempestade estava se formando sobre o mar Tirreno.

•) CAPÍTULO II (•
A CONFISSÃO

—I*N NOMINE PATRIS, ET FILII, ET SPIRITUS SANCTI,*[37] eu o cumprimento – disse o cardeal com voz baixa e grave. Ele foi até a cadeira de marfim e se sentou. Theirry ergueu a cabeça e olhou com ansiedade para o homem que esperava que fosse seu salvador. O cardeal era jovem, de estatura mediana, imponente e elegante, e transmitia uma impressão de leveza e delicadeza, embora na realidade não fosse pequeno nem frágil. Seu rosto era pálido, apenas vagamente visível sob aquela luz. Ele usava um manto de seda rosa e violeta que se espalhava pelo degrau em que sua cadeira estava colocada. Suas mãos eram muito bonitas e ornamentadas com uma variedade de anéis caros. Na cabeça, usava um solidéu preto e, fora dele, aparecia o cabelo, volumoso, cacheado e de cor castanho-avermelhada. Seu pé, muito pequeno e bem formado, enfiado em um sapato dourado, aparecia sob a veste. Ele segurou os braços de marfim do assento e olhou diretamente para Theirry com olhos intensos e escuros.

---

37 "Em nome do Pai, do Filho e do Espírito Santo." [N. R.]

— Sobre que assuntos você deseja falar comigo? — perguntou ele.

Theirry não encontrou palavras, com uma sensação engasgada de horror, de algo horrendo e blasfemo além de todas as palavras agarrando seu coração... Ele olhou para o jovem cardeal... Devia estar ficando louco...

— O ar... o incenso me deixa tonto, santo padre — murmurou ele.

O cardeal tocou um sino que ficava ao lado da ampulheta e fez sinal para Theirry se levantar. Um belo rapaz de túnica branca atendeu ao chamado.

— Apague o incenso — disse o cardeal — e abra a janela, Gian... Está muito quente, tem uma tempestade a caminho, não tem?

O jovem abriu as cortinas pintadas e destravou a janela. Quando o ar mais fresco entrou no aposento fechado, Theirry respirou melhor.

— As estrelas estão escondidas, vossa eminência — disse Gian, olhando para a noite. — Decerto é uma tempestade.

Ele ergueu o braseiro, sacudiu o incenso, deixando-o com cinzas fumegantes, apoiou-se em um joelho na frente do cardeal e se retirou de costas. Quando a porta se fechou, Luigi Caprarola se virou para o homem parado humildemente na frente dele.

— Agora você consegue falar? — disse ele seriamente. Theirry corou.

— Mal tenho coragem... Vossa eminência me intimida, eu tenho uma história doentia para contar... Ao saber do senhor, eu pensei, esse homem sagrado pode me dar paz, e percorri metade do mundo para depositar meus problemas aos seus pés. Mas agora, senhor, agora... eu temo falar, de fato mal me sinto capaz, de tão irreal e horrendo que parece neste lugar.

— Em suma, senhor — disse o cardeal —, você mudou de ideia. Acho que você sempre foi de mudar de ideia, Theirry de Dendermonde.

— Como vossa eminência sabe isso de mim? Ai de mim! É verdade.

— Eu vejo em seu rosto — respondeu o cardeal —, e tem outra coisa que vejo. Você é, e é há muito tempo, infeliz.

— Foi minha grande infelicidade que me trouxe perante vossa eminência.

Luigi Caprarola apoiou o cotovelo no braço da cadeira de marfim e a bochecha na palma da mão. A luz pálida e fraca estava toda no rosto dele. Por causa de algo poderoso e intenso que brilhava nos olhos dele, Theirry não quis olhar para ele.

— Cansado de pecado e com medo do Paraíso, você veio procurar absolvição comigo — disse o cardeal.

— É, se puder ser concedido, se por alguma penitência eu puder obter perdão.

Theirry, cujo olhar estava fixo no chão enquanto ele falava, teve uma sensação extraordinariamente vívida de que o cardeal estava rindo. Ele ergueu o rosto rapidamente, mas viu Luigi Caprarola calmo e sério. Um trovão ribombou e os ecos pairaram no aposento.

— A confissão precisa vir antes da absolvição — disse o cardeal. — Conte-me, meu filho, o que o perturba.

Theirry tremeu.

— Envolve outros além de mim...

— O sigilo da confissão é sagrado e eu não pedirei nomes. Theirry de Dendermonde, ajoelhe-se aqui e confesse.

Ele apontou para o banco de marfim perto de seu assento elevado. Theirry se aproximou e se ajoelhou humildemente. As cortinas tremeram no vento quente, um relâmpago apareceu entre elas e se misturou com a luminosidade colorida lançada pelas lamparinas fracas.

O cardeal pegou o livro dourado e o colocou no joelho, a manga de seda rosa quase tocando nos lábios de Theirry. Seu traje exalava um perfume estranho e agradável.

— Me conte sobre esses seus pecados — disse ele, meio sussurrando.

— Tenho que voltar muito — respondeu o penitente com voz trêmula — para vossa eminência entender meus pecados. Tiveram começos singelos.

Ele parou e fixou o olhar nos dedos compridos e brancos do cardeal, apoiados na capa dourada do breviário.

— Eu nasci em Dendermonde — disse ele após um tempo. — Meu pai era escrivão e me ensinou o que tinha aprendido. Quando ele morreu, eu fui para Courtrai. Eu tinha dezoito anos, era ambicioso e mais inteligente do que os outros estudantes da minha idade. Desejava mais do que tudo ir para uma das faculdades... — Ele soltou um suspiro quente, como se ainda pudesse se lembrar do latejar apaixonado daquele desejo antigo. — Para ganhar a vida, eu dei aula das artes que conhecia entre outras, dei aula de música para a filha de um grande lorde em Courtrai... Dessa forma, conheci o irmão dela, que era um jovem cavalheiro de desejos intensos. — O cardeal estava ouvindo atentamente; a respiração dele parecia nem mexer a veste. A mão na capa de ouro e turquesa estava muito imóvel. Theirry secou a testa úmida e continuou: — Ele estava, assim como eu, inquieto e impaciente com Courtrai. Mas, diferentemente de mim, ele era inocente, pois eu — ele umedeceu os lábios — nesta época comecei a praticar... magia das trevas.

O trovão ribombou sombriamente, porém com triunfo pelas sete colinas, e a chuva começou a bater na janela.

— Magia das trevas — repetiu o cardeal. — Continue.

— Eu li os livros proibidos que encontrei em uma biblioteca antiga na casa de um judeu para cujo filho eu dava aulas. Tentei fazer feitiços, chamar espíritos. Eu estava muito desesperado para me aperfeiçoar, queria ser como Alcuíno, como São Jerônimo... Não, como o próprio Zoroastro, mas eu não era habilidoso o bastante. Eu sabia fazer muito pouco ou nada...

O cardeal se moveu de leve. Theirry, numa agonia de lembranças antigas e amargas, dividido entre o horror e a tranquilidade de finalmente enunciar aquelas coisas, continuou com voz baixa e desesperada:

— O jovem cavalheiro de quem falei estava apaixonado por uma grande dama que passou por Courtrai. Ele quis segui-la até Frankfurt. Ela tinha dado esperanças de que arrumaria serviço para ele lá. Ele me pediu para lhe fazer companhia, e fiquei feliz de ir. Na viagem, ele me contou sobre seu casamento com a filha de um senhor vizinho, e, embora isso não seja questão aqui, que ele não sabia se ela estava viva ou morta, mas sabia qual era o local onde ela tinha sido vista por último, e fomos até lá. Foi na cidade antiga e meio deserta de Antuérpia...

— E o jovem cavalheiro esperava descobrir que ela estava morta — interrompeu o cardeal. — Ela estava, eu me pergunto?

— Todo mundo achava que sim. É uma história estranha, que não cabe a mim contar. Nós encontramos a casa, e lá conhecemos um jovem, que nos contou sobre a morte da donzela e nos mostrou o túmulo dela...

O trovão, chegando mais perto, sacudiu o palácio, e Theirry escondeu o rosto nas mãos.

— E esse jovem? — perguntou o cardeal suavemente. — Me conte dele.

— Ele me arruinou. À noite, me procurou e me contou de seus estudos... magia das trevas! Magia das trevas! Ele lançou feitiços e chamou uma diaba... Em um espelho, ela me mostrou visões, eu jurei a ele amizade fiel... Ele arruinou minha alma... Ele vendeu alguns bens da casa e nós fomos juntos para a faculdade de Basileia.

— Você o descreve como seu anjo maligno — disse o cardeal. — Quem era ele?

— Não sei. Ele era de origem nobre, eu acho, elegante nos modos e agradável de olhar. Minha alma hesitante se deixou levar pelos ardis dele, pois ele falava de grandes recompensas. Não sei quem ele era, se homem ou demônio... Eu acho que ele me amava.

Houve um pouco de silêncio na sala e o cardeal falou.

— Amava? O que faz você achar que ele o amava?

— Ora, ele disse e agiu de acordo... Nós fomos para a Universidade de Basileia... e na época eu também achava que o amava...

ele era a única coisa no mundo com quem eu já tinha falado das minhas esperanças, dos meus desejos... nós continuamos nossos experimentos... nossas pesquisas eram blasfemas, coisas horríveis, ele era mais habilidoso do que eu... e um dia eu conheci uma dama, e me entendi como horrendo, mas, naquela mesma noite, fui atraído para as armadilhas de novo... nós fizemos um feitiço para outro aluno... fomos descobertos e fugimos da faculdade.

Um raio cortou a escuridão azul como uma espada partindo seda. Theirry fez uma careta e tremeu quando o trovão ribombou acima.

— Sua história termina aí? – perguntou o Cardeal.

— Ai de mim! Não! Eu fui caindo em um pecado pior do que o outro... Nós estávamos pobres, conhecemos um monge, roubamos o dinheiro de Deus que ele tinha e o abandonamos para morrer... Viemos para Frankfurt e vivemos na casa de uma bruxa egípcia, e eu comecei a abominar o jovem porque a dama vivia nos meus pensamentos, e ele odiava a dama amargamente por causa disso. Ele me tentou a cometer assassinato para obter ganhos pessoais e eu recusei por ela. – A voz de Theirry ficou acalorada e apaixonada. – Aí eu descobri que ele a estava tentando, a minha santa! Mas eu não temia que ela caísse, e se ela o rejeitava, eu também podia, sim, e rejeitei... Mas ela não se mostrou mais forte. Ela amava seu senescal e mandou que ele matasse a própria esposa. "Você apostou na virtude dela", gritou o Diabo para mim, "e perdeu! Perdeu!"

Os soluços deixaram sua voz mais rouca, e as lágrimas amargas se reuniram em seus lindos olhos.

— Eu virei presa do jovem de novo, mas agora o odiava pela vitória dele. Nós voltamos para Frankfurt, e ele foi doce e gentil comigo, enquanto eu ficava pensando em como poderia feri-lo do jeito como ele havia me ferido. Fiquei preso naquela imagem... dela... desonrada e arruinada, e eu o odiei, e esperei a minha chance, e na noite em que chegamos à cidade, eu o traí pelo que ele era, eu traí a pessoa para quem eu tinha jurado amizade... Bem, metade da cidade apareceu gritando pela neve para pegá-lo, mas chegamos tarde demais, encontramos uma casa em chamas. Queimou até virar cinzas, ele junto... Eu tive minha vingança, mas a vingança não me trouxe paz. Saí do Ocidente e fui para o Oriente, para a Índia, a Pérsia, a Grécia, eu evitei tanto Deus quanto o Diabo, tinha medo do Inferno e não ousava ter esperança de ir para o Céu, tentei esquecer e não consegui, tentei me arrepender, mas não consegui. O bem e o mal lutavam por mim, até que o Senhor teve pena. Eu soube do senhor e vim para Roma me jogar aos seus pés, pedir que o senhor me ajude a me jogar na misericórdia de Deus.

Ele se levantou com as mãos unidas no peito e os olhos ensandecidos fixos no rosto branco de Luigi Caprarola. Trovões e relâmpagos juntos estavam deixando o ar quente. A vestimenta bonita de Theirry reluzia em dourado e roxo, o rosto ruborizado e exaltado.

— Deus vence desta vez, eu acho — disse ele com voz instável. — Eu confessei meus pecados, vou pagar penitência por eles e ao menos morrer em paz... Deus e os anjos vencem!

O cardeal se levantou. Com uma das mãos, segurou o encosto da cadeira de marfim, e com a outra apertou o livro dourado contra o peito. A luz que brilhava em seu cabelo ruivo mostrava-o com um brilho transparente junto à parede de ébano e madrepérola; seu rosto e lábios estavam muito pálidos acima do tom vívido do manto, os olhos, grandes e escuros, olhavam para Theirry. Mais uma vez, um relâmpago brilhou entre os dois e pareceu afundar no chão aos pés do cardeal. Ele ergueu a cabeça com orgulho e ouviu o poderoso barulho que se seguiu. Quando os ecos estremeceram até a quietude quente, ele falou:

— O Diabo e as legiões dele vencem, eu acho — disse ele. — Pelo menos, serviram bem a Dirk Renswoude.

Theirry caiu para trás e para trás, até estar agachado junto à parede.

— Cardeal Caprarola! — gritou ele com temor. — Cardeal Caprarola, fale comigo! Até aqui eu ouço os demônios!

O cardeal desceu da plataforma de ébano, o traje rígido fazendo barulho conforme ele andava. Ele riu.

— Será que aprendi a ter um porte tão santo que meu velho companheiro não me reconhece? Mudei tanto, eu, que era tão elegante e agradável de olhar, seu amigo e sua perdição?

Ele parou no centro da sala. A janela aberta, a escuridão lá fora, as cortinas balançando e o forte relampear eram um pano de fundo incrível para a figura arrogante. Mas Theirry gemeu e sussurrou baixinho.

— Olhe para mim — ordenou o cardeal. — Olhe bem para mim, você, que me traiu, eu não sou aquele que dourou um diabo numa tarde de agosto em uma certa cidade de Flandres?

Theirry se empertigou e apertou as mãos nas têmporas.

— Traído! — gritou ele. — Eu que fui traído. Eu procurei Deus e fui entregue ao Diabo!

O trovão explodiu tão alto que suas palavras se perderam no ruído, o relâmpago azul bifurcado brilhando entre os dois.

— Você não me reconhece? — perguntou o cardeal.

Theirry caiu de joelhos, chorando como uma criança.

— Onde está Deus? Onde está Deus?

O cardeal sorriu.

— Ele não está aqui — respondeu ele. — Nem em nenhum lugar onde eu tenha estado.

Uma imobilidade horrível se estabeleceu depois do estrondo do trovão. Theirry escondeu o rosto, acovardado como um homem que sente as costas expostas para o açoite.

— Você não consegue olhar para mim? — perguntou o cardeal com um certo desprezo meio triste. — Depois de tantos anos, eu o encontro... assim? Aos meus pés!

Theirry se levantou, as feições parecendo uma máscara com uma distorção nada natural e um tom sem vida.

— Você faz bem em me provocar — respondeu ele —, pois eu sou um tolo amaldiçoado, estava procurando algo que não existe... Deus! Sim, agora eu sei que não existe Deus nem o Céu, portanto, que importância tem a minha alma... Que importância tem ela se o Diabo é dono de todos nós?

A tempestade se renovou com o final do discurso, e ele viu pela janela aberta os vinhedos e jardins azuis da colina do Janículo por muitos segundos sob o céu negro.

— Sua alma! — exclamou o cardeal, como antes. — Você sempre pensou muito, e não o suficiente, nisso. Você serviu a muitos mestres e a nenhum fielmente. Se tivesse sido um homem mais forte, você teria ficado com sua santa caída, não a rejeitado, e assim a vingaria pela minha traição.

Ele foi até a janela e a fechou, enquanto o relâmpago o atingia com um clarão violento, e esperou até que o choque posterior se silenciasse, sem desviar os olhos da figura encolhida e aterrorizada de Theirry.

— Bem, tudo isso foi há muito tempo — disse ele. — E eu e você mudamos.

— Como você escapou naquela noite? — perguntou Theirry com voz rouca; mal podia acreditar que aquele homem fosse Dirk Renswoude, mas os seus olhos apertados encontraram no rosto alterado e mais velho as feições outrora familiares.

À medida que o cardeal se movia devagar pela câmara reluzente, Theirry foi notando, com horrível fascínio, a semelhança do altivo padre com o pobre estudante de magia das trevas. O cabelo liso e escuro estava agora cacheado, descolorido e tingido de um ruivo profundo, à maneira das mulheres do Oriente; os olhos e sobrancelhas eram os mesmos de sempre, os primeiros ainda brilhantes e aguçados, as últimas ainda retas e pesadas; a pele clara mostrava menos palidez, a boca parecia mais cheia e mais firme, o lábio superior fortemente sombreado com penugem escura, o queixo menos proeminente, mas a linha da mandíbula continuava tão forte e clara como sempre. Era um rosto mais bonito do que antes, um rosto notável, com uma expressão composta e imperiosa, com olhos perante os quais tremer.

— Achei que você tivesse sido queimado — observou Theirry.

— O mestre a quem *eu* sirvo é poderoso — disse o cardeal, sorrindo. — Ele me salvou naquela ocasião e me botou onde estou agora, o maior homem de Roma. Tão grande que, se você desejasse uma segunda vez me trair, poderia gritar a verdade nas ruas, só para descobrir que ninguém acreditaria em você.

O relâmpago caiu em vão na janela fechada, e o trovão soou mais fraco ao longe.

— Trair você? — gritou Theirry, com olhos frenéticos. — Não, eu me ajoelho perante a maior coisa que já encontrei, e beijo sua mão, vossa eminência!

O cardeal se virou e olhou para ele por cima do ombro.

— Eu nunca quebrei as *minhas* promessas — disse ele baixinho —, os votos de companheirismo que eu fiz para você. Agora mesmo, você disse que achava que eu amava você, e, quer dizer, antigamente... — ele fez uma pausa e sua mão delicada foi para cima do coração — ... bem, eu... amava você... e isso me arruinou, como os diabos prometeram. Ontem à noite eu fui avisado que você viria hoje e que seria minha maldição... Bem, eu não ligo de você *ter* vindo, pois, senhor, eu ainda o amo.

— Dirk! — gritou Theirry.

O cardeal o encarou com olhos ardentes.

— Você acha que importa para mim você ser fraco, tolo ou ter me traído? Você é a única coisa em todo o mundo com que eu me importo... Amor! O que foi seu amor quando você a deixou aos pés de Sebastian? Se ela fosse a minha senhora, eu teria ficado e rido de tudo...

— Não foi o Diabo que ensinou você a ser tão fiel — disse Theirry.

Pela primeira vez uma expressão de perturbação, quase desespero, surgiu nos olhos do cardeal. Ele virou a cabeça para o outro lado.

— Você me envergonha — continuou Theirry. — Eu não tenho constância em mim. Ao pensar na minha própria alma, eu quase me esqueci de Jacobea de Martzburg... E, ainda assim...

— E ainda assim você a amava.

— Talvez tenha amado. Tem muito tempo.

Um sorrisinho amargo curvou os lábios do cardeal.

— É esse o jeito como os homens gostam das mulheres? — disse ele. — Certamente, não seria dessa maneira se eu cortejasse e lembrasse, se eu fosse um... um... amante.

— É estranho que nós, nos encontrando assim aqui, falemos de amor! — exclamou Theirry, o coração palpitando, os olhos se dilatando. — Estranho que eu, que me desloquei pelo mundo por medo de Deus, que eu, tendo vindo aqui procurar um dos santos de Deus, me veja na rede do Diabo de novo. Ora, ele fez tanto por você, o que vai fazer por mim?

O cardeal deu um sorriso triste.

— Nem Deus nem o Diabo farão nada, pois você não tem dedicação exclusiva, não é constante para o bem nem para o mal. Mas eu... arriscarei tudo para servir aos seus desejos.

Theirry riu.

— O Céu jogou fora o mundo e nós estamos loucos! Você, *você* famoso como um homem santo... Você assassinou o jovem Brás? Voltarei para a Índia, para o Oriente, e morrerei como um adorador de ídolos. Veja aquele crucifixo, ele está pendurado em suas paredes, mas o Cristo não se levanta para punir você. Você cuida dos Santos Mistérios na Igreja e nenhum anjo o mata nos degraus do altar... Quero ir para longe de Roma! — Ele se virou para a porta dourada, mas o cardeal segurou sua manga.

— Fique — disse ele. — Fique, e tudo que prometi a você no passado se tornará realidade. Você duvida de mim? Olhe ao seu redor, veja o que conquistei para mim...

O belo rosto de Theirry estava corado e enlouquecido.

— Não, me deixe ir...

O último ribombar de trovão atravessou a fala deles.

— Fique e farei de você imperador.

— Ah, diabo! — gritou Theirry. — Você pode fazer isso?

— Governaremos o mundo, nós dois. Sim, farei de você imperador, se você ficar em Roma e me servir. Arrancarei o diadema da cabeça de Balthasar e expulsarei a imperatriz como sempre pretendi fazer, e você carregará o cetro dos Césares, ah, meu amigo, meu amigo!

Ele estendeu a mão direita enquanto falava. Theirry pegou-a, apertou os dedos com o toque quente e beijou os anéis brilhantes. O cardeal enrubesceu e baixou as pálpebras sobre os olhos brilhantes.

— Você vai ficar? — sussurrou ele.

— Sim, meu doce demônio, eu sou seu, e totalmente seu. Ora! Não valeria mais a pena cruzar o mundo por recompensas como essas do que pelo perdão de Deus?

Ele riu e cambaleou contra a parede, com uma expressão atordoada e imprudente. O cardeal retirou a mão e foi até o assento de marfim.

— Agora, adeus — disse ele. — A audiência foi longa demais. Sei onde encontrá-lo e em breve mandarei chamá-lo. Adeus, ó Theirry de Dendermonde!

Ele pronunciou o nome com grande ternura e seus olhos ficaram suaves e úmidos.

Theirry se recompôs.

— Adeus, ó discípulo de Satanás! Eu, seu humilde seguidor, procurarei o cumprimento de suas promessas.

O cardeal tocou a campainha. Quando o belo jovem apareceu, ele pediu que o rapaz levasse Theirry até a saída do palácio. Sem mais uma palavra, eles se separaram, Theirry com uma expressão de loucura...

Quando Luigi Caprarola estava sozinho, ele cobriu os olhos com a mão e cambaleou para trás como se fosse cair, enquanto sua respiração ficou ofegante... Com um esforço, ele se firmou, e, apertando as mãos agora sobre o coração, andou de um lado para o outro, com a túnica de cardeal arrastando atrás dele, o terço de ouro brilhando junto ao joelho. Enquanto ele lutava para se controlar, a porta dourada foi aberta e Paolo Orsini se curvou diante dele.

— Vossa eminência que me perdoe — disse ele.

O cardeal levou o lenço aos lábios.

— O que houve, Orsini?

— Um mensageiro acaba de chegar do Vaticano, meu senhor...

— Ah! Sua santidade?

— Foi encontrado morto dormindo há uma hora, vossa eminência.

O cardeal empalideceu e fixou os olhos ardentes no secretário.

– Obrigado, Orsini. Eu achava que ele não duraria a primavera. Bem, devemos assistir ao conclave.

Ele tirou o lenço da boca e o torceu entre os dedos. O secretário estava saindo quando o cardeal o chamou de volta.

– Orsini, é desejável que tenhamos uma audiência com a imperatriz, ela tem muitas criaturas na Igreja que devem ser controladas. Escreva para ela, Orsini.

– Farei isso, meu senhor.

O jovem se retirou e Luigi Caprarola ficou imóvel, olhando para as paredes brilhantes do seu lindo gabinete.

CAPÍTULO III
A IMPERATRIZ

YSABEAU, ESPOSA DE BALTHASAR DE COURTRAI E IMperatriz do Ocidente, esperava no gabinete de pórfiro do cardeal Caprarola.

Passava pouco do meio-dia e o sol, brilhando através das cores escarlate e violeta da janela em arco, lançava um brilho rico e intenso sobre os móveis dourados e a bela figura da mulher. Ela usava um vestido de tom laranja; seu cabelo estava preso nas têmporas com uma grinalda de placas de ouro, sob o qual pendiam seus cachos fantásticos; enrolado nela havia um manto roxo bordado com ornamentos em vidro verde. Ela se sentou em uma cadeira baixa perto da janela e apoiou o queixo na mão. Seus olhos soberbos estavam graves e pensativos. Ela não abandonou a atitude reflexiva durante o tempo em que o arrogante padre a manteve esperando. Quando ele finalmente entrou com um brilho e o lampejo de sedas roxas, ela se levantou e inclinou a cabeça.

— Agrada-lhe me fazer aguardar ao seu bel prazer, meu senhor — disse ela.

O cardeal Caprarola a saudou com tranquilidade.

— Meu tempo não é meu — acrescentou. — O serviço de Deus vem em primeiro lugar, senhora.

A imperatriz voltou ao seu lugar.

— Vim aqui para discutir sobre Deus com vossa eminência? — perguntou ela, e sua bela boca estava desdenhosa. — Essa mensagem foi roubada de alguém que se esforçou muito para entregá-la ao senhor.

O cardeal foi até o fim do gabinete e assumiu lentamente seu lugar na cadeira entalhada de ouro.

— É de nós que vamos falar — disse ele, sorrindo. — Decerto vossa graça estará esperando por isso.

— Não — respondeu ela. — O que temos em comum, cardeal Caprarola?

— Ambição — disse a eminência —, que é igualmente conhecida pelo santo e pelo pecador.

Ysabeau olhou rapidamente para ele. Ele estava sorrindo com os lábios e os olhos, sentado com um ar de tranquilidade e poder que a incomodou. Ela nunca tinha gostado dele.

— Se a conversa for de política, meu senhor, é o imperador quem o senhor deve procurar.

— Acho que a senhora tem tanta influência sobre Roma quanto seu marido, minha filha.

Houve um brilho ofuscante de luz colorida quando a imperatriz moveu as mãos cheias de joias.

— É nossa *influência* que o senhor deseja... decerto, uma questão para o imperador.

Os olhos grandes e aguçados dele não se afastaram do rosto dela.

— Sim, a senhora me entende.

— Vossa eminência deseja nosso apoio no conclave agora reunido — continuou ela altivamente. — Mas o senhor já demonstrou dever para conosco a ponto de desejarmos ver o senhor no assento de São Pedro?

Ela se considerou no direito de falar assim com um homem cuja grandeza sempre a irritara, pois via naquele apelo por ajuda uma confissão surpreendente de fraqueza da parte dele. Mas Luigi Caprarola permaneceu inteiramente sereno.

– A senhora tem suas criaturas na Igreja – disse ele –, e pretende que uma delas use a tiara. Há dezesseis cardeais no conclave, e eu, talvez, tenha metade deles. Vossa graça deve ver que a sua facção não interfere no que aqueles padres desejam... ou seja, na minha eleição.

– Devo? – repetiu ela, seus olhos violeta se dilatando. – Vossa eminência tem alguma reputação de homem santo... e sugere a corrupção do conclave.

O cardeal se inclinou para a frente na cadeira.

– Eu não jogo em busca de fama santificada – disse ele –, e quanto a um conclave corrupto, vossa graça deve conhecer corrupção, considerando que conseguiu sozinha a eleição de Balthasar para o trono germânico.

Ysabeau olhou para ele, muda. Ele soltou uma risadinha.

– A senhora é uma mulher inteligente – continuou ele. – Seu marido é o primeiro rei dos germânicos a sustentar o império ocidental por dez anos e manter os pés na terra natal também. Mas nem sua inteligência vai bastar agora. A Boêmia se revolta, e Basileia estica dedos ávidos de Ravena, e para manter o trono seguro a senhora deseja um homem no Vaticano que seja criatura de Balthasar.

A imperatriz se levantou e colocou a mão na moldura dourada da janela.

– Vossa eminência mostra uma certa compreensão – respondeu ela, pálida debaixo da maquiagem. – Nós conquistamos o Ocidente e vamos mantê-lo, então você vê, meu senhor, por que minha influência vai ser *contra* o senhor, não a favor, no conclave.

O cardeal colocou a mão levemente sobre o coração.

– Vossa graça fala com ousadia. Acha que sou seu inimigo?

– O senhor se declara hostil, meu senhor.

– Não. Eu posso ser um bom amigo seu... em São Pedro.

Ela sorriu.

— O conclave não declarou a decisão ainda, vossa eminência. O senhor é um príncipe, mas o partido imperial tem um certo poder.

O cardeal sentou-se ereto e seus olhos intensos a reprimiram, apesar de tudo.

— Um certo poder... que peço que exerça em meu favor.

Ela desviou o olhar, embora com raiva de si mesma porque o olhar dele a intimidou.

— O senhor declarou sua ambição. Seus talentos e sua riqueza nós conhecemos; o senhor já é poderoso demais para que possamos tolerá-lo como chefe em Roma.

— Mais uma vez a senhora fala com ousadia — disse o cardeal, sorrindo. — Talvez com ousadia demais. Acho que a senhora ainda me ajudará a conseguir a tiara.

Ysabeau deu uma rápida olhada em seu rosto bonito e pálido emoldurado pelo cabelo ruivo.

— Procura me subornar, meu senhor? — Ela se lembrou das vastas riquezas daquele homem e de seu próprio tesouro vazio.

— Não — disse Luigi Caprarola, ainda sorrindo. — Eu a ameaço.

— Ameaça! — Imediatamente, ela ficou tempestuosa, ofegante, furiosa; as joias em seu peito reluziam com a respiração acelerada.

— Eu ameaço torná-la pária nas ruas a menos que me sirva bem.

Ela estava ferina agora, pronta para se transformar em Marozia Porphyrogentris de Bizâncio.

— Eu sei algo sobre a senhora — disse o cardeal — que, uma vez revelado, faria o imperador expulsá-la do seu lado.

Ela prendeu a respiração e esperou.

— Melchoir de Brabant morreu por veneno e bruxaria.

— O mundo todo sabe disso. — Seus olhos eram longos e malignos. — Ele foi enfeitiçado por um jovem médico da Universidade de Frankfurt, que morreu pelo que fez.

O cardeal olhou para a mão que estava em seu colo.

— Sim, aquele jovem doutor preparou a poção. A senhora a administrou.

Ysabeau deu um passo à frente na sala.

— O senhor mente... Eu não tenho medo do senhor. O senhor mente completamente...

Luigi Caprarola se levantou de um salto.

— Silêncio, mulher! Não fale assim comigo! É a verdade, e posso prová-la!

Ela se curvou e se agachou. As placas de ouro em seu cabelo tilintavam com seu tremor.

— O senhor não pode provar. — As palavras foram forçadas a sair da garganta trêmula. — Quem é o senhor para ousar dizer isso... para saber disso?

O cardeal ainda estava de pé e a dominava.

— A senhora se lembra de um jovem que era escrivão de seu camareiro e amigo do jovem doutor em retórica, cujo nome é Theirry, nascido em Dendermonde?

— Lembro. Ele agora está morto ou no Oriente...

— Ele está vivo e em Roma. Ele lhe serviu bem uma vez, imperatriz, quando traiu o amigo, e a senhora foi rápida em aproveitar a chance; convinha a ele então se aproximar da senhora... Acho que ele estava com medo da senhora... Ele não está agora. Ele sabe, e, se eu pedir, falará.

— E o que é a palavra dele contra o meu juramento e o amor do imperador?

— Eu estou atrás da palavra dele. Eu e todo o poder da Igreja.

Ysabeau respondeu rapidamente:

— Eu não venho de uma nação facilmente intimidada, meu senhor, nem as pessoas do nosso sangue são facilmente encurraladas. Posso destruir a sua suposta santidade espalhando por todo o mundo essa história de como o senhor tentou negociar comigo pelo papado.

O cardeal sorriu de uma forma que ela não gostou de ver.

— Mas primeiro eu digo ao imperador: sua esposa matou seu amigo para que pudesse ser sua esposa, seu amigo Melchoir de Brabant. O senhor o amava mais do que amava a mulher. Não vai vingá-lo agora?

A imperatriz pressionou as mãos cerradas no coração e, com esforço, ergueu os olhos para o rosto magistral do seu acusador.

— O amor do meu senhor contra tudo isso — disse ela com voz rouca. — Ele sabe que o assassino de Melchoir morreu nas chamas em Frankfurt, sabe que sou inocente e vai rir do senhor. Teça qualquer manto de falsidades que quiser, senhor, eu o desafio, e não farei nenhuma negociação para colocá-lo no Vaticano.

O cardeal apoiou as pontas dos dedos no braço da cadeira e olhou para eles com um sorriso cada vez mais profundo.

— A senhora fala — respondeu ele — como alguém que posso admirar. É preciso muita coragem para erguer uma fachada como essa sobre a culpa. Mas tenho certo conhecimento do que digo. Ora, vou provar que a senhora não pode me enganar. A senhora foi à casa de uma certa bruxa em Frankfurt num dia de agosto, um jovem abriu a porta e a levou para uma sala nos fundos que dava para um jardim com rosas vermelho-escuras. No dia, a senhora usava uma máscara verde salpicada e um vestido verde com bordas de pele.

Ele ergueu os olhos e a encarou. Ela recuou até a parede e estendeu as mãos de cada lado sobre o pórfiro brilhante.

— A senhora ameaçou o jovem como eu a ameaço agora. A senhora sabia que ele havia sido expulso da Universidade de Basileia por bruxaria, assim como eu sei que a senhora planejou a morte de seu primeiro marido, e pediu a ele que a ajudasse, assim como eu lhe peço para me ajudar agora.

— Oh! — gritou a imperatriz. Ela levou as mãos aos lábios. — Como o senhor pode saber disso?

O cardeal voltou a se sentar na cadeira dourada e observou com olhos brilhantes e impiedosos a mulher que lutava para se opor a ele.

— Hugh de Rooselaare morreu — disse ele com veneno súbito. — Morreu vilmente por acusá-la de forma justa, e a senhora também morrerá, e vilmente, a menos que me ajude no conclave.

Ele a observou com muita curiosidade. Perguntava-se quando acabaria completamente com a coragem dela, que novo rumo tomaria seu desafio. Ele quase esperava vê-la a seus pés. Por alguns segundos, ela ficou em silêncio. Ela deu um passo para mais perto. As veias se destacavam na testa e no pescoço dela. Ela manteve as mãos ao lado do corpo; estavam cerradas com muita força, mas seus lindos olhos estavam destemidos.

— Cardeal Caprarola — disse ela —, o senhor me pede para usar minha influência para promover sua eleição para o papado. Conhecendo-o como o conheço agora, não posso deixar de ver que o senhor é um homem que não pararia diante de nada... Se eu o ajudar, ajudarei o inimigo do meu marido. Quando estiver no Vaticano, por quanto tempo o tolerará em Roma? O senhor não será criatura de homem nenhum e, creio, não será aliado de homem nenhum. Que chance teremos em Roma quando o senhor for o mestre? Silvestre era velho e dócil, deixou Balthasar segurar as rédeas. O senhor fará isso?

— Não — disse o cardeal com um sorriso. — Eu não serei um papa fantoche.

— Eu sabia — respondeu a imperatriz, respirando fundo. — O senhor jura manter meu marido no lugar dele?

— Isso eu não farei — disse Luigi Caprarola. — Se for do meu agrado, vou derrubá-lo e colocar um dos meus seguidores no lugar. Eu não tenho nenhum amor por Balthasar de Courtrai.

O rosto de Ysabeau se crispou de ódio.

— Mas o senhor acha que ele pode ajudá-lo a obter a tiara...

— Através da senhora. A senhora pode dizer a ele que sou seu amigo, seu aliado, o que quiser, ou pode influenciar diretamente os cardeais, não me importa, desde que a coisa seja feita. O que farei se não acontecer, já deixei claro.

A imperatriz torceu os dedos e riu de repente.

— O senhor deseja que eu engane meu senhor para a própria ruína dele, deseja que eu coloque seu inimigo acima dele... Agora, quando estamos intimidados, aqui e na Germânia, o senhor deseja que eu faça algo que pode transformar o destino dele em pó. Ora, o senhor não é tão astuto, meu senhor, se acha que pode fazer de mim o instrumento da queda de Balthasar!

O cardeal olhou para ela com curiosidade.

— No entanto, vossa graça fará isso... para que eu não diga o que posso dizer.

Ela ergueu a cabeça e sorriu na cara dele.

— O senhor está enganado. Nem ameaças nem suborno podem me obrigar a fazer isso. Diga o que quiser ao imperador, eu estou segura de seus afetos. Destrua minha fama e vire-o contra mim se puder, não sou uma mulher tão cruel a ponto de o medo poder me fazer trair o destino do meu marido e do meu filho.

O cardeal baixou os olhos. Ele estava muito pálido.

— A senhora desafia a morte — disse ele —, uma morte vergonhosa, se minha acusação for provada... como será provada.

A imperatriz olhou para ele por cima do ombro.

— Desafio a morte! — exclamou ela. — O senhor diz que desafiei o Inferno por... ele! Devo ter medo, então, de uma morte insignificante?

O peito de Luigi Caprarola se ergueu sob a seda viva do manto.

— De que a senhora tem medo? — perguntou ele.

— De nada, exceto do mal para o meu senhor.

As pálpebras do cardeal se fecharam. Ele umedeceu os lábios.

— Essa é a sua resposta?

— É, vossa eminência. Todo o poder que tenho será usado para impedi-lo de subir ao trono que tanto deseja. E agora, como o senhor tem essa resposta, vou embora, meus cortesãos se cansam em seus salões.

Ela foi até a porta, os membros tremendo embaixo do corpo, a testa fria, as mãos geladas e úmidas e o coração saltando, mas com uma postura majestosa, reprimindo e controlando seu medo. Ao abri-la, o cardeal virou a cabeça.

— Dê-me um pouco mais de tempo, vossa graça — disse ele suavemente. — Ainda tenho algo a dizer.

Ela fechou a porta e encostou-se nela.

— Então, meu senhor?

— A senhora se vangloria de não ter medo de nada. Será mesmo, eu me pergunto. A senhora me desafia com ousadia e uma certa tolice nessa questão da sua culpa. Seria tão ousada na questão da sua inocência?

Ele se inclinou para a frente na cadeira para olhar para ela; ela esperou em silêncio, com olhos desafiadores.

— A senhora é muito leal ao seu marido, não colocará em risco a possível herança do seu filho. Essas coisas, a senhora me diz, significam mais do que vergonha ou morte; seu senhor é o imperador do Ocidente, seu filho, o rei dos romanos... Ora, ora, a senhora é orgulhosa demais...

— Não — retorquiu ela —, eu não sou orgulhosa demais para a esposa de Balthasar de Courtrai e mãe de uma linhagem de imperadores. Nós somos os fundadores de nossa casa e será maravilhoso governar o mundo.

O cardeal estava pálido e desdenhoso, seus olhos estreitados e a boca curvada expressando amargura... e paixão.

— Aqui está a arma que a deixará de joelhos — disse ele — e fará com que seu orgulho morra em seus lábios. A senhora não é a esposa de Balthasar, e a única herança que seu filho terá será a vergonha e o cansaço do exilado.

Ela reuniu forças para enfrentar essa enormidade louca.

— Não sou esposa dele... Ora, o senhor delira... Nós nos casamos perante toda Frankfurt. Não sou esposa de Balthasar!

O cardeal se levantou. Sua cabeça estava muito ereta. Ele olhou para ela com um olhar intenso.

— Seu senhor já se casou antes.

— Sim, eu sei. E daí?

— Essa... Úrsula de Rooselaare está viva!

Ysabeau deu um gritinho infeliz e se virou como se fosse cair. Ela se apoiou com grande esforço e enfrentou o cardeal desesperadamente.

— Ela morreu em um convento em Flandres. Isso não é verdade.

— Eu não falei a verdade antes? — questionou ele. — Em relação a Melchoir.

Um grito foi arrancado da imperatriz.

— Úrsula de Rooselaare morreu na Antuérpia — repetiu ela descontrolada. — No convento das Irmãs Brancas.

— Não morreu, e Balthasar sabe que não morreu. Ele acha que ela morreu depois disso, ele acha que viu seu túmulo, mas o encontraria vazio. Ela vive, está em Roma, e é esposa dele, imperatriz, perante Deus e o homem.

— Como o senhor sabe disso? — Ela fez uma última e lamentável tentativa de enfrentá-lo, mas o terrível cardeal havia quebrado suas forças. O horror do que ele disse gelou seu sangue e sufocou as batidas de seu coração.

— O jovem que uma vez a ajudou, o doutor Constantine... dele, Balthasar obteve a notícia da morte da esposa, pois Úrsula e ele eram aprendizes do mesmo velho mestre. Pergunte a Balthasar se não foi assim. Bem, o jovem mentiu, para fins próprios; a donzela estava viva naquela época e está viva agora, e, se eu decidir, ela falará.

— Não é possível. — A imperatriz estremeceu. — Não, o senhor quer me enlouquecer e por isso me tortura. Por que essa mulher não se manifestou antes?

O cardeal sorriu.

— Ela não amava o marido como a senhora ama, e por isso preferiu a liberdade. A senhora deveria estar agradecida.

— Viva, o senhor diz — sussurrou Ysabeau, distraída —, e em Roma? Mas ninguém a reconheceria, ela não poderia provar que era... essa... Úrsula de Rooselaare.

— Ela tem o anel dele — respondeu Luigi Caprarola — e a escritura de casamento, assinada por ele e pelo padre. Há pessoas em Rooselaare que a conhecem, embora já tenham passado quase vinte anos desde que ela esteve lá. Ela também tem o depoimento do velho mestre Lukas, de que ela era uma suposta freira quando foi até ele, e na verdade era esposa de Balthasar de Courtrai. Ela pode provar que não tem ninguém enterrado no jardim da casa do mestre Lukas, e pode apresentar irmãs da Ordem à qual ela pertencia para mostrar que não morreu no dia do casamento. Essas e outras provas ela pode apresentar.

A imperatriz baixou a cabeça sobre o peito e colocou a mão sobre os olhos.

— Ela veio até o senhor... com essa história?

— Isso não cabe a mim dizer.

— Ela precisa ser silenciada! Pela mãe de Cristo, ela precisa ser silenciada!

— Garanta meu voto no conclave e ela nunca falará.

— Eu já disse. Eu... não posso, pelo bem dele, pelo bem do meu filho...

— Então eu trarei Úrsula de Rooselaare, e ela provará ser a esposa do imperador. E na mesma hora a senhora terá que deixá-lo, ou vocês dois serão excomungados. Sua alternativa será ficar e ser a ruína dele ou ir para a obscuridade, para nunca mais ver o rosto dele. Seu filho não será mais o rei dos romanos, só um andarilho anônimo, rejeitado e digno de pena daqueles que deveriam ser seus súditos. E outra mulher se sentará ao lado de Balthasar no trono do Ocidente!

A imperatriz encostou os ombros na porta.

— E se meu senhor for leal a mim como sou a ele... a mim e a meu filho...

— Ele será expulso do trono, afastado pela Igreja e evitado pelos homens. A Lombardia não ficará feliz em se voltar contra ele e a Boêmia?

Por um momento, ela ficou em silêncio, e o cardeal também enquanto a encarava. Mas ela ergueu os olhos para encontrar os dele. Com firmeza agora ela os manteve no nível do olhar dele, e seu sangue vil e ousado lhe serviu bem na maneira de falar.

— Senhor cardeal — disse ela —, o senhor venceu. Diante do senhor, como diante do mundo, continuo sendo a esposa de Balthasar, e o senhor não pode me afastar dessa posição orgulhosa contando sobre... essa impostora. No entanto, tenho medo do senhor. Não me atrevo a discutir com o senhor, Luigi Caprarola, e para comprar seu silêncio sobre esses assuntos, garantirei sua eleição. Depois, você e meu senhor verão quem é o mais forte.

Ela abriu a porta, fazendo-lhe sinal para ficar em silêncio.

— Meu senhor, não mais — gritou ela. — Acredite em mim, posso ser fiel à minha palavra quando tenho medo de quebrá-la... e fique calado sobre essa mulher, Úrsula. — O cardeal se levantou da cadeira e se aproximou dela.

— Nós nos separamos como inimigos — respondeu ele —, mas eu beijo a bainha do seu vestido, imperatriz, pois a senhora é tão corajosa quanto bonita. — Ele levantou graciosamente o manto roxo até os lábios. — E, acima de tudo, admiro uma mulher constante. — A voz dele estava estranhamente suave. O rosto dela, frio e imperioso sob o ouro e o cabelo brilhante, não mudou. — Mas, infelizmente, a senhora me odeia! — Ele riu de repente, erguendo os olhos para ela.

— Hoje não posso falar mais com o senhor.

Ela se afastou, firmando os passos com dificuldade. Os dois camareiros na antecâmara se levantaram quando ela saiu do gabinete.

— *Benedictus*,[38] minha filha — disse o cardeal com um sorriso e fechou a porta.

Seu rosto estava vermelho e reluzente de triunfo. Havia uma expressão curiosa em seus olhos. Ele foi até a janela e olhou para a Roma púrpura.

— Como ela ainda o ama! — disse ele em voz alta. — Mas... por que me impressiono? Ele não continua um homem tão belo quanto... — Ele parou de falar e acrescentou pensativamente: — Além disso, ela é linda.

Seus longos dedos tatearam na veste de seda. Ele puxou um espelhinho e olhou para seu belo rosto com o lábio superior escurecido e a cabeça tonsurada. Ao olhar, ele sorriu e depois gargalhou.

---

38 "Abençoada seja." [N. R.]

• CAPÍTULO IV •
A DANÇARINA DE LARANJA

THEIRRY ANDOU LENTAMENTE PELAS BELAS RUÍNAS da Roma Imperial. Passava do meio-dia e estava muito quente. O Tibre passava pelas casas de pedra e pelos palácios quebrados como uma serpente de bronze e ouro, de tão suave e cintilante que estava. Ele seguiu o rio até contornar a base do monte Aventino. Lá, ele parou e olhou para o palácio do imperador, posicionado na colina de forma esplêndida.

Acima do mármore estonteante estava o estandarte germânico, vívido junto ao céu brilhante, e guardas francos estavam reunidos aos montes em volta dos portais magníficos. O cume nobre do Soratte dominava a distância e a cidade; na afastada Campagna tremia um vapor dançante de calor. Os barquinhos no Tibre descansavam preguiçosamente em seus reflexos, e as velas coloridas pendiam lânguidas.

Theirry observou com olhar vago os poucos transeuntes, a multidão mestiça de Roma: eslava, franca, judia ou grega, com um nobre romano numa carruagem aqui e ali, ou um cavaleiro alemão a cavalo. Não estava pensando neles, mas no cardeal Caprarola.

Já fazia vários dias que ele fora à cidade, mas não recebera nenhuma mensagem dele. Mais de dez vezes ele havia repassado cada palavra, cada pequeno incidente de sua estranha entrevista no palácio no monte Palatino, com um desejo selvagem de se assegurar de sua veracidade; não lhe tinha sido prometida a coroa imperial? Parecia impossível, mas não mais impossível do que Dirk Renswoude ter se tornado um príncipe da Igreja e o maior homem de Roma. Ele não conseguia pensar naqueles dois como a mesma pessoa; diferentes formas do mesmo demônio, mas não do mesmo homem, da mesma carne e osso... magia das trevas! Era uma coisa terrível e maravilhosa; se ele tivesse servido melhor ao demônio, o que não teria feito por ele, o que ainda não poderia fazer? Ele também não conseguia entender o afeto ou a ternura de Dirk; mesmo depois da traição, seu antigo companheiro permaneceu fiel àqueles votos antigos.

Ele olhou para a Casa Dourada no Aventino... imperador do Ocidente! Balthasar reinava lá agora. Bem, por que não ele? Com o Diabo como aliado... e não havia Deus. Seu lindo rosto ficou sombrio com o pensamento; ele caminhou pensativamente ao redor da base da colina, notado por aqueles que entravam e saíam do palácio por sua aparência esplêndida e rica vestimenta oriental.

Uma pequena carruagem bizantina, dourada, com cortinas azuis e puxada por um cavalo branco, veio em sua direção. A ocupante era uma dama de vestido verde. Os cavalariços corriam de cada lado da cabeça do cavalo para ajudá-lo a subir a colina. A carruagem passou por Theirry em ritmo de caminhada. A dama estava descoberta e o sol batia forte em seu rosto. Era Jacobea de Martzburg. Ela não o viu; a carruagem continuou seu caminho lento em direção ao palácio, e Theirry ficou olhando para ela. Ele a vira pela última vez havia dez anos, ou mais, nos braços de seu senescal, no pátio do Castelo Martzburg. Além deles, a esposa de Sebastian...

Ele se perguntou se ela teria se casado com o senescal e sorriu ao pensar que um dia a considerara santa; dez anos antes, e ele ainda não tinha aprendido a lição. Ele havia conhecido muitos homens e nenhum santo, muitas mulheres e nenhuma santa, e ainda assim fora tolo o suficiente para ir a Roma porque acreditava que Deus triunfava na pessoa de Luigi Caprarola... Sua recompensa tinha sido a de um tolo; o enviado do Céu se mostrou o Diabo encarnado, e ele foi ridicularizado ao ver a mulher por quem havia feito tentativas lamentáveis de ser purificado; a mulher que, pelo amor de outro homem, desafiara os anjos e tomara seu destino nas próprias mãos. Por outro homem! Esse era o pensamento mais amargo de todos os pensamentos amargos, e ainda assim ele não sabia se a amara, ou só a doce pureza da qual ela era um falso símbolo. Não tinha certeza de nada. Por aqui e por ali sua mente seguia, sempre hesitante, sempre inquieta; seu coração estava pronto como água para assumir a cor do que passasse por ele, e sua alma era como palha diante do sopro do bem e do mal.

O som de címbalos e de risadas o despertou de seus pensamentos agitados. Ele olhou ao longo da rua que serpenteava junto ao Tibre e viu uma pequena multidão se aproximando, evidentemente seguindo uma trupe de malabaristas ou saltimbancos. À medida que se aproximavam de onde ele estava, Theirry, sempre facilmente atraído por qualquer agitação ou atração passageira, não teve alternativa além de dar-lhes uma atenção meio taciturna. O centro do grupo era uma moça de traje laranja, e os que a seguiam eram meros cidadãos comuns de Roma, alguns cortesãos do imperador, soldados, escrivães de mercadores e a turba de crianças, estrangeiros preguiçosos e francos. A dançarina parou e estendeu um tapete escarlate na rua. A multidão se reuniu em torno dela em círculo, e Theirry se juntou ao restante, interessado no que lhes interessava: nomeadamente, os dois fatos que marcavam a moça como diferente de sua gente.

Em primeiro lugar, ela portava a modéstia ou a coqueteria incomum de uma máscara preta que lhe cobria completamente o rosto e, em segundo lugar, era acompanhada apenas por um macaco enorme e hediondo. Usava um manto curto em estilo antigo, amarrado sob o peito e preso nos ombros com fechos de ouro; sandálias douradas, bem amarradas, escondiam seus pés e tornozelos; em volta do busto e dos braços estava enrolado um lenço fino do mesmo tom do vestido, um laranja profundo e brilhante, e seu cabelo, que era de um vermelho-escuro dourado, estava preso no alto da cabeça em um ninho de cachos e amarrado com uma fita violeta.

Embora a máscara escondesse os encantos do rosto, era óbvio que ela era jovem e provavelmente grega. Seu corpo era alto, sinuoso e esplendidamente gracioso. Ela segurava um par de címbalos de latão e tocava-os com uma alegria tempestuosa acima da cabeça orgulhosa. O macaco, usando uma gola de pedras vermelhas brilhantes e uma jaqueta azul longa enfeitada com lantejoulas, enrolou-se na ponta do tapete e adormeceu.

A garota começou a dançar. Ela não tinha música, exceto os címbalos, e não precisava de nenhuma. Seus movimentos eram rápidos, apaixonados, triunfantes; ela batia o metal bem alto no ar e saltava de acordo com o som feroz. Seus pés calçados de dourado brilhavam como joias, a saia justa mostrava as belas linhas dos membros e a gaze flutuando nas costas revelava seus braços e ombros brancos. De repente, ela baixou os címbalos, bateu-os diante do peito e olhou da direita para a esquerda. Theirry captou o brilho dos olhos escuros através dos buracos da máscara.

Por um momento ela se agachou, ofegante, depois ficou ereta e separou as mãos. O sol forte brilhava no cabelo dela, na bainha metálica do manto, nas sandálias, e transformava os címbalos em discos de fogo. Ela começou a cantar; sua voz era profunda e gloriosa, embora abafada pela máscara. Lentamente, ela se moveu pelo tapete vermelho, e as palavras de sua música se espalharam com clareza no ar quente.

"Se o Amor tudo fosse,
Sua serva perfeita eu seria.
Beijaria onde seu pé pousasse,

Em sua homenagem, ajoelharia.
Se o Amor tudo fosse!
Se o Amor tudo fosse!
Nem Orgulho nem Império haveria,
Nem Deus, nem pecados
grandes ou pequenos,
Se o Amor tudo fosse!"

Ela passou por Theirry, tão perto que o manto esvoaçante tocou na mão inerte. Ele olhou para ela com curiosidade, pois pensou conhecer a voz. Ele tinha ouvido muitas mulheres cantarem, nas ruas e nos palácios, e, em algum lugar, aquela.

"Se o Amor tudo fosse,
Mas o Amor é frágil.
E o Ódio muitas vezes o distorce.
E a Sabedoria o atinge na face,
Se o Amor tudo fosse!
Se o Amor tudo fosse!
Eu viveria feliz e dócil,
Nem ouviria a Ambição chamar
E o Valor falar.
Se o Amor tudo fosse!"

A música terminou como tinha começado, com um toque de címbalos. A dançarina girou, bateu o pé e gritou violentamente para o macaco, que deu um salto e começou a correr em volta da multidão, oferecendo uma concha e fazendo um barulho horrível e tagarela. Theirry lançou para a coisa hedionda um besante de prata e se afastou. Ele estava pensando não na dançarina com a lembrança desconhecida na voz, mas na dama na carruagem dourada atrás das cortinas azuis... em quão pouco ela havia mudado!

Uma explosão de risadas o fez olhar em volta. Ele viu uma imagem rápida: o vestido laranja da garota brilhando sob o sol forte, o macaco em seu ombro jogando o conteúdo da concha no ar, que brilhou por um segundo com peças de prata, e a multidão brincalhona fechando-se em torno de ambos. Ele seguiu melancolicamente até o centro da cidade; na inquietação e agitação dos seus pensamentos, decidira procurar o cardeal Caprarola, pois ele não dava sinal de o mandar chamar, nem sequer de se lembrar dele. Mas naquele dia era inútil ir até o palácio no Palatino, pois o conclave se reunia no Vaticano e o cardeal seria um deles. As ruas, as tavernas, as praças públicas estavam repletas de uma multidão mista e agitada. Os adeptos do imperador, que desejavam ver um pontífice germânico, e os que eram romanos ou clérigos fervorosos iam, aqui e ali, puxar brigas. As intermináveis procissões que cruzavam e recruzavam os vários mosteiros e igrejas eram interrompidas pelas zombarias sem lei dos habitantes francos, que, sob um imperador forte e um papa fraco, começaram a assumir a postura de conquistadores. Theirry os deixou para trás, demasiado preocupado, como sempre, com os seus pequenos assuntos para ter qualquer interesse em questões maiores. Ele entrou na Via Sacra e ali, sob o esplêndido e quebrado arco de Constantino, viu novamente a dançarina e seu macaco. Ela olhou para ele atentamente; disso ele não poderia ter dúvida, apesar da máscara, e, quando ele virou os passos hesitantes em direção ao Palatino, ela se levantou e o seguiu.

Enquanto subia a estrada estreita e cinzenta que serpenteava acima da cidade, ele ficava olhando para trás, e ela estava sempre lá, seguindo-o, com o macaco no ombro. Passaram por cabanas dispersas, mosteiros, templos e vilas decadentes, e chegaram aos trechos desertos do alto Palatino, onde as glórias fragmentárias de outro mundo jaziam sob os ciprestes e as oliveiras. Lá, Theirry fez uma pausa e novamente procurou, meio temeroso, a figura colorida da dançarina. Ela estava não muito longe, apoiada em uma coluna fina de mármore, a única coluna remanescente de um templo dedicado a algum deus pagão; atrás dele havia um bosque de ciprestes verde-azulados, e atrás deles a cidade jazia envolta na névoa cintilante do meio-dia, através da qual, em intervalos, brilhavam as águas escuras do Tibre.

As poderosas muralhas mostravam-se marrons e escuras contra as casas que cercavam, e os vinhedos empoeirados queimavam sob o sol que brilhava na lanterna de São Pedro e no anjo do Castelo de Sant'Angelo. A imobilidade do grande calor pairava sobre a cidade e as ruínas, borboletas silenciosas esvoaçavam sobre o mármore despedaçado e narcisos pálidos estremeciam na grama espessa. O céu, de um bronze dourado sobre a cidade e no horizonte montanhoso, tinha um azul profundo e ardente; uma cor que parecia refletida nos canteiros de violetas que cresciam em torno da alvenaria caída.

Theirry sentou-se num assento baixo de mármore que ficava à sombra de um cipreste, e a sua túnica vermelho-sangue brilhava mesmo na sombra. Ele olhou para a cidade velada aos seus pés e para a dançarina apoiada na coluna manchada pelo tempo e coberta de musgo. Ela soltou os címbalos das mãos e os jogou no chão, o macaco saltou de seu ombro e os pegou. Novamente, ela cantou sua cançãozinha apaixonada.

"Se o Amor tudo fosse,
Sua serva perfeita eu seria.
Beijaria onde seu pé pousasse,
Em sua homenagem, ajoelharia.
Se o Amor tudo fosse!"

Enquanto ela cantava, outra cena, muito diferente, veio de repente à mente de Theirry. Ele se lembrou de uma noite em que dormiu à beira de uma floresta de pinheiros, na Germânia, muitos anos antes, e acordou de repente... não, ele tinha sonhado que ouviu um canto, e o canto de uma mulher... Se não fosse um pensamento tão louco, ele teria dito: o canto desta mulher. Ele virou olhos amargos e escuros para ela. Por que ela o seguira? Rápida e levemente, ela atravessou a grama, brilhando da cabeça aos pés à luz do sol, e parou diante dele.

— Claro que o senhor estaria em Roma hoje — disse ela. — O conclave chega a uma decisão esta tarde. O senhor deseja ouvir o anúncio do Vaticano?

— Não — disse Theirry, sorrindo. — Prefiro vê-la dançar.

A resposta dela foi debochada.

— O senhor não liga para a minha dança. Eu aposto que conseguiria comover qualquer homem em Roma antes do senhor!

Theirry corou.

— Por que me seguiu? — perguntou ele, com desprazer meio indiferente.

Ela se sentou na outra ponta do banco de mármore.

— Meus motivos são melhores do que a minha dança, e, se eu pudesse contá-los, teriam mais efeito sobre o senhor.

O vento leve e quente levantou o tecido que cobria os lindos braços e ombros. O cabelo brilhante e o rosto mascarado estavam na sombra, mas o pé com a sandália dourada, que repousava levemente sobre as violetas doces e selvagens, brilhava ao sol. Theirry olhou para o pé dela enquanto respondia:

— Sou um estranho em Roma e não conheço seus costumes, mas se a senhora é o que parece, não pode ter nenhuma razão séria para me seguir.

A dançarina riu.

— Um estranho! Então é por isso que o senhor é o único homem em Roma que não espera ansiosamente para saber quem será o novo papa.

— É curioso que uma artista viajante tenha tanto interesse em assuntos sagrados — disse Theirry.

Ela se inclinou na direção dele por cima do banco, e o perfume da roupa laranja se misturou ao aroma das violetas.

— Tome-me por algo diferente do que aparento ser — respondeu ela, com uma voz triste e apaixonada. — Ao estar aqui, corro o risco de um destino impensável... boto em jogo as mais orgulhosas esperanças... a mais justa fortuna...

— Quem é a senhora? — questionou Theirry. — Por que está mascarada?

Ela recuou na mesma hora e seu tom mudou para desprezo novamente.

— Quando há muitos peregrinos em Roma, os monges ordenam que nós, pobres tolos, usemos máscaras, para que, com nossas caras tolas, não afastemos as almas de Deus.

Theirry olhou para a cidade orgulhosa abaixo dele.

— Se eu pudesse encontrar Deus — disse ele amargamente —, nenhum rosto bonito me desviaria. Mas Deus está preso e indefeso, creio eu, na cadeira do Diabo.

A dançarina esmagou as violetas com o pé brilhante.

— Não consigo imaginar — disse ela intensamente — como um homem pode passar a vida procurando Deus e salvando a própria alma. O mundo não é belo o suficiente para superar o Céu?

Theirry ficou em silêncio. A dançarina riu baixinho.

— Está pensando nela? — perguntou ela.

Ele se virou num sobressalto.

— Pensando em quem? — perguntou ele.

— Na senhora na carruagem bizantina. Jacobea de Martzburg.

Ele se levantou de um salto.

— Quem é a senhora e o que sabe sobre mim?

— Isto, pelo menos: que o senhor não a esqueceu! Mas o senhor também gostaria de ser imperador, não é?

Theirry se afastou dela, estendida no banco de mármore, até que a sua túnica carmesim tocou os troncos escuros dos ciprestes.

— A senhora é uma bruxa — disse ele.

— Eu venho da Tessália, onde temos habilidade em magia — respondeu ela. E agora ela estava sentada ereta, o vestido laranja lançando um reflexo brilhante no mármore. — E digo uma coisa — acrescentou ela apaixonadamente. — Se o senhor quiser ser imperador, esqueça aquela mulher. Ela não fará nada pelo senhor. Deixe-a ir! É um aviso, Theirry de Dendermonde!

O rosto dele corou, os olhos brilharam.

— Tenho alguma chance de usar a coroa imperial? — questionou ele. — Posso... posso governar Ocidente? Diga-me isso, bruxa!

Ela assobiou para que o macaco fosse para o seu lado.

— Eu não sou bruxa, mas posso avisá-lo para não pensar mais em Jacobea de Martzburg.

Ele respondeu calorosamente:

— Não gosto de ouvir o nome dela em sua boca. Ela não é nada para mim. Não preciso do seu aviso.

A dançarina se levantou.

— Para o seu próprio bem, esqueça-a, Theirry de Dendermonde, e poderá ser de fato imperador do Ocidente e César dos romanos.[39]

O ouro brilhando no manto, nas sandálias, no cabelo o confundia e deslumbrava, e o macaco horrível provocava-lhe uma pontada de terror.

— Como a senhora soube de mim? — perguntou ele, e agarrou o tronco do cipreste.

— Eu li sua sorte em seus olhos — respondeu ela. — Nós, na Tessália, temos habilidade nessas coisas, como eu disse... Olhe para a cidade abaixo de nós. Não vale muito reinar nela?

O vapor dourado que pairava sobre as colinas distantes parecia estar se transformando em nuvens pesadas e ameaçadoras. Theirry, seguindo a direção do dedo fino que apontava, olhou para a cidade e viu as nuvens além dela.

— Uma tempestade se aproxima — disse ele, e não soube por que estremeceu de repente, até que seus brincos de pérola tilintaram no colar em volta do pescoço. A dançarina riu de forma selvagem e musical.

— Venha comigo à Praça de São Pedro — disse ela —, e ouvirá palavras estranhas.

Com isso, ela agarrou a roupa vermelho-sangue dele e o puxou em direção à cidade.

O perfume do vestido e do cabelo dela penetrou nas narinas dele. A bainha da túnica fazia um som delicado ao bater nas sandálias, a fita violeta no cabelo tocava no rosto dele... Ele odiava a máscara negra e inexpressiva; teve pensamentos estranhos sob o toque dela, mas foi em silêncio.

Enquanto desciam a estrada que serpenteava pela gloriosa desolação, Theirry ouviu o som de pés e olhou para trás. Era o macaco que os seguia; ele andava sobre as patas traseiras... Como era

---

[39] Refere-se ao título imperial herdado dos antigos imperadores romanos, especialmente Júlio César. Na Idade Média, era usado em referência aos imperadores do Sacro Império Romano, que reivindicavam ser sucessores dos imperadores romanos. [N. R.]

alto! Theirry não tinha percebido que ele era tão grande, nem que possuía tanta semelhança com um humano. A dançarina ficou em silêncio e Theirry não conseguia falar. Quando eles atravessaram os portões da cidade, as nuvens pardas haviam engolido o vapor dourado e coberto metade do céu. Ao cruzarem o Tibre e se aproximarem do Vaticano, os últimos raios de sol desapareceram sob a sombra da tempestade que se aproximava. Enormes multidões se reuniam na Praça de São Pedro; parecia que toda Roma estava ali reunida. Muitos rostos estavam voltados para o céu, e a escuridão repentina que se espalhara pela cidade parecia contagiar as pessoas, pois elas estavam em sua maioria silenciosas, até mesmo sombrias. O enorme e terrível macaco abriu caminho facilmente no meio da multidão, e Theirry e a dançarina o seguiram até terem percorrido toda a multidão e se encontrarem debaixo das janelas do Vaticano.

As nuvens pesadas e sinistras se juntaram e se aprofundaram como uma mortalha sobre a cidade. Formas negras ameaçadoras surgiram por trás da colina do Janículo, e o ar ficou ardente com a sensação de tempestade iminente. O suspense, a excitação e o aspecto intimidador do céu mantiveram a multidão numa quietude sussurrante. Theirry ouviu a dançarina rir; ela foi empurrada contra ele no tumulto e, embora alta, quase foi sufocada por vários soldados francos que se aglomeravam à frente dela.

— Não consigo ver — disse ela —, nem mesmo a janela...

Ele, com o instinto de ajudá-la e o impulso de usar sua força, agarrou-a pela cintura e a levantou.

Por um segundo, o seio dela tocou o peito dele. Ele sentiu o coração dela batendo violentamente por trás do tecido fino e uma sensação extraordinária tomou conta dele. Por causa do toque dela, da sensação de seu corpo em seus braços, transpareceu, como se fosse do coração dela para o dele, uma paixão elevada e arrebatadora. Foi o sentimento mais terrível e mais esplêndido que ele já conhecera, ao mesmo tempo uma agonia e um prazer como ele nunca havia sonhado antes. Inconscientemente, ele soltou uma exclamação e afrouxou as mãos. Ela escorregou para o chão com um grito abafado e infeliz.

— Me deixe em paz — disse ele descontroladamente. — Me deixe em paz. Quem é você? — sussurrou ele com entusiasmo e tentou segurá-la novamente; mas o grande macaco se interpôs entre eles, e a multidão agitada o empurrou com vigor.

O cardeal Maria Orsini saiu para uma das varandas do Vaticano. Olhou para a multidão expectante, depois para o céu negro e furioso, e pareceu hesitar por um momento. Quando ele falou, suas palavras foram recebidas num grande silêncio.

— O Sagrado Colégio elegeu um sucessor de São Pedro na pessoa de Luís de Dendermonde, abade da Irmandade do Sagrado Coração em Paris, bispo de Óstia e cardeal Caprarola, que ascenderá ao trono papal sob o nome de Miguel II.

Ele concluiu sua fala. Os gritos de triunfo dos romanos e os gritos de raiva dos francos foram abafados por um trovão repentino e terrível. O relâmpago cortou o céu negro e caiu sobre o Vaticano e o Castelo de Sant'Angelo. As nuvens se partiram em duas atrás do Templo de Marte Vingador, e um raio caiu com um estrondo hediondo no Fórum de Augusto. Theirry, açoitado pelo terror, virou-se com a multidão assustada para fugir. Ele ouviu a dançarina rir e tentou agarrar a roupa laranja, mas ela passou por ele e se perdeu na correnteza humana. Roma estremeceu sob o ataque do trovão, e só o relâmpago iluminou a escuridão turva e quente.

— O reinado do Anticristo começou! — berrou Theirry, e riu loucamente.

• ☽ CAPÍTULO V ☾ •
O PAPA

A CÂMARA DO VATICANO ERA TÃO MAL ILUMINADA, com lamparinas cheias de pedras preciosas e de cores profundas, que, a princípio, Theirry pensou que estivesse sozinho. Ele olhou em volta e viu paredes prateadas decoradas com tapeçarias violeta e douradas. Pilares com colunas de mármore verde-mar e capitéis de mosaico brilhante sustentavam um telhado incrustado de jaspe e jade. O chão, de mármore da Numídia, estava coberto de tapetes de seda indiana. Aqui e ali, havia vasos de cristal com rosas, brancas e vermelhas, murchando no ar doce e abafado. No outro extremo da sala havia uma elevação coberta de brocado na qual flores e animais brilhavam em ouro e prata sobre um fundo roxo; degraus dourados, esculpidos e pintados, conduziam a um trono, e Theirry, à medida que os seus olhos se habituavam à escuridão cor de vinho, viu que alguém estava sentado ali. Era alguém tão esplendidamente vestido e tão imóvel que mais parecia uma das imagens que Theirry vira serem adoradas em Constantinopla do que um ser humano. Ele estremeceu. Só discernia olhos intensos olhando para ele em meio a um brilho de ouro escuro e cores sombreadas cintilantes. Miguel II moveu-se em seu assento.

— Mais uma vez, você não me reconhece? — perguntou ele em tom baixo.

— Você mandou me chamar — disse Theirry; para si mesmo, sua voz soou rouca e pouco natural. — Finalmente...

— Finalmente?

— Eu estava esperando. Você é papa há trinta dias e nunca me deu um sinal.

— Trinta dias é tanto tempo?

Theirry se aproximou do ser entronizado.

— Você não fez nada por mim. Você falou em favores.

Prata, ouro e roxo tremeram juntos quando Miguel II se virou na linda cadeira.

— Favores! — repetiu ele. — Você é o único homem na cristandade que fica em pé na minha presença; o imperador se ajoelha para beijar meu pé.

— O imperador não sabe. — Theirry estremeceu. — Mas eu sei. E, por saber, não posso me ajoelhar diante de você... Ah, Deus! Como você ousa?

A voz suave do papa veio das sombras.

— Seus humores mudam. Primeiro isso, depois aquilo. Com que humor você está agora, Theirry de Dendermonde? Ainda quer ser imperador?

Theirry levou a mão à testa.

— Sim, e você sabe. Por que você me tortura com suspense, com espera? Se é para o Mal ser meu mestre, deixe-me servi-lo... e ser recompensado.

Miguel II respondeu rapidamente.

— Não fui eu quem foi infiel à nossa amizade, e agora não me esquivarei de servi-lo, a qualquer custo. Seja você apenas verdadeiro.

— De que maneira posso ser falso? — perguntou Theirry amargamente. — Eu, uma coisa à sua mercê?

O papa segurou o brocado coberto de flores para poder ver o rosto do outro.

— Peço a você que deixe Jacobea de Martzburg em paz.

Theirry enrubesceu.

— Como você sempre a odiou! Desde que vim para Roma, eu a vi uma vez.

O rosto liso e pálido do papa exibia uma mancha vermelha proveniente dos fachos fracos de uma das esplêndidas lamparinas. Theirry observou isso enquanto se inclinava para a frente.

— Ela não se casou com o senescal — disse ele.

O papa apertou os olhos.

— Você se esforçou para descobrir isso?

Theirry riu com tristeza.

— Você venceu! Você, sentado onde está agora, pode se dar ao luxo de zombar de mim; do meu amor, da minha esperança, duas coisas que eu coloquei uma vez em jogo... com ela... e perdi! E perdi! Dez anos atrás... Mas, depois de vê-la novamente, às vezes penso nela, e que ela não era vil, afinal, mas só foi enganada por você, assim como eu fui... Sebastian foi para a Palestina, e ela ficou solteira.

O papa deu um suspiro rápido e mordeu o lábio.

— Eu farei de você imperador — disse ele. — Mas essa mulher não será sua imperatriz.

Mais uma vez, Theirry riu.

— Se eu a amasse, e não amo, eu a colocaria de bom grado de lado para me sentar no trono imperial! Ande, já demorei demais à beira da malignidade. Me deixe pecar grandemente agora e ser muito bem pago!

Miguel II respirou tão rápido que as joias em seu peito espalharam luz colorida.

— Aproxime-se de mim — ordenou ele —, e segure minha mão... como você fazia em Frankfurt. Eu sempre sou Dirk para você, que nunca se importou comigo, me odiou, eu acho. Ah, como são traidores nossos corações, nem com Deus nem com o Diabo é tão difícil lutar!

Theirry se aproximou dos degraus dourados. O papa se inclinou e estendeu a mão fria e branca, carregada de anéis cheios de pedras preciosas, e olhou atentamente nos olhos dele.

— Quando anunciaram a sua eleição... e a tempestade atingiu a cidade – sussurrou Theirry com medo –, você não ficou assustado?

O papa retirou a mão.

— Eu não estava no conclave – disse ele em um tom estranho. – Estava doente na minha vila. Quanto à tempestade...

— Não passou desde então – murmurou Theirry. – Dia e noite, as nuvens pairam sobre Roma. Afinal, não existe um Deus?

— Silêncio! – gritou o papa com uma voz perturbada. – Você quer ser imperador do Ocidente, não quer? Vamos falar sobre isso.

Theirry se encostou no braço do trono e olhou com terrível fascínio para o rosto do outro.

— Sim, vamos falar sobre isso – respondeu ele com agitação. – Será que todas as suas malignidades podem conseguir isso? Falam muito em Roma que você conseguiu sua eleição por influência franca, porque jurou se aliar a Balthasar. Dizem que você é aliado dele...

Os olhos escuros e intensos de Miguel II brilharam e faiscaram.

— Ainda assim, vou derrubá-lo e colocar você no lugar. Ele vem hoje para pedir minha ajuda contra a Lombardia e a Boêmia; e, portanto, mandei chamar você para que possa ouvir essa audiência e ver como eu dou mate e xeque-mate em um imperador por sua causa. – Enquanto falava, ele apontou para o outro lado da sala, onde pendia uma cortina sombria e rica. – Esconda-se atrás daquela tapeçaria e ouça atentamente o que eu digo, e você entenderá como posso humilhar Balthasar e tirá-lo do trono.

Theirry, não alegre nem triunfante, mas agitado e trêmulo com uma excitação horrível, atravessou a sala e passou silenciosamente para trás da tapeçaria. Quando as longas dobras voltaram para o lugar, o papa tocou uma campainha. Paolo Orsini entrou.

— Traga o imperador.

O secretário se retirou. Houve um som suave na antecâmara, as vozes de padres.

Miguel II levou a mão ao coração e fez duas ou três respirações rápidas e ofegantes. Seus lábios carnudos se curvaram num sorriso estranho, e um pensamento ainda mais estranho estava por trás dele; um pensamento que, se expresso, não teria sido compreendido nem mesmo por Theirry de Dendermonde, que, de todos os homens, conhecia mais de Sua santidade. E foi...

— Alguma dama conheceu seu senhor assim antes, ou o usou assim para obter seu amor?

Ouviram-se passos pesados do lado de fora, e o imperador avançou para a esplêndida escuridão da sala de audiências. Ele estava com a cabeça descoberta e, ao ver a figura inspiradora, ajoelhou-se ao pé do estrado. Miguel II olhou para ele em silêncio; a porta prateada estava fechada e eles ficaram sozinhos, exceto pelo ouvinte invisível atrás da cortina. Por fim, o papa disse lentamente:

— Levanta-te, meu filho.

O imperador ficou ereto, exibindo sua magnífica altura e porte. Ele usava uma armadura em tons de bronze, com escamas como o peito de um dragão, os altos coturnos imperiais dourados e um imenso manto escarlate que ondulava atrás dele. Seu cabelo louro denso caía em cachos pesados até os ombros, e a espada enorme fazia barulho ao bater na armadura enquanto ele se movia.

Theirry, depois de puxar a cortina com cuidado para observar, cravou as unhas nas palmas das mãos com inveja amarga. Eis o homem que já tinha sido seu companheiro, pouco mais que seu igual, e agora... imperador!

— O senhor desejava uma audiência nossa — disse o papa. — E parte do tédio pode ser poupada, pois podemos muito bem adivinhar o que o senhor tem a dizer.

Uma expressão de alívio surgiu nos grandes olhos azuis de Balthasar. Ele não era político; a imperatriz, cuja inteligência o manteve por dez anos no trono, ansiara por aquela audiência.

— Vossa santidade sabe que é meu humilde desejo formar uma aliança firme entre Roma e a Germânia. Governo ambas há tempo suficiente para provar que não sou fraco nem falso, sempre fui um servo fiel da Santa Igreja...

O papa o interrompeu.

— E agora, pediria ajuda a ela contra seus súditos rebeldes?

— Sim, vossa santidade.

Miguel II sorriu.

— Que direito vossa graça presume ter quando nos pede para ajudá-lo a firmar um trono trêmulo?

Balthasar enrubesceu e foi direto ao ponto, desajeitado.

— Recebi a certeza, santo padre, de sua simpatia antes da eleição. A imperatriz...

Novamente, o papa o interrompeu.

— O cardeal Caprarola não era o vice-regente de Cristo, o sumo sacerdote da Cristandade, como somos agora. E aqueles que Luís de Dendermonde conheceu se tornaram nada diante do papa de Roma, em cuja avaliação todos os homens são iguais.

O humor de Balthasar ferveu com esse discurso arrogante. Seu rosto ficou vermelho e ele puxou um dos cachos louros com selvageria.

— Vossa santidade não pode ter nenhum motivo para recusar minha aliança — respondeu ele. — Silvestre me coroou com as próprias mãos, e sempre vivi em amizade com ele. Ele me ajudou com tropas quando os lombardos se rebelaram contra seu suserano, e a Suábia ele colocou sob interdição...

— Nós não somos Silvestre — disse o papa com altivez —, nem somos responsáveis pelos atos dele. Assim como o senhor pode se mostrar o filho obediente da Igreja para podermos apoiá-lo, nós podemos tanto denunciar como defender, derrubar como levantar, e pouco falta, Balthasar de Courtrai, para tirar seu trono de debaixo do senhor.

O imperador mordeu o lábio, e as escamas da cota de malha brilharam no movimento da respiração pesada. Ele sabia que, se o poder do Vaticano fosse colocado ao lado dos seus inimigos, ele estaria arruinado.

— De que forma ofendi vossa santidade? — perguntou ele, com toda a humildade que pôde.

O belo rosto jovem de Miguel II estava corado e com expressão orgulhosa; os cachos ruivos que cercavam a tonsura caíam sobre sua testa lisa; seus lábios vermelhos estavam apertados com severidade e as sobrancelhas pesadas, franzidas.

— O senhor ofendeu o Céu, que defendemos — respondeu ele. — E até que pela penitência o senhor atribule sua alma, devemos mantê-lo excluído da misericórdia da Igreja.

— Conte-me meus pecados — pediu Balthasar com voz rouca. — E o que posso fazer para apagá-los: multidões, dinheiro, terras...

O papa fez um movimento desdenhoso com a mãozinha.

— Nada disso pode fazer as suas pazes com Deus e conosco. Só uma coisa pode fazer isso.

— Diga-me o que é — suplicou o imperador, ansioso. — Se for uma cruzada, certamente irei... depois que a Lombardia for subjugada.

O papa lançou um rápido olhar para ele.

— Não queremos incursão de cavaleiros no Oriente. Exigimos isto: que o senhor repudie a mulher a quem chama de sua esposa.

Balthasar o encarou com olhos dilatados.

— Que São Jorge nos proteja! — murmurou ele. — A mulher que chamo de minha esposa?

— Ysabeau, primeiro casada com o homem a quem o senhor sucedeu.

A mão de Balthasar fez um movimento instintivo em direção à espada.

— Eu não entendo vossa santidade.

O papa se virou na cadeira, e a luz da lamparina deixou seu manto com um brilho púrpura brilhante.

— Venha cá, meu senhor.

O imperador avançou para os degraus de ouro; uma mão fina e clara foi estendida para ele, segurando, entre o indicador e o polegar, um anel incrustado com uma pedra vermelho-escura.

— Reconhece isto, meu senhor? — Os olhos brilhantes do papa estavam fixos nele com uma expressão atenta e terrível.

Balthasar de Courtrai olhou para o anel. Ao redor do bisel, havia dois brasões delicadamente gravados no ouro vermelho suave.

— Ora — disse ele em tom perturbado —, eu conheço o anel. Sim, foi feito há muitos anos.

— E dado a uma mulher.

— Decerto. Sim.

— É uma aliança de casamento.

Novamente, o imperador concordou, os olhos azuis sombrios e questionadores.

— A mulher a quem foi dado em seu nome ainda vive.

— Úrsula de Rooselaare! — exclamou Balthasar.

— Sim, Úrsula de Rooselaare, sua esposa.

— Minha primeira esposa, que morreu antes que eu a visse, vossa santidade — gaguejou o imperador.

O rosto estranho e bonito do papa estava duro e impiedoso. Ele segurou a aliança de casamento na palma da mão aberta e olhou dela para Balthasar.

— Ela não morreu, nem no convento, como, para sua vergonha, o senhor sabe, nem na casa do mestre Lukas.

Balthasar não conseguia falar. Ele viu que aquele homem sabia o que ele havia considerado um segredo íntimo apenas de seu coração.

— Quem contou que ela estava morta? — continuou o papa. — Um certo jovem que, para seus próprios fins, creio que mentiu, um jovem perverso ele era, e ele morreu em Frankfurt por planejar a morte do falecido imperador... ou escapou desse fim incendiando a própria casa, a história fica fraca com os anos. Foi ele quem lhe disse que Úrsula de Rooselaare estava morta. Ele até lhe mostrou o túmulo dela... e o senhor se contentou em acreditar na palavra dele, e ela se contentou em ficar em silêncio.

— Ah, Cristo! — gritou o imperador. — Ah, São Jorge! Mas, Santo Padre... isso é impossível! — Ele retorceu as mãos e bateu no peito coberto pela cota de malha. — De quem o senhor ouviu essa história?

— De Úrsula de Rooselaare.

— Não pode ser... Por que ela ficou em silêncio todos esses anos? Por que permitiu que eu tomasse Ysabeau como esposa?

Uma expressão selvagem cruzou o rosto do papa. Ele olhou para além do imperador com olhos profundos e suaves.

— Porque ela amava outro homem.

Houve uma pausa por um segundo, e Miguel II falou novamente.

— Eu também acho que ela o odiava por ter falhado com ela, e por tê-la desprezado... Havia também o pai dela, que morreu vergonhosamente por ordem de Ysabeau. Ela pretendia, presumo, se vingar da imperatriz, e agora, possivelmente, a chance dela chegou.

Balthasar soltou um soluço seco.

— Onde está essa mulher que influenciou tanto vossa santidade contra mim? Uma impostora! Não a escute!

— Ela fala a verdade, e Deus e os diabos sabem! — retorquiu o papa. — E nós, com todo o peso da Santa Igreja, a apoiaremos na manutenção dos direitos dela. Nós também não temos amor por essa mulher oriental que matou o marido.

— Não, isso é falso. — Balthasar trincou os dentes. — Sei que alguns disseram isso dela, mas é mentira.

— Isso para mim! — gritou o papa. — Cuidado com a fúria que o senhor desperta no vice-regente de Deus.

O imperador tremeu e botou a mão na testa.

— Eu curvo meu pescoço para que vossa santidade pise... para que não me peça para ouvir falar mal da imperatriz.

O papa se levantou com um cintilar de seda e um brilho de joias.

— Ysabeau não é imperatriz, nem sua esposa. O filho dela não é seu herdeiro, e o senhor deve se separar imediatamente de ambos ou sofrerá o extremo de nossa ira. Sim, a mulher você entregará nas mãos do carrasco para sofrer pela morte de Melchoir, e a criança o senhor afastará de si. E mesmo com sofrimento e atribulações, o senhor procurará Úrsula de Rooselaare e, ao encontrá-la, fará com que ela seja reconhecida como sua esposa e imperatriz do Ocidente. Que ela vive, eu sei, o resto é com o senhor.

O imperador se empertigou e cruzou os braços sobre o peito.

— Isso é tudo o que tenho a dizer — acrescentou o papa. — E somente nesses termos eu garantirei seu trono.

— Só tenho uma resposta — disse Balthasar. — E seria a mesma se eu a desse na frente de Deus: que enquanto eu viver e respirar para poder falar, proclamarei Ysabeau e ninguém mais como minha esposa, e nosso filho como filho de uma imperatriz, e meu herdeiro e sucessor. Vossa santidade pode me despojar do reino e até da vida, mas nem os exércitos da terra nem os anjos do Céu tirarão de mim esses dois. Essa é minha resposta a vossa santidade.

O papa retomou seu lugar.

– O senhor se atreve a me desafiar – disse ele. – Bem, o senhor é um homem tolo por se colocar contra o Céu. Volte e viva em pecado e espere o julgamento.

A pele de Balthasar se arrepiou e estremeceu, mas ele manteve a cabeça erguida, embora as palavras do papa abrissem a perspectiva de um Inferno certeiro.

– Vossa santidade falou, e eu também – respondeu ele. – Eu me despeço.

Miguel II olhou para ele em silêncio enquanto ele abaixava a cabeça e recuava em direção à porta prateada. Nenhuma outra palavra foi trocada entre o papa e o imperador. As portas reluzentes se abriram. As armaduras da comitiva de Balthasar tilintaram e um silêncio suave se fez na sala com rica iluminação enquanto a porta era delicadamente fechada.

– Theirry.

O papa se levantou e desceu da plataforma. A tapeçaria escura foi levantada com cautela, e Theirry entrou sorrateiramente na sala. Miguel II estava ao pé dos degraus dourados; apesar de suas vestes magníficas e esvoaçantes, ele parecia muito jovem e esguio.

– Bem – perguntou ele, e seus olhos estavam triunfantes. – Não estou em boas condições de derrubar o imperador?

Theirry umedeceu os lábios.

– Sim, e como você foi ousado de usar os raios do céu para tais fins!

O papa sorriu.

– Os trovões do céu podem ser usados para qualquer fim por aqueles que podem manejá-los.

– O que você disse era falso? – sussurrou Theirry, questionando.

A luz preciosa cintilou no rosto do papa.

— Não, era verdade. Úrsula de Rooselaare vive.

— Você nunca me disse isso... nos velhos tempos!

— Talvez eu não soubesse. Ela mora e está em Roma. — Ele segurou o manto sobre o peito enquanto falava, e tanto a voz quanto os olhos estavam tocados pelo cansaço.

— Essa é uma história curiosa — respondeu Theirry de maneira confusa. — Ela deve ser uma mulher estranha.

— Ela é uma mulher estranha.

— Eu gostaria de vê-la. Quem é que ela ama?

O papa ficou pálido. Ele se moveu lentamente pela sala com a cabeça baixa.

— Um homem por quem ela coloca a própria vida em risco — disse ele com voz baixa e apaixonada. — Um homem, eu acho, que é indigno dela.

— Ela está em Roma? — ponderou Theirry.

O papa levantou uma cortina que escondia uma porta interior.

— O primeiro passo foi dado – disse ele. — Adeus agora. Vou informá-lo sobre o progresso do seu destino. — Ele deu um sorriso leve e estranho. — Quanto a Úrsula de Rooselaare, você a viu...

— Vi?

— Sim. Ela usa o disfarce de uma dançarina mascarada de laranja.

Dito isso, indicou a Theirry a porta escondida e, virando-se, o deixou.

CAPÍTULO VI
SAN GIOVANNI EM LATERANO

No palácio do Aventino, Balthasar estava diante de uma janela que dava para Roma. As nuvens que pairavam havia semanas sobre a cidade lançavam um brilho amarelo opaco sobre mármore e pedra; o ar estava quente e abafado, de vez em quando trovões rolavam sobre o Vaticano e um relâmpago revelava o anjo no Castelo de Sant'Angelo, sobre as águas lamacentas do Tibre.

Um pavor furioso e absoluto tomava conta do coração de Balthasar. Dias haviam se passado desde seu desafio ao papa, e ele não tinha mais ouvido falar de sua ousadia, mas estava com medo, muito medo de Miguel II, da Igreja, do Céu por trás de tudo... Com medo daquela mulher que tinha ressuscitado dos mortos... Ele sabia a quantidade de seus inimigos e com que dificuldade controlava Roma, supunha que o papa pretendia ver a sua queda e colocar outro em seu lugar, mas não era essa ruína quase certa o que o perturbava dia e noite, não – o pensamento de que a Igreja poderia expulsá-lo e entregar sua alma ao Inferno fumegante. Com bastante coragem, ele desafiara o papa no momento em que seu coração ardia, mas nos dias que se seguiram sua própria alma desmaiava ao pensar no que ele havia feito. Ele não conseguia dormir nem descansar enquanto esperava que o Céu indignado o atacasse; acreditava sombriamente que a tempestade contínua que pairava sobre Roma era um presságio da ira de Deus contra ele. O seu problema era ainda maior porque era segredo, o primeiro que ele escondera de Ysabeau desde que se casaram. Como isso a afetava de uma maneira infame e horrível, ele não conseguiu confidenciá-lo para ela nem para mais ninguém, e a solidão de sua infeliz apreensão foi uma tortura adicional. Naquela manhã ele entrevistara os enviados da Germânia e seu camareiro; histórias de anarquia e turbulência em Roma, de rebelião na Germânia, o distraíram ainda mais. Agora, sozinho em seu pequeno gabinete de mármore, ele olhava para a linda cidade envolta em tempestades. Não foi muito tempo sozinho; ele ouviu alguém entrar silenciosamente e, como sabia quem era, não virou a cabeça. Ela se aproximou dele e colocou a mão em seu gibão marrom liso.

— Balthasar — disse ela —, você nunca vai me contar o que é que pesa tanto em seu coração?

Ele forçou a voz para responder.

— Nada, Ysabeau. Nada.

A imperatriz deu um suspiro longo e trêmulo.

— Essa é a primeira vez que você não confia em mim.

Ele virou o rosto; que ultimamente estava branco e pálido, com olheiras pesadas sob os olhos geralmente alegres. Ela estremeceu ao ver isso.

— Ah, meu Deus! — gritou ela apaixonadamente. — Nenhuma angústia continua tão amarga quando é compartilhada!

Ele pegou a mão dela e a apertou calorosamente contra o peito. E tentou sorrir.

— Você conhece meus problemas, Ysabeau, o descontentamento, as facções. Problemas suficientes para deixar qualquer homem sério.

— E o papa — disse ela, erguendo os olhos para ele. — Acima de tudo, o papa.

— Sua santidade não é meu amigo — disse o imperador em voz baixa. — Ah, Ysabeau, fomos enganados para ajudá-lo a pegar a tiara.

Ela estremeceu.

— *Eu* o convenci... Culpe-me... Eu estava louca. Coloquei seu inimigo em posição de autoridade.

— Não! — respondeu ele com grande ternura. — Você não tem culpa de nada, doce Ysabeau.

Ele levou a mão que segurava aos lábios. No pensamento de que ele sofria por causa dela havia uma doce recompensa.

Ela corou e depois empalideceu.

— O que ele fará? — perguntou ela. — O que ele fará?

— Eu não sei. — Seu belo rosto se fechou novamente.

Ela viu e o terror a fez estremecer.

— Ele disse mais para você naquele dia do que irá me contar! — choramingou ela. — Você teme algo que não vai me revelar!

O imperador tentou falar com leveza.

— Pobre é o cavalheiro que conta suas dificuldades à sua dama — disse ele. — Eu não posso procurá-la para chorar como uma criança.

Ela virou para ele, a beleza suave e frágil de seu rosto, e pegou a mão grande entre as dela.

— Tenho muito ciúme de você, Balthasar — disse ela com voz rouca. — Ciúme de você ter me excluído... de qualquer coisa.

— Você saberá em breve — respondeu ele com voz rouca. — Mas nunca de mim.

Ela tinha lágrimas nos olhos violeta quando acariciou a mão dele.

— Não somos tão fortes quanto esse homem, Balthasar?

— Não — ele estremeceu —, pois ele tem a Igreja atrás de si. Amanhã, o veremos novamente. Eu temo o amanhã.

— Por quê? — perguntou ela rapidamente. — Amanhã é Festa da Assunção e vamos à basílica.

– Sim, e o papa estará lá em sua posição, e devo me ajoelhar humildemente diante dele... Mas não sozinho.

– Balthasar! O que você teme?

Ele respirou pesadamente.

– Nada. Uma loucura, um pressentimento feio, ultimamente tenho dormido tão pouco. Por que ele está quieto? Ele planeja alguma coisa. – Seus olhos azuis se arregalaram de medo, ele afastou gentilmente a imperatriz. – Não dê atenção, querida, só estou cansado, e sua amorosa solicitude me deixa nervoso. Preciso rezar para que São Jorge se lembre de mim.

– Os santos! – gritou ela calorosamente. – Uma faca nos serviria melhor se a enfiássemos nesse Caprarola. Quem é ele, esse homem que ousa nos ameaçar?

O rosto infantil e belo estava contraído com amor ansioso e fúria amarga; os olhos violeta estavam úmidos e brilhantes. Sob o longo manto de samito amarelo fosco, seu peito lutava dolorosamente para respirar. O imperador virou-se de lado, inquieto.

– A tempestade – disse ele, elevando a voz acima de um sussurro com esforço. – Acho que ela me oprime e me deixa com medo. Quantos dias? Quantos dias, Ysabeau, desde que vimos um céu sem nuvens?

Ele se afastou dela apressadamente e saiu da sala com um passo abrupto.

A imperatriz se agachou junto das colunas de mármore que sustentavam a janela, e enquanto seus olhos vidrados contemplavam a cidade sombria, uma expressão de cálculo astuto e de raiva feroz surgiu em seu rosto. Já havia muitos anos que aquela expressão não prejudicava sua beleza, pois, desde seu segundo casamento, ela não havia encontrado nenhum homem que a ameaçasse – nem a ela, seu caminho ou o do imperador – como agora fazia sua santidade, Miguel II.

Ela desconfiava que ele tivesse quebrado seu acordo vil com ela, e pensava com razão que nada, exceto a revelação da existência da primeira esposa, poderia ter subjugado e perturbado tanto a coragem alegre e o coração esperançoso de Balthasar.

Amaldiçoou-se por ter sido uma tola assustada e se deixado intimidar ao ponto de fazer um pacto que ela deveria ter sabido que o cardeal não cumpriria. Estava amargamente furiosa por ter ajudado a colocá-lo na posição que ele agora voltava contra ela, teria sido melhor se ela tivesse se recusado a comprar o silêncio dele por tal preço. Teria sido melhor que o cardeal Caprarola a tivesse denunciado do que o papa usar esse conhecimento para destituir seu marido. Ela nunca imaginara ter um amigo em Miguel II, mas não o imaginara tão insensível, cruel e falso a ponto de ela aceitar seu suborno e ainda assim ele a trair... Embora o homem tivesse se revelado a ela pelo que era, ambicioso, inescrupuloso e rígido, ela não tinha pensado que ele seria tão descaradamente falso em sua palavra.

O desdém irado encheu-lhe o coração quando ela considerou a reputação que aquele homem conquistara na juventude, e que, na verdade, ainda tinha com alguns. Mas não podia deixar de sentir admiração ao refletir no que devia ter custado a um homem da natureza do papa desempenhar o papel de santo asceta por tantos anos. Mas a devoção dele tinha sido bem recompensada; o pobre jovem flamengo estava agora no Vaticano, senhor do destino do seu marido e da honra dela. Então ela começou a refletir sobre a história de Úrsula de Rooselaare, perguntando-se onde ela estava, onde tinha estado naqueles anos e como conhecera o cardeal Caprarola... A imperatriz pensou nessas coisas até sentir dor de cabeça; impacientemente, abriu mais o caixilho de vitral e se inclinou na janela. Mas não havia nenhuma brisa lá fora para refrescar sua testa ardente, e por todos os lados o céu estava carregado de nuvens sobre as quais brincavam os relâmpagos do verão.

Ysabeau desviou os olhos da perspectiva ameaçadora e, com um gemido abafado, começou a andar de um lado para o outro no chão de mosaico do gabinete. Foi interrompida pela entrada de uma dama alta e loira, conduzindo pela mão uma linda criança. Jacobea de Martzburg e o filho de Ysabeau.

– Procuramos sua graça – disse a dama, sorrindo. – Wencelaus deseja recitar a lição de latim e contar a história dos três duques e do saco de ouro que aprendeu recentemente.

A imperatriz lançou um olhar rápido ao filho.

– Conte para mim, Wencelaus. Meu senhor não está aqui.

O menino, dourado, grande e glorioso de se ver, olhou para ela de cara feia.

– Não vou contar para você nem para nenhuma mulher.

Ysabeau respondeu com uma espécie de gentileza amarga:

– Não seja orgulhoso demais, Wencelaus. – E pensar em como poderia ser o futuro dele deixou seus olhos ferozes.

O príncipe jogou os cachos louros.

– Eu quero meu pai.

Jacobea, com pena da atitude distraída da imperatriz, tentou acalmá-lo.

– Sua graça não pode vê-lo neste momento, mas agora...

Ele soltou a mão da dela.

– A senhora não pode me fazer desistir. Meu pai disse uma hora antes do Angelus. – Seus olhos azuis estavam zangados e desafiadores, mas seus lábios tremiam.

A imperatriz reprimiu a infelicidade selvagem de seus pensamentos e pegou a manga amarela bordada da criança.

– Certamente. Você o verá – disse ela com calma. – Se ele prometeu... Acho que ele está no oratório. Esperaremos na porta até que ele saia.

O menino beijou a mão dela e a sombra sumiu de seu lindo rosto. Jacobea viu a imperatriz olhar para ele com uma expressão desesperada e triste. Ela se surpreendeu com a angústia que lhe foi revelada naquele segundo, mas não se perturbou nem se comoveu; seu coração estava partido havia tanto tempo que todas as emoções eram apenas nomes para ela. A imperatriz a dispensou com um olhar. Jacobea deixou o palácio, subiu na pequena carruagem bizantina com cortinas azuis e se dirigiu à igreja de San Giovanni, em Laterano. Ela ia lá todos os dias para ouvir uma missa cantada para a alma de alguém que havia morrido muito tempo antes. Grande parte de sua imensa fortuna tinha sido gasta no pagamento de missas e velas para o repouso de Sybilla, antiga esposa de Sebastian, seu senescal. Se ouro pudesse enviar a mulher assassinada para lá, Jacobea abriria para ela as portas do Paraíso. Em sua vida tranquila e monótona em uma terra estranha, sem se importar com ninguém e sem ser cuidada por ninguém, com um coração morto no peito e pés de chumbo caminhando pesadamente pela estrada para o túmulo, aquela Sybilla passou a ser para Jacobea a coisa mais poderosa que ela conhecia. Nem Balthasar, nem a imperatriz, nem qualquer membro da corte eram tão reais para ela quanto a falecida esposa do senescal.

    Ela estava tão segura de suas feições, de seu porte, de seu modo de vestir, como se a visse diariamente. Não havia rosto tão familiar para ela quanto o semblante pálido de Sybilla, com sobrancelhas largas e cabelo ruivo pesado. Ela não viu nenhum fantasma, não se assustou com sonhos nem visões, mas o pensamento em Sybilla era contínuo. Por dez anos, ela não pronunciara seu nome, exceto num sussurro ao padre, nem de forma alguma se referira a ela. Pelas pessoas entre as quais circulava, aquela mulher tinha sido completamente esquecida, mas no quarto de Jacobea havia uma almofada de samito primorosamente trabalhada com um lírio escarlate, e Jacobea olhava para ela com mais frequência do que para qualquer outra coisa no mundo. Ela não olhava para aquela imagem que a outra criara com terror ou pavor, com remorso ou aversão; para ela, era uma companheira constante, que aceitava quase como aceitava a si mesma.

    Quando ela desceu da carruagem, na porta de San Giovanni em Laterano, os trovões crescentes ecoavam pelas colinas de Roma. Ela refletiu por um momento sobre as nuvens sinistras que pairavam havia tanto tempo sobre a cidade que as pessoas começaram a murmurar que estavam sob o desagrado de Deus e passou pelo portal escuro para a igreja mal iluminada.

    Ela se virou para uma capelinha lateral e se ajoelhou sobre uma almofada roxa. Mecanicamente, ouviu o padre murmurar, apressando as coisas um pouco para que não interferisse no

Angelus. Mecanicamente, ela deu as respostas e se levantou com uma expressão calma quando terminou.

Ela tinha feito isso todos os dias durante nove anos. Havia poucas pessoas na igreja, ajoelhadas para o Angelus. Jacobea se juntou a elas e fixou o olhar no altar, onde uma luz roxa forte brilhava e tremeluzia, destacando os pontos dourados nas molduras dos arcos antigos. Um silêncio profundo sustentava a imobilidade aromática. As figuras curvadas espalhadas estavam escuras e imóveis em meio às nuvens místicas de incenso e das luzes suaves. Monges de hábitos marrons compridos vieram e pararam na capela-mor; o sino tocou a hora e jovens noviços entraram cantando:

*"Angelus Domini nuntiavit Mariae,
et concepit de Spiritu Sancto."*[40]

Os monges se ajoelharam e cruzaram as mãos no peito. A resposta que ainda parecia muito doce para Jacobea soou.

"Ave Maria, gratia plena..."[41]

Uma porta lateral perto de Jacobea se abriu suavemente e um homem entrou na igreja. Agora, o padre estava falando:

*"Ecce ancilla Domini,
fiat mihi secundum verbum tuum."*[42]

Uma sensação forte de que o recém-chegado a estava observando fez Jacobea virar, quase inconscientemente, a cabeça na direção dele enquanto ela repetia a "Ave Maria". Um homem alto e ricamente vestido estava olhando para ela atentamente; seu rosto estava na sombra, mas ela via pérolas longas brilhando de leve nas orelhas dele.

---

40 Em tradução livre, "O anjo do Senhor anunciou a Maria, e ela concebeu pelo Espírito Santo." Esta frase faz parte da oração católica do Ângelus, tradicionalmente recitada três vezes ao dia. Esta frase faz referência à Anunciação, o momento em que o anjo Gabriel revela à Virgem Maria que ela seria a mãe de Jesus, segundo a tradição cristã. [N. R.]

41 "Ave Maria, cheia de graça..." [N. R.]

42 "Eis aqui o servo do Senhor, faça-se em mim segundo a tua palavra." [N. R.]

"*Et Verbum caro factum est,*
et habitavit in nobis."[43]

As vozes graves dos monges e os tons subjugados dos devotos responderam novamente. Jacobea conseguia distinguir as palavras hesitantes do homem perto dela.

"*Ora pro nobis, sancta Dei Genetrix.*"[44]

Jacobea curvou a cabeça para as mãos quando respondeu:

"*Ut digni efficiamur promissionibus Christi.*"[45]

Padres e noviços saíram da igreja, os monges foram atrás e as figuras curvadas se levantaram. O homem saiu das sombras quando Jacobea ficou de pé e seus olhos se encontram.

— Oh! O senhor! — disse Jacobea. Ela estava com as mãos no breviário, como ele tinha visto muito tempo antes. Ela ficou tão pouco comovida com esse encontro que começou a mexer na capa de marfim, curvando a cabeça no processo.

— A senhora se lembra de mim? — perguntou Theirry com voz fraca.

— Eu não me esqueci de nada — respondeu ela calmamente. — Por que o senhor deseja ser lembrado por mim?

— Eu não posso vê-la e deixá-la passar.

Ela olhou para ele. Era um rosto diferente do que ele conhecera, embora pouco tivesse mudado em linhas e cores.

— A senhora deve me odiar — disse ele, hesitante. As palavras não a tocaram.

— O senhor está livre dos diabos? — perguntou ela, e se persignou.

Theirry fez uma careta. Ele lembrava que ela acreditava que Dirk estava morto, que achava que o papa era um homem sagrado...

— Me perdoe — murmurou ele.

---

43 "E o Verbo se fez carne, e habitou entre nós." [N. R.]
44 "Rogai por nós, Santa Mãe de Deus." [N. R.]
45 "Para que sejamos dignos das promessas de Cristo." [N. R.]

— Por quê?

— Ah... por eu não ter entendido a senhora como sendo sempre uma mulher santa.

Jacobea riu com tristeza.

— O senhor não deve falar do passado, embora talvez não pense em mais nada, como eu. Nós podemos ter sido amigos no passado, mas o Diabo foi forte demais para nós.

Naquele momento, Theirry odiou Dirk apaixonadamente. Ele achou que poderia ter sido feliz com aquela mulher, e apenas com ela no mundo todo, e odiou Dirk por tornar aquilo impossível.

— Bem — disse Jacobea, no mesmo tom inabalado. — Eu preciso voltar. Adeus, senhor.

Theirry tentou falar em vão. Quando ela foi na direção da porta, ele foi para perto dela, o belo rosto branco e ávido. Por impulso simultâneo, os dois pararam.

Atrás de um dos pilares escuros e cintilantes, uma figura brilhante faiscou na luz rica. A dançarina mascarada de laranja. Ela se aproximou de Theirry e botou os dedos na manga escarlate.

— Como Theirry de Dendermonde cumpre a palavra! — debochou ela, e seus olhos faiscaram nos buracos da máscara. — Seu coração tem o peso de uma pluma, que flutua para lá e para cá a cada respiração?

— O que isso significa? — perguntou Jacobea enquanto o homem corava e estremecia. — E o que faz ela aqui com esse traje?

A dançarina se virou para ela rapidamente.

— O que dizer de alguém que arrasta os membros exaustos sob um sol sírio em penitência por um feito que a senhora o mandou fazer? — disse ela no mesmo tom.

Jacobea deu um passo para trás com um grito rápido, e Theirry segurou o braço da dançarina.

— Suma — disse ele em tom ameaçador. — Eu a conheço, ou quem você finge ser.

Ela respondeu entre risada e medo.

— Solte-me. Eu não o machuquei. Por que está com raiva, meu corajoso cavalheiro?

Com o som da voz dela, cujo volume ela não diminuiu, um monge se adiantou e ordenou severamente que ela saísse da igreja.

— Por quê? — perguntou ela. — Eu estou mascarada, santo padre, e não posso ser tentação para os fiéis!

— Saia da igreja — ordenou ele. — E se quiser rezar aqui, venha com atitude e vestimenta adequada.

A dançarina riu.

— Então sou expulsa da casa de Deus... Bem, senhor e doce dama, os dois vão à missa na basílica amanhã? Vão, sim, valerá a pena ver. Na basílica amanhã! Estarei lá.

Com isso, ela saiu da frente deles e da igreja. Homem e mulher estremeceram, sem saberem o porquê. Um som de trovão soou, as paredes da igreja tremeram, e uma imagem da Virgem foi jogada no piso de mármore e se espatifou em pedacinhos.

· ᴐ CAPÍTULO VII ᑕ ·

A VINGANÇA DE MIGUEL II

EM TODAS AS IGREJAS E CONVENTOS DE ROMA, OS SINOS tocavam. Era a Festa da Assunção e feriado na cidade. Nuvens estranhas e pesadas ainda obscureciam o céu, e trovões intermitentes ecoavam ao longe. A Basílica de São Pedro estava lotada de ponta a ponta; o esplendor desconcertante das paredes, do teto e das colunas era iluminado por milhares de velas de cera e lamparinas coloridas. Parte da igreja estava decorada com azul e prata; os degraus do altar estavam cobertos com panos de ouro, o altar em si quase obscurecido por lírios. Os vários tons brilhantes do mármore: laranja, salmão, rosa, lilás, cinza e branco; o brilho de joia dos capitéis do mosaico; o entalhe em marfim do coro alto; o arco de prata diante do altar-mor; os estandartes de seda e cetim da igreja pendendo aqui e ali nas paredes; tudo combinava em uma magnificência suave, mas ardente.

A vasta congregação estava toda ajoelhada no chão de mármore, exceto o imperador e sua esposa, sentados sob um dossel violeta colocado em frente ao púlpito. Balthasar usava a púrpura imperial e os coturnos; em volta de suas sobrancelhas estava a coroa que significava domínio do mundo latino, mas seu rosto bonito estava pálido e ansioso e seus olhos azuis, perturbados. Ysabeau, sentada ao lado dele, brilhava com pedras preciosas da garganta aos pés; seus cachos claros, entrelaçados com pérolas, caíam sobre o peito. Ela usava uma coroa alta de esmeraldas e seu manto era de tecido prateado.

Entre eles, num degrau mais baixo da plataforma, estava o filho pequeno, brilhando em cetim branco e intimidado pelo brilho e pelo silêncio. Ao redor do trono estavam damas, cortesãos, cavaleiros francos, membros do conselho, margraves germânicos, nobres italianos, enviados da França, Espanha e resplandecentes gregos da corte de Basílio. Theirry, ajoelhado na multidão, distinguiu o rosto calmo de Jacobea de Martzburg entre as damas da comitiva da imperatriz; mas procurou em vão, no meio da imensa e variada multidão, a dançarina de laranja. Um canto fraco subia da sacristia, cruzes de joias apareciam acima das cabeças da multidão enquanto os monges entravam segurando-as no alto, as vozes frescas dos coristas se aproximavam, os acólitos tomavam os seus lugares em volta do altar e as nuvens azuis de incenso flutuavam sobre a multidão silenciosa. Os sinos cessaram. A ascensão e queda do canto encheu a basílica.

O cardeal Orsini, seguido por vários padres, desceu lentamente o corredor em direção às portas de bronze abertas. Sua brilhante dalmática estremeceu na luz resplandecente enquanto ele se movia. Na porta, ele fez uma pausa.

O séquito pontifício chegava num lindo deslumbramento de cores e movimentos. Miguel II saiu de um carro dourado puxado por quatro bois brancos, cujos chifres polidos estavam enfeitados com rosas brancas e vermelhas. Precedido por cardeais, com vestes de seda de cores vivas que reluziam no brilho dourado da basílica, o papa passou pelo corredor, enquanto a congregação se ajoelhava e escondia o rosto. O imperador e a imperatriz se levantaram. Ele olhou para o filho, mas ela para o pontífice, que não deu atenção a nenhum dos dois. Monges, padres e noviços se afastaram do altar-mor, onde fileiras e mais fileiras de velas brilhavam como estrelas no ar cintilante e carregado de incenso. Ele foi para seu assento de ouro e marfim, e os cardeais tomaram seus lugares ao lado dele.

Ysabeau, ao retomar o lugar ao lado de seu senhor, olhou através da multidão silenciosa e ajoelhada para Miguel II.

A casula dele parecia viva com os vários tons de pedras, a cauda roxa e carmesim das vestes se espalhava para a direita e para a esquerda ao longo dos degraus do altar, a tríplice coroa emitia chuvas de luz dos rubis e diamantes, enquanto o cabelo ruivo do portador captou a luz das velas e brilhou como uma auréola em torno de seu rosto pálido e calmo, de feições tão curiosamente delicadas capazes de expressar tanta determinação, tanto orgulho. A roupa de baixo de cetim branco era tão densamente costurada com pérolas que o tecido mal aparecia, seus dedos estavam tão cobertos de anéis enormes e brilhantes que, em contraste, pareciam de uma magreza antinatural. Ele segurava um báculo incrustado de rubis que lançavam fogo vermelho, e carbúnculos brilhavam em seus sapatos dourados.

Os lindos olhos escuros que sempre mantinham a expressão de haver alguma paixão sempre surgindo, sempre contidos antes de atingir a expressão, estavam fixos firmemente nas portas de bronze que agora fechavam a igreja.

Um pequeno tremor de trovão preencheu o silêncio, e o canto suave e fraco dos meninos soou.

"*Gaudeamus omnes in Domino,*
diem festum celebrantes
Sub honore Beatae
Mariae Virginis..."[46]

---

[46] Em tradução livre, "Alegremo-nos todos no Senhor, celebrando o dia festivo sob a honra da Bem-Aventurada Virgem Maria...". [N. R.]

Ysabeau murmurou as palavras baixinho; ninguém na multidão era devota com mais sinceridade.

Enquanto as notas estremeciam até o silêncio, o cardeal Orsini murmurou uma oração, à qual mil respostas foram sussurradas com fervor.

E novamente o trovão fez um eco sombrio. A imperatriz cobriu os olhos com a mão. Suas joias pareciam tão pesadas que deveriam arrastá-la do trono, a coroa irritava sua testa. O pequeno Wencelaus ficou imóvel, com as bochechas coradas e os olhos brilhando de excitação. De vez em quando, o imperador olhava para ele de maneira secreta e comovente.

Houve uma agitação involuntária entre o povo quando as vozes ricas dos homens começaram a cantar no final da epístola, um movimento de alegria, de prazer na música triunfante.

"Alleluia, alleluia.
Assumpta est Maria in Coelum;
Gaudet exercitus Angelorum.
Alleluia."[47]

O papa se moveu. Desceu lentamente da plataforma e subiu os degraus do altar-mor, com a cauda sustentada por dois arcebispos. O imperador e a imperatriz se ajoelharam com os demais enquanto ele realizava o ofício da missa. Uma quietude intensa manteve a plateia extasiada, mas quando ele se virou e exibiu a hóstia diante da vasta multidão que escondia os olhos, quando a segurou como uma estrela capturada acima do esplendor silencioso do altar, um trovão sacudiu os próprios alicerces da igreja, e as paredes estremeceram como se forças poderosas as atacassem do lado de fora. Miguel II, o único homem ereto na multidão ajoelhada, sorriu lentamente ao abaixar a eucaristia; relâmpagos dispararam nas altas janelas coloridas e estremeceram um momento antes de serem absorvidos pelas luzes ricas.

As vozes do coro subiram com uma beleza melancólica.

---

47 "Aleluia, aleluia. Maria foi assunta ao Céu; a legião dos Anjos se alegra. Aleluia." [N. R.]

"*Kyrie eleison, Christe eleison, Kyrie eleison.*"[48]

O papa se virou para o altar. Novamente, o trovão ribombou, mas a voz baixa e firme dele foi ouvida distintamente entoando "*Gloria in excelsis Deo*"[49] com o coro.

No final, o cardeal Orsini assumiu as orações, e uma resposta meio abafada veio da multidão.

"*Gloria tibi, Domine.*"[50]

Todas as cabeças se ergueram, todas as mãos direitas fizeram o sinal da cruz.

"*Laus tibi, Christe.*"[51]

O papa abençoou a multidão e voltou ao seu lugar. Quando o imperador e a imperatriz se levantaram da posição ajoelhada, um som vibrante de movimento preencheu a basílica. Ysabeau estendeu a mão e segurou a do marido.

– Quem é? – perguntou ela num sussurro.

Ele voltou o olhar na direção do olhar dela.

Pela capela-mor vinha um monge alto com hábito da Ordem dos Penitentes Negros. Seus braços estavam cruzados, as mãos escondidas nas mangas, e seu capuz profundo lançava seu rosto em total sombra.

– Eu achava que o cardeal Colonna faria o sermão – sussurrou Balthasar, temeroso, quando o monge subiu ao púlpito. – Não conheço esse homem.

Ysabeau olhou para o papa, que estava sentado imóvel em seu esplendor, as mãos apoiadas nos braços da cadeira dourada, o olhar fixo na figura negra do monge no púlpito resplandecente. Havia um leve sorriso em seus lábios, uma leve cor em suas bochechas, e Ysabeau apertou os dedos de seu senhor.

---

48 "Senhor, tem piedade. Cristo, tem piedade. Senhor, tem piedade." [N. R.]
49 "Glória a Deus nas alturas." [N. R.]
50 "Glória a ti, Senhor." [N. R.]
51 "Louvor a ti, Cristo." [N. R.]

O monge ficou imóvel por um momento, evidentemente contemplando a multidão da profundeza do capuz. Balthasar achou que o homem olhava para ele e estremeceu.

Uma estranha sensação de suspense se espalhou pela igreja, e até mesmo os padres e cardeais no altar olharam com curiosidade para a figura no púlpito. Algumas mulheres começaram a soluçar sob a influência de uma excitação intensa e sem nome.

O monge tirou da manga um pergaminho do qual pendia um selo grande e o desenrolou lentamente. A imperatriz se encolheu mais perto de Balthasar. O monge começou a falar, e tanto para Ysabeau quanto para seu marido a voz era familiar; uma voz que há muito havia sido silenciada pela morte.

— Em nome de Miguel II, servo dos servos de Deus e vice-regente de Cristo, declaro aqui o anátema sobre Balthasar de Courtrai, imperador do Ocidente, sobre Ysabeau, nascida Marozia Porphyrogentris, sobre seu filho, Wencelaus, sobre seus seguidores, servos e tropas! Eu os expulso do âmbito da Santa Igreja e os amaldiçoo como hereges!

"Proíbo qualquer pessoa de lhes oferecer abrigo, comida ou ajuda, lanço sobre suas cabeças a ira de Deus e o ódio do homem, proíbo qualquer pessoa de comparecer ao leito de doença, de receber sua confissão ou de enterrar seus corpos!

"Corto os laços que unem o povo latino em obediência a eles, e coloco sob interdição qualquer pessoa, aldeia, cidade ou estado que os socorra ou os ajude contra a nossa ira! Que eles e seus filhos, e os filhos de seus filhos, sejam arruinados e amaldiçoados na vida e na morte, que experimentem a miséria e a desolação na terra antes de irem para o tormento eterno no Inferno!"

E agora, o monge encapuzado pegou uma das velas que iluminavam o púlpito e a ergueu.

— Que sua raça pereça com eles e suas memórias sejam engolidas pelo esquecimento... assim! Como eu apago esta chama, que a mão de Deus os apague!

Ele lançou a vela no chão de mármore sob o púlpito, a chama

foi imediatamente apagada, uma fumaça lenta se enrolou por um instante e desapareceu.

— Pois Balthasar de Courtrai recebe uma assassina no trono, e até que ele a expulse e receba sua verdadeira esposa, este anátema repousará sobre sua cabeça!

O imperador e a imperatriz ouviram, de mãos dadas e olhando para o monge. Quando ele terminou, e enquanto o espanto do medo absoluto mantinha a multidão entorpecida, Ysabeau se levantou...

Mas, naquele mesmo instante, o monge jogou para trás o capuz e revelou as feições severas e pálidas de Melchoir de Brabant, coroado com o diadema imperial...

Um grito frenético foi emitido pela mulher e ela caiu nos degraus do trono. Sua coroa escorregou da cabeça loira e reluziu no chão. Gemendo de angústia, Balthasar se inclinou para levantá-la... e quando voltou a olhar para o púlpito, estava vazio.

O grito de Ysabeau atiçara as almas da multidão. As pessoas se levantaram e começaram a avançar descontroladamente em direção à porta. Mas o pontífice se levantou, se aproximou do altar e começou a cantar calmamente as *Gratias*. Balthasar lançou-lhe um olhar selvagem e desesperado, cambaleou e se recuperou com determinação, pegou o filho pela mão e, apoiando com a outra a imperatriz, que lutava para voltar à vida, foi pelo corredor, seguido por alguns dos seus cavaleiros germânicos.

As pessoas se moveram para a direita e para a esquerda para lhe dar passagem. As portas de bronze foram abertas e o excomungado pisou nas ruas envoltas em trovões da cidade onde já não reinava.

CAPÍTULO VIII
ÚRSULA DE ROOSELAARE

—DIGA QUE AGI BEM POR VOCÊ. PARECE QUE DEVO pedir seu agradecimento.

O papa se sentou a uma mesinha perto da janela do seu quarto particular no Vaticano e apoiou o rosto na mão.

Encostado nas tapeçarias escarlates que cobriam a parede oposta estava Theirry, vestido com cota de malha e fortemente armado.

— Você acha que eu deveria estar agradecido? – perguntou ele em voz baixa, os lindos olhos fixos com expressão meio assustada e totalmente fascinada na figura esbelta do outro.

Miguel II usava um manto reto de seda dourada e um solidéu vermelho e azul; nenhuma joia nem qualquer sugestão de pompa escondiam a juventude, quase fragilidade de sua aparência. O cabelo ruivo tornava seu rosto mais pálido em contraste. Seus lábios carnudos eram muito coloridos sob o lábio superior escurecido.

— Agradecido? – repetiu ele, e sua voz estava triste. – Acho que você não sabe o que eu fiz. Eu ousei expulsar o imperador do trono. Ele não está agora fora das muralhas, me desafiando com um punhado de cavaleiros francos? A excomunhão não é dele?

— Sim – respondeu Theirry. – E foi por minha causa que você fez isso?

— Você precisa perguntar? – retorquiu Miguel, com respiração rápida. – Sim, por você, para torná-lo, como prometi, imperador do Ocidente. Se não fosse por isso, minha vingança teria sido satisfeita de forma mais silenciosa... – Ele riu. – Eu não esqueci toda a minha magia.

Theirry fez uma careta.

— A visão na basílica foi prova disso. O que é você, capaz de trazer de volta um morto consagrado para ajudar em suas tramoias?

Miguel II respondeu com voz suave:

— E quem é você para aceitar minha ajuda e amizade e o tempo todo ter medo e ódio de mim?

Ele afastou a mão do rosto e se inclinou para a frente, mostrando uma marca vermelha no lugar onde a palma da mão sofrera a pressão.

— Você acha que eu não sou humano, Theirry? – Ele soltou um suspiro. – Se você acreditasse em mim, confiasse em mim, fosse fiel a mim... ora, nossa amizade seria a alavanca a mover o universo, e você e eu governaríamos o mundo juntos.

Theirry passou o dedo na tapeçaria ao seu lado.

— De que forma posso ser falso com você?

— Você me traiu uma vez. Você é o único homem em Roma que conhece meu segredo. Mas isso é verdade, se novamente você me abandonar, você gerará seu próprio declínio. Fique ao meu lado e vou compartilhar com você o domínio da Terra. Isso eu digo que é verdade.

Theirry riu sem alegria.

— Doce diabo, Deus não existe e eu não tenho alma! Pronto, não tema. Serei muito fiel a você, pois o que existe para o homem exceto saciar seus desejos de pompa e riqueza e poder? – Ele se afastou da parede e deu uma olhada rápida girando pela sala. — Mas eu não sei! — exclamou ele. — Será que toda a sua magia, todo o seu conhecimento, todas as suas riquezas podem manter você onde está? As nuvens pairam com fúria sobre Roma e não foram embora desde que Orsini anunciou você como papa. As pessoas se rebelam nas ruas. Todas as coisas belas estão mortas, muitos veem fantasmas e diabos andando no crepúsculo por Maremma... Ah, horror! Dizem que Pã saiu de seu templo em ruínas para entrar nas igrejas cristãs e rir na cara do Cristo de mármore... Essas coisas podem acontecer?

O papa tirou o cabelo da testa úmida.

— Os poderes que me colocaram aqui podem me manter aqui. Mas você, seja verdadeiro comigo!

— Sim, eu serei imperador — Theirry pegou o cabo da espada com vigor —, embora o mundo que vou governar apodreça ao meu redor, apesar de espectros e demônios formarem meu séquito imperial... eu vou dar as mãos ao Anticristo e verei se existe Deus ou não!

O papa se levantou.

— Você precisa ir contra Balthasar. Precisa derrotar as tropas dele e trazer a imperatriz dele para mim. Aí sim, vou coroá-lo em São Pedro.

Theirry apertou a mão na testa.

— Começamos amanhã, na aurora, com o estandarte da Igreja de Deus. Eu, com esta cota de malha que você me deu, temperada e forjada no Inferno!

— Não precisa ter medo do fracasso. Você seguirá em frente com triunfo e retornará com a vitória. Sua moradia será a Casa Dourada no Aventino, e nem Heliogábalo, nem Basílio, nem Carlos Magno terão moradia mais magnífica do que a sua...

Miguel pareceu perceber suas palavras subitamente; ele afastou o rosto e olhou para a cidade, que estava embaixo das nuvens pesadas.

— Seja apenas verdadeiro comigo — acrescentou ele com voz baixa.

Theirry abriu um sorriso louco.

— Um amor curioso você tem por mim, e pouca fé na minha força e constância. Bem, você verá, eu parto amanhã com muitos homens e bandeiras para derrotar completamente o imperador.

— Até lá, fique no Vaticano – disse Miguel II subitamente. – Meus prelados e meus nobres sabem que você é o líder deles agora.

— Não. — Theirry corou ao responder. — Devo ir à minha moradia na cidade.

— Jacobea de Martzburg ainda está em Roma – disse o outro. – Você me deixa para ir até *ela*?

— Não. Eu nem sei onde ela está hospedada – respondeu Theirry apressadamente.

Miguel abriu um sorriso amargo e ficou em silêncio.

— O que Jacobea é para mim? – perguntou Theirry desesperadamente.

O outro lhe lançou um olhar sinistro.

— Por que você se aproximou dela depois das devoções em San Giovanni em Laterano? Falou com ela e chamou sua atenção para ela?

Theirry ficou pálido na mesma hora.

— Você sabe disso! Ah, foi a dançarina, sua cúmplice... Que mistério é esse? – perguntou ele de um jeito distraído. – Por que Úrsula de Rooselaare não aparece com o próprio nome e enfrenta o imperador? Por que me segue, e com aquele disfarce?

Sem olhar para ele, Miguel respondeu:

— Talvez por ela ser muito sábia. Talvez por ela ser muito tola. Deixe-a passar, ela cumpriu a missão dela. Você diz que não vai se meter com Jacobea, então adeus, até amanhã. Eu tenho muito a fazer. Adeus, Theirry.

Ele estendeu a mão com um gesto majestoso e, quando Theirry a segurou, ocorreu-lhe o pensamento curioso de que raramente ele havia tocado em Dirk, ainda que só nos dedos, mesmo nos velhos tempos, de tão orgulhoso e reservado que sempre fora o jovem e, agora, o homem.

Theirry saiu da câmara perfumada e dos vastos salões do Vaticano e seguiu pelas ruas turbulentas e sem lei de Roma.

A tempestade que durara tanto tempo sobre a cidade afetara o povo; bandidos e assassinos saíam furtivamente de seus esconderijos nas Catacumbas, ou no Palatino, e se exibiam nas ruas; as tabernas estavam cheias de soldados mestiços de todas as nações, atraídos pela declaração de guerra das cidades vizinhas; os blasfemadores zombavam abertamente das procissões de monges e peregrinos que percorriam as ruas cantando os salmos penitenciais ou açoitando-se na tentativa de evitar a ira do Céu.

Não havia lei. O crime ficou impune. A virtude se tornou uma piada; muitos dos conventos foram fechados e abandonados, enquanto os seus últimos ocupantes regressavam ao mundo que subitamente desejavam. Os pobres foram saqueados, os ricos, roubados. Procissões horríveis e blasfemas desfilavam todas as noites pelas ruas em homenagem a alguma divindade pagã. Os sacerdotes não inspiravam respeito, o nome de Deus não inspirava medo. A peste marchava entre o povo, matando centenas. Seus corpos eram lançados no Tibre e seus espíritos foram se juntar aos demônios que dançavam todas as noites na Campagna, acompanhados por tempestades.

As bruxas se reuniam nas margens baixas do Maremma e iam para a cidade à noite, arrastando um vapor cinzento e carregado de febre. As cordas dos sinos começaram a apodrecer nas igrejas e os sinos retiniam um som vazio nas torres. O ouro enferrujou nos altares e os ratos roeram as vestes das imagens sagradas dos santos. O povo vivia com risadas imprudentes e morria com maldições desesperadas. Mágicos, feiticeiros e coisas vis floresceram excessivamente, e todos os tipos de criaturas estranhas e horríveis deixaram suas cavernas para rondar as ruas ao anoitecer. E Roma ficou assim sob o papa Miguel II, rapidamente e num piscar de olhos.

Theirry, como todos os outros, andava fortemente armado. Sua mão estava sempre no punho da espada enquanto ele caminhava pela cidade abandonada por Deus. Sem passos vacilantes nem postura hesitante, ele passou pelas multidões que se aglomeravam cada vez mais à medida que a noite avançava e se virou em direção à Via Ápia. Ali estava escuro, quase deserto. Casas escuras margeavam a Via Ápia, e algumas figuras estranhas se esgueiravam à sua sombra. A oeste, um brilho carmesim sombrio mostrava que o sol se punha por trás das nuvens espessas. A escuridão começou a cair rapidamente.

Theirry caminhou muito além da porta e parou num edifício baixo de um convento, acima de cujos portais pendia um lampião, cujo brilho suave lembrava uma estrela no crepúsculo pesado e fétido. O portão que dava para um pátio estava entreaberto. Theirry o empurrou suavemente e entrou. O puro perfume das flores o saudou; uma sensação de paz e segurança, estranha nos últimos tempos em Roma, enchia o pátio quadrado de grama. No centro havia um chafariz, quase escondido por rosas brancas. Por trás das folhas a água pingava com um som agradável. Não havia luz nas janelas do convento, mas ainda não estava demasiado escuro para Theirry conseguir distinguir a figura esbelta de uma dama sentada num banco de madeira, com as mãos passivas no colo. Ele trancou o portão e atravessou o gramado sem ruído.

— A senhora disse que eu podia vir.

Jacobea virou a cabeça, sem sorrir, sem surpresa.

— Sim, senhor. Este lugar está aberto a todos.

Ele se descobriu diante dela.

— Não posso esperar que a senhora esteja feliz em me ver.

— Feliz? — Ela repetiu a palavra como se soasse numa língua estrangeira; então, após uma pausa: — Sim, estou feliz pelo senhor ter vindo.

Ele se sentou ao lado dela, a cota de malha esplêndida tocando na veste cinza dela, o rosto cheio e bonito dele virado para as feições cansadas e sem expressão dela.

— O que a senhora faz aqui? — perguntou ele.

Ela respondeu com o mesmo tom gentil; estava com uma rosa branca nas mãos e a girou enquanto falava.

— Tão pouco... Tem duas irmãs aqui e eu as ajudo. Não dá para fazer nada contra a peste, mas algo pelas criancinhas abandonadas, algo pelos doentes infelizes.

— Os miseráveis de Roma não estão sob sua responsabilidade — disse ele ansiosamente. — Vai custar a sua vida... Por que a senhora não foi com a imperatriz?

Ela balançou a cabeça.

— Eu não era necessária. Acho que o que disseram dela era verdade. Não me lembro claramente, mas acho que, quando Melchoir morreu, eu soube que foi ela.

— Não devemos ficar pensando no passado — declarou Theirry. — A senhora soube que eu lidero o exército do papa contra Balthasar?

— Não. — Os olhos dela estavam na rosa.

— Jacobea, eu serei imperador.

— Imperador — repetiu ela em tom sonhador.

— Eu governarei o mundo latino. Imperador do Ocidente!

Na escuridão agora total, eles mal conseguiam se ver. Não havia estrelas, só um trovão distante que soava em intervalos. Theirry estendeu a mão timidamente e tocou na dobra do vestido dela, em cima do banco.

— Eu queria que a senhora não ficasse aqui. É tão solitário.

— Acho que ela desejaria que eu fizesse isso.

— Ela? — questionou ele.

Jacobea pareceu surpresa de ele não entender o que ela quis dizer.

— Sybilla.

— Ah, Cristo! — Theirry estremeceu. — A senhora ainda pensa nela?

Jacobea sorriu, mas ele mais sentiu do que viu.

— Se penso nela? Ela não está sempre comigo?

— Ela morreu.

Ele viu o contorno indefinido do corpo da dama oscilar.

— É, ela morreu numa manhã fria. Estava tão frio que dava para ver o hálito no ar quando se cavalgava, e a estrada estava dura como vidro. Havia um amanhecer amarelado naquele dia, e os pinheiros pareciam congelados, de tão imóveis que estavam.

Nem parece que foi dez anos atrás. Quanto tempo será que parece para ela?

Um silêncio se fez entre eles por um tempo, mas Theirry acabou falando desesperadamente:

— Jacobea... meu coração está partido dentro de mim. Hoje, eu falei que Deus não existe... mas, quando me sento ao seu lado...

— Sim, Deus existe — respondeu ela baixinho. — Tenha muita certeza disso.

— Então já passei da possibilidade do perdão Dele — sussurrou Theirry.

Novamente, ela ficou muda. Ele viu à sua frente a figura majestosa de Dirk, ouviu as palavras dele: "Seja apenas verdadeiro comigo". E ele pensou em Jacobea e no Paraíso... Uma agonia correu pelas suas veias.

— Ah, Jacobea! — exclamou ele por fim. — Sou mau e cruel além de qualquer medida... Eu não sei o que fazer... Eu posso ser imperador, mas quando me sento aqui, isso não me parece nada.

— O papa o favorece, o senhor diz — disse ela. — Ele é um padre e um homem sagrado, e ainda assim... é estranho, que conversa é essa de Úrsula de Rooselaare? Mas não importa.

A cota de malha dele tilintou em resposta ao seu tremor.

— Me diga o que devo fazer. Estou em grande confusão. O mundo está muito escuro, aqui e ali vejo luzes e me esforço para segui-las. Mas elas mudam, se movem e me cegam. E se eu pego uma, ela se apaga numa escuridão ainda maior. Eu ouço sussurros, murmúrios, ameaças, eu acredito nelas e também não acredito, e tudo é confusão, uma confusão!

Jacobea se ergueu devagar do banco.

— Por que o senhor me procura?

— Porque a senhora me parece mais próxima do Céu do que qualquer coisa que conheço...

Jacobea apertou a rosa branca junto ao seio.

— Está escuro agora. As flores têm cheiro tão doce. Entre em casa.

Ele seguiu a figura quase impossível de ver pela grama. Ela ergueu o trinco da porta do convento e entrou antes dele na construção. Por um tempo, ela o deixou na passagem, e voltou com uma lamparina fraca na mão e o conduziu para um quarto pequeno e vazio, horrível em contraste com o esplendor brilhante da aparência dele.

— As irmãs estão fora — disse Jacobea. — E eu fico aqui caso alguma toque o sino pedindo socorro.

Ela colocou a lamparina na mesa de madeira e voltou o olhar para Theirry lentamente.

— Senhor, sou muito egoísta. — Ela falou com dificuldade, como se forçasse as palavras com sofrimento. — Eu pensei em mim mesma por tantos anos, e de alguma forma... — ela tocou de leve no seio — ... não consigo sentir, nem por mim, nem por outros. Nada parece real, exceto Sybilla. Nada importa, exceto ela. Às vezes, eu choro por coisinhas que encontro morrendo sozinhas, por pequenas infelicidades despercebidas de animais e crianças. Mas o resto... o senhor não pode me culpar se eu não tiver solidariedade. Isso sumiu de mim agora. E eu não posso ajudá-lo. Deus está longe, depois das estrelas. Eu não acho que Ele possa se rebaixar até gente como o senhor e eu... e... e... eu não sinto que eu deva despertar até encontrar minha morte...

Theirry cobriu os olhos e gemeu. Jacobea não estava olhando para ele, mas para a única coisa colorida no aposento. Uma almofada de samito bordada com um lírio escarlate, na cadeira perto da janela.

— Cada um com seu próprio caminho para a morte — disse ela. — Tudo que pudermos fazer é tão pouco comparado com isso, com a morte. Veja bem, eu penso nela como uma grande luz cristalina, muito fria, que nos envolverá lentamente, revelando tudo, tornando tudo fácil de entender. Os lírios brancos não serão mais bonitos, nem a brisa do verão mais doce... Então, o senhor deve esperar com paciência.

Ela desviou o olhar da flor vermelha e voltou seus olhos cinzentos cansados para ele. O sangue subiu ao rosto dele. Ele apertou as mãos e falou apaixonadamente.

— Eu renunciarei ao mundo, me tornarei monge...

As palavras ficaram presas na garganta. Ele olhou em volta com medo. A luz da lamparina gerava em sua armadura cem pontos de luz e lançava sombras pálidas nas paredes caiadas.

— O que foi isso? — perguntou Jacobea.

Alguém cantava do lado de fora. Os olhos de Theirry faiscaram.

"Se o Amor tudo fosse,
Sua serva perfeita eu seria.
Beijaria onde seu pé pousasse,
Em sua homenagem, ajoelharia.
Se o Amor tudo fosse!"

Theirry se virou e saiu para a noite escura e quente. Não via rosas, nem chafariz, nem mesmo a linha do muro do convento contra o céu. Mas a luz acima do portão revelou-lhe a dançarina vestida de laranja, que se encostava no arco de pedra da entrada e cantava ao som de um estranho instrumento comprido que lhe pendia do pescoço por uma corrente brilhante. Aos pés dela, o macaco, agachado, balançava a cabeça até dormir.

"Se o Amor tudo fosse,
Mas o Amor é frágil.
E o Ódio muitas vezes o distorce.
E a Sabedoria o atinge na face,
Se o Amor tudo fosse!"

Atrás de Theirry apareceu Jacobea, com o lampião na mão.

— Quem é? — perguntou ela.

A dançarina riu. O som ficou abafado por trás da máscara. Theirry andou até ela pelo escuro.

— O que você faz aqui? — perguntou ele com ferocidade. — A espiã do papa, você!

— Eu não posso vir aqui rezar, como qualquer pessoa? — respondeu ela.

— Você sabe coisas demais de mim! — gritou ele, enfurecido. — Mas eu também tenho informações sobre você, Úrsula de Rooselaare!

— Como isso ajuda? — perguntou ela, recuando um pouco na frente dele.

— Eu descobriria por que você me segue, me observa.

Ele a segurou pelos braços e encostada contra o arco de pedra.

— Agora, me conte o significado do seu disfarce — sussurrou ele — e sobre seu envolvimento com Miguel II.

Ela disse uma palavrinha estranha em voz baixa. O macaco deu um pulo e arrancou as mãos do homem dela enquanto a garota saiu correndo e atravessou o portão. Theirry soltou um grito de dor e raiva e olhou na direção do convento. A porta estava fechada. A senhora e a lamparina haviam desaparecido na escuridão.

— Trancado para fora! — sussurrou Theirry. — Trancado para fora!

Ele se virou para a rua e viu, junto aos lampiões espalhados ao longo da Via Ápia, a figura da dançarina se afastando rapidamente em direção aos portões da cidade. Mas ele se aproximou dela, e, ao som de seus passos barulhentos, ela olhou para trás.

— Ah! — disse ela. — Achei que você tivesse ficado com aquela santa lá de rosto doce...

— Ela não quer saber de mim — disse ele, ofegante. — Mas eu... eu pretendia ver seu rosto hoje...

— Eu não sou bonita — respondeu a dançarina. — E você já viu meu rosto...

— Vi seu rosto!

— Decerto! Na basílica, na festa.

— Eu não a reconheci na multidão.

— Ainda assim, eu estava lá.

— Eu a procurei.

— Achei que procurasse Jacobea.

— E também você — disse Theirry. — Você me enlouquece.

A tempestade estava cada vez mais próxima, com brilhos agitados de relâmpagos brincando na cota de malha e no vestido laranja dela enquanto eles andavam pelas ruínas.

— Você anda sozinha aqui à noite? — perguntou Theirry. — É um lugar perigoso. Um homem deveria ter medo.

— Eu tenho o macaco — disse ela.

— Mas a tempestade?

— Em Roma hoje em dia nós estamos muito acostumados a tempestades — respondeu ela em voz baixa. — Sim.

Ele não sabia o que dizer para ela, mas não conseguia deixá-la. Uma fascinação forte e suprema o compelia a andar ao lado dela, com um entusiasmo meio alegre agitando seu sangue.

— Aonde nós vamos? — perguntou Theirry. Os lampiões do caminho tinham acabado. Ele só a via sob a luz dos relâmpagos.

— Não sei. Por que me segue?

— Estou louco, acho. A terra sacode embaixo de mim e o céu se dobra acima. Você me atrai e eu sigo em pura confusão. Úrsula de Rooselaare, por que você me atraiu? Que poder é esse que você tem sobre mim? Por que motivo está disfarçada?

Ela tocou na cota de malha dele no escuro quando respondeu:

— Eu sou esposa de Balthasar.

— Sim — respondeu ele com avidez. — E eu soube que você amava outro homem...

— Que diferença isso faz para você? — perguntou ela.

— É que... apesar de eu não ter visto seu rosto... talvez eu possa amá-la, Úrsula!

— Úrsula! — Ela riu com a palavra.

— Não é seu nome? — gritou ele, enlouquecido.

— É. Mas faz tempo que ninguém o usa...

A escuridão quente pareceu se contorcer em volta de Theirry. Ele parecia respirar uma paixão sem nome e incontrolável no ar carregado da tempestade.

— Bruxa ou demônio — disse ele —, eu apostei na minha sorte com o Diabo e com Miguel II, servo dele. Eu sigo o mesmo mestre que você, Úrsula.

Ele estendeu a mão pela escuridão e segurou o braço dela.

— Quem é o homem por quem você faz silêncio? — perguntou ele.

Não houve resposta. Ele sentiu o braço dela tremer debaixo da mão, ouviu a barra da túnica dela tilintar nas botas, como se ela tremesse. O ar estava quente, sufocante; o coração de Theirry latejava. Finalmente, ela falou, numa voz meio inebriada.

– Eu tirei minha máscara... abaixe a cabeça e me beije.

Forças invisíveis e potentes o levaram na direção do rosto impossível de enxergar. Seus lábios tocaram e beijaram a maciez dele...

O trovão soou com força tão terrível e com um estrondo tão grande que Theirry pulou para trás. Um grito de agonia surgiu na escuridão. Ele correu cegamente para a frente. A presença dela tinha sumido do seu lado, ele não conseguiu vê-la nem senti-la ao se mover. Mil formas luminosas dançavam na noite; bruxas e feiticeiros carregando lampiões, diabretes e demônios. Eles se reuniram em volta de Theirry, gritando e uivando com a tempestade. Ele correu chorando pela Via Ápia, e seu passo foi bem rápido, mesmo com toda a armadura que vestia.

·) CAPÍTULO IX (·

PAPA E IMPERATRIZ

O PAPA PASSEAVA NO JARDIM DO VATICANO, ATRÁS DELE o cardeal Orsini e o cardeal Colonna. O primeiro carregava um buquê de margaridas brancas e amarelas, de cores fortes e odor pungente; o segundo jogava para cima e para baixo uma bolinha de seda dourada e azul. Ambos falavam do horrível estado de Roma, da tempestade sem fim que pairava sobre a capital, do exército que havia partido três dias antes para derrotar o imperador excomungado. Miguel II estava em silêncio.

Eles seguiram pelos caminhos de mármore e observaram os peixinhos dourados na lagoa sob os galhos das roseiras amarelas; passaram pela treliça sobre a qual os jasmins se aglomeravam e chegaram ao longo terraço, onde os pavões exibiam seu esplendor pela grama. Ali, cresciam oleandros e lírios. Loureiros erguiam-se contra o céu sombrio que deveria estar azul, e estátuas curiosas brilhavam ao lado da folhagem escura.

O cardeal Colonna largou a bola e deixou que rolasse pela grama próxima, e Miguel diminuiu o passo. Ele usava uma túnica branca, o cabelo ruivo macio e pesado exibindo uma cor brilhante acima dela. Seus olhos escuros estavam pensativos, a boca pálida decidida. Os cardeais ficaram ainda mais para trás e conversavam com grande tranquilidade. De repente, o papa fez uma pausa e ficou esperando, pois Paolo Orsini, com um ramo de flor rosa no queixo, atravessava o gramado. Miguel II bateu com o pé calçado de ouro no caminho de mármore.

— O que foi, Orsini?

O secretário se apoiou em um joelho.

— Vossa santidade, uma senhora que não quer tirar o véu nem revelar o nome conseguiu entrar no Vaticano e deseja ver vossa santidade.

O rosto do papa se fechou.

— Pensei que você tivesse me trazido a notícia do retorno de Theirry de Dendermonde! O que essa mulher pode querer conosco?

— Ela diz que é um assunto de tal importância que pode evitar a guerra, e implora, pelo amor de Deus, para que sua audiência não seja negada.

Miguel II refletiu por um momento, os dedos finos puxando as folhas de louro ao seu lado.

— Vamos vê-la — disse ele finalmente. — Traga-a aqui, Orsini.

As nuvens amarelas surgiram durante um breve período de sol que caiu sobre os jardins do Vaticano, embora o horizonte estivesse escuro com uma tempestade que se aproximava. Miguel II se sentou em um banco onde o sol brilhava.

— Senhores — disse ele aos dois cardeais —, fiquem ao meu lado e ouçam o que essa mulher pode dizer.

E, ao colher uma rosa carmesim de um arbusto espinhoso que roçava o assento, ele a observou com curiosidade, e só tirou os olhos dela quando Paolo Orsini regressou e levou a senhora quase aos pés dele. Então, ele olhou para ela. Ela usava um vestido escuro e áspero com marcas de muito uso e, sobre o rosto, um véu grosso. Ela o afrouxou ao se ajoelhar e revelou o rosto extremamente belo e triste de Ysabeau, a imperatriz. Miguel II empalideceu rapidamente e fixou nela grandes olhos arregalados.

— O que você está fazendo aqui, nos desafiando? — questionou ele.

Ela se levantou.

— Não estou aqui em desafio. Vim para me entregar à punição pelo crime que o senhor denunciou... o crime pelo qual meu senhor agora sofre.

Miguel esmagou a rosa na mão, e os cardeais se entreolharam, nunca tendo visto demonstração de agitação assim da parte dele.

— Não ocorreu a vossa santidade — disse Ysabeau, encarando-o destemidamente — que eu faria isso? O senhor pensou que ele nunca desistiria de mim e estava certo: coroa, vida, Céu, de tudo ele abriria mão por amor a mim, mas não aceitarei o sacrifício.

O sol espasmódico tocou a grande beleza dela, o cabelo louro e macio caído solto sobre os ombros, os olhos sombreados e escuros, o rosto fundo.

— O pecado foi meu — continuou ela. — E eu, que fui forte o bastante para pecar sozinha, posso aguentar a punição sozinha.

Finalmente, Miguel falou.

— A senhora matou Melchoir de Brabant... a senhora confesse!

O peito dela subiu e desceu.

— Eu vim confessar.

— Por amor a Balthasar, você fez...

— Assim como, por amor a ele, eu estou aqui agora para sofrer as consequências.

— Nós temos fogo na terra e fogo no Inferno para quem comete assassinato — disse Miguel II. — Chamas para o corpo na praça do mercado e chamas no poço para a alma, e embora o corpo não vá queimar por muito tempo, a alma vai queimar pela eternidade.

— Eu sei. Faça o que quiser comigo.

O papa jogou a rosa amassada longe.

— Balthasar a mandou aqui?

Ela abriu um sorriso orgulhoso.

— Eu venho sem o conhecimento dele. — A voz dela tremeu um pouco. — Eu deixei uma mensagem contando aonde tinha ido e por quê... — A mão dela foi até a testa. — Chega disso.

Miguel II se levantou.

— Por que a senhora fez isso? — gritou ele com raiva.

Ysabeau respondeu rapidamente.

— Para que o senhor possa tirar a maldição dele. Pelo meu pecado, o senhor o expulsou. Bem, se eu o deixar, se aceitar minha punição, se ele ficar livre para encontrar a... mulher... que pode reivindicá-lo, vossa santidade deve absolvê-lo da excomunhão.

Miguel corou.

— Isso chega tarde... muito tarde. — Ele se virou para os cardeais. — Meus senhores, esse amor não é uma coisa louca? Que ela queira enganar o Céu assim!

— Minha esperança não é enganar o Céu, mas apaziguá-lo — disse Ysabeau. E o sol, deixando um brilho pálido no cabelo dela, lançou sua sombra fraca aos pés do pontífice. — Senão por mim, por ele.

— Esse sacrifício tolo — disse Miguel — não pode salvar Balthasar. Se não é por vontade dele que a senhora se separa, como o pecado dele pode ser menor?

Ela estremeceu excessivamente.

— Agora, é possível que ele me odeie... — disse ela.

— Se a senhora tivesse contado na cara dele seu crime, ele teria entregado a senhora para nossa ira?

— Não — disse ela. — Teria sido nobre nele recusar; mas como vim por minha própria conta, eu rogo, senhor papa, que me mande para a morte e tire a maldição dele.

Miguel II olhou para a própria mão. O cabo da rosa vermelha tinha arranhado seu dedo, e uma gotícula de sangue aparecia na pele branca.

— A senhora é uma mulher vil, pela sua própria confissão — disse ele, franzindo a testa. — Por que eu deveria demonstrar pena?

— Não peço pena, mas justiça para o imperador. Eu sou a causa do problema, e agora o senhor pode me ter e não pode guardar ressentimento dele.

Ele olhou para ela de lado.

— A senhora se arrepende, Ysabeau?

Ela soltou o capuz do cabelo louro.

— Não. O ganho valeu o pecado, e eu não tenho medo do senhor nem do Céu. Não sou de uma raça hesitante, nem de um nome facilmente envergonhado. Aos meus próprios olhos, não tenho vergonha.

Miguel ergueu a cabeça e seus olhares se encontraram.

— E a senhora morreria por ele?

Ysabeau sorriu.

— Acho que preciso. Não acho que vossa santidade seja misericordioso.

Ele olhou novamente para a gota de sangue no dedo.

— A senhora demonstra coragem, Ysabeau.

Ela sorriu.

— Quando eu era criança, me ensinaram que os que vivem como reis e rainhas não devem olhar idade; a chama logo se consome e deixa as cinzas, e os anos bonitos são como a chama: por que devemos experimentar o pó que vem depois? Eu vivi a minha vida.

Ele respondeu:

— Isso não salvará Balthasar, nem tirará dele a nossa maldição; Theirry Dendermonde avançou com muitos homens e estandartes, e em breve os portões romanos se abrirão para ele e a vitória conduzirá seu ataque pelas ruas! E a recompensa dele será o mundo latino, e a sua insígnia de triunfo, a coroa imperial. Ele é nossa escolha para compartilhar conosco o domínio do Ocidente, portanto não haverá mais Balthasar. A senhora pode falar até que os céus caiam e ainda assim nossos corações serão como bronze!

Ele se virou rapidamente e pegou o braço do cardeal Orsini.

— Vamos, meu senhor, nós já demos muito tempo para essa grega.

Ysabeau caiu de joelhos.

— Meu senhor, tire a maldição!

— O que faremos com ela? — perguntou o cardeal Colonna.

Ela agarrou com desespero o traje branco do padre.

— Tenha piedade. Balthasar morre sob sua ira...

Paolo Orsini a tirou de perto dele, enquanto Miguel olhou para ela com um certo medo.

— Jogue-a para fora das muralhas. Já que a excomunhão é sua realidade, nós não precisamos de sua vida.

— Ah, senhores! — gritou Ysabeau, indo atrás deles. — Meu senhor é inocente!

— Leve-a embora — disse Miguel. — Expulse-a de Roma. — Ele olhou com raiva por cima do ombro. — Sem dúvida a gata oriental vai achar isso pior do que morrer como Hugh de Rooselaare faleceu. Venham, senhores.

Apoiado no braço do cardeal Orsini, ele seguiu pelos jardins do Vaticano. Paolo Orsini tocou um apito pequeno.

— A senhora deve ser expulsa da cidade — disse ele.

Ysabeau se levantou da grama.

— Esse é seu padre cristão! — gritou ela com voz rouca. E, quando ela viu os guardas se aproximando, caiu em silêncio total.

Quando Miguel II entrou no Vaticano, o sol foi novamente obscurecido e o trovão ribombou. Ele subiu a escada prateada até o gabinete e fechou a porta. A tempestade cresceu e se agitou com fúria pelo céu. No auge, chegou um mensageiro direto para o Vaticano. Sangue e poeira sujavam suas roupas e ele estava cansado da viagem rápida; foi levado ao gabinete de ébano e se viu cara a cara com o papa.

— De Theirry de Dendermonde? — sussurrou Miguel, o rosto branco como a veste.

— De Theirry de Dendermonde, vossa santidade.

— O que ele diz? Vitória?

— Balthasar de Courtrai foi derrotado, seu exército está morto, tanto os homens quanto os cavalos, no vale do Tivoli, e seu conquistador volta para casa hoje.

Um raio de luz exibiu o rosto sinistro de Miguel II, e um ribombar de trovão jogou o mensageiro contra a parede.

· ◗ CAPÍTULO X ◖ ·

A NOITE ANTERIOR À COROAÇÃO

OS PILARES DE MÁRMORE LARANJA BRILHANDO À LUZ de uma centena de lamparinas conferiam à câmara uma luminosidade deslumbrante. As janelas eram protegidas por cortinas de seda escarlate e havia vasos de cristal com flores roxas no chão serpentino. Em um sofá baixo e dourado encostado na parede estava Theirry, com a armadura dourada meio escondida por um manto violeta e com pele de arminho. Em torno do cabelo escuro e curto havia uma coroa de rosas vermelhas, e as longas pérolas em suas orelhas brilhavam com seus movimentos.

Em frente a ele, num trono sustentado por leões de basalto, estava Miguel II, trajado com tecidos dourados e prateados sob uma dalmática de brocado laranja e carmesim.

— Está feito — disse ele em voz baixa e ansiosa —, e amanhã eu coroarei você na igreja de São Pedro. Theirry, está feito.

— Nosso destino é mesmo maravilhoso — respondeu Theirry. — Hoje, quando ouvi os príncipes me elegerem... eu, um aventureiro desconhecido! Quando ouvi a multidão de Roma gritar por mim... eu pensei que tinha enlouquecido!

— Fui eu quem fez isso por você — disse o papa suavemente.

Theirry pareceu estremecer na linda cota de malha.

— Você tem medo de mim? — perguntou o outro. — Por que você raramente olha para mim?

Theirry virou lentamente o lindo rosto.

— Tenho medo do meu próprio destino. Não sou tão ousado quanto você — disse ele com medo. — Você nunca hesitou em pecar.

O papa se moveu e suas vestes brilharam contra a reluzente parede de mármore.

— Eu não peco. — Ele sorriu. — Eu *sou* o Pecado. Eu não faço o mal, pois eu *sou* o Mal. Mas você... — Seu rosto ficou sério, quase triste. — Você é muito humano, seria melhor se eu nunca tivesse conhecido você! — Ele colocou as mãozinhas de cada lado, nas cabeças lisas dos leões de basalto. — Theirry... por sua causa, eu arrisquei tudo, por sua causa eu talvez deva deixar esta vida estranha e bela e voltar para o lugar de onde vim... de tanto que me importo com você, com tanto carinho que mantive os votos que fizemos em Frankfurt. Você não pode enfrentar com coragem o destino que eu lhe ofereço?

Theirry escondeu o rosto nas mãos. O papa enrubesceu e uma luz selvagem brilhou em seus olhos escuros.

— Seu sangue não esquentou com aquele ataque em Tivoli? Quando o cavaleiro e o cavalo caíram diante de suas lanças e sua tropa derrubou um imperador, quando Roma se levantou para cumprimentá-lo e eu vim ao seu encontro com um reino como presente, não surgiu um fogo em suas veias que pode servir para aquecê-lo agora?

— Um reino! — gritou Theirry. — O reino do Anticristo. A vitória não foi minha. As tropas do Diabo galoparam ao nosso lado e nos incitaram ao triunfo profano. Roma é um lugar de horror, cheio de bruxas, fantasmas e feras estranhas!

— Você disse que queria ser imperador — respondeu o papa.

— E eu concedi a você o seu desejo. Se você falhar comigo ou me trair agora... acabou. Para nós dois.

Theirry se levantou e caminhou pela câmara.

— Sim, eu serei imperador – declarou ele febrilmente. – Theirry de Dendermonde, coroado pelo Diabo na igreja de São Pedro. Por que eu hesitaria? Estou a caminho do Inferno, do Inferno...

O papa fixou nele olhos ardentes.

— E se falhar comigo, você vai para lá imediatamente.

Theirry parou de andar de um lado para outro.

— Por que você me diz tantas vezes: "Não falhe comigo, não me traia"?

Miguel II respondeu em voz baixa:

— Porque tenho medo disso.

Theirry riu com desespero.

— Com quem eu o trairia? Parece que você tem o mundo inteiro!

— Tem Jacobea de Martzburg.

— Por que você me fere com esse nome?

— Talvez eu tenha pensado que você gostaria de torná-la sua imperatriz – disse o papa com súbita zombaria.

Theirry levou a mão à testa.

— Ela acredita em Deus. O que isso significa para mim? – gritou ele.

— Outro dia você mentiu para mim, dizendo que não sabia onde ela estava... e foi visitá-la imediatamente em seguida.

— Isso é trabalho da sua espiã, Úrsula de Rooselaare.

— Talvez – respondeu o papa.

Theirry parou diante do trono de basalto.

— Fale-me sobre ela. Ela me segue. Eu... eu... não sei o que pensar, ela tem estado muito presente em minha mente ultimamente, desde que eu... – Ele se interrompeu e olhou melancolicamente para o chão. – Onde ela estava nesses anos? O que ela pretende fazer agora?

— Ela não vai mais incomodá-lo – respondeu Miguel II. – Esqueça-a.

— Eu não consigo. Ela disse que eu já vi o rosto dela...

— Bem, e se você viu? Acredite em mim, ela não é bonita.

— Não penso na beleza dela — respondeu Theirry, taciturno —, mas no mistério que há por trás de tudo isso: por que você nunca me contou sobre antes e por que ela me assombra com bruxas em seu séquito.

O papa olhou para ele com curiosidade.

— Para alguém que nunca foi um amante ardente, você se preocupa muito com as mulheres. Eu preferiria que você pensasse em batalhas e reinos. Se eu fosse um... Se eu fosse você, uma dançarina ou uma freira não seriam nada para mim em comparação à minha coroação amanhã.

Theirry respondeu calorosamente.

— Dançarina e freira, como você as chama, estão entrelaçadas com tudo o que faço. Eu não posso, nem se quisesse, esquecê-las. Ah, se eu nunca tivesse vindo a Roma... Se ainda fosse camareiro na corte de Basílio ou escriturário de um comerciante na Índia!

Ele cobriu o rosto com as mãos trêmulas e se virou para atravessar a sala dourada. O papa se levantou e pressionou os dedos adornados com joias contra o peito.

— Quem dera você nunca tivesse vindo até mim para ser a minha ruína e a sua própria... quem dera você não fosse um tolo tão doce que eu acabasse por amá-lo! E assim, nós nos tornamos a zombaria do destino por meio dessas reclamações. Ah, se você tem o desejo de ser rei, mostre a coragem de ousar ter um destino real.

Theirry se encostou num dos pilares de mármore laranja, o manto violeta pendendo sobre a armadura dourada, as rosas desbotadas tortas e inertes no cabelo escuro.

— Você deve me considerar um covarde — disse ele —, e tenho sido muito fraco. Mas isso, creio, já passou. Alcancei o cume de toda a grandeza que sempre sonhei e isso me confunde, mas quando a coroa imperial for minha, você verá que sou bastante destemido.

Miguel II corou e abriu um sorriso deslumbrante.

— Então somos realmente grandiosos! Daremos as mãos no domínio mais justo já governado pelos homens, a Suábia é nossa, a Boêmia e a Lombardia; a França corteja nossa aliança; Chipre, a ilha de Cândia e a cidade de Malta, em Rodes, nos adoram, e a cidade de Gênova nos considera mestres! – Ele fez uma pausa em seu discurso e desceu do trono. – Lembra-se daquele dia na Antuérpia, Theirry, quando olhamos no espelho? – disse ele, e sua voz estava terna e bela. – Quase não ousamos na época pensar nisso.

– Nós vimos uma forca naquele espelho – respondeu Theirry –, uma forca ao lado da coroa tripla.

– Era para os nossos inimigos! – exclamou Miguel. – Nossos inimigos sobre os quais triunfamos. Theirry, pense bem, nós éramos muito jovens na época, e pobres. Agora, eu tenho reis aos meus pés, e você vai dormir hoje na Casa Dourada no Aventino! – Ele riu com grande alegria.

O rosto de Theirry ficou suave com as lembranças antigas.

– A casa continua de pé, acredito – refletiu ele –, embora a poeira deva ser densa nos cômodos abandonados e a hera deva cobrir as janelas. Quando fui ao Oriente, pensei com grande alegria na Antuérpia.

O papa colocou a mão delicada e fragrante no avambraço reluzente.

– Theirry... você não me valoriza um pouco agora?

Theirry sorriu para os olhos ardentes.

– Você fez mais por mim do que homem ou Deus, e acima de ambos eu o idolatro – respondeu ele com entusiasmo. – Não tenho mais medo, e amanhã você me verá sendo rei de fato.

– Até amanhã, então, adeus. Devo ir ao conclave dos cardeais e aparecer para a multidão na igreja de São Pedro. Vá ao palácio no Aventino, para dormir bem e ter sonhos dourados.

Eles deram as mãos, uma cor quente no rosto do papa.

– Os guardas sírios esperam lá embaixo, e os arqueiros lombardos que estiveram ao seu lado em Tivoli... eles o levarão ao Palácio Imperial.

– O que farei lá? – perguntou Theirry. – Ainda está cedo, e eu não gosto de ficar sozinho.

— Então venha para a missa na basílica. Venha com postura ousada e vestimenta rica para impressionar o povo mestiço de Roma

Theirry não respondeu.

— Adeus — disse ele, e ergueu a cortina escarlate que escondia a porta. — Até amanhã.

O papa foi rapidamente para perto dele.

— Não vá até Jacobea hoje — disse ele com sinceridade. — Lembre, se você falhar comigo agora...

— Eu não falharei com você nem comigo mesmo de novo. Adeus.

Sua mão estava no trinco quando Miguel falou novamente:

— Eu sofro por deixá-lo ir — murmurou ele em tom agitado. — Eu nunca tive medo antes, mas hoje...

Theirry sorriu.

— Você não tem motivo para ter medo de nada, você que tem o pé no pescoço do mundo. — Ele abriu a porta para a luz roxa suave da escada e saiu do aposento.

Com voz meio abafada, o papa o chamou.

— Theirry! Seja verdadeiro comigo, pois por fé em você eu botei tudo em risco!

Theirry olhou para trás e riu.

— Você não vai me deixar ir embora nunca?

O outro apertou a mão na testa.

— Sim, vá. Por que eu procuraria segurá-lo?

Theirry desceu a escada e de vez em quando olhava para cima. Sempre para ver fixo nele o olhar ansioso e intenso daquele que estava junto ao corrimão dourado e olhava para sua figura brilhante. Só quando ele desapareceu completamente na curva da escada foi que Miguel II retornou sem pressa à câmara dourada e fechou as lindas portas.

Theirry, esplendidamente acompanhado, percorreu as ruas tumultuadas de Roma até o palácio no Monte Aventino. Lá, ele dispensou os cavaleiros.

— Não irei à basílica esta noite — disse ele. — Vão sem mim.

Ele tirou a armadura dourada, o manto púrpura, e vestiu-se com um hábito escuro e um peitilho de aço. Ele pretendia ser imperador no dia seguinte, pretendia ser fiel ao papa, mas estava em seu coração ver Jacobea mais uma vez antes de aceitar o último presente e sinal do Diabo. Depois de sair secretamente do palácio, quando todos pensavam que ele estava no quarto, ele seguiu em direção à Via Ápia.

Mais uma vez, pela última vez... ele sugeriria que ela voltasse para Martzburg. A peste estava galopante na cidade; mais de uma vez, ele passou pelo carrinho da morte acompanhado por frades que tocavam sinos altos. Várias casas estavam fechadas e silenciosas; mas nas praças o povo dançava e cantava, e na Via Sacra fazia-se um carnaval em homenagem à vitória em Tivoli.

Estava quase escuro, sem estrelas, e o ar carregado com a sensação de tempestade. Quando se aproximou da parte menos frequentada da cidade, Theirry ficou olhando continuamente para trás para ver se a dançarina de laranja seguia seus passos. Mas não viu ninguém. A Via Ápia estava muito vazia, muito silenciosa, a única luz doméstica que ele viu era o lampião acima do portão do convento. A quietude e a escuridão do lugar gelaram seu coração; ela não podia, não devia ficar ali. Ele empurrou o portão com gentileza e entrou. O crepúsculo quente apenas lhe revelou as formas indistintas das rosas brancas e a figura escura de uma dama parada ao lado delas.

— Jacobea — sussurrou ele.

Ela se moveu muito lentamente em direção a ele.

— Ah! O senhor.

— Jacobea, a senhora não deve permanecer neste lugar! Onde estão as freiras?

Ela balançou a cabeça.

— Elas morreram de peste dias atrás e eu as enterrei no jardim.

Ele teve um sobressalto de horror.

— A senhora deve voltar a Martzburg. Está sozinha aqui?

A resposta dela veio calmamente pelo crepúsculo.

— Acho que não tem ninguém morando aqui perto. A peste está muito voraz. O senhor não deveria vir aqui se não desejar morrer.

— Mas e a senhora? — A voz dele estava cheia de horror.

— Ora, que importância eu posso ter?

Ele achou que ela sorria. Ele a seguiu para dentro da casa, para a sala onde eles tinham se sentado antes. Uma vela alta e pálida ardia na mesa vazia, e na luz ele viu o rosto dela.

— A senhora já está doente. — Ele estremeceu.

Novamente, ela balançou a cabeça.

— Por que o senhor vem aqui? — perguntou gentilmente. — O senhor será imperador amanhã.

Ela foi com um movimento lento e doente até um banco que ficava junto à parede e se sentou nele. Suas feições estavam contraídas e abatidas, os olhos azuis de um jeito sobrenatural na palidez da face.

— A senhora precisa voltar para Martzburg — repetiu Theirry com grande agitação. E pensou nela quando a tinha visto pela primeira vez, animada e alegre, com um vestido vermelho-claro...

— Não, eu não voltarei mais a Martzburg — respondeu ela. — Ele morreu hoje.

— Ele? Quem morreu, Jacobea?

Seu sorriso foi bem fraco.

— Sebastian... na Palestina. Deus me permitiu vê-lo, porque eu nunca mais tinha olhado para ele desde aquela manhã em que o senhor nos viu... Ele tem sido um homem santo lutando contra os infiéis. Eles o feriram, eu acho, e ele ficou doente, com febre. Ele foi para a sombra, pois está muito quente lá, senhor. E morreu.

Theirry ficou mudo, e o ódio louco do diabo que tinha gerado aquela infelicidade se apossou dele mais uma vez.

Jacobea falou novamente.

— Talvez eles tenham se encontrado no Paraíso. E, quanto a mim, espero que Deus me considere apta a morrer. Ultimamente, pareceu-me que os demônios estavam novamente me perturbando. — Ela apertou as mãos com força sobre os joelhos e estremeceu. — Algo maligno está por aí... Quem é a dançarina?

Ontem à noite eu a vi encolhida perto do meu portão enquanto eu estava fazendo o túmulo da irmã Ângela, e pareceu, pareceu que ela me enfeitiçou... como aquele jovem fez, há muito tempo.

Theirry se apoiou pesadamente na mesa.

— Ela é a espiã e ferramenta do papa — declarou ele com voz rouca. — Úrsula de Rooselaare!

Os olhos turvos de Jacobea estavam perplexos.

— Ah, a esposa de Balthasar. — Ela hesitou. — Mas ferramenta do papa... por que ele se envolveria em uma coisa maligna?

Ele contou a ela, numa explosão de sentimento selvagem e inominável:

— O papa é Dirk Renswoude. O papa é o Anticristo. Você não entende? E eu devo ajudá-lo a governar o reino do Diabo!

Jacobea soltou um grito trêmulo, levantou-se um pouco do banco e encostou-se na parede. Theirry atravessou a sala e caiu de joelhos ao lado dela.

— É verdade, é verdade — disse ele, soluçando. — E eu estou amaldiçoado para sempre!

Os relâmpagos surgiram da escuridão e os trovões ressoaram sobre o convento. Theirry deitou a cabeça no colo dela e seus dedos frios tocaram seu cabelo.

— Sabendo disso, o senhor é aliado dele — sussurrou ela, com medo.

Ele respondeu com os dentes cerrados.

— Sim, eu serei imperador. E é tarde demais para voltar atrás.

Jacobea olhou para o outro lado da sala iluminada pela vela.

— Dirk Renswoude — murmurou ela — e Úrsula de Rooselaare... Por quê? Não foi para salvar Hugh de Rooselaare que ele cavalgou... naquela noite?

Theirry ergueu a cabeça e olhou para ela. A fala dela estava fraca e confusa, os olhos vidrados num rosto lívido. Ele apertou as mãos com força sobre as dela.

— O que lorde Hugh era para ele? — perguntou ela. — O pai de Úrsula...

— Não estou entendendo — declarou Theirry.

— Mas está muito claro para mim. Estou morrendo. Ela amou o senhor, ainda ama... Que essas coisas sejam...

— De quem a senhora fala? Jacobea? — gritou ele, atormentado.

Ela pendeu em direção a ele, e ele a pegou nos braços.

— A cidade está amaldiçoada — declarou ela, ofegante. — Dê-me um enterro cristão, se em algum momento o senhor gostou de mim, e fuja, fuja!

Ela se contraiu e se contorceu no abraço frenético dele.

— E o senhor nunca soube que era uma mulher — sussurrou ela —, papa e dançarina...

— Deus! — berrou Theirry. E se levantou com dificuldade, puxando-a junto.

Ela foi sufocando junto ao ombro dele, agarrando-se a ele com o desespero dos que morrem, enquanto ele tentava forçá-la a falar.

— Responda-me, Jacobea! Que conhecimento você tem dessa coisa horrível, em nome de Deus, Jacobea!

Ela deslizou dele para o banco.

— Água, um crucifixo... Ah, esqueci minhas orações. — Ela estendeu as mãos para um crucifixo de madeira pendurado na parede, agarrou-o e pressionou os lábios nos pés do Cristo. — Sybilla — disse ela, e morreu com aquele nome lutando na garganta.

Theirry se afastou dela com um grito estrangulado que pareceu arrancar-lhe o fôlego do corpo e cambaleou junto à mesa.

O relâmpago saltou pela janela escura e pareceu mergulhar como uma espada no peito da morta. Morta! No momento em que pronunciava aquele horror, morreu tão subitamente. A peste a levara. Ele não queria morrer, então tinha que sair daquele lugar. Ele não seria o imperador no dia seguinte? Theirry começou a rir.

A vela estava quase toda queimada. A chama amarela que lutava contra a extinção lançava uma luz saltitante fantástica sobre Jacobea, encolhida no banco, com o cabelo louro sobre o peito da roupa áspera; sobre Theirry, encostado na mesa com os membros fracos; mostrava seu rosto medonho, seus olhos arregalados, seu queixo caído... enquanto sua risada morria no silêncio.

Fugir! Fugir! Ele precisava fugir daquela Coisa que reinava em Roma. Ele não poderia enfrentar o dia seguinte, não poderia olhar novamente na cara do Anticristo...

Ele se arrastou pela sala e olhou para Jacobea. Ela não estava bonita; ele notou que as mãos estavam cortadas e manchadas de terra por ter feito os túmulos das freiras. Ela tinha pedido um enterro cristão. Ele não poderia ficar para dá-lo. Ele a odiou ferozmente pelo que ela havia contado, mas pegou as pontas do cabelo louro e as beijou. Mais uma vez, os trovões, os relâmpagos e os uivos selvagens chegaram até ele vindos de fora, enquanto fantasmas e bruxas noturnas vagavam para manter a corte dentro da cidade amaldiçoada. A vela lançou uma longa língua de chama... e se apagou. Theirry cambaleou pela escuridão. Um relâmpago mostrou onde ficava a porta. Quando o trovão ressoou sobre a cidade, ele fugiu do convento e de Roma.

· ⟩ CAPÍTULO XI ⟨ ·

OS ANJOS

NUMA VILA EM RUÍNAS, DESTRUÍDA PELOS BÁRBAROS e afetada pelo tempo, a imperatriz Ysabeau olhava para a Maremma sem sol. Algumas oliveiras eram tudo o que sombreava a extensão nua da terra pantanosa, onde grandes poços velados por vapores tóxicos brilhavam fracamente sob as nuvens pesadas. Aqui e ali, erguia-se o telhado reto de um convento abandonado, ou os imponentes pilares de um palácio deserto. Não havia nenhum ser humano à vista.

Alguns pássaros voavam baixo sobre os pântanos. Às vezes, um deles trinava pelo telhado aberto ou passava correndo pela porta aberta e quebrada. Nessas horas, Ysabeau se levantava de seu silêncio sombrio para expulsá-los com palavras e pedras ferozes. O mármore manchado estava tomado de juncos e flores silvestres; uma trepadeira se enrolava em duas das colunas delgadas. E lá estava a imperatriz, encolhida debaixo do manto, olhando para os pântanos abandonados.

Ela estava ali havia três dias. A cada nascer do sol, uma camponesa, desafiando a excomunhão, levava comida e fugia com uma cara assustada. Ysabeau não via nada diante dela, exceto a morte, mas não pretendia morrer pela forma ignóbil da fome. Ela não tinha ouvido falar da derrota de Balthasar em Tivoli, nem da eleição de Theirry para a coroa. Dia e noite, ela pensava no marido e ponderava sobre como ainda poderia servi-lo. Ela não esperava vê-lo novamente; nunca lhe ocorreu voltar para ele. Quando fugiu do acampamento dele, ela deixou uma confissão; nenhum grego teria dado ouvidos a ela, mas aqueles saxões, ainda estrangeiros para ela, eram diferentes. E Balthasar amava Melchoir de Brabant.

Estava muito quente, com um calor sufocante e denso. A perspectiva sombria tornou-se odiosa para ela, e ela se levantou e foi para a parte interna da vila, onde as raízes das calêndulas se projetavam pelo chão de pedra, e uma parte restante do telhado lançava uma sombra. Ali, ela se sentou no capitel de uma coluna quebrada, e um cansaço lânguido subjugou seu espírito orgulhoso. Ela apoiou a cabeça na parede manchada e dormiu.

Quando acordou, toda a paisagem brilhava com o vermelho suave do pôr do sol. Ela se espreguiçou, estremeceu e olhou ao redor. De repente, ela se recompôs e prestou atenção. Havia vozes baixas vindas da sala externa e o som dos passos de um homem. Ysabeau prendeu a respiração.

Mas seguiu-se um silêncio tão intenso que ela pensou que devia ter se enganado.

Ela esperou por um momento, depois se esgueirou cautelosamente em direção à porta quebrada que levava à outra câmara. Chegou lá e olhou. Sentado onde ela tinha se sentado, sob as colunas envoltas por trepadeiras, havia um enorme cavaleiro com uma armadura deformada. Ele estava de costas para ela; ao seu lado estava o elmo, e o grande dragão brilhante que formava a crista brilhava ao sol poente. Ele estava curvado sobre uma criança que dormia sobre uma capa carmesim.

— Balthasar — disse Ysabeau. Ele deu um gritinho e olhou por cima do ombro. — Diga-me, meu senhor — perguntou ela com voz trêmula —, como diria a um estranho, se a má sorte o traz aqui.

Ele se levantou suavemente, com o rosto corado.

— Sou um homem arruinado. Escolheram outro imperador. Agora, creio, isso não importa.

Os olhos dela se voltaram para a criança, atordoados.

— Ele está doente?

— Não, apenas cansado. Estamos vagando por aí desde Tivoli... — Enquanto falava, ele olhou para ela, como se o mundo não contivesse mais nada que valesse a pena contemplar.

— Preciso ir — disse Ysabeau.

— Precisa ir?

— Fui banida. Não posso compartilhar dos seus infortúnios. Balthasar riu.

— Tenho procurado você loucamente, Ysabeau.

— Procurado?

E agora, ele desviou seu olhar dela.

— Pensei que meu coração explodiria quando descobri que você tinha ido para Roma.

— Mas você encontrou a carta? — questionou ela.

— Encontrei.

— Sabe... que eu o matei?

— Eu sei que você deu sua vida por mim.

— Estou amaldiçoada!

— Você foi fiel a mim.

— Ah, Balthasar! Isso não faz diferença?

— Não pode fazer — disse ele, meio triste. — Você é minha esposa, parte de mim. Eu lhe dei meu coração, e nada pode alterar isso.

— Você não zomba de mim? — questionou ela, estremecendo. — Você deve estar zombando de mim. Vou embora.

Ele deu um passo à frente dela.

— Você nunca mais me deixará, Ysabeau.

— Eu não ousei... Você perdoou...

— Eu não sou seu juiz...

— Deus não pode ser tão generoso!

— Eu não falo por Ele — disse Balthasar com voz rouca —, mas por mim mesmo...

Ela não conseguiu responder.

— Ysabeau – exclamou ele com ciúmes –, você... você poderia viver longe de mim?

— Não – sussurrou ela. – Eu pretendia morrer.

— Para que eu pudesse ser perdoado!

— O que mais eu poderia fazer! Queria que tivessem me matado e tirado a maldição de você!

Ele passou o braço pelos ombros encolhidos dela.

— Não existe maldição enquanto estivermos juntos, Ysabeau. – O cabelo maravilhoso dela caía sobre a cota de malha dele.

— Isso é mais doce do que o dia do nosso casamento, Balthasar, pois agora você conhece o pior de mim...

— Minha esposa! Minha senhora e minha esposa!

Ele a colocou suavemente na coluna quebrada perto da porta e beijou sua mão.

— Wencelaus dorme. – Ela sorriu em meio às lágrimas. – Eu não poderia tê-lo colocado para descansar com mais segurança...

— Ele não dormiu muito ontem à noite – disse Balthasar – por causa das corujas e dos morcegos, e estava muito escuro com a lua escondida. – A mão dela ainda estava na palma grande dele.

— Fale de você – sussurrou ela.

E ele contou como eles tinham sido derrotados em Tivoli, que o que restava das suas forças o abandonara e que Theirry de Dendermonde fora escolhido imperador por vontade do papa. Os olhos dela ficaram ferozes com isso.

— Eu o arruinei – disse ela. – Fiz de você um mendigo.

— Se você soubesse – ele sorriu, meio tímido – como pouco me importo comigo mesmo... e sim com você.

— Não me envergonhe – pediu ela.

— Eu poderia ter ocupado um trono sem você, Ysabeau?

Os dedos dela tremeram nos dele.

— Queria ter sido uma mulher melhor por você, Balthasar.

Um rápido e brilhante rubor tingiu seu belo rosto.

— A única coisa que me preocupa, Ysabeau, é... Deus.

— Deus? – perguntou ela, sem entender.

— E se Ele não perdoar? — Seus olhos azuis estavam perturbados. — E se nós estivermos amaldiçoados e formos expulsos... O que você acha?

Ela se aproximou dele.

— Culpa minha! Você sofre, e isso é... culpa minha!

— Não, nosso destino é o mesmo... sempre. Só que, eu penso... no depois... ainda assim, se você estiver... condenada, como diz o padre, ora, eu também estarei...

— Não tema, Balthasar. Se Deus não me receber, as pequenas imagens de Constantinopla me perdoarão se eu rezar para elas novamente, como fazia quando era criança...

Eles caíram novamente em silêncio, enquanto a cor vermelha do sol poente se aprofundava e lançava um brilho sobre os seus rostos cansados e sobre a figura adormecida de Wencelaus. As folhas das trepadeiras tremiam no mármore antigo e as aves selvagens gritavam pelos pântanos.

— Quem é esse papa para nos odiar tanto? — refletiu Ysabeau. — E quem é Theirry de Dendermonde para ser o imperador do Ocidente?

— Ele será coroado hoje na basílica — disse Balthasar.

— Enquanto estamos sentados aqui!

— Eu não entendo. E também, Ysabeau — Balthasar olhou para ela —, não me importo muito...

— Mas precisa se importar! — gritou ela. — Se eu for tudo para você, serei isso... Eu o verei novamente no trono. Iremos à Corte de Basílio. Que esse Theirry de Dendermonde durma esta noite no palácio dourado!

— Nós nos encontramos — disse o imperador simplesmente.

Ela ergueu a mão dele, beijou-a, e nada mais foi dito, enquanto a névoa se acumulava e se adensava sobre Maremma e os tons ricos desapareciam do céu.

— Quem é aquele? — questionou Ysabeau, e apontou para o pântano. Uma figura, escura contra a névoa, corria sem rumo, descontroladamente, de um lado para outro, entrando e saindo das poças, de vez em quando levantando os braços num gesto frenético em direção ao céu noturno.

— Um louco — disse Balthasar. — Veja, ele corre sem nenhum objetivo, dando voltas e mais voltas, mas sempre como se fosse perseguido...

Ysabeau se aproximou do marido, enquanto ambos observavam, com curioso fascínio, o homem ser levado de um lado para outro como por um inimigo invisível.

— É um fantasma? — sussurrou Ysabeau. — Sinto-me estranhamente gelada e horrorizada... — O imperador fez o sinal da cruz.

— Parte da maldição, talvez — murmurou ele.

De repente, como se estivesse exausto, o homem parou e ficou imóvel com a cabeça e os braços caídos. O sol queimando no horizonte formava um fundo vívido para a figura alta e escura, até que os vapores pesados e nocivos subiram ao nível do pôr do sol, e o estranho solitário e imóvel foi ocultado da vista dos dois que lhe assistiam da vila em ruínas.

— Por que questionar isso? — disse Balthasar. — Deve haver muitos homens por aí, tanto saxões quanto romanos...

— Mesmo assim, ele corria de forma estranha — murmurou ela. — E estou aqui há três dias e não vi ninguém.

— Precisamos fugir — disse Balthasar resolutamente. — Este é um lugar ruim.

— De madrugada vem aqui uma menina com comida, suficiente pelo menos para Wencelaus.

— Eu tenho comida, Ysabeau, dada por uma pessoa que não sabia que estávamos excomungados.

A imperatriz olhou ao redor com medo.

— Eu ouvi um passo.

Balthasar espiou através da névoa.

— O homem — sussurrou Ysabeau.

Dos vapores sombrios, das brumas desamparadas e fétidas dos pântanos, ele apareceu, tropeçando nas pedras em seu caminho. Agarrou-se ao pilar estreito perto da entrada e olhou para os três com olhos perturbados. Suas roupas eram escuras, estavam molhadas e sujas, o cabelo solto e sem vida em volta de um rosto fundo e pálido, mas de evidente beleza.

— Theirry de Dendermonde! — exclamou Balthasar.

Ysabeau deu um grito que acordou a criança e a jogou assustada em seus braços.

— O imperador — disse o recém-chegado com voz fraca.

Balthasar respondeu ferozmente:

— Ainda sou imperador para você? Você que hoje receberia minha coroa na igreja de São Pedro?

Ysabeau apertou Wencelaus com força contra o peito e seus olhos brilharam com um triunfo irado.

— Eles o expulsaram; Roma se levantou contra tal rei!

Theirry estremeceu e se agachou como alguém com muito frio.

— Por minha própria vontade, fugi de Roma, aquela cidade do Diabo!

Balthasar olhou para ele.

— Foi esse o homem que venceu nossas tropas em Tivoli?

— É esse que seria o imperador do Ocidente? — gritou Ysabeau.

— Você é o imperador — disse Theirry com voz fraca, — e eu não pretendo mais receber essas honras injustas, e também não sirvo mais ao Anticristo...

— Ele está louco! — exclamou Balthasar.

— Não. — Ysabeau falou com avidez. — Ouça-o.

Theirry gemeu.

— Não tenho nada a dizer. Me deem um lugar para descansar.

— Por sua causa, não temos lugar para descansar — respondeu Balthasar severamente. — Nenhum abrigo exceto essas paredes arruinadas que você vê. Mas já que retornou à sua lealdade, ordenamos que você nos conte sobre esse Anticristo...

Theirry empertigou-se.

— Aquele que reina em Roma é o Anticristo, Miguel, que era Dirk Renswoude...

— Ele morreu — disse o imperador, muito pálido. — E o papa era Brás de Dendermonde.

— Isso foi obra do Diabo, magia das trevas! — gritou Theirry descontroladamente. — O jovem Brás morreu há dez anos e Dirk Renswoude tomou o seu lugar.

— É verdade! — gritou a imperatriz. — Pelo que ele me disse, eu sei que é verdade. Agora vejo muito claramente.

Mas Balthasar olhou para Theirry de maneira confusa.

— Eu não entendi.

O relâmpago atravessou a parede quebrada e uma coisa solitária alada voou sobre a vila sem telhado.

Theirry começou a falar. Contou-lhes, com uma voz grossa e inexpressiva, tudo o que sabia sobre Dirk Renswoude. Ele não mencionou Úrsula de Rooselaare. À medida que sua história prosseguia, a tempestade se acumulava, até que toda a luz desapareceu do céu, os relâmpagos criaram uma escuridão sem estrelas e o rugido contínuo do trovão estremecia o ar sufocante. Nas pausas entre os relâmpagos, eles não conseguiam se ver; Wenceslaus soluçava no peito da mãe e as corujas piavam nas fendas do mármore. A voz de Theirry de repente ficou mais forte.

— Agora, volte-se contra Roma, pois todos os homens se juntarão a você. Uma força de lombardos marcha de Trastevere, e os saxões se reúnem fora dos muros da cidade amaldiçoada.

Um clarão azul mostrou-lhes seu rosto... eles o ouviram cair...

Depois de um tempo, Balthasar caminhou até ele na escuridão.

— Ele desmaiou — disse ele com medo. — Será que está louco?

— Ele fala a horrível verdade — sussurrou Ysabeau.

De repente, no auge, a tempestade cessou, o ar ficou fresco e perfumado, e uma lua brilhante flutuou entre as nuvens. Seu brilho prateado, extraordinariamente reluzente e vívido, iluminava Maremma, os lagos, os juncos altos, as construções vazias, as ruínas que os abrigavam. As nuvens rolaram rapidamente do céu, deixando-o claro e resplandecente de estrelas.

Eram a primeira lua e as primeiras estrelas que brilhavam desde o início do reinado de Miguel II no Vaticano. A roupa, os cabelos escuros de Theirry e seu rosto cadavérico pressionado no pavimento de mármore apareciam agora claramente. Balthasar olhou para a esposa; nenhum dos dois se atreveu a falar, mas Wencelaus deu um suspiro de alívio com o desaparecimento da escuridão.

— Meu senhor — disse ele, esforçando-se para sair dos braços da mãe —, uma companhia grande atravessa o pântano.

Um grande espanto e uma sensação de medo os mantiveram em silêncio, e o maravilhoso brilho prateado da lua caiu sobre eles como um feitiço. Eles viram, aproximando-se lentamente, dois cavalheiros e duas damas, que pareciam avançar sem se movimentarem pelo pântano. Os cavalheiros usavam armaduras que brilhavam como vidro e longos mantos de samito branco; as damas estavam vestidas com tecidos prateados, e em torno de suas testas havia coroas trançadas de rosas, misturadas de vermelho e branco.

Pareciam muito brilhantes e belos. Os cavaleiros vieram à frente, carregando trombetas de prata. As damas vinham de mãos dadas com amor, e suas reluzentes tranças ruiva e dourada entrelaçavam-se enquanto caminhavam. Chegaram aos portais da vila e o ar soprou frio e puro. A dama de cabelo louro que segurava violetas brancas na mão falou com a outra, e sua voz era como o eco do mar em uma concha de abertura larga.

Eles fizeram uma pausa. Balthasar recuou diante da grande luz que eles traziam consigo, e Ysabeau escondeu o rosto, pois alguns ela conhecia. Na terra, seus nomes tinham sido Melchoir, Sebastian, Jacobea e Sybilla.

— Balthasar — disse o cavaleiro da frente —, viemos das cortes do Paraíso para pedir que marche contra Roma. Naquela cidade reina o Mal, autorizado a punir um povo pecador, mas agora chegou a sua hora. Vá para Viterbo, lá você encontrará o cardeal de Narbonne, a quem Deus ordenou papa, e com ele um exército. À frente dele, ataque Roma, e todo o povo se juntará a você na destruição do Anticristo.

Balthasar caiu de joelhos.

— E a maldição! — exclamou ele.

— Essa não é a maldição de Deus sobre você, portanto, sinta-se consolado, Balthasar de Courtrai, e ao amanhecer corra para Viterbo.

Com isso, afastaram-se e foram absorvidos pela luz prateada que transfigurava Maremma. Balthasar levantou-se de um salto, gritando:

— Não estou excomungado! Serei imperador novamente. A maldição foi suspensa!

O luar desapareceu, novamente as nuvens surgiram... Balthasar agarrou Theirry pelo ombro.

— Você teve a visão? Viu os anjos?

Theirry despertou estremecendo do desmaio.

— Eu não vi nada. Úrsula... Úrsula...

CAPÍTULO XII
NO VATICANO

No gabinete de ébano no Vaticano estava Miguel II. Uma expressão de angústia absoluta marcava seu rosto. Sobre a mesa dourada estavam espalhados livros e pergaminhos; a luz sombria de um meio-dia tempestuoso entrava pelas cortinas pintadas e exibia os ricos esplendores da câmara, as alas apertadas e brilhantes do santuário, os braços dourados esculpidos da cadeira do papa, os fios de tecido prateado em seu manto carmesim. Ele estava imóvel, o cotovelo apoiado na mesa, o rosto apoiado na palma da mão, e de vez em quando olhava para a pequena ampulheta. Logo entrou Paolo Orsini; o papa olhou para ele sem se mover.

— Sem notícias? — perguntou ele.

— Nada de lorde Theirry, vossa santidade.

Miguel II umedeceu os lábios.

— Procuraram... em todos os lugares?

— Por toda Roma, vossa santidade, mas...

— O quê?

— Só isto, meu senhor: um homem pode desaparecer facilmente. Não há lei na cidade.

— Ele estava armado quando saiu do palácio, disseram. Procuraram no convento de que falei, Santa Angela, depois da Via Ápia?

— Sim, vossa santidade – respondeu Orsini –, e não encontraram nada além de uma mulher morta.

O papa desviou os olhos.

— O que fizeram com ela?

Orsini ergueu as sobrancelhas.

— Lançaram na cova da peste, vossa santidade. Aquele bairro é um mausoléu.

O papa respirou fundo.

— Bem, ele se foi. Não creio que esteja morto. — Ele jogou a cabeça para trás. — Mas o jogo acabou, não é, Orsini? Nós jogamos nossas peças de lado e dizemos: boa noite! — Suas narinas se dilataram, seus olhos brilharam, ele colocou suavemente a mão aberta sobre a mesa.

— O que vossa santidade quer dizer? — perguntou Orsini.

— Queremos dizer que esse nosso imperador fantoche nos abandonou e que a nossa posição está em risco — respondeu o papa. — O cardeal Narbonne, nos desafiando de Viterbo, fica mais forte, e a multidão... não tente me enganar, Orsini, a multidão clama contra nós?

— É verdade, meu senhor.

O papa deu um sorriso terrível e seus lindos olhos se arregalaram.

— E os soldados se amotinam, os saxões em Trastevere juntaram-se a Balthasar e os veroneses me deixaram. Nós não temos homens suficientes para manter Roma por uma hora. Bem, Orsini, você deve convocar os cardeais e realizaremos um conclave, para decidir como receberemos nosso destino.

Ele se levantou e se virou para a janela.

— Escute, você ouve como a multidão uiva lá embaixo? Vá embora, Orsini.

O secretário partiu em silêncio. Murmúrios, resmungos, uivos subiram da cidade maldita para a câmara do pontífice.

Relâmpagos dispararam dos céus negros e trovões ecoaram pelas colinas de Roma.

Miguel II andava de um lado para outro em seu lindo gabinete. Nos três dias desde que Theirry fugira da cidade, seu poder desmoronou como um punhado de areia. Roma se voltara contra ele e a cada hora mais homens se afastavam de sua causa. Os demônios também o abandonaram; ele não conseguia chamar os espíritos, os fogos mágicos não queimavam... tudo era escuridão e silêncio.

Ele andava de um lado para o outro, ouvindo a multidão que avançava na Praça de São Pedro. O dia passou e a tempestade cresceu em violência. Paolo Orsini voltou a ele com o rosto pálido.

— Metade dos cardeais fugiu para Viterbo, e os restantes se recusam a reconhecer vossa santidade.

O papa sorriu.

— Eu esperava isso.

— Chega a notícia de um corredor grego de que Theirry de Dendermonde está com a tropa de Balthasar.

— Eu também esperava isso — disse Miguel II descontrolado.

— E eles proclamam o senhor — continuou Orsini com agitação — impostor, dado a práticas malignas, e por esses meios incitam o povo contra o senhor. O cardeal Orvieto conduziu mil homens através dos pântanos até o exército do imperador...

— E Theirry de Dendermonde me denunciou! — disse o papa. Enquanto ele falava, uma batida soou na porta dourada. O secretário a abriu, e entrou um camareiro oriental.

— Vossa santidade — gritou ele com medo —, o povo ateou fogo ao seu palácio no Monte Palatino, e o cardeal Colonna, com seu irmão Otaviano, tomou o Castelo de Sant'Angelo para o imperador e o mantém em desafio a vossa graça.

Quando ele terminou, o relâmpago disparou sobre a câmara agora escura, e o trovão se misturou aos uivos da multidão que se insurgia nos muros do Vaticano.

— O capitão da minha guarda e aqueles que são fiéis a mim — respondeu o papa — saberão como fazer o que pode ser feito. Me informe da aproximação do exército de Balthasar e agora vá.

Eles o deixaram. Ele ficou por um tempo ouvindo aqueles sons sinistros que enchiam o ar sombrio, depois pressionou uma mola em um dos painéis de madrepérola e entrou na câmara secreta que foi revelada. Cautelosamente, fechou o painel pelo qual havia entrado e olhou furtivamente ao redor. O pequeno espaço sem janelas era iluminado apenas por uma lamparina vermelho-sangue, com armários trancados cobrindo as paredes e um enorme globo dourado desbotado, pintado com sinais curiosos e místicos, pendia do teto. As vestes rígidas do papa emitiam um suave farfalhar enquanto ele se movia. Sua respiração rápida e desesperada agitava o ar pesado e confinado. No rosto pálido, seus olhos se reviraram e cintilaram.

— Satanás, Satanás — murmurou ele —, este é o fim?

Uma pulsação sacudiu a escuridão iluminada em vermelho, e suas últimas palavras ecoaram tristemente.

— O fim.

Ele apertou as mãos no bordado de joias no peito.

— Agora você zomba de mim. Pela minha antiga lealdade, este é o fim?

Novamente, o eco das paredes escuras...

— O fim.

O papa fez expressão de raiva.

— Devo morrer, Satanás? Devo morrer rapidamente?

Uma risada um pouco confusa soou antes do eco "morrer rapidamente".

Ele andou para um lado e para outro no espaço estreito.

— Eu apostei minha sorte na fé daquele homem e ele me abandonou, e eu perdi, perdi!

— Perdi! Perdi!

O papa riu freneticamente.

— Pelo menos ela morreu, Satanás, seu cabelo louro apodrece na cova da peste agora. Eu ainda tinha alguma habilidade... mas de que adianta essa habilidade se eu não consegui mantê-lo fiel a mim...

Ele cobriu os olhos com a mão adornada com joias. Um silêncio absoluto seguiu suas palavras agora. O globo dourado pálido tremeu na escuridão do teto abobadado, e os personagens místicos nele começaram a se contorcer e se mover.

— Eu viveria muito tempo com a terra sob meus pés se não tivesse conhecido aquele belo e doce tolo, e eu vou para a ruína por causa daquele que me denunciou...

A lamparina vermelha ficou embotada como um carvão se apagando.

— Você me avisou — sussurrou o papa — que aquele homem seria a minha ruína. Prometeu pela verdade dele para com você e comigo dividir o mundo entre nós. Ele foi falso e você me abandonou completamente?

O eco respondeu:

— Abandonou completamente...

A lamparina se apagou. O globo pálido luminoso se expandiu para um tamanho monstruoso, o círculo de pequenos demônios escuros ao seu redor dançando e girando loucamente. Então estourou e caiu em mil fragmentos aos pés do papa. Da escuridão veio um lamento, como se algo estivesse ferido ou morrendo, e longos suspiros sacudiram o ar próximo.

O papa tateou a parede, tocou o mecanismo e entrou no gabinete de ébano. Ele parecia muito velho, pequeno e curvado. A noite havia caído. A câmara estava iluminada por velas perfumadas em curiosos bastões de pedra-sabão esculpidos. Leves véus de incenso flutuavam no ar. Lá fora, o trovão ressoou e ameaçou, e as multidões de Roma lutavam nas ruas.

O papa afundou numa cadeira e cruzou as mãos no colo. Sua cabeça pendeu para a frente sobre o peito. Seus lábios tremeram e duas lágrimas rolaram por seu rosto. Os sinos do Angelus repicaram sobre a cidade, não que houvesse muitos para tocar agora; enquanto eles soavam longe, um relógio bateu bem próximo. O papa não se mexeu.

Mais uma vez, Paolo Orsini entrou, e Miguel II desviou o rosto.

— Vossa santidade, Balthasar marcha para Roma — disse o secretário —, a multidão corre para se juntar a ele e, se os portões fossem de bronze, e cinco vezes de bronze, o Vaticano não poderia resistir a eles.

O papa falou sem olhar em volta.

— Vão invadir o Vaticano?

— Sim, vão, vossa santidade — respondeu Orsini.

Agora o pontífice virou o rosto branco.

— O que posso fazer?

— O capitão da guarda sugere que chegue a um acordo com o imperador e, por meio de submissão, salve sua vida.

— Isso eu não farei.

— Então, seria bom que vossa santidade fugisse. Tem um caminho secreto para sair do Vaticano...

— E isso eu não farei.

Orsini também estava muito pálido.

— Então estamos condenados a cair nas mãos de Balthasar, e ele e seus seguidores dizem... coisas horríveis.

O papa se levantou.

— Você acha que eles colocariam as mãos em mim?

— É o que temo!

— Seria uma morte vergonhosa, Orsini?

— Claro que não chegaria a isso! Acho que o imperador não faria mais do que aprisionar vossa santidade.

— Bem, você é muito fiel, Orsini.

O jovem romano deu de ombros.

— O cardeal Narbonne é um Colonna, vossa santidade, e eu sempre achei o senhor um mestre generoso.

O papa foi até a janela.

— Como gritam! — disse ele entre dentes. — E Balthasar se aproxima cada vez mais. — Ele parou abruptamente. — Vou jantar aqui hoje, Orsini, cuide para que a noite transcorra da forma habitual.

O secretário fez uma reverência e saiu pela porta dourada. Miguel II foi até a mesa na plataforma e tirou dela um rolo de pergaminho. Parado no centro da sala, ele o desenrolou. Alguns versos estavam escritos com tinta escarlate na superfície lisa. Em voz baixa, ele leu os dois últimos.

"Se o Amor tudo fosse,
Eu viveria feliz e dócil,
Nem ouviria a Ambição chamar
E o Valor falar.
Se o Amor tudo fosse!"

Ele abriu um sorriso amargo.

"Mas o Amor é frágil,
E muitas vezes deixa o trono,
Pálido entre as rosas espalhadas,
Para chorar em abandono.
E eu, apóstata desse credo sussurrado,
Não terei as asas dele sobre meu manto.
Nem verei seu rosto na minha amargura.
Quando o Amor é tudo!"

— A métrica falha — disse Miguel II. — A métrica... falha.

Ele rasgou o pergaminho em pedaços e os espalhou no chão. Novamente, as portas douradas foram abertas, e desta vez um camareiro entrou. Um arauto trouxera uma mensagem feroz e sombria de Balthasar. Falava do papa como o Anticristo e o exortava a se submeter se quisesse manter a vida. O papa a leu com olhos altivos; quando terminou, rasgou-a e jogou os pedaços no meio dos outros.

— E vocês enforcarão o arauto[52] — disse ele. — Temos essa autoridade.

O camareiro entregou-lhe um segundo pacote, lacrado.

— Isto também o arauto trouxe, vossa santidade.

— De quem?

— De Theirry de Dendermonde.

---

52 Mensageiro oficial responsável por proclamações e anúncios importantes, especialmente em nome de reis ou governantes. [N. R.]

— Theirry de... de Dendermonde?

— Sim, vossa santidade.

O papa pegou o pacote.

— Deixe o arauto viver — disse ele —, mas jogue-o nas masmorras.

O camareiro se retirou. Por um tempo, Miguel II ficou olhando para o pacote, enquanto um trovão caía sobre Roma. Lentamente, ele rompeu o lacre.

— Que maldições você tem para mim? — gritou ele descontroladamente. — Que maldições? Você!

Ele desenrolou a longa tira de pergaminho e se aproximou das velas para lê-lo.

Dizia:

"Acampamento do imperador, marchando para Roma, de Theirry de Dendermonde para Miguel, papa de Roma, assim:

Estou chegando à loucura, não consigo dormir nem descansar. Depois de dias de tormento, escrevo para você, a quem traí duas vezes. Ela morreu no meu peito, mas não me importo; Balthasar diz que a viu caminhando em Maremma, mas eu não vi nada... Antes de morrer, ela disse uma coisa. Eu penso em você e em mais nada, e embora eu o tenha traído, eu nunca repeti o que ela disse. Ninguém imagina.

A incerteza e o horror corroem meu coração. Então, escrevo isto para você.

Esta é a minha mensagem:

Se você for um demônio, fique satisfeito, pois seu trabalho demoníaco está feito.

Se você for um homem, você fez amizade comigo, me prejudicou e eu me vinguei.

Se você for aquela outra coisa que pode ser, então sei que me ama e que te beijei uma vez.

Se essa última frase for verdade, como eu acho que é, tenha piedade da minha longa ignorância e acredite que posso amar como você amou.

Oh, Úrsula, conheço uma cidade na Índia onde poderíamos morar, e você esquecer que já governou Roma. Lá há outros deuses que são tão velhos que se esqueceram de como punir, e eles sorririam para você e para mim lá, Úrsula. Balthasar marcha para a cidade, e você deve ser arruinado e descoberto, levado a um fim horrível. Você me mostrou uma maneira secreta de sair do Vaticano; use-a agora, esta noite. Estou à frente da tropa. Estarei fora da Via Ápia esta noite, e tenho meios pelos quais podemos fugir para a costa e de lá embarcar para a Índia. Até nos encontrarmos, adeus! E em nome de todas as paixões que você despertou em mim... venha!"

À medida que o papa lia, toda a cor desapareceu devagar do seu rosto. Quando terminou, ele enrolou mecanicamente o pergaminho e desenrolou-o outra vez. Um trovão sacudiu o Vaticano e a multidão uivou do lado de fora. Novamente, ele leu a carta. Depois, enfiou-o na chama de uma das velas e a viu escurecer, enrolar e explodir em chamas. Ele a jogou no chão de mármore e pousou o salto dourado por cima, transformando-a em cinzas.

À hora habitual, serviram-lhe o suntuoso jantar. Quando estava finalizado e tinha sido retirado, Paolo Orsini voltou.

— Vossa santidade não fugirá antes que seja tarde demais?

Todos os traços de angústia e tristeza tinham desaparecido das feições de seu mestre; ele parecia orgulhoso e bonito.

— Eu ficarei aqui. Mas, quem quiser, procure segurança.

Ele dispensou Orsini e os atendentes. Já era tarde da noite e os trovões não paravam. O papa trancou a porta do armário, depois foi até a mesa dourada e escreveu uma carta rapidamente. Essa carta ele dobrou, lacrou com cera roxa e carimbou com seu grande anel no polegar. Ficou sentado em silêncio por um tempo e olhou para frente com grandes olhos luminosos, mas se levantou e destrancou uma gaveta da mesa. Dela, tirou alguns documentos, amarrados com seda laranja, e um anel com uma pedra vermelha. Um por um, ele queimou os pergaminhos na vela e, quando foram reduzidos a uma pequena pilha de cinzas, jogou o anel no meio dela e se virou. Foi até a janela, puxou as cortinas e olhou para Roma. No céu negro, acima das colinas escuras, havia um enorme meteoro, um globo de fogo ardente com um rastro de chamas...

O papa soltou a seda. Pegou uma das velas e foi até a porta dourada que dava para seu quarto. Antes de abri-lo, ele parou por um momento; a chama da vela iluminava os olhos vívidos, o rosto altivo, as vestes brilhantes.

Ele girou a maçaneta e entrou no quarto escuro e espaçoso. Através da janela alta e sem cortinas, podia-se ver claramente a estrela que parecia queimar o próprio céu. O papa colocou a vela numa prateleira, onde ela mostrou vislumbres de tapeçarias brancas e douradas, paredes de alabastro, uma cama roxa e dourada, um luxo misterioso e deslumbrante.

Ele voltou ao armário e tirou do peito do vestido um frasquinho de jade amarelo; a rolha era um rubi. Um trovão ensurdecedor ribombou. O relâmpago pareceu partir o quarto em dois. O papa ficou parado, prestando atenção. Em seguida, apagou as velas e voltou para o seu quarto. Tranquilamente, ele entrou na câmara perfumada e esplêndida e fechou a porta.

Na pequena pausa entre dois trovões, ouviu-se o som de uma chave grande girando numa fechadura.

CAPÍTULO XIII
O SEGREDO

A MULTIDÃO TINHA INVADIDO O VATICANO. OTÁVIO Colonna, com um punhado de guerreiros, subiu a escadaria de mármore, que estava sem defesa. Os guardas do papa estavam mortos no pátio e no saguão de entrada; camareiros, secretário, pajens e padres fugiram ou se renderam. Com o lorde Colonna estava Theirry de Dendermonde, que naquela manhã tinha entrado em Roma pela Via Ápia e liderado uma parte da multidão sem lei no seu ataque selvagem ao Vaticano. Para si mesmo, ele ficava dizendo:

— Eu saberei, ela não veio; eu saberei, ela não veio.

Era de manhã cedo. A terrível tempestade da noite anterior ainda pairava sobre Roma. Brilhos de luz azul dividiam as nuvens escuras e os trovões se espalhavam sobre o Aventino. Colonna ficou com medo; ele esperou lá embaixo, na linda sala de audiências, e ordenou que fossem até os aposentos do papa, exigindo sua submissão e prometendo-lhe segurança.

A multidão intimidada se retirou para o pátio e para a praça enquanto Paolo Orsini subia a escadaria prateada.

Ele voltou com a seguinte mensagem:

— Os apartamentos de sua santidade estavam trancados e não puderam fazê-lo ouvir.

— Arrombem a porta — disse Colonna, mas ele tremia.

Foi um pensamento comum entre os cavaleiros que Miguel II havia escapado. Um monge ofereceu-se para lhes mostrar a passagem secreta onde sua santidade poderia estar naquele momento. Muitos foram; mas Theirry seguiu os atendentes até a porta dourada do gabinete de ébano. Eles quebraram a fechadura e entraram, com medo. No chão havia fragmentos de pergaminhos rasgados, uma pilha de cinzas com um anel de rubi no meio... Mais nada.

— Sua santidade está no quarto. Não ousamos entrar.

Sempre tiveram medo dele. Mesmo agora, seu nome carregava terror.

— Colonna aguarda nossas novidades! — gritou Theirry descontroladamente. — Eu... eu ouso entrar.

Foram na ponta dos pés até a outra porta dourada. Demoraram algum tempo para remover a fechadura. Quando finalmente a porta cedeu e se abriu, eles recuaram, mas Theirry entrou no aposento. A luz sombria da madrugada encheu-o; sombras pesadas obscureciam os ricos esplendores das cores douradas, das paredes brancas e reluzentes. Os homens seguiram cautelosos atrás dele; para Theirry, pareceu que o mundo havia parado em torno deles. Na magnífica cama roxa estava o papa; na testa brilhava a tiara e no peito a casula; o báculo estava deitado ao seu lado sobre a colcha de samito, e seus pés brilhavam nos sapatos dourados. Perto do báculo havia uma carta e um frasco de jade. Os atendentes gritaram e fugiram. Theirry foi até a cabeceira da cama e pegou o pergaminho. Seu nome estava no alto. Ele rompeu o lacre e leu a caligrafia bonita.

"Se eu sou um demônio, vou para o lugar de onde vim; se sou um homem, vivi como um e morri como um; se sou mulher, eu conheci o Amor, conquistei-o e por ele fui vencida. O que quer que eu seja, pereço nas alturas, mas não desço dela. Eu conheci as coisas em sua plenitude e não ficarei para provar a escória. Então, para você, saudação, e adeus não por muito tempo."

A carta caiu da mão de Theirry, foi balançando no ar e tocou no chão.

Ele ergueu os olhos e viu pela janela o meteoro brilhando sobre Roma. Morto... Ele olhou agora para o rosto orgulhoso e liso no travesseiro; as pedras preciosas da coroa papal brilhavam acima dos cachos ruivos, a casula adornada com joias cintilava no amanhecer cada vez mais forte, até que ele quase foi levado a pensar que o peito se erguia por baixo. Ele estava sozinho. Pelo menos, poderia saber. O ar estava doce e sufocante como incenso; seu sangue parecia pulsar em seu cérebro com o som baixo e tolo de uma melodia. Um raio de luz cinzenta caiu sobre os esplendores da cama, as rosas e dragões, falcões e cães de caça costurados nas cortinas e colchas. Das vestes do papa subia um perfume sutil e belo.

– Úrsula – disse Theirry. Ele se inclinou sobre a cama até que as pérolas em suas orelhas tocaram no rosto abaixo.

Lá fora, um trovão soou. Para saber... Ele ergueu o braço do papa morto; parecia não haver peso nem substância sob a seda rígida. Ele puxou a manga; seus dedos frios desabotoaram a pesada casula. Por baixo havia samito perfumado, branco e macio. Uma sensação terrível percorreu suas veias; ele pensou que sob aquelas vestimentas lindas não havia nada, nada, cinzas. Ele não se atreveu a descobrir o seio que havia, que devia haver, debaixo do reluzente samito... Mas precisava saber. Ele ergueu a bela cabeça coroada para espiar como louco as feições orgulhosas. Ela se desfez em suas mãos, como madeira em ruínas que pode preservar, até ser tocada, a aparência da escultura... e a cabeça do papa se separou do tronco. Theirry fez uma expressão de horror e olhou para o que segurava. E aí, desapareceu, se desfez em cinzas diante dos seus olhos, e a tiara rolou para o chão. Havia desaparecido, como uma imagem de fumaça. Ele se curvou sobre a coisa sem cabeça na cama.

– Deverei segui-lo para descobrir, segui-lo até o Inferno? – sussurrou ele.

Agora ele poderia abrir as ricas vestes. Não havia nada dentro, exceto poeira. O perfume estranho e forte ardia e entorpecia seu cérebro, seu coração; ele pensou ter ouvido os demônios vindo atrás de sua alma... finalmente. Ele escondeu o rosto nas vestes de seda roxa e sentiu seu sangue esfriar.

O quarto escureceu ao seu redor, ele soube que estava sendo arrastado para a eternidade, suspirou e escorregou da cama para o chão. Quando seu último suspiro pairou em seus lábios, o meteoro desapareceu, as nuvens escuras deram lugar a um lindo céu azul, e um glorioso nascer do sol riu sobre a cidade. O reinado do Anticristo havia terminado.

Através da câmara do papa, as notas das trombetas de prata estremeceram.

Eram as trombetas de Balthasar, enquanto suas tropas marchavam triunfalmente para Roma.

MARJORIE BOWEN

A mente criadora de *Magia das Trevas*

INGLATERRA | 1885-1952

Por Laura Brand

MARJORIE BOWEN, PSEUDÔNIMO DE MARGARET CAMPBELL, é amplamente reconhecida como uma das mais influentes escritoras de histórias de terror, com um legado que inspirou gerações de autores. Ao longo de sua carreira, escreveu mais de 150 obras, abrangendo diversos gêneros, mas é especialmente lembrada por suas contribuições ao sobrenatural e ao terror gótico.

Após a morte prematura do pai alcoólatra e a criação por parte de uma mãe solteira e pouco presente, a família sofreu com a pobreza. Por muito tempo, com a renda de sua carreira de escritora, Bowen foi a principal provedora de sua família.

Aos 16 anos, ela escreveu seu primeiro romance, *The Viper of Milan*, uma obra histórica ambientada na Itália do século XIV. Apesar de ter sido rejeitado por onze editoras, devido à sua violência gráfica, vista como inapropriada para uma autora mulher na época, o livro se tornou um *best-seller* após sua publicação, o que garantiu um início promissor de uma carreira notória.

Entre suas muitas obras, o livro *Magia das Trevas* (*Black Magic*) se destaca como uma das suas criações mais notáveis no campo do terror. Publicado originalmente em 1909, a obra explora os temas do ocultismo e da feitiçaria em um enredo sombrio ambientado na Europa medieval. O livro aborda as intrigas, traições e o uso da magia das trevas em busca de poder, sendo considerado um dos exemplos mais significativos do gótico sobrenatural de Bowen, agora publicado pela Editora Wish.

Além de suas contribuições literárias ao longo dos anos, Marjorie Bowen também foi selecionada para a coletânea *O Natal dos Fantasmas*, pela Editora Wish, que reúne contos sobrenaturais e de terror natalino, com o conto *O Prato Crown Derby*, de 1933.

Seu legado seria marcado por suas histórias de terror. Em sua autobiografia, Marjorie comenta sobre várias casas mal-assombradas onde viveu ao longo da vida e como serviram de inspiração. Em uma delas, a autora e sua família perceberam acontecimentos estranhos, como luzes piscando, passos e barulhos irreconhecíveis. Ela tirou dali a inspiração para o que se tornaria uma carreira de enredos sobrenaturais.

AGRADECIMENTOS

É uma honra trazer de volta à vida uma raridade gótica como *Magia das Trevas*. Toda a maestria nas reviravoltas da trama, a criação brilhante dos personagens e a coragem de Marjorie Bowen ao publicar uma obra tão controversa em 1909 mereciam uma edição especial.

Esta publicação só foi possível graças ao apoio de 1100 colaboradores no financiamento coletivo, cujo sombrio entusiasmo tornou esta edição especial uma realidade.

Esperamos que este livro esteja à altura do legado de Marjorie Bowen e que vocês, leitores, se envolvam com os mistérios e descobertas presentes em cada capítulo.

Boa leitura!

Apoiadores

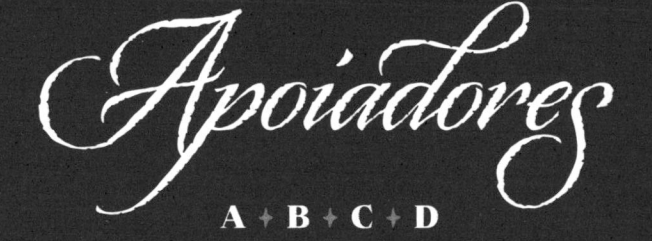

A · B · C · D

A Lupina, Abraham Armenak Tavitian, Aby Modesto do Nascimento, Adão Lamberte Júnior, Adeson Henrique Moraes de Lima, Adriana de Godoy, Adriana Ferreira de Almeida, Adriana Munhóz Lima, Adriana Portela Pereira, Adriana Satie Ueda, Adriane Cristini de Paula Araújo, Adriele Vieira, Ágata Rodrigues, Ágatha B. Meusburger, Alana Rasinski de Mello, Alana Staschek, Aldevany Hugo Pereira Filho, Alecson Soares Veloso, Alessandra Cristina da Silva, Alessandra Salvalagio, Alessandra Scangarelli Brites, Alessandra Simoes, Alex André (Xandy Xandy), Alex Bastos Borges, Alex F. R. de Camargo, Alexandra de Moura Vieira, Alexandre Magno Simoni, Alexandre Nóbrega, Alexandre Rittes Medeiros, Alexandre Silva do Rosário, Alexandre Stumpf, Aléxia Melissa Horner, Alice Ana Senco, Alice Antunes Fonseca, Alice de Barros Perinetto, Alice Geronimo de Faria, Alice Vieira Conde Oliveira, Aline Cristina Moreira de Oliveira, Aline Fiorio Viaboni, Aline Resende Neves, Aline S. Souza, Aline Veloso dos Passos, Aline Vitorelli, Aline Viviane Silva, Alline Rodrigues de Souza, Alyne Rosa, Amadeu J. H. Furtado, Amanda Caniatto de Souza, Amanda Caroline Ferreira, Amanda Corrêa Azalim, Amanda Dias Medeiros Silva, Amanda Garcia Michelini, Amanda Johner, Amanda Lima Veríssimo, Amanda Pampaloni Pizzi, Amanda Pardinho, Amanda Pereira, Amanda Vieira Rodrigues, Amanda Villa Correia, Amarílis Caccia, Ana Beatriz Fernandes Fangueiro, Ana Beatriz Pires, Ana Beatriz Ribeiro da Silva, Ana Beatryz Ávila, Ana Carolina Martins, Ana Carolina Silva Chuery, Ana Carolina Vieira Xavier, Ana Caroline Duarte Ferreira, Ana Caroline Kochemborger, Ana Clara Galli, Ana Clara Teixeira, Ana Claudia Loyo Ozorio, Ana Claudia Sato, Ana Flávia V. de França, Ana Heloísa Cestaro, Ana Karolina Soares Frank, Ana Letícia Pires dos Santos, Ana Luiza Cauduro Poche, Ana Luiza de Lima Santos, Ana Maria Andrade de Sá, Ana Mergulhão, Ana Paula Damasceno de Aguiar, Ana Picolo, Ana Videl Ferreira, Anael Sobral Falcão, Ananda Albrecht, Anderson Rodrigues, Anderson Rodrigues Batista, André Ldc, Andre Leite, André Luiz Schwanka Gbur, André Sefrin Nascimento Pinto, Andrea Carreiro, Andreia Santana, Andreina da Silva Rocha, Andressa Barbosa Panassollo, Andressa Ferreira Martins, Andressa Popim, Andressa Silva, Andreza Setúval, Angela Castro, Angela Cristina Martoszat, Angela Loregian, Angélica Vanci da Silva, Angelita C. L. dos Santos, Anita Pedrosa Reis, Anna Caroline, Anna Clara Carvalho Rocha, Anna Gomes, Anthony Ferreira dos Santos, Antonio Ricardo Silva Pimentel, Araceli Aparecida Sena, Arai Nesso Ribeiro Lopes, Ariadne Erica Mendes Moreira, Ariana Gonçalves Barbosa,

Ariane Cleómenes Rocha, Ariela Lopes, Ariela Souza, Arnaldo Henrique Souza Torres, Arnor Dionízio dos Santos, Arthécia Reinaldo, Arthur Fonseca, Artur Costrino, Atália Ester Fernandes de Medeiros, Augusto Bello Zorzi, Autran Martine, Bárbara Bailey, Bárbara Camilotti, Bárbara de Lima, Bárbara La Selva, Bárbara Molinari R. Teixeira, Bárbara Planche, Bárbara Schuina, Bear Mv, Beatriz, Beatriz Alissa Alves Silva, Beatriz Cecilia Benatti, Beatriz Leonor de Mello, Beatriz Leonor de Mello, Becca Martins, Bela Lima, Berenice Thais Mello Ribeiro dos Santos, Bernardo Freitas, Betina Ventura, Bia Caroline Pereira, Bianca Alves, Bianca Campanhã Lopes, Bianca Correia, Bianca Elena Wiltuschnig, Bianca Morais, Bianca Zanona, Blume, Bratja, Brena Carolina, Brenda Bot Bassi, Bruna A. de Brito Romão, Bruna Andressa Rezende Souza, Bruna de Lima Dias, Bruna de Oliveira Vilas Bôas, Bruna Gonçalves de Melo, Bruna Grazieli Proencio, Bruna Martins Santos, Bruna P. Cestari e Sarah M. Leite, Bruna Pimentel, Bruna Silveira, Bruna Tonella, Brunno Marcos de Conci Ramírez, Bruno Donizeti Gomes, Bruno Fiedler, Bruno Franco da Cruz, Bruno Galindo Teixeira, Bruno Halliwell, Bruno Moreira Ribeiro Sequeira, Bruno Moulin, Bruno Nalio Costa, Bruno Ost Duarte, Bruno Ribeiro Rodrigues, Bruno Rodrigo Arruda Medeiro, Caio César Ribeiro Baraúna, Caio César Santos Almeida, Caio Henrique Amaro, Caio Pimentel, Caique Fernandes de Jesus, Camila Atan, Camila Campos, Camila Campos de Souza, Camila Campos de Souza, Camila Censi, Camila Costa Bonezi, Camila de Oliveira Freitas, Camila de Souza, Camila Miguel, Camila Moraes Bittar, Camila Soares Marreiros Martins, Camila Villalba, Camilla Cavalcante Tavares, Camille Pczzino, Camis, Carla B. Neves, Carla Barros Moreira, Carla Kesley Malavazzi, Carla Ligia Ferreira, Carla Marques, Carla Patrícia Santos Ferreira, Carla Paula Moreira Soares, Carlos Eduardo de Almeida Costa, Carlos Henrique Batista Santos Silva, Carlos Thomaz do Prado Lima Albornoz, Carol Brasileiro, Carol Maia, Carolina Dantas Nogueira, Carolina Dias, Carolina Menti Polak, Carolina Portella de Oliveira , Carolina Quesado, Caroline dos Santos Girotto, Caroline Pinto Duarte, Caroll Alex, Carollzinha Souza, Cássio Silva Máximo de Oliveira, Catarina S. Wilhelms, Catharina Fernandes, Cecilia Bridi Simionato, Cecília Eloy Neves, Cecilia Mesquita, Cecília Morgado Corelli, Cesar Lopes Aguiar, Charlie Alexie, Chunnino, Cibelle Paiva, Cida Av, Cinthia Gabrielle Alves do Nascimento, Cinthia Guil Calabroz, Cintia Cristina, Cintia Cristina dos Santos , Cintia Sauniti, Clara Oliveira, Claudia Correa Beulk, Claudia de Araújo Lima, Claudio Antonio Aleixo Junior, Cláudio Augusto Ferreira, Claudio Luiz Teixeira Gameiro, Cleiton Almeida Carneiro, Cortina, Creicy Kelly Martins de Medeiros, Cristiane Ceruti Franceschina, Cristiane Renata Fávero da Costa, Cristiane Tribst, Cristiano Macedo Pereira, Cristiano Prado Ribeiro, Cristina Belotserkovets Heinrich , Cristina Luchini, Cristina Northfleet de Albuquerque, Cristine Müller, Cybelle Saffa, Daniel B. Portugal, Daniel Bitencourt Pereira, Daniel Henrique de Novaes, Daniel Kiss, Daniel Taboada, Daniela Aparecida da Silva, Daniela Figueiredo, Daniela Nascimento da Silva, Daniela Patrocinio, Daniela Ribeiro Laoz, Daniele Bessa, Daniele Franco dos Santos, Danielle Moreira, Danilo Alves Flor Silva, Danilo Pereira Kamada, Danilo T. Barbosa, Danniel Santos de Sousa, Danyelle Ferreira Gardiano, David Fernando Levon Alves, Débora Beatriz Messias dos Santos, Débora Dalmolin, Déborah Araújo, Deborah Estevam, Deborah Frungillo, Deborah Mendes Tavares, Déborah Pischavolsky, Denise Monteiro dos Santos, Desirée Barbosa Paiva Nascimento, Dhaynara Medina, Dheyrdre Machado, Diego Bassinello, Diego José Ribeiro, Diego P. Soares & Danielly dos Santos Ribeiro, Diego Villas, Diego Void, Dilson E. B. Insfran, Diogo Gomes, Diogo Max Santos,

Donnovan O'brien, Dotamanhodoceu, Douglas Cardoso, Douglas Junior Hemeque, Douglas Santos Rocha, Douglas Veloso, Drielly Pedrosa, Duh Nathaniel, Dulce Sachiko Yamamoto de Figueiredo, Duliane da Costa Gomes, Dyuli Oliveira.

E ✦ F ✦ G ✦ H ✦ I ✦ J

Edilaine Oliveira, Editora Clepsidra, Editora Wish, Edna Costa, Edson Diego Silva Barbosa, Edson Pellati, Eduarda Bonatti, Eduarda de Castro Resende, Eduarda Ebling, Eduarda Martinelli de Mello, Eduardo "Dudu" Cardoso, Eduardo Biolchini, Eduardo Gonçalves, Eduardo Maciel Ribeiro, Eduardo Moniz Vianna Nobre, Eduardo Zambianco, Einy Genoatto Vanzin, Eiwalt Hanzl, Elaine Regina de Oliveira Rezende, Eliane Barros de Oliveira, Eliane Mendes de Souza, Elisa Gergull, Elisa Motta, Elivelton Lima Batista, Elizabete Cristina, Elizabeth, Emanoela Guimarães de Castro, Emanuella Rossi Baggio, Emanuelle Garcia Gomes, Emerson Luiz Rigon, Emilly Lucas, Emily Jhoyce Coimbra da Silva, Emily Jhoyce Coimbra da Silva, Emily Winckler, Emma Pitanga, Éric Reis Boni, Eric Rocha, Érica Aparecida de Santana, Erica Sales, Érika Albuquerque, Ernesto Very Sexy, Estela Carabette, Estephanie Gonçalves Brum, Evandro José Pellin, Evans Borges Hutcherson, Eve, Evelin Iensem, Fábia dos Santos Alves Scopel, Fabiana Alencar da Cruz, Fabiana Amaral, Fabiana Martins Souza, Fabio Di Pietro, Fábio Gardenal Inácio, Fabio Hirata, Fábio Lagemann, Fabio Poleti, Fabrício Fernandes, Felipe Escobar, Felipe Lohan Pinheiro da Silva, Felipe Pessoa Ferro, Felipe R. Burghi, Felipe Reis Bernardes, Felipe Ribeiro Campos, Felipe Rodrigues Pereira, Félix Fernando Avelino Eler Satler de Souza, Fernanda Amancio, Fernanda Barão Leite, Fernanda Correia, Fernanda da Silva Lira, Fernanda de Oliveira da Silva, Fernanda Dilly Steiger, Fernanda Galletti da Cunha, Fernanda Garcia, Fernanda Gonçalves, Fernanda Mendes Hass, Fernanda Pascoto, Fernanda Pereira Contreras, Fernanda Severo, Fernando Cavada da Silveira, Fernando da Silveira Couto, Fernando Rosa, Flavia Medin, Flávia Silvestrin Jurado, Flávia Ventura, Flávio do Vale Ferreira, Flávio Vaz de Lima Junior, Franciele Santos da Silva, Francielle A. Lima, Francine Vacherski Diniz Nagao, Francisco B. Júnior, Francisco de Assis de Souza Fukumoto, Frank Gonzalez Del Rio, Frederico Moscoso Rocha, Gabriel Amaral Abreu, Gabriel Cardoso, Gabriel de Castro Souza, Gabriel Farias Lima, Gabriel Ferrugem de Lima, Gabriel Fonseca Avellar de Lemos, Gabriel Jurado de Oliveira, Gabriel Lumbreras, Gabriel Oliveira Loiola Benigno, Gabriel Quintanilha Torres, Gabriel Romio, Gabriel Sampaio, Gabriel Vilela de Sousa, Gabriela Maia, Gabriela Alves Echterhoff, Gabriela Andrade , Gabriela Costa Gonçalves, Gabriela Cristina Crepaldi, Gabriela da Silva Costa, Gabriela Drigo, Gabriela Neres de Oliveira e Silva, Gabriela Rodriguez Dominguez Caetano de Araujo, Gabrieli Ferron Sartori, Gabrielle Haln, Gabu Abreu, Geandro Fabrício, Georgina Guedes, Gianieily Alves, Gilberto Coutinho, Gilmara Cruz, Giovana Mazzoni, Giovana Saboia, Giovanna Batalha Oliveira, Giovanna Bordonal Gobesso, Giovanna Lusvarghi, Giovanna P. Prates, Giovanna Ramos Lopes, Giovanna Romiti, Giovanna Topan, Gisele Eiras, Gisele Kimura, Giselle Linhares, Gislaine Labêta, Giu Piquera, Giulia Marinho, Glauco Henrique Santos Fernandes, Glauco Lima Aguiar, Glaudiney Mendonça, Gloria Pereira de Souza, Gofredo Bonadies, Guilherme Albino da Costa, Guilherme de Oliveira Raminho, Guilherme Inácio Oliveira, Guilherme Melo, Gustavo Borges Teles, Gustavo Gualda Pereira Contage, Gustavo Henrique Vicente da Silva, Gustavo Tenorio, Haryel Jasmine, Haydee Victorette do Vale Queiroz, Heber Levi,

Heclair Pimentel Filho, Hector M. Tadeu, Helen Karolyne da Cruz Paschoeto, Helil Neves, Hellen Cintra, Hellen Hayashida, Helton Fernandes Ferreira, Heniane Passos Aleixo, Henrique Carvalho Fontes do Amaral, Henrique de Oliveira Cavalcante, Henrique Erculano, Henrique Luiz Voltolini, Henrique Manoel Fagá, Hevellyn Coutinho do Amaral, Honório Gomes, Humberto Rocha, Iasmin Gouveia Sá Ribeiro, Igor Henriques, Igor Senice Lira, Ileana Dafne Silva, Imael "Sopito" Barbieri Machado, Ingrid Gonçalves de Souza, Ingrid Ketlen, Ingrid Régis Pacheco, Iracema Lauer, Iranir Alves da Silva, Irene Bogado Diniz, Isaac Ioseph, Isabela Brescia Soares de Souza, Isabela Dirk, Isabela Natasha Pinheiro Teixeira, Isabela Sampaio Carvalho, Isabella Czamanski, Isabella Luiza Ribeiro, Isabella Miranda de Medeiros, Isabella Porto Chemello D'aflita, Isabella_cristina, Isabelly Alencar Macena, Isadora Serafim Araújo, Isis Saide, Ismael Garcia Chaves, Israel Oliveira dos Santos , Itaiara de Rezende Silveira, Iury Domingues de Souza, Ivelyne Viana, Izabel Bareicha, Izabela Cortez, Jackieclou, Jackson Gebien, Jacqueline Freitas, Jade dos Santos, Jade Martins Leite Soares, Jader Viana Massena, Jader Viana Massena, Jaine Aparecida do Nascimemto, Janaina Basílio, Jania S.fanny Souza, Janine Bürger de Assis, Janine Leite Teodoro, Jaqueline Borges Costa, Jaqueline Oliveira Barbosa, Jeniffer Monique dos Santos de Oliveira, Jennifer Mayara de Paiva Goberski, Jessi Martinho, Jéssica Almeida, Jessica Brustolim, Jéssica Helena de Castro Lima Machado e Couto de Barros Lapolla, Jéssica Herzer, Jéssica Kaiser Eckert, Jéssica Monteiro da Costa, Jessica S. Rodrigues, Jéssica Teixeira Rigol, Jessica Widmann, Jheyscilane Cavalcante Sousa, Jhonatan Cardoso de Medeiros, Joana Canário, Joana Victoria Fernandes de Souza, João Eduardo Herzog, João Felipe da Costa, João Freitas, João Lucas Boeira, João Paulo Andrade Franco, João Paulo Cavalcanti de Albuquerque, Joao Paulo Pacheco, João Pedro Marra Trindade, João Pedro Schebek, João Victor Fonseca de Carvalho, João Vitor Costa Souza, Joel Carlos de Souza Lages, Johnathan Viana, Johnn Robert Costa Kalil, jokel2099, Jonas Alberto de Souza Ferreira, Jordan da Silva Soeiro, Jorge Caldas de O. Filho, Jorge Gabriel Raitz, Jorge Raphael Tavares de Siqueira, Jose Carlos da Silva, José Rosival Ribeiro dos Santos , Josiane Santiago Rodrigues, Josimari Zaghetti Fabri, Joyce Roberta, Ju Harue, Juju Bells, Julia Bassetto, Julia Dian, Julia Gallo Rezende, Julia Lobão, Júlia Medeiros Silva, Julia Roberta da Silva, Júlia Rosa, Júlia Seixas, Juliana Gonçalves, Juliana Gueiros, Juliana L Ribeiro, Juliana Lemos Santos, Juliana Mendonça Silva, Juliana Miriane Sturmer Bortolloto, Juliana Renata Infanti, Juliana Salmont Fossa, Juliana Sluga, Juliana Terlizzi Silvestrin, Julius François, Julyane Silva Mendes Polycarpo, June Alves de Arruda, Juscelino Soares da Silva, Jussara Mariana.

K ✦ L ✦ M ✦ N ✦ O ✦ P

Kabrine Vargas, Karen Käercher, Karen Lethicia Bezerra Pereira, Karen Ribeiro Vida, Karina Beline, Karina Cabral, Karina Casanova, Karina de Lazari, Karinne Melo de Souza Dias, Karly Cazonato Fernandes, Karynna Mell Vale Fontes, Kássio Alexandre Paiva Rosa, Katherine Dambrowski, Kathleen Loureiro Reis, Kathleen Machado Pereira, Katia Miziara de Brito, Katryn Rocha, Kawander Alexandre Menezes dos Santos, Keize Nagamati Junior, Kelly Duarte, Kevynyn Onesko, Khalffmann Wolthers, Klara Campos, Kymhy Mattjie Amaral, Laeticia Maris, Lafaiete Eduardo Zago, Laís Aranda de Souza, Laís Carvalho Ferreira, Laís Fonseca, Laís Lopes Ribeiro Vasconcelos, Laís

Oliveira Pinto, Lais Pitta Guardia, Laís Souza Receputi, Laís Sperandei de Oliveira, Larissa Andrade Rocha, Larissa Bastos Alba Fernandes, Larissa C. Troitiño, Larissa Freitas, Larissa Guimarães, Larissa Medeiros, Larissa Oliveira Dionisio, Larissa Soares, Laryssa M. Surita, Laura Barg, Laura Ferrari, Laura Seine Vargem dos Santos, Lays Bender de Oliveira, Leandro Raniero Fernandes, Leila Maciel da Silva, Léo Francisco Rolim Costa, Leo Lahoz Melli, Leonardo Andreatta de Alcantara, Leonardo Macleod, Leonardo Tamazato, Leonel Marques de Luna Freire, Leonor Benfica Wink, Lethícia Roqueto Militão, Letícia Andreis, Leticia Böell, Letícia de Brito, Letícia Figueiredo, Letícia Gabriela Lopes do Nascimento, Leticia Lima, Letícia Nascimento, Letícia Soares de Albuquerque Pereira, Lia Cavaliera, Lidiane Silva Delam, Lilaine Silva, Lilian Domingos Brizola, Liliane Cristina Coelho, Liliane Nascimento, Lina Machado, Lisindo Roberto Coppoli, Lívia C V V Vitonis, Livia Marinho da Silva, Livia von Sucro, Lizandra Ludgerio, Logan Guilherme Soares da Rosa, Louane Vieira, Louise Reimine, Louise Vieira, Luan Morais, Luana Braga, Luana C. Canabarro, Luana de Souza Rodrigues, Luana F. Wenceslau, Luana Feitosa de Oliveira, Lubi Onofre, Lucas Alves da Rocha, Lucas Campos, Lucas de Melo Bonez, Lucas de Souza, Lucas Hugo, Lucas Julião, Lucas Kieffer Nascimento, Lucas Ozório, Lucas Pasetto, Lucas Ribeiro Sushi, Lucca Piccoli de Lima, Luciana Barreto de Almeida, Luciana da Costa Mello, Luciana M. Y. Harada, Luciana Schuck e Renato Santiago , Luciana Vieira da Silva, Luciano Vairoletti, Lucicleide dos Santos Favoreto, Lucio de Franciscis dos Reis Piedade, Lucio Pozzobon de Moraes, Lucylia Lobo, Ludmila Beatriz de Freitas Santos, Ludmila Paiva, Luis Barbon, Luis Gerino, Luís Guilherme Bonafè Gaspar Ruas, Luis Henrique Ribeiro de Morais, Luísa de Souza Lopes, Luísa Monteiro, Luiz Alves, Luiz Felipe Benjamim Cordeiro de Oliveira, Luiz Felipe Dal Secco, Luiz Felipe Teixeira, Luiz Fernando Andrade, Luiz Fernando Cardoso, Luiz' Flávio, Luiz Karounis, Luiz Melki, Luiza Fernandes Ribeiro, Luiza Pimentel de Freitas, Luna Von Felix, Lygia Beatriz Zagordi Ambrosio, Magaly Nunes Carvalho, Mahatma José Lins Duarte , Mai Rodrigues, Makson N. Sanches, Malina Oliveira, Malu Coutinho, Manoel Mazuy, Manoel Pedreira Lobo, Manoela Fonseca, Marcele Pinho, Marcella Gualberto da Silva, Marcello Morgan, Marcelo Crasso, Marcelo Gabriel da Silva, Marcelo Martinho Lopes, Marcelo Mazza, Marcelo Novo, Marcelo S.s, Marcelo Zan, Marcia Avila, Marcia Rjt, Márcio R. dos Santos, Márcio Rômulo Caim, Marco Antonio da Costa, Marco Antonio de Toledo, Marcos A Morando Jr, Marcos Antônio da Silva, Marcos José Vieira Curvello, Marcos Roberto Piaceski da Cruz, Marcos Samuel Miranda Silva, Marcus Antonius S Silva, Marcus Paulo de Oliveira Rodrigues, Mari F Inoue, Maria Anne Bollmann, Maria Batista, Maria Clara Donato, Maria Clara S I Barbosa, Maria Eduarda Lacerda Silveira, Maria Eduarda Mendes Neves Ferreira Guimarães, Maria Eduarda Ribas, Maria Ester Peregrino de Carvalho, Maria Fernanda de Souza Rodrigues, Maria Fernanda Pontes Cunha, Maria Gabriela Lima Vasques, Maria Helena Lima de Oliveira, Maria Ivonete Alves da Silva, Maria Letícia Kiendl, Maria Lins, María Mercedes Rolón Sosa, Mariana Carmo Cavacó, Mariana Carolina Beraldo Inacio, Mariana Dantas, Mariana dos Santos, Mariana Gianjope da Rocha Cabrera, Mariana Guimarães Faria, Mariana Iris, Mariana Lessa, Mariana Lopes, Mariana Medeiros da Motta, Mariana Savala, Mariana Sommer, Mariana Trevisoli Gervino, Marília Silva de Morais , Marina de Abreu Gonzalez, Marina Giceli Mafra Martinez, Marina Gonçalves Muritiba, Marina Viscarra Alano, Mário Ac Canto, Mário de Almeida Pyanelly, Mário Ferreira da Silva, Mario Henrique, Marisol Prol, Matheus Almeida Gonçalves Pereira,

Matheus Arend, Matheus de Magalhães Rombaldi, Matheus dos Reis Goulart, Matheus Lamec, Matheus Paula, Maurício Pereiro, Mauricio Simões, Mavi M. Arita, May Barros, Mayke Natan de Oliveira, Mayla Accascina, Meg Ferreira, Melani Lopes Tome, Melissa Barth, Micaella Reis, Micaelly Carolina Feliciano, Michele Bowkunowicz, Michele Caroline de Oliveira, Michele Vaz Pradella, Michelle Romanhol, Mickaelly Luiza de Borba da silva, Miguel Vitor da Silva Viana, Mih Lestrange, Mikaela Valdete Trentin, Miki Kiyan, Mila Cassins, Milena Arantes, Milena Nunes de Lima, Milene Antunes, Miller de Oliveira Lacerda, Mirela Sofiatti, Mirian Marques & Isabel Marques, Moab Agrimpio, Moissan, Monalisa Feitosa, Mônica Guimarães Garcia, Mônica Mesquita Santana, Monique Calandrin, Monique de Paula Vieira, Monique D'Orazio, Monique Mendes, Mono, Morgana Conceição da Cruz Gomes, Múcio Alves Nascimento, Nadabe Souza Costa, Nadine dos Santos Moreira, Nahia Uribe, Nalí Fernanda da Conceição, Nara Lima, Natalia Araújo Silva, Natalia Beltrão, Natália Luiza Barnabé, Natália M. Pesch, Natália Moser, Natalia Noce, Natália Wissinievski Gomes, Nataly Sant Anna Faria, Natasha Sanches Bonifácio, Natercia Matos Pinto, nathalia borghi, Nathalia de Lima Santa Rosa, Nathalia de Oliveira Matsumoto, Nathalia de Vares Dolejsi, Nathalia Lara, Nathalia Oliveira Peixoto, Nathalia Rabello, Nayara Lima, Náyra Louise Alonso Marque, Neto, Neto Guerra, Newton José Brito, Neyara Furtado, Nícolas Cauê de Brito, Nicolas Neves, Nicole Führ, Nicoly Santana Ramalho, Nikelen Witter, Nikolas Andrei, Nina Nascimento Miranda, Nivaldo Farias Morelli, Nyll M. N. Louie-Alicê, O Mestre Urso, O'hará Silva Nascimento, Octávio Augusto P S Filho, Óliver de Lawrence Meira de Souza, Otávio Gorte Ajuz, Pábllo Eduardo, Paloma Kochhann Ruwer, Pamela Nhoatto, Paola Borba Mariz de Oliveira, Para Mandy com amor , Patrícia Gnand, Patrícia Kely dos Santos, Patrícia M Martins, Patrícia Milena Dias Gomes de Melo, Patrick Wecchi, Paula Gracielle dos Santos, Paula Ladeira, Paulo Cezar Mendes Nicolau, Paulo Henrique Silva Sanhueza Cuevas, Paulo Pholux, Paulo Vinicius Figueiredo dos Santos , Pedro Amorim Mendes, Pedro Dobbin, Pedro Gabriel Lampros dos Santos Matos, Pedro Lopes, Pedro Maia Nogueira, Pedro Silva de Oliveira, Pledson, Poliana Belmiro Fadini, Príncia Dionízio, Priscila Bonzolan Cavalcante, Priscila Mariz, Priscila Prado, Priscila S. Oliveira, Priscilla Baeta [Pri Suicun], Priscilla Fontenele.

Q · R · S · T · U · V · W · X · Y · Z

Queila Noemi da Silva Guerrero, R. Matos, Rafael, Rafael Alvares Bianchi, Rafael Alves de Melo, Rafael de Carvalho Moura, Rafael de Oliveira, Rafael dos Santos Rodrigues, Rafael Leite Mora, Rafael Miritz Soares, Rafael Wüthrich, Rafaela Barcelos, Rafaela Rodrigues, Rafaeli Santos, Rafaella Kelly Gomes Costa, Rafaella Ottolini Freitas, Rafaella Siqueira Rodrigues Batista, Raonny Bryan Metzker, Raphael Semchechen Neto, Raphael Vinicius Nunes Ramos, Raquel Corrêa, Raquel da Conceição Silva, Raquel Hatori, Raquel Oliveira Nascimento, Raquel Paulini Miranda, Raquel Rezende Quilião, Raquel Vasconcellos Lopes de Azevedo, Raul de Azevedo Carvalho, Rebecca e Yklys Rodrigues, Regiane A. F. Silva, Regina Andrade de Souza, Renann, Renata Bertagnoni Miura, Renata Cybelle Soares de Souza, Renata de Lima Neves, Renata Fernandes Caetano de Oliveira, Renata Rezende, Renato Drummond Tapioca Neto, Renato F Martins, Renato Teixeira Mendes Vieira, Ricardo Ataliba Couto de Resende, Ricardo Fernandes de Souza, Rique Morais, Roberta Hermida, Roberta Maciel, Roberto Guidotti Tonietto, Robson Santos Silva, Rodney Georgio Gonçalves, Rodrigo Bobrowski - Gotyk, Rodrigo Hallu

Palma, Rodrigo Richardson Nascimento da Silva, Rodrigo Sanguanini, Rogério Correa Laureano, Ronald Robert da Silva Macêdo, Roni Tomazelli, Ronnie Craisler Macedo, Rosa Cristina Kuhlmann, Rosana Moro, Rosane Reis, Rosângela Alexandra Cypriano, Rosea Bellator, Rosita Bianca Ribeiro Lima, Ruan Oliveira, Rubens David Alvares da Silva, Rubens Jr. do Ler Vicia, Rubia Cunha de Mendonça, Sabrina de Lucena Roque Pereira, Sabrina Martins Cardoso, Sabrina Saimi, Sabrina Vidigal, Sajunior Maranhão, Samanta Regina Domingos, Samantha Lemos, Sandra Marques Fernandes, Sandro, Sarah Emi Korehisa, Sarah Foscolo, Sarah Reis, Sarah Vargas, Sebastião Alves, Selma P R Sabino, Serena Ramos, Sérgio Lopes Siscaro, Sergio Ricardo dos Santos, Serodio, Sidinei Lander, Silmara Helena Damasceno, Silvana Cristina Romero, Silvana Pereira da Silva, Simone Di Pietro, Simone Serra Faria, Sinara Marques dos Santos, Sofia Kerr, Sofia Lira Cardoso, Sofia Lopes Andujar, Sol Coelho, Solange Burgardt, Sônia Gregoski, Sophia Gaspar Leite, Soren Francis, Srta. Meirinho, Stefani Candido da Silva, Stella Michaella Stephan de Pontes, Stephania de Azevedo, Stephanie Rosa Silva Pereira, Stephany Ganga, Stiphany Costa Cabral da Fonseca, Suelen Lima, Suelen S. A. Oliveira, Suki, Suzana Dias Vieira, Taciana Souza, Taís Castellini, Tais Coppini, Talita Chahine, Talita Fabiana Crepaldi, Tall Varnos, Talles dos Santos Neves, Tamara da Cruz Rega, Tamires Nobre, Tânia Maria Florencio, Tárcila de Ornelas Pereira Macedo, Tathi Cass, Tatiana Barbirato, Tatiana Catecati, Tatiana Fabiana de Mendonça, Tatiana Fabiana de Mendonça, Tatiana Oshiro Kobayashi, Tatianne Karla Dantas Vila Nova, Taynara Jacon, Terezinha Lobato, Thainá Pedroso, Thaís Andressa Hepp, Thaís Dias, Thaís Fernanda Luíza, Thais Saori Marques, Thais Terzi, Thaísa Regly, Thaissa Rhândara Campos Cardoso, Thales Leonardo Machado Mendes, Thalia Felix, Thalya Pereira, Thayna Rocha, Thayná Sigales, Thaynná de Oliveira Gomes, Thayrine L S Amorim, Thays Cordeiro, Thays F Lyra, Thiago Augusto de Souza, Thiago Babo, Thiago Massimino Suarez, Thiago Oliveira, Thiago Sirius, Thuane Munck, Thuty Santi, Tiago Alves de Azevedo, Tiago Batista Bach, Tiago de Paula Alves, Tiago Queiroz de Araújo, Tihwisky, Úrsula Antunes, Úrsula Lopes Vaz, Val Lima, Valdilene Rodríguez, Valdir Farias Lima, Valéria Aquino, Valeska Ramalho Arruda Machado, Valquíria Vlad, Vandressa Alves, Vanessa Gutierrez Benucci, Vanessa Rodrigues Thiago, Vanessa Salvatico, Vanessa Szczotka, Vania Daniela Fernandes, Vania Matos, Vanini Lima, Verena Velloso Duarte, Verônica Rovigatti, Victor H A Orlandi, Victória Albuquerque Silva, Victoria Felix Teixeira, Victoria Malatesta, Victória Masi Niro, Victoria Toscani, Vinicio Lima, Vinícius da Silva Marcolino, Vinícius Dias Villar, Vinicius Schirmer, Vinícius Vieira Nava, Virginia de Oliveira Hahn, Vitor Boucas, Vitor Costa, Vitor Silos, Vitoria, Vitória Adriano, Vitória Aguiar, Vitória Filipetto Wendler, Vivi Kimie Isawa, Vivian Baum Cabral, Vivian Foroutan Raposo, Vivian Ramos Bocaletto, Viviane Lopes Costa, Viviane Micheli Correa, Viviane Wermuth Figueras, Vuikku Victoria, Wady Ster Gallo Moreira, Wagner Crivelini, Walkiria Nascente Valle, Washington Rodrigues Jorge Costa, Wenceslau Teodoro Coral, Wes Lopes, Weverton Oliveira, Willane P., William Sihler, Willian Rodrigues de Oliveira, Y. S. Moreno, Yara Nolee Nenture, Yara Teixeira da Silva Santos, Yasmin Dias, Yeda, Yonanda Mallman Casagranda, Yu Pin Fang (Peggy).

Agradecemos também aos profissionais que trabalharam neste livro, a toda a equipe envolvida, aos influenciadores que auxiliaram com sua divulgação e aos nossos amigos e familiares que incentivaram e compreenderam nosso trabalho em prol desta publicação.

Da mesma autora:
Conto *O Prato Crown Derby*
na coletânea *Natal dos Fantasmas*

WISH

PUBLICAMOS TESOUROS LITERÁRIOS PARA VOCÊ

editorawish.com.br

Este livro foi impresso na fonte
NewsReader pela gráfica Ipsis
em papel Pólen Bold 70g/m².

Os papéis utilizados nesta edição provêm de origens renováveis. Nossas florestas também merecem proteção.

Trevas